雪月夜

馳星周

双葉文庫

1

車――白いスカイライン。車体は泥で汚れている。ナンバープレートが示しているのは札幌《さっぽろ》のレンタカー。気づいたのは濱口《はまぐち》と話している途中だった。日本語とロシア語で北方領土返還を訴える巨大な看板の下にとまっていた。地吹雪と共に排気ガスを吹きあげている。窓にこびりついた雪が車内をうかがうことを妨げていた。

どれぐらい前からそこにとまっていたのかはわからない。だが、十分前にはそこにいたことは確かだった。こんなところで札幌から来たレンタカーがなにをしているのか――立ち小便をしているには時間がかかりすぎていた。外の気温はマイナス十度。風も強い。体感温度はマイナス二十度を超えている。

「だからさ、無理いってんのはわかってるっしょ。だけど、そこをなんとかしてくれるのが友達だべさ」

濱口の声に、意識を外から店の中に向けた。濱口は石油ストーヴに身を寄せながら茶を啜った。黄色い防寒具で首から下を覆っている。頭には毛皮の帽子――取引きのあるロシア船の船長からプレゼントされたといっていた。色素の薄い赤ら顔にはその帽子が妙に似あっていた。濱口が入ってきた時から、店内にはきつい潮の香りが充満していた。

「でも、濱口さん、明後日までにってのは無理だ。釧路《くしろ》に連絡入れて品物集めてもらうのに丸二日はかかる。なんぼ急いでも、届くのは明後日の夜が限度だな」

「だから、こうやって頭さげてるっしょ、幸《こう》ちゃん」

濱口の顔に下卑た笑みが浮かぶ。夜になって酒を飲めば、仲間を相手に露助船頭《ろすけせんどう》の息子が偉そうにしやがってと愚痴をたれるに決まっていた。ここらあたりの港湾関係者は変わり身が早い。厳寒の国境の街で馬鹿正直なままでは生きていけない。

「頭さげられても、無理なものは無理だよ。ロシア人にはいきなりはんかくさいことうなっていっておけばいい」

「そういうわけにはいかないんだってば……幸ちゃんだって知ってるっしょ。潜水服あれば、ウニなんかいくらでも獲れるんだから」

おれはため息を漏らす——ポーズ。端《はな》っから濱口の頼みは聞く気でいた。問題は金だ。親父が遺《のこ》してくれたガラクタを売っぱらって作った金も、そろそろ底をつこうとしている。濱口には金がある。ロシア人が不法操業で乱獲してきた蟹《かに》とウニで稼いだ金。少しぐらいおこぼれをもらったところでばちは当たらない。

「そりゃあそうだろうけどさ……」

煙草をくわえ、火をつけた。視線をドアの外に移す。スカイラインはまだとまったままだった。

「気象庁の話だと、この吹雪《ふぶき》、あと三日は続くってさ。そしたら、ロシア人も港から出れないっしょ。港から出れないってことは商売できないってことだからね。吹雪やんだら、とっとと海に出て、ウニ獲りたいんだわ。だから、無理を承知でおれに頼み込んできたもんだから……」

「わかったよ、濱口さん。とにかく、釧路に電話入れてみる。ただし、金、かかるよ」

「わかってるって。幸ちゃんがガキん時から知ってるのに、いきなり金の話するのはあずましくないっしょ。だから、黙ってたけど、礼はたんまり弾むから……」

ガキの時——記憶がさかのぼる。皮膚の表面がざわりと音をたてて粟立つような気がした。煙草をふかし、茶に口をつけた。意識をスカイラインに向けた。記憶の封印——慣れている。何度もそうしてきたからだ。そうしなければならなかったからだ。

スカイラインの窓が開きはじめた。男が顔を出した。煙草を挟んでいた指が震えた。記憶より額が後退していた。輪郭の大きさの割りに小さな鼻。いつも人を嘲笑《あざわら》うように歪んでいる唇。巨大な頭蓋骨を支える太い首にはマフラーが巻かれていた。封印に成功したはずの記憶が地響きをたてながらよみがえった。地吹雪に視界を遮《さえぎ》られていても間違えようがなかった。

「裕司《ゆうじ》……」

思わず口走っていた。その声に濱口が反応した。

「裕司？　山口《やまぐち》んとこの裕司かい？」

濱口はおれの視線を追った。裕司を認め、甲高い声を発した。

「ほんとだ。山口んとこの裕司だべさ。こんなとこでなにやってるんだべか。幸ちゃん、懐かしいべさ。お茶でも出してやった方がいいんでないかい」

濱口が足を踏みだした。それを待っていたかのようにスカイラインは走りだした。窓は開いたままだった。

「あれ、行っちゃったよ」

濱口は気の抜けたような声を出した。スカイラインは花咲港《はなさきこう》の方へ遠ざかっていった。

「なんだべか、あれ？　幸ちゃん、山口んとこの裕司とは幼馴染《おさななじみ》だったんでないの？」

「ああ、小学校も中学校も一緒だったさ」

指が熱かった。煙草が根元まで来て灰になっていた。おれは煙草を灰皿に放り投げた。

「それなのに、店のそばにまで来て挨拶もしないなんてあずましくないねえ。裕司、こっち見て笑ってたから、幸ちゃんのこと、気づいてたっしょさ」

そう。裕司は確かに笑った。あれは確かに、二度と見たくないと思っていた笑顔だった。

2

梅《うめ》ヶ枝町《えちょう》は閑散としていた。ブーツの底が雪を踏み締める音と風の音が聞こえてくるきり。いったんはやんでいた雪が冷たい風に踊っていた。睫毛に雪がへばりついて視界が滲んだ。うら寂しいネオンと空車のタクシーのヘッドライトに照らされて踊り狂う雪――そうでなかったとしても、この雪ではまともに目を開けていることさえ難しかった。車を降りて五分も経っていないのに身体の芯まで凍えていた。こんな夜に飲みに出かけるのはろくでなしのすることだった。

歩きながら何度も振り返った。スカイラインの姿はない。裕司の笑顔が追いかけてくることもない。裕司と幸司《こうじ》、幸司と裕司。大人たちはしようもない悪ガキのペアとしておれたちを見ていた。実際はそうじゃなかった。おれは裕司が嫌いだった。裕司もおれが嫌いだった。ただ、他に付き合ってくれる相手がいなかったからしょうがなく一緒にいた。それだけだった。

もう一度、振り返る――裕司の姿はない。根室《ねむろ》の街はただ雪に支配されていた。

真っ白な息を吐きながら、視線を前に向けた。季節感をまったく無視したトロピカルな色彩の看板がぼんやりと見えてきた。看板には〈小夏〉という文字が刻まれている。北国の人間どもの憐れな願望が込められている。

ドアを開けると熱気が襲いかかってきた。その熱気とは裏腹に、店には酔客のひとりもいなかった。十人も入れば御の字の小さなスナック。客がいなければただうそ寒いだけだった。客の代わりに黒いドレスを着た女と、若いが枯れ木のように痩せた女がカウンターの上でつまらなそうに花札をめくっていた。

「吹雪の中をわざわざ出かけてきた客の出迎えもしないのか、この店は?」

戸口に立ったまま声をかけた。頭や睫毛にこびりついた雪が溶けて水滴になっていく。

「あら、幸ちゃん、珍らしいじゃない」

ドレスの女――加代子《かよこ》が顔だけ、おれに向けた。痩せた女――雅美《まさみ》は目を動かそうともしなかった。

「顔がびしょ濡れだ。おしぼりぐらい、出してくれ」

「ごめんね」加代子はだるそうにストゥールから降りた。「最近、ロシア人が舞い込んでくるのよ。みんなぐでんぐでんに酔っぱらってるから迷惑なのよね。だけど、あいつらにも可愛いところあってさ、無視してるとしょんぼりして帰っちゃうのよ。それで、ドアが開いても声、出さないことにしてるの。ほんとごめんね、あずましくなくて」

おれに言葉を向けながら、加代子はきつい視線を雅美に向けた。雅美はため息をつきながら身体を動かした。おれが脱いだダウンジャケットをぞんざいに受け取り、壁際のハンガーにかけた。

「はい、これ」

カウンターの内側に移動した加代子がおしぼりを差しだしてきた。それで顔を拭いながら腰をおろした。

「幸ちゃん、もう、ボトル流しちゃったわよ」

「それが同級生にする仕打ちかよ」

「だって、いくら待ってても、幸ちゃん、全然来てくれないんだもの、しょうがないっしょ」加代子はおれに背を向けた。棚の新しいボトルに手を伸ばした。「こないだのと同じでいい?」

「ああ、安けりゃなんでもいい」

答え、煙草をくわえた。雅美がライターの火をつけた。小声で礼をいい、煙草を近づける。

「じゃあ、これにしてもいい? 酒屋さんから売ってくれるようにいわれてるのよ」

加代子が手にしたのはバーボンのボトルだった。おれはうなずいた。なにを飲んだってかまわなかった。酔ってしまえば、味などわからなくなる。

加代子が酒の支度を始めた。雅美はおれの横でライターを弄《もてあそ》んでいる。客がいないのも当然の店──加代子は働く必要がない。別れた旦那から目も眩むような慰謝料をぶんどった。取られたのは加代子の外見に目を奪われて芯の強さを見抜けなかった間抜けな医者だ。

おれがそのことを知ったのは五年前の夏だった。東京から根室に逃げ戻って、ぶらぶらしているところを高校で同じクラスだったやつに見つかった。渋々飲みに連れていかれたのが加代子の店だった。加代子は遠くを見るように目を細めた。そしていった──

裕司は元気? 十代のひと時、加代子は裕司と付き合っていた──付き合わされていた。

別れようなんていったら、どれだけひどく撲《ぶ》たれるかわからないっしょ──加代子は笑いながらいう。おれが知っていた十代の加代子は、いつも昏《くら》い目をした少女だった。健康的に笑う今の姿からは想像もつかなかった。

「それで、幸ちゃん、今日はなんなの？」

加代子が口を開いた。水割りで満たしたグラスがカウンターの上に置かれる。芯まで凍えていた身体もすでに緩んでいた。

「たまには加代子の顔を見なきゃと思ってな」

「はんかくさいんだから、もう。幸ちゃんがわたしの顔、見たいわけないっしょ。はじめてここに来た時だって、帰りたくてしょうがないっていう感じだったのにさ――ねえ、幸ちゃん、わたしと雅美もなにかもらっていい？」

「好きにしろよ」

「じゃあ、とりあえずおビールいただきますね」

その時だけ可愛らしい声を出して、加代子は冷蔵庫を開けた。

「お客さん、ママのこと嫌いなの？」

雅美が小声でいった。退屈に倦《う》んでいた目がかすかに輝いていた。

「幸ちゃんはね、わたしの顔見ると、大嫌いな人のこと思いだしちゃうのよ。ね、幸ちゃん」

加代子の手に握られたビール瓶――すでに汗をかいている。外の気温はマイナス十五度。店の中の温度は三十度近くはあるだろう。加代子が自分と雅美のグラスにビールを注《つ》ぐのを見ながらバーボンに口をつけた。酸味と甘味が口の中に広がっていく。

「大嫌いな人ってだれ？　ママの顔見ると思いだすってことは、ママのうちの人？」

「わたしが昔付き合ってた男よ——はい、幸ちゃん、お久しぶりの乾杯」

加代子がグラスを掲げた。雅美が酒そっちのけで言葉を続ける。

「それ、いつのころ？」

「むかしむかしの話でございます」

「もっと詳しく教えてくださいよ」

加代子は曖昧に微笑んだ。

「裕司って男さ」おれは口を挟んだ。どうやって切りだそうかと思っていた。加代子の方から話を振ってくれたのは好都合だった。「この辺りじゃ有名な不良高校生だった」

「高校のころの話ですか？　いいなぁ」

「なにいってんの。あんたなんかついこないだまで高校生だったっしょ。はんかくさいんだから」

加代子は唇を尖《とが》らせた。冗談に紛《まぎ》らわそうとはしていたが、くすんだ目の色がそれを裏切っていた。おれと同じように、加代子も裕司のことは思いだしたくないはずだった。

「でも、今時、不良高校生なんていわないですよね……あ、でも、ママたちの時代は違うか——」

雅美の言葉を電子音が遮った。

「もう、仕事のときは携帯切っておきなさいっていってるでしょ」

「ごめんなさい。今日、暇だったからつい」

雅美はハンガーに吊るした自分のコートから携帯電話を取りだした。店の隅に行き、話しはじめる。

「ごめんね、幸ちゃん。最近の子はああだから」

「気にするなよ。女目当てに飲みに来てるわけじゃなし……それより、最近、裕司の噂耳にしてるか？」

「噂？　聞いてないわよ。五年前に電話かかってきたっきりだし、第一、根室で裕司の噂話が出るのなんて、同窓会の時ぐらいよ」

加代子の表情が曇った。気づかないふりをして酒を飲んだ。

「ねえ、なんでいきなり裕司のことなんか訊くの？」

「なんとなくな……」

「嘘。幸ちゃんがなんとなく裕司のこと思いだすわけないっしょ。あんなに嫌ってるのにさ」

グラスに残っていたビール——加代子は一気に飲み干した。そうしなければ不安でしょうがないというように。なんの考えもなしに〈小夏〉に来たことを、おれは後悔しはじめた。加代子は裕司とは関係ない。もう、とっくの昔に切れている。加代子どころか、裕司は根室との関係そのものを断ち切った。あいつが根室に用事があるとすれば、おれに関わるなにかでしかあり得ない。わざわざ加代子に確かめる必要はなかった。久しぶりに裕司を見たときの肌の粟立ち——ひとりでいるのが嫌だっただけだ。

「ねえ、幸ちゃん、ちゃんと教えてよ。なんでいきなり裕司の話するの？」

「最初に裕司の話を始めたのは加代子だぜ」

加代子は驚いたというように目を剝《む》いた。

「そうだった？」

「加代子の顔を見ると、おれが裕司のことを思いだす……そういっただろう」

「ああ、そういえばそうね」加代子の顔が輝く。「もう、はんかくさい。自分でいっておいてね……でも、裕司の話になると、落ち着かなくなるのよ。幸ちゃんならわかるっしょ？」

「ああ」

曖昧に返事をして酒を啜った。雅美の携帯電話はまだ続いてた。

「でもさ、幸ちゃんたち、ほんとに珍らしいよね」

半分に減ったグラス——加代子は新しい酒を注ぎはじめた。

「裕司と幸司、幸司と裕司。かたや、チンピラやくざの息子で、かたや、レポ船の船長の息子。仲が悪いくせにいつも一緒にいてさ。わたし、最初は思ってたのよ。ふたりとも、子供のとき周りからいじめられてたから、それでさ、くっつき合ってたんだって。でも、裕司はいつもあんたをいじめてた」

「あいつはそういうやつなんだ」

いった瞬間、口の中が苦くなった。裕司だけじゃない。いじめに遭う連中は、自分よりさらに弱い連中をいじめることでバランスを取る。おれもそうだった。ガキのころ、裕司にいじめられたおれは千夏《ちなつ》をいじめた。千夏——裕司の腹違いの妹。裕司とは似ても似つかなかった。千夏は死んでしまった。

酒を注ぎ足されたグラスに手を伸ばした——背中から冷気が吹きつけてきた。加代子の視線が動いた。なんの前触れもなく、裕司の顔が脳裏に浮かんだ。強ばった筋肉を強制して振り返った。

「いやあ、しばれる。この吹雪は参ったな」

それほど寒さを感じさせない声——地元の商店街の連中が三人、店の中に雪崩《なだれ》込んできた。

「あれ、内林《うちばやし》さんじゃないの。珍らしいねぇ」

最後に入ってきた男が寒さに赤くなった顔を向けてきた。薬屋を経営している男——名前は思いだせない。

「これだけしばれると、ロシア人も酒しか飲まないから、内林さんも商売、あがったりなんじゃねえの。こんなとこで飲んでてもいいのかい？」

「こんなとことはなによ、失礼ね」

「やあ、悪い、悪い。そんでもさ、この吹雪の中、加代子ちゃんの顔見ようと思って来たんだからさ、勘弁してよ」

店の中が急に賑《にぎ》やかになった。おれが来た時とは別人のように加代子が動く。雅美も電話を切って男たちのそばに飛んできた。

潮時だった。腰をあげた。

「あら、幸ちゃん、もう帰っちゃうの?」

「ああ、そろそろ酔っぱらってきた」

金をカウンターの上に放り投げ、ダウンジャケットを着込んだ。

「雅美ちゃん、ちょっとお願いね。お見送りしてくるから」

「いいよ、外はクソ寒いんだから」

「いいから、いいから」

加代子に肩を押されるようにして店を出た。相変わらず暗いし、付き合いの悪い男だべさ——背中越しに薬屋の嫌みが聞こえた。振り返ろうとして加代子に押しとどめられた。

「気にしないの。みんな、酔っぱらってるんだから」

ドアの外へ一歩出ると、震えるような寒さが身体にまとわりついてきた。加代子はドレスしか着ていない。

「ここでいい、加代子。風邪引くぞ」

「今日は、だいじょうぶ。久しぶりに幸ちゃん来てくれたっしょ。だから、ここが暖かいの」

加代子は自分の胸を指差した。

「今度はゆっくり来てね」

「ああ、そうする」

「もう、裕司と幸ちゃん、関係ないんだから。わたしの顔見ても、だいじょうぶになってよね」

「わかったよ」

苦笑いを浮かべながら加代子に手を振った。エレヴェータに乗った。加代子は店のドアの前で微笑んでいる。

「加代子――」

考えるより前に言葉が迸《ほとばし》っていた。

「もし、裕司が根室に戻ってきたら、おまえ、どうする?」

「決まってるっしょさ。叩き殺してやる」

微笑みを浮かべたまま、加代子は答えた。

3

〈小夏〉の後に二軒ほどまわった。どこでも久しぶりだと皮肉をいわれた。アパートに帰り着いたのは深夜近い時刻だった。

ドアを開けた瞬間、酔いが醒めた。明かりがついていた。空気が違っていた。自堕落な暮らしを送っている。それでも、家を出るときには必ず明かりを消した。親のしつけが厳しかったからだ。そのくせ、部屋の中はちらかし放題――こんな厳寒の地なのにかび臭い匂いが消えたことがない。

ドアを開けたままの姿勢で凍りついていた。裕司の顔が頭をよぎる。車に戻って武器になるものを取ってこようかと迷った。恐怖のために動かない足を呪った。どれぐらいそうしていたのかはわからない。寒さに頭痛がしはじめた。手袋を脱いだ手先の感覚がなくなりはじめた。その時になってはじめて、家の中にはだれもいないということを確信できた。強ばった指先をほぐしながら中に入った。

部屋の中は酷《ひど》いありさまだった。もともと散らかってはいた。だが、ガラクタ置き場ではなかった。八畳ほどのリヴィングダイニングの床には台所用品がすべてぶちまけられていた。割れた茶わんやコップ、鈍く光る包丁やスプーン、ぶちまけられた調味料――足の踏み場がなかった。

口の中で呪詛《じゅそ》を呟きながら奥の部屋を覗《のぞ》いた――同じ惨状が目に飛び込んできただけだった。床にぶちまけられた衣類、切り裂かれた布団。

怒りが込みあげてきた。やった相手がだれなのかもわかっていた。だが、怒りをぶつけるべき相手をどうやって捕まえればいいのかわからなかった。なによりも、おれはそいつに会うことを恐れていた。

吐き気を伴う怒りをなだめながら、部屋の中をかたづけはじめた。かたづけながら考えた——なぜだ？　なにが目的だ？

理由はわからない。裕司は昔から理屈で行動するタイプじゃなかった。したいことをしたい時にする——獣の行動原理で生きていた。

目的はおぼろげながら察しがついた。裕司はなにかを捜していた。見つからなかったので腹いせに部屋の中をめちゃめちゃにして出ていった。

裕司はなにを捜しているのか——いくら考えてもわからなかった。心当たりがひとつもない。裕司と別れたのは六年近く前。それっきり、ただの一度も連絡はなかった。こちらから取ろうとしたこともなかった。それまでの二十数年間、毎日のように顔を突き合わせていたことを考えれば、縁が切れたも同然だった。

奥の部屋をかたづけ終えたときには午前一時をまわっていた。かたづけたといっても、床にぶちまけられていたものを押入れに突っ込んだだけのことだった。

綿が剝きだしになった布団の上に転がり、煙草に火をつけた。戦い終わるころ、リヴィングダイニングで電話が鳴った。億劫な気持ちと、ざらついた興奮——胸が騒いだ。

重い足取りで部屋を横切り、電話を取った。

「はい、内林です」

「部屋を掃除できねえのは相変わらずだな、幸司」

手から力が抜ける——受話器を取り落としそうになる。よみがえった怒りと、腹の奥で熾火《おきび》のように燃えていた恐怖。自制するにはありったけの理性を必要とした。

「裕司、なんの真似だ?」

「昼間、顔を見させてもらったけどよ、ええ老けたじゃねえか、おまえ」

「おまえも禿げてきた」

咳込むような音——裕司の笑い声。人の神経を苛立《いらだ》たせる。

「懐かしいな、幸司。きゃんきゃん吠えまくるくせに、おれに殴られると途端に静かになる。昔からそうだった」

「ガキのころの話がしたいのか? だったら、切って寝るぞ」

「そう怒るなよ、幸司。六年ぶりじゃねえか」

「おまえの声が恋しかったわけじゃない。それに、留守中に部屋をめちゃくちゃにされりゃ、だれだって気分が悪い」

「隠すからじゃねえか」

「隠す? なにを?」

また、咳込むような音。

「おまえは昔からしらばっくれるのがうまかったからな」

困惑した——確かにおれは、昔から他人の目を盗んでなにかをするのが得意だった。だれかを騙《だま》す、ごまかす、それ以外に楽しみを知らないガキだった。だが、裕司がなにを求めているのか、どれだけ考えても身に覚えがない。

「おれは根室に帰ってきてからはまっとうに暮らしてる。おまえみたいな極道につきま

「逃げ帰ってきてから、だろう。日本語は正確に使わないとな、幸司」

まばゆい光——頭の中で炸裂する。日本語はちゃんと使えよ、幸司さん——敬二《けいじ》の口癖だった。

「敬二か？　敬二がなにか関係してるのか？」

「その手は食わねえぜ、幸司。何年の付き合いだと思ってるんだ？　おまえのことはお見通しなんだぜ」

敬二——裕司と幸司、幸司と裕司。それに敬二が加わった——遠い過去。記憶が溢れだす。眩暈《めまい》がしそうだった。敬二——おれには出来のいい弟のようなものだった。裕司には——わからない。

「おまえと同じだ。敬二が宿舎を出ていってからは声を聞いたこともない」

「あのクソ生意気なガキを、おまえが一番可愛がってたじゃねえか」

「敬二がなにをした？　敬二はどこにいた？」

受話器を握る手——汗でぬめる。

「その手には乗らねえといっただろう」

「本当に知らないんだ、裕司」

舌打ち——興奮が引く。裕司が舌打ちするときは、腹の中が煮えくり返った時と決まっていた。「幸司——」それまでの陽気さが微塵《みじん》も感じられない低い声がした。「おれは、オーシャンヴューにいる。八〇五号室だ。明日の昼、来いよ。敬二と三人で飯でも食おうじゃねえか。逃げるなよ。おれは追いかけるぜ。で、捕まえたら、徹底的にいたぶってやる。おれがいったことはやるってのは、おまえも身に染みてわかってんだろう？幸司、おれは昔よりこれがうまくなってるからな」

これ──握った拳を誇示する裕司の姿がすぐに思い浮かんだ。

「待ってくれ、裕司。おれは本当に──」

迸ろうとする言葉を飲み込む──電話は切れていた。慌てて電話帳でオーシャンヴュー・ホテルの番号を調べた。かけなおす──眠たげなホテルマン。

「八〇五号室のお客様からは電話を繋がないようにと承《うけたまわ》っております」

静かに受話器を置き、目を閉じた。記憶の奔流──とめようとしても無駄だった。

4

露助船頭の息子──おれにつきまとった名前。ガキのころ、何度親父にやめてくれと泣きついたかわからない。その度に張り倒された──はんかくさい、だれのおかげで飯が食えると思ってるんだ、このくそガキが！

あのころの根室の漁師にしては、家は裕福だった。当たり前だ、ソ連のいいなりになって、普通の日本船では入れない海域で魚を獲っていた。大勢の配下を使っていた。レポ船も下火になりつつあるころの最後の大物——それが親父だった。

家は裕福だったが、家族の間には隙間風が吹いていた。おれが小学校にあがるころ、おふくろが家出した。家にはよく、公安のおまわりたちがやってきた。親父は適当におまわりたちをあしらっていた。おれはそうはいかなかった。

坊主、おまえがいい服を着たり、ひもじい思いをしなくてすむのは、おまえの親父が日本を裏切るようなことをしてるからだ、わかってるのか——子供の心には惨《むご》すぎる言葉が何度も浴びせられた。

そして、学校——露助船頭の息子は徹底的にいじめられた。

上京して右翼団体に所属したのには、だからわけがある。おれは右翼じゃない。左翼でもない。それでも、あのころのおれには右翼の理念に縋るよりなかった。

毎年、二月七日が近づくと、納沙布岬《のさっぷみさき》に右翼が押し寄せてくる。二月七日——北方領土の日。いくつもの幟《のぼり》を立てた街宣車。戦闘服に身を包んだ右翼の若者たち。おれは陰に隠れて右翼のすることを見ていた。見つかれば、露助船頭の息子は右翼に袋だたきにされるのだと思い込んでいた。それでも、右翼から目を離せなかった。右翼に、親父を殺してもらいたかった。小学生のころ、おれは本気でそう思っていた。

二月七日——十七歳のときだ。おれは意を決して納沙布に向かった。年が経つごとに右翼の顔ぶれは変わった。だが、過去十年、変わらず納沙布に来る右翼がいた。その男の顔はおれの脳裏に刻み込まれていた。その男にかけた声はうわずっていた。右翼はにこやかな笑みを浮かべておれの話を聞いた。そしてこういった。

——高校を卒業したらうちに来るといい。日本は君のような若者を必要としているんだ。

東京近郊にある合宿所。広い敷地に、常時十人前後の若い連中がいた。豚に餌をやり、畑を耕した。右翼の理念を学んだ。祭日には街宣車に乗り込んで都内のあちこちをまわった。危急の時のためにと武術を叩き込まれた。畑の裏の方で、時々、銃声が聞こえた。だれが銃を撃っているのかを訊くのは禁止されていた。苦しく、退屈な日々。それでも、根室にいるよりはましだった。裕司と一緒にいるよりは、遥かにましだった。おれは畑仕事に精を出し、才能もないのに武術に打ち込んだ。

一年後——裕司が来た。裕司はおれを見ると、意地の悪い笑みを浮かべた。一週間もしないうちに、おれがレポ船の船長の息子であることが知れ渡った——その右翼団体の長はおれの出自《しゅつじ》を知っていた。知っていて身柄を引き取ってくれた。だが、合宿所のガキたちにはそんな度量はなかった。根室にいたときと同じいじめがぶり返された。

裕司——おれにまとわりついて離れない悪霊。どうしてあとを追ってきた？　何度訊いても、裕司は薄笑いを浮かべるだけだった。

敬二——裕司の一年後に合宿所にやってきた。いつも顔に冷笑を浮かべる色男。頭が抜群に切れた。

裕司と幸司、それに敬二。新たな関係。おれは敬二を可愛がり、裕司は敬二に嫉妬した——おれという玩具を取られたからだった。

過ぎていく日々——やがて知る事実。敬二は共産主義者の息子だった。党と党にすべてを捧げる父親に嫌気が差して合宿所にやってきた。おれと敬二の絆《きずな》は強まった。それで裕司が狂った。

理由は思いだせない。はじめは些細な口論だった。すぐに裕司が手を出した。敬二がボロ雑巾のようになるまで殴りまくった。だれも裕司をとめられなかった。

敬二は病院に運ばれた。それっきり、合宿所に戻っては来なかった。病院を抜けだして、失踪した。

裕司と幸司、それに敬二——また、裕司と幸司に戻った。

そして——無惨な失敗に終わったテロル。

記憶の奔流——とまることがなく、無益だった。台所から一升瓶を探しだした。意識がなくなるまで飲んだ。

5

オーシャンヴュー・ホテルは花咲港を見おろす高台にあった。夏には観光客が、冬には水産関係の業者たちが利用する。名前は洒落《しゃれ》ている——見た目との落差に観光客は辟《へき》易《えき》する。

ロビィは閑散としていた。もうすぐ昼飯時だというのに、ロビィ脇のレストランでアルバイトの女が欠伸《あくび》をしていた。

エレヴェータで八階へ。掃除用のワゴンが廊下の隅に置いてあった。あちこちのドアが開き、掃除婦たちが部屋のメイクアップにいそしんでいた。八〇五号室。ドアの前で立ちどまり、辺りを見渡す。来るまでは迷っていた。今では迷いが消えていた。ホテルの壁は薄い。これだけ人がいる場所で、いくら裕司でも手荒なことをするはずがなかった。

それでも、呼吸が乱れていた。深く息を吸い、ドアをノックした。

「幸司か?」

野太い声が聞こえた。

「そうだ」

「ちょっと待てや」

東京の極道の言葉づかい——裕司は耳がいい。おれの方が先に上京したのに、言葉から北海道弁の訛《なま》りが抜けるのは裕司の方が早かった。

チェーンロックを外す音。ついで、鍵を外す音——ドアが開く。いかつい顔が目の前に現れる。裕司は浴衣を羽織っただけだった。胸元から発達した筋肉が覗いていた。小学校で、中学校で、高校で、合宿所で、何度この筋肉に痛い目に遭わされたかわからない。

裕司の顔の笑み――意地の悪い笑み。すぐに消えた。

「敬二は？」

「電話でいっただろう。なにも知らないんだ」

裕司が舌打ちした――鳩尾《みずおち》の辺りから冷気が広がっていく。

「入れや」

裕司がいった。

「嫌だ」

おれは答えた。さっきまでの気楽な気分はどこかに消え去っていた。掃除婦がいるから手荒なことはしない――この何年かですっかりぼけてしまっていた。裕司はやりたいことをやりたい時にする。

「やっぱりな。電話じゃ威勢がいいが、おれを目の前にするとびびりやがる」

ドアが内側に大きく開いた。裕司の手には黒光りする金属の塊が握られていた。

「もう一回いうぞ、幸司。入れ」

銃口が無造作に動いた。抗《あらが》いようがなかった。裕司が身体を開く。おれは操り人形のようにぎごちない動作で部屋の中に入った。

狭い部屋――六畳ほどの広さにベッドとライティングデスク、それに冷蔵庫。ベッドのシーツは乱れていた。ライティングデスクの上のテレビ画面には有料のアダルトヴィデオが流れていた。若い女が手足を縛られて男に犯されていた。

「よく来たな。遅ぇから、尻尾を巻いてトンズラこいたのかと思ったぜ」

「おれはなにも知らない。それなのに逃げたりしたら、おまえは誤解を真実だと思い込んで逆上する。昔からそうだった」

裕司はベッドの上に腰をおろした。狭い部屋——狭すぎる部屋。視線をどこに動かしても、裕司が握った拳銃が視界に入ってきた。裕司はリモコンを手に取った。テレビに向ける。空々しい女の喘ぎ声が部屋に響き渡った。

「隣りの部屋でよ、婆あが掃除始めるのに合わせてボリューム大きくしてやるのよ。婆あども、嫌がりやがってな」

「相変わらず悪趣味だな」

「こんなもん、屁みたいなもんだぜ」裕司はリモコンを床に放り投げた。「さて、と。幸司、どうする？ 昔みたいに意地張るのか？ それとも、素直に喋るか？ どっちにしろ、痛い思いすると、なんでもぺらぺら喋っちまうんだからよ、素直になった方がいいと思うぜ」

「なあ、裕司——」

銃口が揺れる——口を閉じた。

「こっち来いや、幸司」

銃口——凝視すると、徐々に巨大になっていく。

「嫌だ」

唾を飲み込みながらいった。裕司の親指が動く。耳を聾《ろう》するような女の喘ぎ声。それでも、聞こえた——撃鉄を起こす音。

「おれが撃たねえと思うか、幸司？」

裕司の声は歌のようだった。おれはゆっくり首を振った。

「だろう？　だったら、とっとといわれたとおりにしろや」

足を踏みだす。

「もっとこっちだ」

もう一歩——すぐ目の前に銃があった。それ以上は足が動かなかった。

「敬二はどこだ？」

銃口から無理矢理視線を引き剝がす。裕司の顔を見た。口には出さずに懇願した。舌舐めずりするような笑みが返ってきただけだった。

「敬二はどこだ、幸司？」

「……知らない」

いきなり、裕司の肩が動いた。息がとまった。一瞬遅れて、痛みが襲ってきた。銃口が腹にめり込んでいた。反射的に腹を抱えた。髪の毛を摑まれた。凄まじい力で引っ張られた。放り投げられる——ベッドの上。裕司が馬乗りになってくる。避けようにも身体が動かない。口の中に異物が侵入してきた。冷たい感触——おぞましい味。銃身が歯に当たった。激痛が走った。耳の中では女の喘ぎ声が谺《こだま》していた。嘔吐感が喉元までせりあがってきた。

「敬二をどこに隠した？」

裕司の声――アダルトヴィデオの男優の声と重なる。裕司に犯されているような錯覚に襲われる。

「いえよ、幸司。敬二をどこに隠した？」

答えようにも声が出せなかった。裕司の目を見て首を振った。

「ふざけやがって」

裕司の指に力が入るのがわかった。引き金が少しずつ後退していく。強烈な悪寒――身体中の毛穴から熱が逃げていった。

「撃つぞ、幸司」

経験したことのない恐怖――思考が溶解し、理性が麻痺する。暴れた。もがいた。全身をくねらせた。上に乗った裕司はびくともしなかった。

「敬二はどこだ？」

もがき、暴れる。

「敬二はどこだ？」

喉が鳴る。溢れ返る唾液と流れ込む涙――息が詰まった。銃で撃たれる恐怖が消え、窒息する恐怖に全身を縛られた。

「敬二はどこだ？」

力なく首を振った。口の中で激痛——銃身が引き抜かれた。空気を吸い込む。すぐに吐きだす——腹を殴られた。

「敬二はどこだ？　幸司、いっちまえ。そうすりゃ楽になるぞ」

「知らない」

脇腹を殴られる。溶けきった思考。脈絡のない言葉だけが頭の中を飛び交う——知らない、知らない、おれは知らない、なにも知らない。

「幸司！　マジでぶっ殺すぞ、こら」

喉に圧迫感——首を絞められる。窒息死への恐怖がぶり返す。知らない、知らない、知らない、知らない——言葉が爆発する。

「知らねえっていってるだろうが‼」

叫ぶ——喉への圧迫が消える。息を吸う——咳込む。しばらくすると呼吸が落ち着いてきた。身体が自由になっていることに気づいた。涙に濡れた目を開ける。裕司はライティングデスクの椅子に座り煙草を吸っていた。銃はデスクの上に無造作に置いてあった。裕司の肩の奥で、ヴィデオの女優が顔に精液をかけられていた。裕司と目が合う——裕司が口を開く。

「知らねえなら最初にいえや、幸司」

「いった……」声を出した途端、喉に痛みが走った。痛みよりもやる瀬なさの方が勝っていた。口に出さずにいられなかった。「おまえがおれに耳を貸さなかっただけじゃないか」

「しょうがねえだろう。おまえは昔から嘘つきだった。特に、おれにはいつもひでえ嘘をついた」

「ガキのころの話だ」

「いいや」裕司はゆっくり首を振った。煙草の煙が渦を巻く。「ガキのころだけじゃねえ」

おれは口を閉じた。喉の痛み――後ろめたさ。裕司と幸司、幸司と裕司。裕司は幸司を殴る。幸司は裕司に嘘をつく。二十数年、そうやってきた。うんざりだった。ふたりを繋ぐ鎖を断ち切りたかった――断ち切った。そう思っていた。間違いだった。裕司はおれに取り憑《つ》いた悪霊だ。おれが死ぬまで消えることはない。

「しかし、おまえが敬二を匿《かくま》ってるんじゃねえとしたら、予定が狂うな」

根元まで吸った煙草を裕司は灰皿に押しつけた。

「敬二はなにをした？ なんで今ごろになって、おまえが敬二と関わってるんだ？」

裕司は答えなかった。立ちあがり、いきなり浴衣を脱いだ。二の腕の太さは相変わらずだった。胸毛に覆われた大胸筋は鎧《よろい》を思わせた。ゴールドのチェーンがよく似あっていた。腹筋は筋を作って盛りあがっている。昔より脇腹に贅肉《ぜいにく》がついていた。それでも、圧倒的な肉体であることに変わりはなかった。

「腹が減った」

裕司はドアの横のクローゼットを開けた。服を取りだし、着替えはじめた。

「飯でも食おうぜ、幸司。食いながら話してやるよ」

無邪気な声──おれに銃を突きつけ、殴ったことなどもう忘れている。怒りはなかった──消えていた。裕司といるといつもそうだ。はじめは恐怖。次いで怒り。最後には諦観。他の道を選ぼうとしても裕司が許してはくれない。

お馴染みの諦観を頭の中でいじくりながら身体を起こした。身体の節々が痛む──思わず呻いた。ダウンジャケットを着ていなければ、これの数倍の痛みがあったはずだ。

「相変わらず大袈裟だな、幸司よ。それほど痛めつけたわけじゃねえぞ」

「うるさい」

怒鳴りつけたつもりだったが、口をついて出た声は弱々しかった。

「佐久間《さくま》の野郎にやられてたことを思えば、屁みたいなもんだろうが」

佐久間──合宿所にいた武術の指導教官。サディストのクソ野郎だった。佐久間と組手をすると、身体中に痣《あざ》ができ、最後には裸絞《はだかじ》めで落とされた。

裕司が着たのはダークブルーのピンストライプのスーツだった。ネクタイは意外に地味な柄。バスルームのドアを開け、中には入らずにネクタイの結び目を直した。手櫛で髪の毛を整えた。満足そうに微笑む。

「久しぶりに、死ぬほど蟹を食いてえな」

こちらに戻ってきながらいった。

「昼間っからか？　冗談じゃない」

「いつ食ったって、蟹は蟹だ」

裕司はデスクの上に手を伸ばした。指輪と時計をはめた。指輪もゴールドで時計は金無垢のロレックス。分厚い札入れをしまい込む。最後に拳銃——上着の裾をたくしあげ、腰に差した。

「いつも持ち歩いてるのか？」

聞きながら視線を銃から逸らした。記憶が暴れだす。はじめて銃を持ち、撃った時の記憶——これ以上はないほど惨《みじ》めな記憶。

「東京で極道やってるとな、どうしたって中国人と関わりができるのよ。あいつら相手にすんのに、こいつがいるんだ。連中はよ、なかなか道理が通じねえからな」

「おまえに人のことがいえた筋合いか」

おれが知っている人間の中で、だれよりも道理が通じないのは裕司だった。

「細かいことをぐだぐだいうんじゃねえ」

裕司は顔を前に突きだして凄んだ。外見も中身もやくざそのものだった。

「歯を磨けよ。息が臭いぞ」

いってやった。裕司の目尻がさがった。

「おまえはろくなもんじゃないけどよ、幸司。昔からの知り合いが変わってねえってのはいいもんだぜ。おまえから口の達者なのを取ったら、なにも残らねえしな」

裕司は行くぞというように顎をしゃくった。おれはテレビを消してあとを追った。裕司はクローゼットからコートとマフラーを取り、腕に引っかけた。

「本気で蟹を食う気か？」

広い背中に声をかける。野太い声が返ってくる。

「当たり前だ。おれは食いたいものを食いたい時に食うのが好きなんだ。渡会《わたらい》食堂に行くぞ。まだやってんだろう？」

「あそこはおまえ――」

裕司が立ちどまった。振り返る。眉間に皺が寄っていた。

「ぐだぐだいうなって。おれが行くっていったら行くんだ。昔からそうだったろうが」

おれはうなずいた。裕司のいうとおりだった。

6

渡会食堂へはおれの車で向かった。どんよりとした曇り空。昨日降った雪が風に吹かれて視界を塞いでいる。

「おまえ、なんであんなことやってるんだ？」

信号待ちで、裕司が口を開いた。すぐには意味がわからなかった。

「あんなことってなんだ？」

「おまえのやってる店、ロシア人向けの電気屋だろうが？」

おれはうなずいた。

「この街じゃ、他に仕事がない。船の貸し賃もたかが知れてるしな。蟹やウニを獲ってきて懐のあったかいロシア人にたかるのが手っ取り早いんだ」

「露助船頭の息子が、ロシア人相手に商売やってるってのもおもしれえもんだな。やっぱりおまえの家はよ、昔からロシア人に媚び売るようにできてるってことだ」

反論はしなかった。裕司に限らず、いまだに陰口を叩く連中があとを絶たない。露助船頭の息子はやっぱり露助船頭だ——親父がロシア人に殺されたのに、ロシア人に食わせてもらっている。

聞き流すようにしていた。事実だったからだ。親父が死んだのは四年前。ソ連はロシアに変わり、かつての露助船頭も特権と影響力を失っていた。資源の痩せた日本の領海で細々と魚を獲る日々。親父は腐っていた。鬱屈していた。東京から戻り仕事もせずにぶらぶらするだけの息子も、親父の苛立ちを募らせるだけだった。爆発するのは時間の問題だった。

透きとおるような晴天——納沙布岬に立てば、色丹《しこたん》の先まで見通せるような青空の日、親父は漁に出た。そのまま帰ってこなかった。報《しら》せてくれたのは漁協の連中だった。親父はロシア領海まで入り込み、不法操業をやらかした。警備艇に見つかり、逃げた——発砲された。船は被弾し、沈んだ。乗組員のほとんどが死んだ。真冬のオホーツク——

ふたりの生存者がいたことの方が奇蹟だった。悲しみはなかった。解放感の方が大きかった。

だが、現実はおれの解放感を踏みにじった。遺族への見舞いと補償、取材と称して土足で人の家に入り込んでくるマスコミのウジ虫どもの相手——半年ももたずに倒れた。おれには荷が重すぎる仕事だった。それにマスコミの連中には知られたくないことを抱えていた。

病院から出てきた時、おれの手元に残っていたのはわずかばかりの保険金とくたびれた船が二隻だけだった。船は人に貸した。おれは船の動かし方も漁の仕方も知らなかった。毎月、びびたる金が入ってくる。保険金も目減りしていく。なんとかしなければならなかった。

昔、右翼団体にいただれかにいわれたことがある——人は死ぬために生きている。立派な死に方をすべく生きろ。立派な男だった。少なくとも、思想だけは立派だった。だが、おれにいわせれば、人はただ生きるために生きている。おれがそうだった。露助船頭になる前と、ソ連が崩壊したあとの親父がそうだった。いや、親父だけじゃない。根室の人間がみんなそうだった。根室の人間はこの数十年、政治に踊らされて生きてきた。目と鼻の先にある故郷——豊富な漁場。だが、立ち入ることは決して許されなかった。目の前に人参をぶらさげられて突っ走る馬のように生かされてきた。生きていくのに奇麗事はいらない。ただ足掻《あが》いて、人は生きていく。

だから、あの店を始めた。花咲に入港してくるロシア船相手の家電屋。大儲けはできない。だが、食いっぱぐれることもない。金が入れば、ロシア人はなにがしかの家電製品を買っていく。根室の漁師より、ロシア人の漁師の方が金を持っている。根室で金を持っているのは、ロシア人相手の商売をしている連中だけだ。おれも金持ちの仲間になりたかった。ただ、それだけだった。

「なんとでもいえ」アクセルを踏みながらいった。「おまえだって、結局は極道になったじゃないか。立派な血筋だ」

「おれは親父とは違うぜ、幸司」

「やくざはやくざだ。違いなんかない」

ルームミラーの中の裕司――歪んでいる。鼻白んでいる。

ルームミラーの中のおれ――喉が赤くなっている。

「このスーツ、いくらすると思ってるんだ?」

裕司はスーツの襟を引っ張った。

「さあね。買ったことがないからわからん」

「五十万だ。イタリアのブランドもんだ。わかるか、幸司。親父はろくでもないやくざだった。四十を過ぎても、酒を飲んで女を買うことしか考えないうだつのあがらねえやくざだった。おれは違う。組内《くみうち》でも出世頭だ。極道のエリートだ」

裕司は唾を飛ばしながら喋った。まるで子供のようだった。

裕司の親父――よく覚えている。朝でも昼でも夜でも酔っていた。酒くさい体臭が近よってくると、思わず身を引いた。悪酔いしているときは子供にも容赦なく暴力を振るう男だった。機嫌よく酔っている時には、笑いながら近づいてきて、十円玉を小遣いだといってくれた。

十円の小遣い。使い途はない。それでも、嬉しかった。露助船頭の息子に優しく接してくれるのは、他の露助船頭か酔っぱらったやくざだけだった。

「おまえの親父によく十円玉をもらったな」

「くだらねえ」

裕司は吐きだすようにいった。

「おまえは怒って、おれから十円を奪《と》って海に投げ棄てた」

「十円でなにが小遣いだ。ふざけやがって」

「おまえは葬式にも帰らなかった」

「うるせえよ、幸司」

「千夏の葬式じゃ、人目も憚《はばか》らずに泣いたくせに」

ルームミラーの中の裕司――顔色が変わるのがわかった。背筋《せすじ》の産毛《うぶげ》が逆立った。調子に乗りすぎた。脇腹に固い感触――押しつけられる銃口。裕司がいつ銃を抜いたのかもわからなかった。

「千夏の話はするな。殺すぞ」

押し殺した声——本気の声。

「悪かった」

銃口が遠のく。おれは静かに息を吐きだした。

7

渡会紀明《わたらいのりあき》は裕司に気づいて表情を強ばらせた。小学校と中学校で質《たち》の悪いいじめの先頭に立っていた男。今では三十になったばかりだというのに額が後退し、腹が出た冴えない中年男に変わっていた。

渡会食堂は地元でも蟹料理で有名な店だった。昔ながらの薄汚れた店構え——昼休みが終わったせいか、客の姿はまばらだった。

「久しぶりだな、渡会よ」

裕司は意地の悪い笑みを顔に張りつけていた。渡会は助けを求めるような目をおれに向けてきた。その視線がおれの喉元でとまる。裕司に絞められた痕——渡会は唾を飲み込んだ。

「蟹、食いたくてよ。どんどん持ってきてくれ。もちろん、おまえの奢《おご》りでな」

「それは困るよ、山口」

渡会の声はかすれていた。無理もない。とうの昔に忘れていた悪夢がいきなりよみがえったというところだろう。

中学の二年まで、裕司は向こうっ気は強いが身体の小さいガキだった。それに反して、渡会は大柄なガキだった。渡会はやくざの息子といって裕司を囃《はや》し立てては殴りつけていた。

立場が逆転したのは中三の夏休み前だった。遅い成長期が裕司にやってきた。低かった背は見る間に伸び、細かった身体に肉がついた。裕司は舌舐めずりをして復讐を始めた。真っ先にその餌食になったのは渡会だった。

「なにが困るんだよ、渡会。昔の償《つぐな》いだよ。いたいけなおれをいじめて傷つけた償いだ。蟹ぐらい安いもんだろう。それも、昔と違ってよ、ロシア人がどんどん獲ってくるから値段もさがってる」

渡会は唇を噛んでいた。渡会の頭の中の悪夢が、おれには手に取るようにわかった。

「奢れよ、渡会。嫌だっていうんなら、この店、ぶっ潰してやる」

低い声で裕司はいった。自分の声の響きが相手に与える影響を知りつくした人間の声だった。

「わかったよ。でも、今日だけだぞ、山口。それでいいべさ?」

「それでかまわねえ。あと、ビールもな」

裕司は腹を揺すって笑った。渡会はうらめしげな目をおれに向けて、厨房に消えていった。

「クソ野郎が。明日も来てやる」

低い呟き——それまでの人をからかうような響きは消えていた。裕司は昏い目で渡会の背中を睨んでいた。裕司の執念深さ——だれも知らない。おれと敬二だけが知っている。豪快な仕種《しぐさ》と笑いの底で、裕司は自分をないがしろにした人間に対する憎悪を煮えたぎらせている。決して忘れることがない。

蟹が来るまでの時間——なにもすることがない。裕司が口を開こうとする様子もない。喉と脇腹の痛み。おれがなにをした、裕司？——言葉はいつも喉につかえ、出てくることがない。

ビールが来た。運んできたのは初老の女だった。渡会のおふくろ——露助船頭という言葉を渡会に教えたのはこの女だ。

渡会の母親はおれたちとは視線を合わせなかった。そそくさとビール瓶を置き、去っていった。おれは裕司のグラスにビールを注いでやった。やりたくはなかった。だが、やらされることはわかっていた。

「おまえは飲まないのか？」

「知ってるだろう。酒はそんなに強くないんだ」

「そうだったな」

裕司はグラスを傾けた。一気に中身がなくなった。

「話せよ」

おれは裕司を促《うなが》した。

「なんの話だ?」

「とぼけるな。敬二のことだよ」

「ああ、その話か……」

本気で忘れていたというような口調だった。裕司は煙草をくわえ、火をつけた。

「あの野郎、組の金を持ち逃げしやがった」

煙とともに吐きだされた言葉——わけがわからなかった。顔に表われたのだろう、裕司はこんな簡単なこともわからないのかというように首を振った。

「組の金ってどういうことだ? 敬二も極道なのか?」

「盃はもらってねえ。小判鮫だ」

「わかるように説明してくれ」

裕司は煙草を灰皿に押しつけた。まだ二、三口しか吸っていないはずなのに、煙草は根元近くまで灰になっていた。

「おまえ、おれのことどこまで知ってる?」

試すような声と視線——おれは首を振った。

「極道になったということしか知らん。知りたくもなかった」

裕司は鼻を鳴らした。

「いい気なもんだぜ、幸司。おまえがドジったせいでよ、うちはめちゃくちゃになった」

うち――おれたちがいた右翼団体。

「マッポどもが大勢やってくるし、他の右翼どもから吊るしあげを食った。そのうち、おやじが倒れた。てめえのせいだ」

おやじ――団体の束ね役だった。おやじが倒れたというニュースを、おれは場末のうらぶれたホテルで知った。膝を抱え、震えていた。ベッドの上でひとり。傍らにはおやじから直に手渡されたオートマティックの拳銃が転がっていた。

「おやじはくたばりゃしなかったが、ひとりでベッドから起きあがることもできなくなった。それでよ、二、三ヶ月ぐらい経ってからかな、佐藤《さとう》がみんなを集めてよ、うちは解散することになったっていいやがったのよ」

佐藤――おやじの右腕。おれたちの食事からなにから、佐藤が賄《まかな》っていた。昏い目をした、容易に信用することを躊躇《ため ら》わせる雰囲気を持った男だったが、佐藤がいなければうちが立ちいかなくなることはガキだったおれにもすぐにわかった。

「でな、おれたちの身の振り方は、おやじが責任を持つから安心しろってわけよ。仕事も紹介してくれるし、当座の生活費もくれる。おやじさまさまだぜ。おまえがあんなドジ踏まなきゃよ、おやじだってまだぴんぴんしてて、おれも筋金入りの憂国の志士ってやつになってたかもしれねえな」

「おれの話はいい。敬二の話を訊いてるんだ」

「痛いところを突かれるとすぐこれだ」

「裕司――」

「わかったよ、そう怒るなって。おまえに怒られたところで、こっちは痛くも痒くもないんだからよ――いいか、そんなこんながあって、おれはおやじの紹介で極道の門を叩くことになったんだ。けっこうでかい組でな、縄張りは錦糸町《きんしちょう》だ」

ぴんと来なかった。東京には六年ほどいたことになるが、新宿《しんじゅく》以外の繁華街とは縁がなかった。

「そこに敬二がいたんだよ」

「組にか?」

「事務所にな。あいつも、おやじにそこの組を紹介してもらってたんだ」

敬二とやくざ――そぐわない。

「ただし、あいつは構成員ってわけじゃなかった。ヒモをやってたんだ。自分の女の他にうちの組が抱えてる中国やコロンビアから来た女たちの世話もしてた。あいつは、頭がいいから、連中の言葉をすぐに覚えたんでな」

敬二とヒモ――こっちの方がうまく飲み込めた。語学にいたってはうなずくしかない。

敬二は裕司と同じで耳がよかった。はじめて聞いた歌でも、カラオケで歌わせればそれなりに歌った。

「だいたいのところはわかった。それで、どうして敬二が組の金を盗んだりするんだ?」

裕司は掌を突きだした。待てのサイン。視線はおれの後ろ。振り返った。仏頂面《ぶっちょうづら》をした渡会が料理を運んでくるところだった。

「おい、渡会。いい蟹見繕ったんだろうな? 身がすかすかだったら、ただじゃおかねえぜ」

「今日、揚がったばかりの蟹だよ」

テーブルに置かれた大皿。たちのぼる湯気。蟹の香りを嗅いでも食欲は湧かなかった。

渡会は皿を置くと、逃げるように姿を消した。裕司が皿に手を伸ばす。熱さを感じていないかのように殻を割り、肉を啜りはじめた。

「うめえ。やっぱり、蟹は根室に限るな。おまえは食わないのか?」

おれは首を振った。

「うまいものに囲まれてると、食い物のありがたみがわからなくなるってな。おれは時々、無性に根室に帰りたくなる時があってよ、どんな時だかわかるか?」

「腹が減ってる時だ」

裕司は笑った。口いっぱいに詰め込まれた蟹の身——肉食獣の笑みだ。

「ムカつくやつだけどな、幸司。やっぱり、おまえが一番おれのことをわかってる」

「楽しいことじゃないけどな……裕司、食いながらでいい、話を続けてくれ」

「せっかちなところも変わらねえ」

空になったグラスが突きだされる。おれはビールを注いだ。裕司はビールで口の中身を胃に流し込んだ。

「どこまで話した？」

「敬二がヒモで、おまえの組の女たちの世話をしてたってところだ」

「最近な、ロシア人が多いんだ」

「ロシア人？」

胸が騒いだ。

「そうだ。外人の売女《ばいた》っていやぁ、中国人かフィリピン人、それにコロンビア人って相場が決まってたんだけどな、最近はロシア人が増えてる。人気があるんだ。コロンビア人たってほとんどは黒髪でよ。パツキンも染めてるだけよ。ところが、ロシアから来た女どもは肌が抜けるように白くて、下も本物のパツキンだからな」

「それと敬二にどういう関係があるんだ？」

「ナターシャって女がいてな、本名かどうかは知らねえが、えらくいい女だった。そいつと敬二ができちまった」

喋りながら、裕司の手はよく動いた。まるまる一杯あったタラバ蟹が見る間に解体されていく。

「そのナターシャって女には借金がある。ロシアから来るための金やらなんやらな。もちろん、うちの組が肩代わりしてる金だ。女とできちまうのはいい。しょうがねえ。ただ、借金だけはきちんとしてもらわねえとな。ところが、敬二は借金を返すことも、女に客を取らせることも嫌だと抜かしやがった。昔からのよしみだからよ、おれも、いい加減にしねえとヤキ入れられるぞって忠告してやったんだけどな。あいつは聞かなかった。先週、逃《ふ》けやがった。しかも、うちの組がシャブ買い付けるための金、盗んでな」

「いくらだ?」

裕司の目が光った。

「二億だ」

「大金だな」

「敬二は終わりだ、幸司。女ならまだしも、組の金に手をつけちゃ、どうにもならねえ」

「それにしても、ずいぶん間抜けな話じゃないか。ヒモ風情《ふぜい》に極道が二億もの大金を盗まれるとはな」

「だからよ、この話は内緒だ。他の組の耳にでも入ったら、若頭の小指が飛ぶ。おれも、敬二の古い知り合いだってだけで突きあげ食らった。おれの小指も危ねえ。下手《へた》すりゃ破門だしな。いや、もっと下手うてば、小指飛ばされて破門ってことにもなりかねねえ」

裕司は蟹を食べる手をとめた。左手の小指を凝視した。ゆっくり口を動かした。

「今時、指のねえやくざなんてはやらねえんだよ」

しんみりとした口調だった。

「だいたいの話はわかった。だけど、敬二が女と逃げたからって、どうしておれのところに来ると思ったんだ？」

「おまえ、あほか？　おれの話聞いてたんだろうが」

「わからないから訊いてるんだ」

「一緒に逃げた女はロシア人だっていっただろう。そんな女連れて、この日本でどこに隠れるところがあるってんだ。外国に逃げようとするに決まってんだろう。飛行機で逃げようったって、空港には見張りが張りついてるからな。船しかねえ。敬二と女が、列車で函館《はこだて》に入ったことはわかってるんだ。ってことはよ、根室しかねえ。おまえんところしかねえじゃねえか」

裕司の話は摑みどころがなかった。

「だからどうしておれなんだ？」

「ほんとに頭の巡りが悪いな。田舎に引っ込んじまったせいで、頭にウジが湧いてるんじゃねえのか？」

頭の中には靄《もや》がかかっていた。その靄が晴れる気配はなかった。

「裕司、なぞなぞはやめだ。はっきりいえ。おれはわけのわからない理由で、おまえにさんざん殴られたんだぞ」

裕司の表情が崩れた。本気で呆れている顔だった。

「そのナターシャって女が、どうやって日本に来たと思ってるんだ、おまえ?」

靄が晴れた。冷風が吹き抜けたような感覚を覚えた。

「まさか……」

「そのまさかだよ。ナターシャは、第三北海丸で密入国してきたってわけよ」

眩暈《めまい》を覚えた。

「そんな偶然があってたまるか」

いってみただけの言葉——いくつもの偶然が重なり合う時があることを、おれは知っていた。

「敬二がなんでナターシャとくっついたと思う。懐かしい幸司の名前が出たからじゃねえか」

裕司は蟹の甲羅を割った。指で味噌を掬って舐めた。

「おれじゃなくても、おまえが敬二と女を匿ってると思うだろうが、え?」

8

一年前——記憶ははっきりしている。
第三北海丸は親父の船——今ではおれの船だ。かなりガタがきてはいるが、まだ海に出ることはできる。その程度の船。田中《たなか》という男に貸している。田中は親父の下で働いていた。あのロシア警備艇による銃撃の時に生き残った方のひとりだった。

一年前——あの時も吹雪いていた。田中が木村《きむら》を連れて、内林電機店を訪れてきた。きな臭い匂い——木村は木村水産という会社を経営している。ロシア人が獲ってきた海産物を買い取り、加工し、市場に流す。根室だけでなく、釧路や札幌にも顔が広い。物腰は穏やかで、いつも作業服に長靴を履いている。人のいい田舎の社長——だが、木村はやくざだった。根室では木村水産社長という肩書きより、木村組組長の方がとおりがいい。売春と博奕——漁師の数少ない楽しみ。ふたつとも、根室近郊では木村が仕切っている。

田中は話を切り出すことができなかった。おれの目を見ることもできなかった。元々気の小さい男だった。真面目に働くことだけが取り柄の小柄な男。レポ船に乗り込んでいたのも、自分の意志ではなかった。

田中の代わりに、木村が話した。ロシアから人を運ぶのに、第三北海丸を使わせて欲しい、と。

根室の漁船が、時々、人を運んでいることは知っていた。大抵は若い娘。娘たちは稚内《わっかない》や根室で日本に上陸し、札幌や東京を目指す。経済の破綻したロシアで地道に働くより、一年なり二年なり、日本で身体を売って稼いだ方が未来は明るいということを娘たちは本能的に知っている。

国境が近すぎる。だれも、金のない場所からある場所へ移動しようとする人間をとめることはできない。

木村がその人運びに関わっているとしても驚きはなかった。木村は日本とロシアの両方にコネを持っている。

木村は多くは説明しなかった。いつも使っている船が、今回に限り使えないのだといった。第三北海丸を使うのは一度きりだといった。報酬は弾むといった。

おれは手を打った。百万——口止め料としては悪くない金。その金で車を買った。親父の遺品を整理していた時に出てきた小学校時代のおれの通信簿——計画性がないと書かれていた。

それで終わるはずだった——終わらなかった。やくざを信じるなというのは親父の口癖だった。身体に染みついたつもりでも、木村に比べれば、おれはただの若造でしかなかった。

密入国を決行するという当日になって、木村から電話がかかってきた。

人手が足りない——どうしておれが？　あんたには百万円も払ってるべさ。どうということはない口調だったが、言葉の裏には恫喝が込められていた。話が違うといって金を返そうにも、金は残ってはいなかった。

計画性がない——自分の性格を恨んだ。

ロシア人たちが上陸して、迎えが来るまでの二十四時間。そのロシア人たちの面倒を見る役を仰せつかった。

詳しいことは聞かなかった――知りたくもなかった。おれの店の裏手の倉庫にロシア人を匿う。ロシア人たちに食事を用意する。おれがすべきことはそれだけだった。

ロシア人たちは真夜中過ぎに、トラックに乗ってやってきた。運転しているのは木村の会社の人間だった。若い娘が五人。容姿はさまざま――ひとりだけ、目を魅《ひ》くような美しい娘がいた。彼女は不安に押し潰されそうになっている他の四人を励ましていた。強い意志を思わせる光が、青い目をさらに神秘的に見せていた。木村の会社の人間がたどたどしいロシア語でおれを世話役だと紹介すると、細い両手でおれの右手を握り締めた――電流が走ったような気がした。

「わたし、ナターシャです」

たどたどしい日本語――今でも耳に残っている。おれが彼女の日本語以上にたどたどしいロシア語で語りかけると、身体全体で喜びを表現した。

ナターシャを見るまで、おれにやる気はなかった。適当にカップ麺でも出しておけばいい。木村のためにそこまでしてやる義理はない――気が変わった。彼女たちのため――ナターシャのために、久しぶりに包丁を握った。合宿所で覚え込まされた料理。温かさだけが取り柄――それでも、ナターシャたちは喜んだ。朝まで、たどたどしい日本語とロシア語で話をした。店に備えつけの日露辞典を持って。

日本で働くために日本語を勉強してきた――ナターシャは日本語でいった。

ロシア人と商売をするためにロシア語を勉強している――おれはロシア語でいった。

ナターシャはサハリンで生まれ、両親と一緒に択捉《えとろふ》に移住したといった。それを理解するだけで一時間以上がかかった。

二月――倉庫の中は寒かった。反射型の石油ストーヴを焚いても、寒さは足元から忍び寄ってくる。それでも、おれは倉庫を離れなかった。ナターシャの笑顔――男心をくすぐる。ナターシャの体臭――離れがたい。

たった一晩だけの繋がり。ひとりよがりの欲望。

翌日の深夜、ナターシャはトラックに乗って去っていった。幸司――おれの名を呼び、ロシア語で何度も感謝の言葉を重ねた。

おれは倉庫に鍵をかけ、部屋に戻って酒を飲んだ。眠り、すべてを忘れた。

今の今まで、思いだすこともなかった。

9

「思いだしたって顔だな」

裕司の声――記憶が断ち切られる。

「ああ、思いだした」

「いい女だったろう？」

「そうだな」

裕司が嗤《わら》った。

おれは裕司のグラスにビールを注ぎ足す――従順な下僕《しもべ》の証。裕司の顔から嗤いが消える。

「ロシアの女もよ、敬二が面倒を見ることになったんだ。そうしたら、ある日、敬二から電話がかかってきた。ロシア人が幸司を知ってるぞってな。おまえも来いだとよ……偉そうに」

「行ったのか？」

「ああ、久しぶりにおまえの話を聞くのも悪くねえと思ったしな。露助船頭の息子がなんでまた、ロシアの売女なんかと関わってるのかも知りたかった」

「今じゃ、この街の人間は多かれ少なかれロシア人と関わって生きてる」

「そうみてえだな。昔とはえらい違いだ。昨日、車で街を流してみたけどよ、あの吹雪んなか、道を歩いてるのはロシア人だけだ。驚いたぜ」

裕司は蟹の甲羅を皿の上に放り投げた。厨房に声をかける。

「おい、渡会、蟹、食い終わったぞ。まさかこれで終わりじゃねえだろうな⁉」

「いじめるのもそれぐらいにしておけよ」

「なんでだ？　おまえ、あの野郎にどんだけいじめられたのか、忘れたのか？」

「忘れちゃいない」

おれは静かにいった。そう、忘れちゃいない。ただ、思いだすのをやめただけだ。

「おれは忘れねえ、許さねえ」

裕司も静かな声を出した。不思議な感情がおれの胸の内を駆け巡った。裕司の声は厳《おごそ》かだった。美しくさえあった。神聖な誓いの響きを伴っていた。

「おい、渡会、早く蟹を持ってこねえか」

焼き蟹と蟹入りの味噌汁、白いご飯──すぐに出てきた。

10

車をUターンさせてホテルに向かった。

「どこへ行くつもりだ?」

くぐもった声──裕司は爪楊枝で歯をせせっていた。

「ホテルだ。送ってやるよ」

「ホテルだ? おまえは馬鹿か。あんなところに敬二がいるかよ」

「おれと敬二が無関係なことはわかったんだろう? これ以上おまえと付き合う義理はないぜ」

「困ってるダチ公を見捨てる気か?」

「だれがダチ公だ」

「おれだ」

「問答無用でおれを殴るやつがダチ公か」

「今さらそんなことをいっても遅いぜ、幸司。おれは昔からこうだった」

ため息──裕司には付き合いきれない。おれは黙って車を運転した。

「おれの小指が飛ばされるかどうかの瀬戸際なんだ、幸司」

「だからどうした。指をつめるのが嫌なら、やくざをやめればいい」

「そういうわけにはいかねえ。他にできることがねえからよ」

飯を食う前より空が低くなっていた。雲が厚くなっていた。風が地面の雪を吹きあげている。すぐに雪が降ってきそうだった。とっとと裕司を振りきって、店に戻るべきだった。石油ストーヴで暖められた空気。自前で淹《い》れたコーヒー。数冊の小説。読書に飽きればヴィデオを観ることもできる。客はめったに来ない。来てもロシア人かロシア人の代理。夜になれば店を閉め、部屋に帰る。

幸ちゃん、まだ三十だべさ。いい年してこんな田舎で燻《くすぶ》っててもしょうがないっしょ──だれかにいわれた。余計なお世話だった。

敬二──懐かしい名前。ナターシャ──美しい記憶。どちらもおれの人生では貴重なものだった。おれの人生──生まれたときから泥に塗《まみ》れていた。泥を洗い落とそうとしたこともあったがかなわなかった。国境の町で後ろ指をさされて生きてきた人間は、この国のどこに行っても後ろ指をさされる。おれは拗《す》ねている。おれは僻《ひが》んでいる。おれはやっかんでいる。なにに対して？──すべてに対して。おれに手を差し延べてくれた人間はいなかった。だから、だれにもなにもいわせない。

おれは頑《かたく》なな人間だった。ガキの時からそうだった。ガキの時から頑なでなければやっていられないような現実に直面していた。

ふたりに逢ってみたいという想いがないわけでもない。だが、おれの横にいる男の存在がすべてを否定する。

「幸司——」裕司はなおも口を開く。柄にもない猫なで声だった。「おまえの助けがいるんだ。おれはもう、この街じゃよそ者だ。ロシア人のこともわからねえ」

「腰の拳銃を持って、あちこち歩きまわってみろよ。それで、おまえの得意のやり方で脅してまわるんだ。もし、敬二たちが根室にいたら、すぐに居所はわかるさ」

「気づかれて逃げられちまう。なあ、幸司、頼むぜ。敬二を見つけたらよ、二億の中から少し、くれてやる。なに、敬二が使ったことにすりゃいいんだ。組にはばれねえ。税金もかからねえ金だ」

「見つけたら、敬二を殺すってことだな」

ルームミラーで裕司を盗み見た。裕司の顔から一瞬、表情が消えた。

「そんな手伝いができるか」

追い打ちをかける——裕司には通じない。わかっていてもいわずにはいられない。

「殺《や》るのがだめなのか？　それとも、殺る相手が敬二だからだめなのか？」

「相手がだれだろうと、人殺しの手伝いはごめんだ」

ルームミラー——裕司の顔が歪む。

「おまえがそれをいうのかよ？　昔、てめえで志願して人を殺りに行ったくせに、犬っころに驚いてしくじったやつが、人殺しは嫌だっていうのか？」

記憶——抑え込む。

「なんといわれようと、これ以上おまえに付き合うつもりはないよ、裕司」

裕司の視線を痛いほど感じた。それでも、決して視線を裕司に向けることはしなかった。

「手伝えよ、幸司。そうしたら、千夏のことを許してやる」

記憶——抑え込んだ指の間から溢れてくる。

ブレーキを踏んだ。後輪が流れた。ステアリングを切って立て直す。背後から悲鳴のようなクラクション。ハザードを点滅させて路肩に車をとめた。

「危ねえじゃねえか」

裕司の罵声——聞き流す。溢れてくる記憶——思いだしたくもない記憶。

「嫌だ」叫ぶようにいう。記憶が歪む。「頼むから、おれを放っておいてくれ」

ステアリングに顔を埋めた。

「そうしてやりたいのは山々なんだけどよ、幸司——」裕司の声——無気味なほど優しい響き。「そういうわけにはいかねえんだ。いっただろう？　今時、指のねえやくざなんてはやらねえんだよ」

脇腹になにかが押しつけられる。確かめるまでもない――銃。

「おれはよ、幸司、おまえが嫌いだ。ガキんときから大嫌いだった。おまえも同じだろうが。おれのことが嫌いで嫌いでしょうがねえ。そうだろう？　だけどよ、参ったことに、おれたちにはその嫌いなやつ以外、一緒に遊んでくれる相手がいなかった。それでしょうがなくつるむようになって、この年になった。こういうのをよ、本当の腐れ縁っていうんじゃねえのか、幸司」

「おれはおまえから逃げた。それなのに、おまえが追いかけてきた。どうしてだ？」

「わからねえのかよ」

裕司の声には相変わらず優しい響きがあった。だが、脇腹に押しつけられる銃の圧力は少しずつ強まっていく。

「千夏も死んじまったしな、あのころのおれには、おまえしかいなかったんだ。おれが留年して、おまえが根室からいなくなったときは愕然としたぜ。おまえがいなくなったら、おれにはなんにもねえんだ。周りにいんのは、おれが怖くてへいこらしてくるウジ虫だけでよ……そん時のおれの気持ちがわかるか、幸司？」

おれはステアリングに顔を埋めたまま首を振った。顔をあげて銃を見るのが怖かった。

「ムカついたぜ。なんでおまえなんだ？　なんでよりにもよっておまえなんだ？　おまえはいつだっておれを馬鹿にしてた。おれを見下してた。どれだけ殴りつけたって、おまえはおれを馬鹿にすることをやめやしなかった。それだけじゃねえ。おまえはおれから千夏を取った。なんでそんなやつがいなくなっただけで、おれが寂しい思いをしなくちゃならねえんだ」

裕司の声——次第に熱を帯びてくる。脇腹に痛みが走る。恐怖を感じる。それとともに、再び記憶が暴走しはじめる。

「東京に行ったおまえは、おれがいねえからって寂しく思ったりはしねえ。それだけはわかってた。わかってたからなおさら腹が立った。だから、追いかけたんだよ、幸司。おまえをいびってやるためによ。おれに寂しい思いをさせたおまえに、お仕置きしてやるためによ。悪いか？　おれが間違ってるか？　悪いのはおまえだろう、幸司？」

記憶——シロという名の犬だった。おれたちが名づけた。見つけてきたのは裕司。だが、シロはおれになついた。裕司の目を盗んで、シロと遊んだ。裕司との約束をすっぽかしてシロと遊んだ。

ある日——小学校の裏山。シロを隠していた場所に行くと血に塗れた塊が転がっていた。シロだった。おれは泣き喚き、裕司の仕業だと確信した。裕司を見つけ、なじった。殴られ、地べたにはいつくばらされた。おれを殴りながら、裕司は泣いていた。叫んでいた。

幸司が悪いんだ——おれはシロを殺したくはなかった。

幸司が悪いんだ——おれをのけ者にしてシロとばかり遊ぶからだ。

幸司が悪いんだ——シロはおれの犬なのに、おれが見つけた犬なのに、幸司がおれからシロを取るから悪いんだ。

あの時の裕司の暴力は凄まじかった。裕司はチビで痩せていたが、おれの身体はもっと貧弱だった。近所の人間がおれたちを見つけ、おれは病院に運ばれた。

次の日——珍らしく素面《しらふ》の父親に手を引かれて裕司は見舞いに来た。裕司の顔には痣があった。仏頂面《ぶっちょうづら》をしたまま、裕司はおれに一輪の花を差しだした。そのまま、病室を飛びだしていった。花の名前はわからない——思いだせない。それでも、おれはその花がシロを隠していた裏山に生えていたことを知っていた。

おれは一ヶ月入院した。肋骨が折れていた。内臓が傷んでいた。それっきり、裕司は見舞いに来なかった。退院して学校に行くと、裕司はいつもと変わらぬ態度でおれを奴隷のように扱った。ふたりとも、シロの話題は口にしなかった。

「聞いてんのか、幸司?」

裕司の声——現実に返る。

「ああ」

ステアリングから顔をあげた。頭の中に鉛を詰められているような感覚があった。

「腐れ縁だ、幸司。おまえには、おれと一緒にいるしか道はねえ」

「わかったよ」

おれはいった。声は自分のものだとは思えないほどひび割れていた。

「急にものわかりがよくなったじゃねえか」

「手伝わなかったら、おまえに殺される」

裕司は歯を剝いて笑った。

「そのとおりだ。おまえが一番おれのことをわかってる。ムカつくけどな」

脇腹への圧迫が消えた。裕司は銃を腰に差した。

「さあ、行こうぜ」

「どこへ?」

「木村の爺い、まだやくざやってんだろう?」

「ああ」

「じゃあ、決まりだ。ロシア人を日本に運ぶ仕事もあの爺いが仕切ってるんだろうが」

おれはアクセルを踏んだ。いつの間にか雪が降りはじめていた。

11

「組事務所じゃねえぞ、ここ」

木村水産の事務所の前に車をとめると、裕司が口を開いた。

「昼間はこっちにいる。組の方はとりあえず二代目に継がせたことになってるんだ」

おれが車から降りると、裕司もあとに続いた。プレハブの粗末な建物に似あわない看板を、裕司は口を開けたまま見あげた。

「木村水産だ？」

「昔からあった。昔は儲からなかったからそれほど派手に活動はしてなかったんだ」

「最近は儲かるのか？」

「ロシア人が蟹やウニをたんまり獲ってくるからな」

「それを仕切ってんのか。確かに、根室のやくざの仕事だな、そりゃ」

感心している裕司には声をかけずに事務所に向かった。事務所脇の駐車場に場違いなベンツがとまっていた。木村の車。中には運転手兼ボディガードの若い衆が乗っていた。きつい目をおれと裕司に交互に向けていた。

脈が跳ねあがった。それでも、唾を飲み込んで足を動かした。やくざは怖い。だが、裕司はもっと怖い。

「ごめんください」

引き戸を開けると、熱気が顔に襲いかかってきた。

「あら、幸ちゃんじゃないの。珍らしいねえ」

こってりと太った中年女が顔をあげた。名前は田端《たばた》といった。ロシア人に頼まれた家電製品を買うために、おれの店へは何度も顔を出している。

「社長、います？」

「いるけど、幸ちゃんが社長になんの用さ」田端は声を低めた。「堅気《かたぎ》が関わっちゃいけない人だからね」

「わかってるよ、おばちゃん。ちょっと用があるだけだ。時間があるかどうか訊いてくれないかな」

「そう。じゃ、ちょっと待ってて」

田端が腰をあげた。狭い部屋を横切り、奥のドアに姿を消す。外の方から、車のドアが閉まる音が聞こえた。そして、声——

「あんた、どこの人だい？」

若いやくざの声だった。

「おまえには関係ねえだろう」

裕司の人を見下したような声が続いた。おれは振り返った。

「やめろ、裕司」

「やめろったってよ、幸司。おれは礼儀を知らねえ三下やくざを見るとムカついちまうんだよ」

「だれが三下やくざだって？」若いやくざの目——据わっていた。「兄さん、はんかくさいことばっかいってると、痛い目見るよ」

裕司の顔——薄笑い。ため息が漏れる。これ以上、裕司を諫《いさ》める気はなかった。巻き添えを食らうのはごめんだった。木村とトラブルを起こして困るのは裕司だ。

「なにをしとるんだ？」

背後からした声に顔を向けた。奥のドアから木村が出てきたところだった。木村の脇に看護婦のように田端が付き添っている。おれは肩をすくめ、顎を外にしゃくってみせた。木村が進みでてくる。背は低いが体つきはがっしりしていた。短く刈った頭はごま塩で、赤銅色に灼《や》けた顔の皮膚には深い皺が刻まれていた。

「あれはだれだ？」

木村の視線の先──裕司と若いやくざが睨み合っている。

「裕司です」

「裕司？」木村は小首を傾《かし》げた。それから思いだしたというように何度も首を縦に振った。「繁《しげる》のところのくそガキかい？」

繁──裕司の父親。

「そうです」

「根室を出ておったんだべさ」

「戻ってきたんですよ」

「なるほどな……なかなかいい顔つきになったんでないかい」

木村の顔に刻まれた皺が深くなった──木村は笑っていた。

「とめなくていいんですか？　木村さんのところの若いもん、かなりかりかりきてますよ」

「久しぶりに喧嘩を見てみたい気もするけどさ、最近は人手不足だから怪我でもされたらかなわんからな」

木村はおれを押しのけた。外に出て、立ちどまる。その後ろ姿は雪の山道に佇《たたず》む地蔵のようだった。

「やめんか、武《たけし》、はんかくさい」

武と呼ばれた若者がびくんと肩を震わせて振り返った。

「す、すんません。だけど、こいつが人を舐めたようなことを抜かすから――」

「車に戻っとけ」

武は唇をわななかせた。だが、なにもいわずに車に戻っていく。重い足取り――肩に不満が滲んでいた。

「つまんねえな」

裕司の声――からかうような響き。武は足をとめた。

「武！」

木村が声を出す。武は再び歩きだした。裕司はゆっくり木村に顔を向けた。

「親の葬式にも顔を出さんと、よくのこのこ戻ってきたもんだべさ」

「いろいろあったんだよ、おやっさん。それに、あんな野郎がくたばったところで、おれにはなんの関係もないっしょ」

裕司の言葉に、北海道弁の響きが戻ってきていた。

「親は親だべさ、はんかくさい。中に入るべ、裕司。外におったって、しばれてかなわないからね」

木村は事務所の中に戻ってきた。裕司が続く。木村の肩にはわずかに、裕司の肩にはかなりの雪が積もっていた。

「田端さんさあ、しばらくこいつらと話してるから、電話、取り次がないでくれるかい？」

田端に声をかけて、木村は奥の部屋に入っていく。おれは田端に視線を向けた。田端がうなずく。裕司がそばに来るのを待って、事務所を横切った。

「お茶にします？　それともコーヒー淹れようか？」

「いらんよ、田端さん」

部屋の奥から木村の声がした。

12

「おまえ、今、どこにいるのさ？」

木村がいった。裕司は部屋の中を見まわしていた。部屋の広さは四畳半ほど。執務机がひとつ、その背後に書類棚。部屋の真ん中にストーヴがあって、小さな応接セットが並んでいる。裕司の考えていることが手に取るようにわかる――やくざの組長のくせに、しけてやがる。

「東京さ」裕司は目を忙《せわ》しく動かしながら答えた。「福原組《ふくはらぐみ》ってところに世話になってる。おやっさん、聞いたことあるかい？」

「ないな。こんな田舎でやくざやってると、内地のことなんか、なんも耳に入ってこないからね」

木村が煙草をくわえた。裕司がライターの火をともす——待ち構えていたように。やくざのルール。裕司もそれだけはわきまえているようだった。

「それで、東京のやくざ者がこんな田舎になんの用さ？」

木村は煙草の煙を吐きだした。

「人を捜してるんだわ」

「人？」

裕司はうなずいた。

「うちの組で面倒見てたポン引きがさ、女連れて逃げやがったんだ」

裕司の語尾——かすかに跳ねる。道産子《どさんこ》に特有の言葉づかいだった。おれや渡会と話す時は完璧な標準語を話していた。

「女って、組内《くみうち》の女かい？　おやっさん」

「ロシアの女だよ、おやっさん」

裕司は軽い口調でいった。木村の目が光を帯びた。

「ロシアの女だ？」

「そうよ。おやっさん、運んでるんだべさ。択捉辺りからロシアの女をさ」

「馬鹿いえ」

木村はそっぽを向いた。

「とぼけるなよ、はんかくさい」裕司は嗤った。「根室からロシア人が入ってきてるってことは、おやっさんが絡んでるってことだべさ。それに、こいつから話は聞いてるんだ」

裕司はおれを指差した。木村が睨《ね》めつけるような目を向けてきた。

「あの金にはさ、幸ちゃん、口止め料も入ってるんだわ」

「わかってます」おれは頭をさげた。「話さなきゃ、こいつに殺されそうだったんです」

「あずましくないねえ、どうにも」

木村は煙を吐きだした。石油ストーヴの上に載った蒸発皿――沸騰する湯と白い湯気。煙は湯気と絡み合って消えた。

「つまり、あれかい？　その逃げたロシアの女ってのは、あの時の女ってことかい？」

「そういうことさ。おれがおやっさんに会いにきたわけ、これでわかったべ？」

木村は首を振った。

「おれは向こうからこっちに運んでくるだけさ。日本に入った荷物がどうなろうと知ったことじゃないからね」

「マブい女だよ、おやっさん。金髪に白い肌だ。それだと目立つっしょ。日本には逃げるところなんかないのさ。ロシアに帰るのが一番なんだよ」

「だからって、根室から出ていこうとするとは限らないべさ」

「女を連れて逃げてるのは、こいつのダチなのさ」

裕司の太い指——銃身のようだった。その指を払いのけたいという強烈な欲求が襲ってきた。唇を噛んでこらえた。

木村の目がおれと裕司の間を行ったり来たりした。鼬《いたち》のような目。餌の匂い——金の匂いを嗅ぎ分けようと必死になっている。

「そうだとしても、おれのところに来るとは限らんわな」

「それだって、東京から来た極道が根室でなにかしようと思ったら、おやっさんに筋通さないわけにいかないべさ」

忙しく動いていた木村の目が裕司に向けられた。値踏みするような視線。おれならすぐに目を逸らす。裕司は平然と受けとめていた。

「詳しく話せや、裕司。おまえがどういう立場で根室に来たのか。なんで、ただのロシアの女を組が追ってるのか……まあ、なんとなく理由はわかるけど、おれの思ってるとおりだったら、その女が組の金をなんぼ持って逃げたのか」

「おやっさんにはかなわねえな」裕司は声をあげて嗤った。目は嗤ってはいなかった。挑発するような光——木村に真っ直ぐ向けられている。「二億だよ」

木村の表情が揺れた。それも一瞬のことだった。木村はすぐに人のよさそうな微笑を浮かべて表情の変化を隠した。

「そらあ、大金だ」

「だから、おれが根室に来たのさ」

「その女を見つけたら、おまえんとこの組はなんぼおれにくれる?」

「二千万」

「たった一割かい」

「ロシア人の獲ってくるウニと蟹でしこたま儲けてるんだろう。がめつくなるなよ、おやっさん。うちの組と付き合いのあるところなら、ロハで手伝ってくれるところだぜ」

「まあ、いい。二千万で手を打とう。女と男の特徴をもっと詳しく教えてけれや」

裕司の口が開く——敬二の話。おれと敬二の話。おれと敬二と裕司の話。ナターシャの話。木村の目が忙しく動く。二千万で納得しようとしている人間の目ではなかった。

根室の人間——とりわけ地べたを這うようにしてきた人間は金に弱い。金しか頼るものがなかった。金以外に、だれも根室の人間を助けてはくれなかった。

ロシア人が獲ってくる海産物。おかげで根室は潤っている。梅ヶ枝町では気前のいい話が飛び交っている。だれもが目の色を変えて札束を引き寄せようとしている。えげつないほどに。

みんな知っている。知っていて口に出さない。いや、知らない振りをしている。だが、みんな知っている。この景気のよさがいつまでも続かないことを。今のようにロシア人に乱獲を許していたら、いくら豊富な漁場でもいつか資源は枯渇する。それも遠い未来の話ではない。明日、北方領土の海から蟹やウニが姿を消してもおかしくはない。

根室の人間はそのことに関して、頑なに口を閉ざしている。知っていて、口を閉ざしている。目の前の金にだけ意識を集中させている。政府も信用できない。ロシアも信用できない。根室の人間が信用しているのは、唯一、金だけだからだ。根室の人間が根室の現状を批判すれば、だれかが耳を貸すかもしれない。だが、根室以外の人間ではだめだ。

根室は根室の人間だけの街だ。国境で虐《しいた》げられてきた人間たちの街だ。

石油ストーヴ——蒸発皿。シャツの下の下着が汗で湿っていた。頭がぼうっとしてきた。裕司と木村はまだ話し込んでいる。

「したっけ、そのポン引きとロシア女が根室にいるっていう保証はないっしょ」

「保証はねえ。だけど、どこかを探さなきゃならねえなら、まず、根室からだ」

「敬二は根室にいないんだよ」

おれは口を挟んだ。

「なんでそんなことがわかる?」

「ここは小さな街だ。ロシア人はそれほど目立たないといっても、それは船乗りの話だろう。若くて奇麗な女を連れて歩いたら、それこそ目立つ。もし、敬二が本気で根室から日本を出るつもりなら、もっとでかい街で時期を待つんじゃないか。そっちの方が目立たないからな」

「でかい街？」

「このあたりなら釧路か帯広《おびひろ》。もしかすると札幌かもしれない。いずれにせよ、そうなふたりを捜すのは無理だ」

「そんなことはねえ」

いって、裕司は足元に唾を吐いた。木村が咎《とが》めるような視線を向けた。裕司は気にしなかった。木村はしょうがないというように首を振った。口を開いた。

「幸司はああいっとるが、根室もそう小さいとはかぎらんしょ。だれかが隠れようと思えば隠れることはできるさ。女を外に出さんけりゃわからんもんね」

敬二が根室にいなければ金が手に入らない——木村の声はそう聞こえた。

「ロシアに渡る手筈がつくまでずっと女を閉じ込めておくんですか？　無理ですよ」

「命がかかっておりゃ、人間、なんだってやるっしょ」

命がかかっていれば——二億もの金がかかっていれば。

「こうしようや、裕司。おれんとこの若いもんを使って根室は調べる。もし、必要なら、釧路や帯広にも知り合いはおるよ」

「いくら欲しいんだ？」

「あと一千万上乗せしてけれや」

舌打ち——裕司はまた唾を吐いた。

「あいかわらずがめついな、おやっさん」

「おれも今はビジネスマンだからね。取れるときには取っとかんと、この先どうなるかわからんしょ」

木村の言葉は根室の人間の気持ちを代弁していた。

「だったら、おれもビジネスとして話させてもらう。釧路と帯広でも捜してみてくれ。ただし、根室で見つかったら、払う金は五百万。釧路か帯広で見つかったら、そんときは一千万、くれてやる」

「どっちでも見つからんかったらどうする？」

「そうだったら、端からおやっさんにくれてやる金はないってこった。おれが東京に帰って、うちのおやじに小指を進呈するだけのことさ」

裕司は唇を歪めてみせた。背中の肌が音をたてて粟立った——なにかがおかしい。裕司の横顔は昔と変わらなかった。多少、肉がつき、皮膚に緩みがある。それだけだ。だからこそ、おれにはわかる。裕司はなにかを隠している。

「よし、それで手を打とう。昔馴染から金を巻きあげてもあずましくないからね」

木村が相好《そうごう》を崩した。いかにも田舎のやくざが好みそうな芝居がかった笑い方だった。石油ストーヴと蒸発皿、それに裕司。息が詰まりそうだった。裕司と木村は昔話を始めていた。木村は嬉しそうに、裕司はつまらなそうに。

木村に挨拶もせず、おれは事務所を出た。途端に冷気が襲いかかってきた。汗が冷える——凍る。車に駆け込み、エンジンをかけた。ヒーターが効きはじめるまで、運転席で震えていた。考えていた。

13

疑問が頭の中で渦を巻く。

──なぜ、裕司は根室にやってきたのか。

裕司はいろいろと理由を並べ立てた。裕司に殴られた直後でおれはそれを受け入れた。間違っていた。敬二とナターシャはおそらく裕司が追いかけてきていることを知っている。裕司がまずおれを見つけだそうとすることを知っている。のこのこおれの前に現われるはずがない。すんなり根室にやってくるはずがない。

──なぜ裕司はあんなに簡単に金の話をするのか。おれにも、木村にも。

おれはともかく、木村には金の話はすべきではなかった。二億の一割と木村はいったが、それで満足するはずもない。昔の木村ならそれでよかったかもしれない。だが、今、木村は札束に飢えている。ロシア人がもたらした金に塗れる喜びを知ってしまっている。

裕司は嘘をついている──間違いない。だが、それがどんな嘘なのかがわからなかった。

横顔に吹きつけてくる寒風──裕司が助手席に乗り込んできた。

「なにぼうっとしてやがるんだ」

「あの事務所は暑すぎる」

口先だけのごまかし——昔から得意だった。それで裕司を何度も引っかけた。

「たしかにな。じっとしてるだけで汗が出てきやがる……狸爺いめ、なにが手を打とうだ」

「金の話をしたのはまずかったんじゃないのか」

かまをかける——裕司は乗ってくる。

「金の話をしなきゃ、あのクソ爺いは動かねえよ。それに、端っから金をくれてやる気もないしな」

「木村を騙すつもりか？　バレたら大変なことになるぞ」

「バレたときはおれは根室におさらばしてるさ。大変なことになるのは、根室に残るおまえだ、幸司」

裕司は嬉しそうに肩を震わせた。

「冗談じゃないぞ、裕司」

「冗談なんかじゃねえよ。それが嫌だったら、おまえも根室を出るしかねえ。例えば、おれや敬二を出し抜いて、金を奪ってよ」

挑発するような目——木村に向けていたのと同じ目。裕司は敬二が根室にいる、あるいは根室にやってくると信じている。

「馬鹿なことをいうなよ、裕司」

「真面目に聞けよ、幸司。おまえはおれのことを疫病神だと思ってる。だけどな、見方を変えれば、おれは幸運を運んできた天使かもしれねえぜ」

たわごと——耳を貸す気はなかった。アクセルを踏み、車を発進させた。

「次はどこに行くんだ?」

訊きながら、ワイパーを動かした。雪が強くなっていた。吹きつける風——天から舞ってくる雪と地面から吹きあがる雪とが混じり合い、視界が極端に悪くなっている。

「見ろよ、ほんとに吹き溜りだぜ、ここはよ」

裕司は芝居がかった仕種《しぐさ》で車の外に顔を向けた。

「いつだって雪だ。雪が降らなきゃ、冷たい風が吹きつけてくる。夏だってあってないようなもんだ。おまけに、ここに住んでるやつらはやれ北方領土だのやれ漁業権がどうしただのと喚いてばかりいやがる」

「それはしょうがないだろう。みんなここで生まれたんだ。ここ以外、行くところがないんだ」

「生まれたところが吹き溜りだったら、そこから出てけばいいんだよ。おまえはそうしたじゃねえか、幸司」

「だが、戻ってきた」

「東京にいられなくなったってだけの話だろう」

「みんな、そうやって生まれたところに帰るんじゃないのか」

「中にはそういう連中もいるだろうけどよ、おまえはそうじゃねえ。おまえはこの街を憎んでるはずだ」

「どうしてわかる？」

「おれがそうだからだよ」

いって、裕司は舌を鳴らした。なにかに苛立っているようだった。狭い車内――気分が伝染する。おれの鳩尾の辺りでもなにかがしくしくと疼《うず》きはじめた。

「三十をちょい過ぎたぐらいで、こんな吹き溜りで爺いのような暮らしをする――おまえには似あわねえんだよ、幸司。おまえはそんなしおらしい人間じゃねえ」

「おまえになにがわかる」

「わかるさ。おまえがおれのことをわかってるのと同じぐらい、おれにはおまえのことがわかる。二十五年だぜ、幸司。親父やおふくろとより、おまえと一緒にいた時間の方がなげえんだ」

裕司は妹――千夏の名を出さなかった。おそらく、わざとだった。おれはそれを指摘するのをやめた。

「おまえは冷たい野郎だよ、幸司。おまえはいつだって自分のことしか考えない。そのうえ、おまえはわがままで欲張りだ。一度欲しいと思ったものは、どんなことをしたって手に入れなきゃ気がすまねえ。そうだろう？　どんな汚い手を使っても、おまえは屁とも思わねえんだ」

揶揄《やゆ》するような口調――挑発。乗らなかった。

「図星を突かれると黙りこくる。昔から変わらねえ」

運転に神経を集中させた。時速三十キロ。それ以上は出せなかった。雪で奪われた視界。この数日降り積もった雪でできた轍《わだち》。ちょっとしたことで車は動かなくなる。他に道を走っているのは業務用の車だけだった。

「敬二が持ってる金は二億だぞ、幸司」

「だから、なんだ？」

挑発――乗ってしまった。ずっと考えていた。考えないように努めていた。無駄だった。

「喉から手が出るほど欲しいんだろう。おれが木村の爺いに金の話をしたとき、おまえ、目の色が変わったぞ」

でたらめだ。おれの顔色は滅多なことでは変わらない。外部から受ける刺激と自分の神経を切り離すことができる。露助船頭の息子と蔑《さげす》まれるたびにそうしてきた。慣れたものだった。それでも、動揺せずにいられなかった。

二億。考えまいとしてもたえず頭の隅にあった。それだけの金があればどこへでも行くことができる。おれのことをだれも知らない街。釧路――近すぎる。旭川《あさひかわ》、札幌、函館。もう一度、内地へ行ってもいい。東京以外のどこか。そこで、おれはおれにまつわるすべてを断ち切って生きる。たったひとりで。すべてを捨てて。

裕司の存在に苛立ち、裕司の暴力に怯えながら、そのことを夢想していた。せずにはいられなかった。金を持っているのが敬二じゃなかったら——必ず奪い取る方法を考えていたはずだった。

「なんとかいえよ、幸司」

「だれだって二億なんて金、欲しいに決まってる」

「珍らしく素直じゃねえか」

ルームミラーの中——歪んだ裕司の顔。裕司の目的がわかった。小指が惜しいからじゃない。二億が欲しいから、裕司は根室までやってきた。敬二を追いかけてきた。だが、なぜ敬二が根室に来ると確信しているのか。わからない。今の視界と同じで、真相は雪に閉ざされている。

「敬二を殺すのか？」

裕司がゆっくり顔を向けてきた。

「あいつ次第だ。おれのいうことを聞けばそれでいいし、聞かなきゃ——」

裕司は右手で拳を握った。親指だけを突きだし、それを下に向けた。

裕司——敬二——二億。頭の奥、顔と札束が交錯した。

「どこへ行けばいいのか、まだ聞いてなかったぞ」

おれはいった。渦巻く感情をおさめたかった。

「極道に会ったんだから、次はおまわりだろう。香川《かがわ》の野郎はまだいるのか？」

「札幌に行ったよ。栄転だって話だ」

裕司は舌打ちした。

「なにが栄転だ」

おれはうなずく。香川公一《こういち》。公安畑の刑事だった。おれが中学のころ、根室に赴任してきた。もう、レポ船も下火になっていたというのに、毎週のようにおれの家に顔を出した。周りに他人の視線があるときは、人のよさそうな笑顔。腰の低い態度。おれと対するときは尊大な物腰に、人を馬鹿にしきった態度を取った。どれだけ傷つけられたかわからない。どれだけ憎んだかわからない。

「おれが知ってるおまわりはいるか？」

裕司の問い——気の進まない思いを抱えながら答えてやった。

「恩田《おんだ》ならまだいるよ」

「恩田か……なにやってるんだ？」

「さあな、少年課じゃないことだけは確かだが」

「知りたくないから知らなかったってか？」

「ああ」

おれは——おそらく裕司も——ガキのころから、世間では「偉い人」と呼ばれてる連中の薄汚い裏の顔を見せられることが多かった。政治屋ども、学校の教師ども、それにおまわりたち。よそ行きの言葉で表面を飾りたてたやつら。どれだけ見てくれを整えたところで、中身は同じだった。欲望、嫉妬、ねじくれた倫理。そいつらは、決まって露助船頭の息子には本性を見せた。アル中やくざの息子にも見せた。あいつらにすれば、おれも裕司もまともな人間じゃないからだ。どう扱ったってかまわないと思っていたからだ。

おれは今でも、そういう連中を見ると吐き気を覚える。

恩田もそんなひとりだった。おれと裕司が十代のころ、恩田は三十代だった。裕司と恩田はいつでも追いかけっこをやっていた。ガキどもの悪さが発覚すれば、その背後には必ず裕司がいる——恩田はそう思い込んでいた。ふたりの追いかけっこに、おれはいつも巻き込まれた。恩田から見れば、おれは裕司の取り巻きの最たるものだった。おれを締めあげれば、裕司の居場所はすぐにわかる——恩田は信じていた。不毛なやり取り。おれは裕司がどこでなにをしているかなど知らなかった。知りたくもなかった。だから、根負けするのはいつも恩田だった。恩田は決まって腹に据えかねたような態度でおれを小突いた。その後で、必ず説教を垂れた。

裕司は何度か恩田との追いかけっこに負けた。その時に、どれだけ不毛な時間を恩田と過ごしたのか、どれだけくだらない説教を食らったのか——考えたくもなかった。ただ、一度だけ裕司が憤懣《ふんまん》やるかたないという態で漏らしたことがある。

——あの野郎、金もらって、木村のおやじのところの若い連中が悪さしても知らんぷりとおしてるんだぜ。ふざけやがって。

「どうする？」

「あいつなら金で動くな」

「たぶん」

「よし、会いに行くぞ」

「これから？　この時間なら、署内にいるぜ」

「更生した悪ガキが、昔、世話になったおまわりに挨拶に行くんだ、かまわねえだろう」

ため息――警察署は嫌いだった。

「文句があるのか？」

視界の隅で裕司の表情が強ばるのが見えた。

「いいや」

おれはステアリングを握り直した。ルームミラーで裕司の様子をうかがった。

ルームミラーの中――緩んでいく裕司の表情。その肩ごしにぼんやりと浮かびあがる車のヘッドライト。

ちょうど交差点に差しかかったところだった。おれは車を右折させた。ヘッドライトがあとを追ってくる。車種を見極めようとしたが無駄だった。降りしきる雪――すべてを埋め尽くす。

「裕司、尾《つ》けられてるかもしれない」

おれはいった。

「本当か？」

「わからないがな。こんな雪の中、車で出かける人間なんて根室には滅多にいない」

裕司が振り向いた。目を凝らしていた。

「木村のおやじの事務所の前にとまっていたベンツだぜ、ありゃ……ってことは、運転してるのはあのガキか？　おやじもやってられねえな。人手不足にも程《ほど》があるぜ」

「どうする？」

裕司は右手で顎の先をつまんだ——探るような視線をルームミラーに向けた。

「警察行きはやめだ」言葉を吟味しているような口調だった。「恩田と木村はまだつるんでるかもしれねえしな」

「だったらどうする？」

「ドライヴにでも行くか」

「冗談じゃない。おれは仕事を犠牲にして付き合ってるんだぞ」

「あんな店のなにが仕事だ」

せせら笑いが車内に響いた。裕司は知っているのかもしれない。おれは仕事に不熱心だった。あの店も、週に三日は閉めていた。用がある人間はおれの携帯電話を鳴らす。狭い街だ。電話を受けてから十分もあれば店を開けることができた。

「今日中に届く品があるんだ。夕方には店にいなけりゃならない」

裕司は腕時計を覗き込んだ。

「納沙布まで往復する時間はあるな」

「納沙布？」

封印していた記憶が音をたてはじめた。

「ああ、納沙布まで行こうぜ、幸司」

「どうして納沙布なんだ？」

千夏——納沙布の岬から飛び降りた。それ以来、裕司は納沙布に行ったことがない。行きたいと思ったこともないはずだ。

「折角帰ってきたんだ。妹の墓参り……墓参りじゃねえな。とにかく、妹に挨拶してやったっていいじゃねえか」

「今日みたいな天候の日にわざわざ行くこともないだろう。千夏の命日ってわけでもない」

千夏は夏休みの最後の日に死んだ。おれの童貞と千夏の処女が失われてから四日後に死んだ。

「行きてえんだよ」裕司はいった。ぴしゃりとしたいい方だった。「あの小僧、必死になっておれたちを追いかけてくるぜ。木村の爺いの命令だからな。あの爺いはおれがなにをするか知りたくてしょうがねえんだ。なにせ、二億の金が絡んでるからな。それがよ、おれたちが納沙布で妹の弔いをしてたなんて知ったら、どう思うよ？」

「拍子抜けするだろうな」

「だから、納沙布に行くんだ、幸司」

口をついて出そうになる言葉——飲み込んだ。駄々を捏ねはじめた裕司に逆らっても無駄なことはわかっている。それに、濱口のために釧路から運ばせるウェットスーツも、この雪では到着が遅れるに決まっている。

ウィンカーを出して左折した。ベンツはしっかりついてくる。辺りは一面の雪。それでも、市街を出ればもう少しスピードをあげることができる。

おれは横目で裕司を盗み見た。裕司は背もたれに身体を預け、目を閉じていた。なにを考えているのか。なにを企んでいるのか。昔なら、裕司の頭の中は手に取るようにわかった。今はわからない。根室に戻ってからの数年の歳月が二十年の間に培ったものを消し去ってしまっていた。

「幸司」

ルームミラーの中——裕司は目を閉じたままだった。

「なんだ?」

「二億が欲しくてもな、おれをなんとかしないかぎり、どうにもならねえぜ」

「わかってる」

「それに、金を持ってるのは敬二だ」

「わかってる」

「どうだ、おれが天使に見えてきただろう?」

「おれがおまえのことをどう思ってたか教えてやろうか、裕司」

「聞きてえな」

「悪霊だよ。おまえはおれに取り憑いた悪霊だ。親父がレポ船なんかやったから、神様がおれに罰を与えたんだ。それがおまえだ」

裕司は目を閉じたまま笑った。

14

国道三十五号――納沙布へと続く道。すれちがう車はなかった。先を行く車もなかった。おれのスカイラインとベンツ。つかず離れず走っている。原生花園を過ぎた辺りから雪が小降りになってきた。雲間から陽光が覗くこともあった。雪に包まれた原野がどこまでも広がっていた。吹きつける風が雪を舞いあげる。

スピードをあげた。ベンツもしっかりついてくる。

裕司が伸びをした。身体を起こしルームミラーを覗き込んだ。

「あの若造も真面目にやってるじゃねえか」

でかい欠伸をしながらいった。

「一本道だから楽なもんだろう」

「雪もやみそうだな」

「その代わり、風が強い」

「いつものことじゃねえか」

裕司は視線を窓の外に向けた。遠くに雲間から差してくる陽光が筋のようになって見えていた。裕司は目を細めた。

「ほんとになにも変わってねえ。覚えてるか、幸司？」

「なにを？」

「あれは、おれたちが中坊のときだったかな。うちの親父の車をかっぱらって、納沙布まで行ったことがあったじゃねえか」

思いだした。おれは納沙布になんか行きたくなかった。酒くさい車に乗るのも嫌だった。裕司の強引さに負けて付き合った。

「〈望郷の家〉で菓子パン食って、帰りにガス欠になって立ち往生したんだったな」

ひもじかった。寒かった。空腹と寒けを忘れるために歌を歌った。歌謡曲、アニメの主題歌。なんでもよかった。知っている曲はすべて歌った。裕司は歌がうまかった。おれは下手だった。いつもなら、裕司はおれの音痴さを馬鹿にした。あの時は違った。

「歌を歌った。おまえの下手くそな歌を我慢して聞けたのは、後にも先にもあの時だけだった」

「それがどうした。昔を思いだして涙ぐむ柄でもないだろう」

「あの時の空を思いだしてよ……覚えてるか？」

おれは首を振った。覚えているのはひもじさと寒さ。それに裕司に対する恨みだけだった。雪が降っていたのか、晴れていたのかも覚えていなかった。

「なんでか知らねえが、妙にはっきりと覚えてるんだ。あの時は、空は晴れてた。満月でよ、星がちかちかしてたな。風も珍らしくなくてよ……風が強かったら、おれたち、死んでたかもしれねえ」

思いだした。皓々《こうこう》と輝く満月。晴れ渡った夜空から降ってくる粉雪。幻想的で矛盾に満ちた光景。まるでおれと裕司のようだった。まるで根室の街が直面している現実のようだった。

裕司は目を閉じた。夢でも見ているような口調で話しはじめた。

「そのくせ、雪が降ってやがるんだ。地吹雪じゃねえぜ。ちゃんと空から降ってきやがる。歌いながら空を見るとよ、まるで星が降ってきてるように思えた。月明かりが雪を照らすんだ。感動してよ、おまえにも空を見ろといおうと思ったんだが……」

思わず裕司を見た。裕司は含羞《はにか》むような表情を浮かべた。おれは毒気を抜かれたような気がした。混乱した感情を整理できぬまま口を開いた。

「そんなことをいわれた覚えはないぜ。おまえにそんなことをいわれたら笑い死にしてたかもしれないな」

「だろう。おれはな、根室にいて、なにかを奇麗だとか美しいとか思ったことはねえ。

あの時の雪と月の夜だけだ。それをおまえにいって、笑われたら、おれはおまえをマジで殺しちまうと思った。だからいわなかった」

「どうして今ごろそんなことを？」

「急に思いだしちまったんだ。おれもヤキがまわったかな」

混乱した感情──続いていた。それは恐怖を伴っていた。雪と月の夜──裕司の柄じゃない。感傷的な昔話──裕司の柄じゃない。おれが知っている裕司には似あわない。おれの知らない裕司。行動が読めない。思考が読めない。ただ、破壊的な暴力衝動だけが変わらない──恐ろしかった。

「納沙布に行こうなんて、柄にもないことをいいだすからじゃないのか」

「根室に戻ってくるつもりはなかった。おまえが根室を出ていったときは悔しくて仕方なかったがよ、おまえが根室に逃げ帰ったときは馬鹿じゃねえかと思ったぜ」

「なのにおまえは帰ってきた。そんなに二億が欲しいのか？」

裕司が笑った。裕司らしい獰猛《どうもう》な笑み──恐怖が薄らいでいく。

「おれは組の命令で仕方なく根室に来たんだ。間違えるなよ、幸司」

ルームミラーの中──ベンツのヘッドライト。右手にトーサムポロ沼。納沙布岬までは残り半分の道程。沈黙が車内を満たす。不快ではなかった。裕司に口を開かれるより沈黙の方が心地よかった。

15

海から吹きつけてくる風は剃刀《かみそり》のように露出した肌をいたぶった。やむかと思っていた雪がまた強く降りだしていた。緩みはじめた流氷が青白い光を放って海を覆っていた。その先には貝殻島《かいがらじま》がおぼろに見える。流氷に埋め尽くされた海のどこかに国境線が引かれている。

ダウンジャケットのジッパーを喉まで閉めた。おれの横で裕司がコートの襟を立てた。裕司の脇には碑が建っている。おれたちの目の前は断崖。岬の突端。日本の果て。目と鼻の先に見える貝殻島は異郷の地だった。

おれの家も裕司の家も色丹の出身だった。祖父が生きていたころは、何度も色丹の話を聞かされた。うんざりするほど聞かされた。親父はそんな話はしなかった。ソ連軍のせいで色丹を追いだされて根室に来たのが昭和二十二年。親父は八歳のガキにすぎなかった。祖父ほどに愛着はなかっただろうし、記憶も薄れていたに違いない。

鮮明に覚えている——唇の端に泡を溜めて喋りまくる親父の姿。はじめての抑留——色丹のアナマから戻ってきた時の親父。色丹の様子を懸命に祖父に伝えようとしていた。目にはうっすらと涙が浮かんでいた。床に就いたままの祖父は嬉しそうに何度もうなずいていた。耳にこびりついている親父の声——色丹はなにも変わっちゃいねえ、昔のまんまだ。

親父は現実的な人間だった。だからレポ船の船長になった。それでも、自分が生まれた土地のことを忘れることはできなかった。

「しばれるなぁ」

それほど寒いと思っているとは思えない声で裕司がいった。裕司は煙草をくわえた。ライターはなかなか点火しなかった。舌打ちが風にかき消された。

おれは背後に目を向けた。扉を閉ざした土産物屋が一軒。右側にあるのが〈望郷の家〉。ソ連と日本の相互理解を訴え続けていた名物店主もこの風と雪にはお手上げらしい。土産物屋の五十メートルほど向こうにベンツがとまっていた。武と呼ばれていた若者も、この状況で姿を隠そうと努力することの馬鹿らしさに気づいたのかもしれない。

「そこで花でも買おうと思ってたのによ」

やっとつけた煙草――裕司はその火先《ほさき》を〈望郷の家〉に向けた。

「こんな天候で開いてるはずがないだろう。もし開いてたとしても、花なんか売ってるもんか」

「千夏は花が好きだっただろうが？」

裕司は鼻を鳴らした。おれの声が聞こえなかったとでもいうような態度だった。

おれはうなずいた。千夏は花が好きだった。ハマナスが好きだった。夏の海が好きだった。

「ハマナスは夏にならなきゃ咲かないぜ、裕司」

「おれの知ったことか」

裕司はコートのポケットから煙草のパッケージを取りだした。無造作に数本の煙草を引き抜いた。

「火をつけるのを手伝え、幸司。線香の代わりだ」

おれはまじまじと裕司の顔を見つめた。胸の奥でなにかがざわざわと音をたてていた。

「なんだ？　おれの顔になにかついてるか？」

「本気か？　おまえ、千夏の墓参りだって一度もしたことがないだろう？」

「兄貴が妹の死んだ場所で線香あげちゃ、悪いのか？」

「おれの知ってるおまえは、絶対にこんなことはしない」

裕司は笑った。笑い声は風を押し戻しておれの耳にはっきりと届いた。

「不安か、幸司？　おれが昔と違う人間だったらどうする？　逃げだすか？」

裕司の出方——読めない。裕司の考え——読めない。裕司は変わった。すべてではない。だが、確かになにかが変わっている。それに対しておれはどうだ？　おれは変わったか？　なにも変わっちゃいない。それがおれを不安にさせる。いつだって裕司よりおれの方が頑なだった。裕司の拗ね方よりおれの拗ね方の方が堂に入っていた。裕司には暴力があった。残酷な性格があった。両方を使って鬱憤を晴らすことができた。おれにはなにもなかった。おれは変われない。変わりようがない。

「ほら、とにかく火をつけるぜ」

差し出された煙草。受け取り、口にくわえた。屈み込む。裕司は右手でライターを握り、煙草とライターを風から守るようにでかい左手を広げた。それでも、火はなかなかつかなかった。ついたと思ってもすぐに消えた。苛立ちと不安——三本の煙草に火をつけるのに五分以上の時間がかかった。

「まあ、こんなもんだろう」

裕司はおれの手から煙草を奪い取った。煙草をたばね、線香に見たてて目の前に掲げた。目を閉じ、しばらくの間動かなかった。風が灰を飛ばした。灰は裕司の顔に降りかかった。それでも裕司は目を開けなかった。

おれは裕司を見守った。吹きつける風——体温が奪われていく。歯の根が合わなくなってくる。ポケットに突っ込んだ手から感覚が失われていく。防寒ブーツの爪先がちりちりと痛みだす。

やがて、裕司は目を開けた。煙草を崖の向こうに放り投げた。

「行くぞ、幸司」

おれに背を向け、歩きだす。

「待てよ、裕司」

その背中に声をかけた。裕司はゆっくり振り向いた。

「なんだ？」

「本当のことを話せ」

「本当のこと？」

「おまえは木村に金の話をべらべら喋った。千夏の冥福を祈った。そんなことはありえない。おまえはそんなことをする人間じゃないんだ。なにがあった？　組から敬二を追うように命令されたってのは嘘だろう？　おまえは自分のために根室に来たんだ。自分のために敬二を追ってきたんだ」

おれはいった。風のせいで、ほとんど叫んでいた。口の中に雪が飛び込んできた。

「なんだっておれがてめえひとりで敬二を探さなきゃならねえってんだ？」

「金だ。二億の金だ。おまえが欲しいのはそれだろう？　敬二から取り戻したら、組に返す気なんてないんだ。自分でちょろまかして雲隠れするつもりなんだろう？」

裕司の唇が吊りあがった。

「もしそうだったとしても、おまえには関係ねえだろうが」

「馬鹿いうな。おまえは木村を騙してるんだぞ。田舎者だが、やくざはやくざだ。騙されたことがわかったら、おれはどうなる？　それに、おまえの組のやつらが来ないとも限らないだろう。二億だぞ。ちょろまかされました、はいそうですかってわけにいくはずがない」

「幸司、風はよ、海から向こうに吹いてるんだぞ」裕司はベンツの方に顎をしゃくった。

「そんなでかい声を出したら、あの小僧に聞こえるじゃねえか」

狼狽《ろうばい》――気を取り直す。五十メートル先。いくらなんでも聞こえるはずがない。

「本当のことを話せ、裕司。じゃなきゃ、おまえの遊びに付き合うのはここまでだ」

舌打ち――聞こえなかった。それでも、裕司が舌打ちしたのがはっきりわかった。裕司はうつむいた。積もった雪を爪先で蹴飛ばした。

「相変わらず、がたがためんどくせえ男だな、幸司」

裕司の手が動く――コートの中。銃。なにが出てくるのかはわかっていた。わかっていて、なにもできなかった。銃。雪で塗り潰された背景にあって、その黒さはあまりに凶々《まがまが》しかった。

「おまえがどう思おうと、おれの知ったことじゃねえんだよ、幸司。昔からそうだったじゃねえか。おまえ、学習能力ってやつがねえんじゃないのか？」

「裕司、おれは堅気なんだよ。おまえと違って、おれはおまえがいなくなったあとでも、ここで生きてかなきゃならないんだ」

「嘘つき野郎め」裕司は唾を吐き捨てた。「おまえはそんな可愛いもんじゃねえ。もっと薄汚くて、自分勝手だ。一番可愛いのは自分で、他人がどうなろうと屁とも思わねえ。千夏が死んだのはどうしてだ？　おまえが酷いことをしたからだろうが」

「違う」

絶叫――裕司の背後のベンツのドアが開く。武と呼ばれた若造がこっちの様子をうかがいはじめた。

「どう違うんだ⁉　千夏にゃ、なんの問題もなかった。そりゃ、千夏は暗い女だった。あんな親父を持ったんだ。だれだって暗くなる。それでもな、千夏にはなんの問題もなかった。遺書だってなかった。突然、死んだんだ。なんの前触れもなく、おれの目の前から消えていなくなりやがった。だれのせいだ？　おまえしかいねえじゃねえか」

おれのせいじゃない。嫌がる千夏を強引に押し倒しはした。自分勝手な欲望で千夏を傷つけもした。だが、千夏はおれを赦してくれた。千夏がおれのせいで死ぬわけがなかった。

おれはだれかの死に値するような人間じゃなかった。

雪と風。骨まで凍る。耳鳴りがする。裕司のいうとおりだった。この寒さが嫌いだった。根室の街が嫌いだった。逃げだしたくてたまらなかった。そのためなら、だれかを足蹴にしたってかまわなかった。

裕司は歯を剝いていた。白い息を大量に吐きだしていた。銃口はおれに向けられたまま ぴくりとも動かなかった。吹きつける風と雪も、銃の存在を消すことはかなわなかった。

おれは足を踏みだした。銃口は動かない。裕司の口から漏れる白い息の量も変わらなかった。

「おまえ、東京は好きか？」

裕司に訊いた。裕司はうなずいた。

「ああ。ここよりはよっぽどましだ」

「おれは嫌いだった。ここと同じぐらい嫌いだった」

つまり——二億を手に入れても、おれには行く場所がない。札幌へ行こうが、大阪へ行こうが、福岡へ行こうが同じだった。日本じゃないどこかへ。二億——それ以外のことを考えられなくなっている。千夏が死んだのはおれのせいなのかもしれなかった。

「行こうぜ」おれはいった。「こんなところにいても、敬二が見つかるわけじゃない」

銃口——だらりとさがった。

「おれを殺す気になったわけか？」

裕司の問い——答える必要はなかった。

16

店で荷物の到着を待った。裕司は車の中。裕司の視界から隠れることを確認して電話をかけた——オーシャンヴューへ。

裕司はいつから根室へ来ているのか——二日前という答え。他の主だったホテルにも電話をかけた。山口裕司名義での宿泊客は過去一週間、どこにもいなかった。裕司は一昨日、根室に来ていた。おれの前に顔を出すまで、まる一日空いていたことになる。なにをしていたのか。なにをしなかったのか。

ふと思いついて、別の質問もしてみた。市田《いちだ》敬二という人は宿泊してませんか——返ってくるのは否定の言葉ばかりだった。時間と外の車を気にしながら、近郊の温泉宿に電話をかけまくった。

市田敬二、あるいは若い外人の女連れの宿泊客はいないか——徒労だった。敬二は頭が切れた。もし、根室近郊にいるとして、そんな目立つことをするはずがなかった。

荷物は一時間遅れて到着した。巨大なウェットスーツと潜水セット。サイズは濱口から聞いていた。これを着るのは一メートル九十センチを超える巨漢のロシア人だ。入荷したことを濱口に電話で伝えた。明日、ロシア人を連れて取りに来ると濱口は答えた。

電話を切る——やることがなくなった。レジを載せたカウンターの下の棚からナイフを取りだした。小さなフォールディングナイフ。電線を切ったりするのに使っていた。銃を相手にするには心もとなさすぎる。それでも丸腰でいるよりはましに思えた。

店の戸締まりをして車に向かった。裕司は鼾《いびき》をかいて眠っていた。今なら殺せると思った。だが、手も足も動かなかった。

ドアを開けると裕司は目を覚ました。

「寒いじゃねえか」

薄笑い——なにもかもわかってるぞといわれた気がした。

17

腹ごしらえ――ラーメンと餃子にビール。ついでに、作戦会議。電話で根室近郊の温泉宿に当たったことを裕司に伝えた。

「さっきもいったが、敬二は根室にはいないんだよ、裕司」

「今はそうかもしれねえ。だが、あいつはいずれ根室に来る。間違いねえよ」

「どうしてそういいきれるんだ？　ロシアに密航できるのは根室だけじゃない。稚内や留萌《るもい》にだってロシア船は出入りしてるんだ。函館だってそうじゃないか。こんな小さな街で見つかる危険を冒すより、函館みたいな都会に隠れてた方が安全だ。おれが敬二ならそうする」

「敬二が……ナターシャが帰りたいのはサハリンやロシア本土じゃねえんだ。いつも、択捉の話をしてた。択捉がどれだけ奇麗な島だったか、下手くそな日本語でよ。その奇麗な島が、例の地震と津波のせいでどれだけ酷くなったかってな。択捉に帰りてえなら、根室から船を出すのが一番じゃねえか。それに、根室にはおまえがいる。おまえが露助船頭の息子だってことは敬二だって知ってるんだ。おまえに船があるとなれば、敬二はおまえを頼ってくる」

露助船頭――裕司はその言葉を発するときだけ唇を歪めた。

「おれは船の操り方を知らないんだ。船は人に貸してあるだけだしな。もし、頼られてもどうしたらいいかわからない」

「ナターシャはおまえの船で日本に来たんだ。連れてくることができるんなら、送り返すこともできる。普通、そう考えるだろう」

おれは口を閉じた。このまま続けても押し問答が繰り返されるだけだった。裕司は敬二が根室に来ると信じている。裕司の思い込みが事実であることを祈るしかなかった。二億が欲しいなら。ここから出ていきたいのなら。

「まあいい」ビールを一口啜って、おれは再び口を開いた。「おれたちふたりで日本全国を捜しまわるのは不可能だからな、敬二がいずれ根室に来るという前提で話を進めよう」

「前提もなにもねえよ」

「わかったって。それで、これからどうする?」

裕司は餃子をふたつまとめて口の中に放り込んだ。二人前頼んだ餃子がそれできれいになくなった。おれはひとつも口にしていなかった。

「木村の爺いの様子を見る。たぶん、今ごろはこの辺りの金に飢えてる連中の耳に敬二の話は届いてるだろう。そいつらは、二億が欲しくて動きだすに決まってる」

「そいつらに情報を集めさせて、あとで横取りするのか?」

「相変わらずものわかりがいいな、幸司」

裕司は腰をあげた。

「どこに行くんだ？」

おれは財布を取りだした。裕司に払わせようとしても無駄なことはわかっていた。

「腹ごしらえがすんだら、次は酒だろう。ここはどこだ、幸司？　梅ヶ枝町だぜ。このちんけな街のちんけな繁華街だ。酒を飲むところはいくらでもあるじゃねえか」

裕司は店を出ていった。釣りを受け取り、あとを追った。裕司は目抜き通りを勝手知ったる者の足取りで歩いていた。雪は小降りになっていた。積もった雪が街灯を反射して、一面の銀世界が広がっている。道の両脇には古ぼけた雑居ビルが軒を連ねている。ビルの壁には飲み屋の看板。

裕司は〈小夏〉と書かれた看板の下で足をとめた。

「おい、裕司。まさか、加代子の店に行くつもりじゃ――」

「だったらどうだっていうんだ？」

裕司はおれにかまわず、ビルの中に姿を消した。

18

裕司のあとを追って階段を駆けのぼった。〈小夏〉のドアは開いたままだった。なにも聞こえなかった。店の中は静まり返っている。息を整えて中に入った。店内は例によって過度に暖まっていた。寒さに強ばった顔面の神経が急激な温度変化に悲鳴をあげる。思わず、手で顔をこすった。

「どういうことよ？」

叱咤するような声に手をとめた。カウンターの奥で加代子が目尻を吊りあげていた。声はおれに向けられたものだった。だが、加代子の目は裕司に向けられていた。

裕司――薄笑い。店の真ん中に突っ立って、小馬鹿にしたような態度で四方を見渡していた。

客は五人。カウンターにふたり、ボックスに三人。ボックス席には雅美も座っていた。だれもが凍りついたように身体の動きをとめていた。裕司と加代子を交互に見つめていた。

「どういうことなのよ、幸ちゃん」

もう一度、加代子の声。

「飲みに来たんだ」

おれは答えた。ダウンジャケットを脱ぎ、ドアの横のハンガーにかけた。

「ゆうべわざわざ顔を出したのはこういうことだったから？」

「そんなに怖い顔するなよ、加代子。久しぶりに会ったんじゃねえか」

嘲りを含んだ声――裕司。加代子の目尻が痙攣《けいれん》した。裕司はコートを着たままカウンターの左端に腰をおろした。

「そんなとこに突っ立ってねえで、おまえも座れや、幸司」おれにいい放ち、視線を加代子に向ける。「幸司のボトルで飲ませてくれ」

加代子は裕司を睨んでいた。憎しみと畏《おそ》れの入り交じった眼差し。蛇に睨まれた蛙――加代子の目尻が痙攣する間隔が次第に短くなっていく。

おれは裕司の右横に座った。助け船を出す。

「お客さんがしらけてるよ、加代子」

加代子は二、三度、大きく瞬《まばた》きをした。唇を舐め、おもむろに裕司に背中を向けた。壁の棚からおれのバーボンを取りだす――ボトルを持つ手が震えていた。

「老けたな」

おれの耳元で裕司が呟いた。

「昔はもっと痩せてて、もっと奇麗だったぜ」

「いつの話をしてるんだ。もう、十年以上経ってるんだぞ」

「不細工でも、女は若い方がいいな」

裕司は首を捩《ね》じ曲げた。視線の先には雅美がいた。やせ細った手足。不自然に日灼けした顔。おれは首を振った。どちらかを選べといわれたら、迷うことなく加代子を選ぶ。

加代子はカウンターにグラスを並べ、バーボンの水割りを作っていた。カウンターに座ったふたり連れの客に笑顔を向けていた。精一杯の愛想笑い――強ばり、不自然だった。全身の神経が裕司に向けられているのがはっきりとわかった。

おれは裕司の表情を盗み見た。裕司はボックス席の客と雅美を見つめていた。横顔からはなにを考えているのか読み取ることはできなかった。裕司は迷うことなくこのビルを目指した。つまり、根室に来てすぐ、加代子のことを調べたということだ。おれの暮らしぶりを調べたのと同じように。裕司の偏執的な性格——変わってはいない。

「幸ちゃん、お願いね」

ペットボトルからミネラルウォーターを注ぐと、加代子はいった。加代子の前に並べられたグラスふたつ。琥珀色の中で氷がひび割れている。おれはグラスに手を伸ばした。肩を摑まれた。痛みが走る。抗議の声をあげようとして振り返った。すぐにその気がなくなった。裕司の顔から表情が消えていた。加代子はミスを犯した——裕司を怒らせた。

「ボックスに座ってるわけでもねえのに、自分で酒を運べねえのか?」

加代子は答えなかった。強ばった横顔——痙攣する目尻。

「よせよ、裕司」おれは囁く。「加代子の気持ちはおまえもわかるだろう」

「わからねえな」

張りあげるような声。カウンターのふたり連れが顔を見合わせる。面倒ごとに対する嫌悪感がふたりの目に浮かんでいた。

「こんな狭い店でよ、酒を客の前に置くのがそんなに面倒かよ?」

加代子の目尻の痙攣が激しくなる。まるで神経症をわずらった人間のようだった。

「なんとかいえよ、加代子。確かに昔はおまえに酷いことをしたかもしれねえ。だが、今は客だぜ。おまえんとこは大名商売でもやってんのか？」

「ごめんなさい。こちらのお客さんのお相手をしなきゃならないのよ」

氷のような声。裕司の瞳の奥で昏い色をした炎が燃えあがった。

「そうか。そっちの客の相手をしてるのか」

裕司は立ちあがった。おれの背後を通って、ふたり連れの方に歩いていく。おれは裕司をとめなかった。とばっちりを食って殴られるのはごめんだった。

カウンターのふたり――なにが起こるか理解していない間抜け面。どちらも四十代だった。裕司はふたりの間からカウンターを覗き込むように頭を突きだした。ふたりの肩に両手をまわした。低くよく通る声で囁いた。

「帰れや、おまえら。客の相手もできない女がやってる店で飲んでもあずましくないべ」

ふたりの顔に反射的に愛想笑いが浮かんだ。その向かいで加代子が拳を強く握るのが見えた。

「いや、おれたちは別に――」

「いいのよ、作田《さくた》さん。この人のいうことなんて気にしないで」

左側の男の声をかき消すような加代子の声だった。

「悪いことはいわねえから、帰れ。な？」

裕司の声――なれなれしく、粘ついている。

「だけど……なあ」

作田と呼ばれた左側の男は右にいる連れに助けを求めるような視線を向けた。右の男が小さくうなずく――裕司の方に首を捩じる。

「あんたさ、突然やってきて帰れっていわれても、はいそうですかってわけにいかないべさ。はんかくさい」

おれは目を閉じた。鈍い音がした。それに続いてガラスの割れる音。だれかが息を飲み、だれかが短く悲鳴をあげた。息を飲んだのは加代子。悲鳴をあげたのは雅美。

「なにすんだ⁉　おまえ――」

作田と呼ばれた男の叫びは突然、消えた。ストゥールが倒れる派手な音。目を開けた。作田が床に突っ伏していた。連れの男は頬を押さえて呻いていた。倒れ、割れたグラス――カウンターの上は水割りで濡れていた。

「やめてよ、裕司！」

加代子の震える声――裕司はせせら笑う。

「おまえが悪いんだぜ、加代子」

そうだ。いつだって悪いのは他人だ。裕司はいつもそうやって生きていた。

裕司は腰をかがめた。作田の髪の毛を摑み、引きずり起こした。

「だからいったろうが、帰れってよ」

作田の上着に手を突っ込む――黒革の財布。裕司は作田から手を放した。作田はカウンターに手を突いて咳込んだ。

裕司は財布の中を覗いた——口笛。

「根室がロシア人のせいで儲かってるってのは本当らしいな。こいつらの勘定はいくらだ、加代子」

加代子は答えなかった。血の気の引いた顔。わななく唇。痙攣する目尻。今にも失神しそうな表情で裕司を睨んでいる。

裕司は薄笑いを浮かべたまま、作田の脇腹にパンチを叩き込んだ。それほど強く殴ったわけではない。だが、作田は甲高い悲鳴をあげた。

「いわねえと、こいつら、もっと酷い目に遭うぞ」

加代子の表情が崩れた。唇を噛み、首を振る。

「五千円よ」

「ずいぶん安いじゃねえか」

「まだ、来たばかりだから……」

裕司は鼻を鳴らした。財布の中から札を抜きだした。

「釣りはいらねえだろう」

カウンターの上に一万円札を放り投げた。残りの金——十万はありそうだった。裕司はそれを自分のコートのポケットに突っ込んだ。空になった財布を作田の上着に戻し、襟を掴んだ。苦痛に顔を歪めたままの作田を連れに押しつけた。

「じゃあ、お帰りだ。しっかり連れて帰れよ」

作田の連れはなにもいわなかった。作田を抱え、あたふたと店を出ていった。

「さて、と。あとはあっちの連中か」

裕司はいった。聞こえよがしな声だった。

ボックスの三人連れが弾かれたように立ちあがった。

「加代子ちゃん、おれら、また来るわ。勘定、なんぼ?」

加代子――ため息。

「一万六千円よ」

裕司の顔に会心の笑みが広がっていく。

19

天井から吊りさげられたモニタ。壁に張りつけられたスピーカー。モニタの中では若い女が歌い、踊っている。メロディにあわせて画面の下に現れた文字の色が変わっていく。スピーカーからは下手くそな歌が聞こえてくる。

歌っているのは雅美だった。歌わせているのは裕司だった。モニタに表示される歌詞を睨みながら、雅美は横目で裕司の様子をうかがう。横暴な主人の機嫌をうかがう奴隷のようだった。裕司はそれを見ながら満足そうに酒を呷る。入れたばかりでほとんど満杯だったおれのボトルはそろそろ空になりかけていた。

おれと加代子——無言の行。裕司が雅美を言葉と暴力で嬲《なぶ》るのを黙って見守っていた。カラオケが終わった。雅美はマイクを口の前で支えたまま、途方に暮れたように加代子を見た。加代子は気づかないふりをした。虚《うつ》ろな目——目の前で起こっていることを決して見まいと決心した者の目。加代子は裕司の言動から耳を閉ざしていた。心を閉ざしていた。

「もう一曲歌いますか？」

雅美が心細い声を出した。

「もういい。こっちに来い」

雅美はマイクをカウンターの上に戻し、覚束《おぼつか》ない足取りで裕司の横に戻ってきた。酒はあまり飲めないといったのに、裕司に水割りを強要された結果だった。

「下手くそだな」雅美の腰に無遠慮に手をまわして裕司はいった。「今時の若い女ってのは、もっと歌がうまいもんじゃねえのか」

「ごめんなさい。今日、酔ってるから——」

雅美が言葉を飲み込んだ。裕司のごつい手が乳房を乱暴に摑んだせいだった。

「いいわけはすんな、雅美。おれもこいつも昔からいいわけするやつらが死ぬほど嫌いだったんだ」

こいつ——裕司はおれに煙草の先を向けた。煙が目にしみた。裕司の手をはねのけたいという誘惑と必死に闘った。

「おまえ、男いるんだろうが？」

おれの気持ちにはおかまいなしに裕司は言葉を続けた。雅美が小さくうなずいた。

「カラオケ一緒にいったりしねえのか？」

「たまに行くけど……」

「カラオケより、へっぺばっかりか？」

北海道特有の卑語を口にして、裕司は下品に笑った。

「そういや、幸司。おまえ、こっちでおまんこの方はどうしてるんだ？」

裕司がおれの方を向いた。煙を吹きかけられた。

「適当にやってるよ」

「加代子とか？」

「馬鹿なこというな」

笑う気にもなれなかった。おれは水割りに手を伸ばした。

「おまえ、昨日もここに来てただろうが。正直にいえば怒らねえからよ……加代子とおまんこしてんだろう」

口に持っていきかけていたグラスをカウンターに戻した。裕司の顔を覗き込んだ。目が据わりかけていた。

やっとわけがわかった。裕司が意味もなく傍若無人に振るまっているのは、嫉妬のせいだった。おれと加代子ができているという思い込み。とうの昔に別れた女であっても、裕司に許せるできごとではない。

「それでか」

おれはいった。

「なんだ？」

「それで、おまえはこんな馬鹿なことをしてるのか」

「馬鹿なことってのはなんだ」

「さっきいったじゃないか。昨日もここに来ただろうって……おまえ、おれのあとを尾けてたんだな？　おまえの姿を見たあと、おれがここに来たんでくだらないことを考えたんだろう。だから……敬二がいないことがわかってたくせに、おれの部屋をめちゃくちゃにしたんだ。おれを殴ったんだ。今だって、自分の馬鹿な思い込みを信じてるから、加代子をいたぶってるんだ。そうだろう？」

「加代子のおまんこ、うまかったか？」

「馬鹿野郎」

裕司の目――どんどん据わっていく。空になりかけたバーボンのボトル。ほとんど裕司がひとりで飲んでいた。裕司の親父もそうだった。最初は機嫌よく飲んでいる。そのうち、他人に絡みだす。絡む理由は他人にはくだらないものだった。だが、裕司の親父はこの世のなによりも大事なことを汚されたと感じているらしかった。

「おまえはいつもそうなんだ」裕司は話を続けた。おれの声など耳に届いていないという風情だった。「おれのものが欲しくてしかたねえんだ。だから、千夏と寝やがった。千夏を殺しやがった。加代子も同じだ。昔、おれのもんだったから、おまえは加代子が欲しくてたまらねえんだ」

指先が震えた。とめようとしてもとまらなかった。震えは指先から全身に広がっていった。

殺されるぞ——頭蓋骨の奥から声がする。

かまうもんか——別の声。

どちらもおれの声であることに変わりはなかった。

「千夏の話は関係ないだろう」

ひび割れた声——おれの声。

「おまえは昔からおれのものを欲しがった」

裕司はおれの話を聞いていなかった。だれの話も聞いていなかった。

「だから加代子と寝たんだよ、おまえは。だからおれは訊いてるんだよ。加代子のおまんこはうまかったか？　千夏とどっちがよかった？」

掌の中に握り込んだグラス。中身を裕司にぶちまけようとした。それより先に声が飛んだ。

「いいかげんにしなさいよ、はんかくさいったらありゃしないんだから」

声の主は加代子だった。加代子はアイスペールを持っていた。氷が入ったままの中身を裕司の頭の上からぶちまけた。氷が音をたてて転がった。裕司の髪の毛が一瞬にしてずぶ濡れになった。

「なにが、おまえはおれのものを欲しがる、よ。それをいうなら、あんたは昔から人のことなんてこれっぽっちも信じなかったじゃない。いつも下司《げす》な勘繰りを働かせてるだけだったじゃない」

裕司は掌で額を拭った。濡れた髪の毛が頭に張りついて地肌が透けていた。顎を伝った水がカウンターの上に落ちた。カウンターの上は水びたしだった。

「もううんざりよ。裕司も幸ちゃんもたくさん。出てって。二度とわたしの目の前に現われないで！」

裕司は澱《よど》んだ目を加代子に向けた。唇の両端が吊りあがっていく。

「やってくれるじゃねえか、加代子」

長い時間をかけて裕司はいった。加代子の必死の叫びも裕司の耳には届いていなかった。

裕司はカウンターの上に身を乗りだした。手を伸ばす。カウンターの内側――シンクの上に横たわったまな板。上向きにアイスピックが置かれていた。裕司の手がアイスピックの柄を握った。

「裕司！」

おれは背中から裕司にしがみついた。

「離せよ、幸司」

「頭を冷やせ。酔いすぎだ」

裕司は冷えたって。こいつのおかげでな」

裕司は加代子を睨んでいた。

「冷えちゃいないよ。おまえは親父さんと一緒だ。酒を飲めばわけがわからなくなるんだ。そのうちアル中になるぞ」

裕司の筋肉が盛りあがるのがわかった。次の瞬間、物凄い力で弾き飛ばされた。おれは無様《ぶざま》に床に倒れ込んだ。肘を床板にしたたかにぶつけた。手から感覚が消えた。

裕司が振り返った。

「おれが親父と一緒だと？　あんなくそ野郎といっしょだと？」

赤く濁った目がおれを睨む。殺される——そう思った。

「おまえはなにもわかっちゃいねえ、幸司。おれとあいつは違うんだ。それを思い知らせてやるぜ」

裕司は加代子に向き直った。ほっとしてぞっとした。昔の裕司なら、なにもいわずにおれを叩きのめしていたはずだった。

「どうなるかわかっててやったんだよな、加代子？」

裕司の声——嬉しそうな響き。そこだけが昔と変わらなかった。だれかを撲ちのめすと決めると、裕司は感に堪えないという声を出した。おれは肘を押さえながら立ちあがった。痛みと自分自身に対する腹立ち――口から意味をなさない言葉が漏れた。

「雅美、こっちに来い」

裕司の嬉しそうな声。雅美はいつの間にかボックス席の方に逃げていた。擦り切れたソファの背もたれに隠れるようにして小さく首を振っていた。

「来ねえと、ぶっ殺すぞ」

裕司の声――ほとんど猫なで声。雅美は催眠術をかけられた人間のように立ちあがった。覚束ない足取り――ゆっくりカウンターに近づいていく。

「逃げろ」

いった。精一杯の大声で叫んだつもりだった。実際には蚊の鳴くような声で囁いたにすぎなかった。裕司の筋肉がうねる感触が肌にこびりついていた。

「ここに手を置けよ」

雅美がそばに来るのを待って裕司はいった。

「いや」

雅美が抗う。裕司は頓着しなかった。

「いいから置けって」

雅美の手首を摑み、細い手をカウンターの上に押しつけた。

「指を開け。思いきりだぞ」

「なにをする気？」

「ゲームだよ。おまえがどれだけおれに嘘をつくか、調べるためのゲームだ」

アイスピック――裕司は無造作にカウンターに突き立てた。悲鳴が重なった。加代子と雅美の悲鳴。アイスピックの先端は、雅美の人差し指と中指の間に突き刺さっていた。

「幸司と寝ただろう、加代子？」

「馬鹿なことはやめてよ！」

「おれの質問にさっさと答えりゃ、すぐに終わる」

「わたしにやればいいでしょう。関係ない人間を巻き込むのはやめなさいよ」

「幸司と寝たんだろう？」

「雅美を離しなさい」

「時間切れだな」

裕司はアイスピックを抜いた。また、無造作に突きおろした。悲鳴――今度はかすれていた。

「幸司と寝たんだろう、加代子。早くいわねえと、おれは酔っぱらってるからな、いつ手元が狂うかわからねえぞ」

「幸ちゃん、この馬鹿、なんとかしてよ！」

加代子がおれに向かって懇願した。

「いいかげんにしろよ、裕司。おまえが考えてるようなことは、おれも加代子もしちゃいない」

裕司がゆっくり振り返る。澱んだ目。昔も酒癖がいいとはいえなかった。だが、ここまで悪くもなかった。東京でのやくざ暮らし。鬱屈《うっくつ》が溜まっているに違いない。

「裕司は人を殴る、幸司は嘘をつく……だったよな。昔、近所の連中によくいわれたじゃねえか。おまえは嘘つきだから、幸司。信じられねえ。そこでじっとしてろや。おまえはあとでたっぷり可愛がってやるからよ」

「裕司！」

おれは足を踏みだした。

「うるせえ‼」

下腹まで響くような努声。

「邪魔したらぶっ殺すぞ、幸司。脅しじゃねえのはわかってるだろうが」

裕司はアイスピックを抜いた。よく尖った先端を雅美の頬に押しつけた。雅美は叫ばなかった。抗いもしなかった。魅入られたようにアイスピックを見つめるだけだった。

「怖いか？」

裕司が雅美の目を覗き込んだ。雅美はぎこちなくうなずく。

「みんな、加代子と幸司がおれに嘘をつくからいけねえんだ。怨むなら、こいつらを怨めよ」

裕司の右手が動く——鈍い音が続く。雅美の口が開き、悲鳴が迸る。アイスピック——雅美の手の甲の真ん中に突き刺さっていた。

「なにするのよ‼」

「裕司‼」

雅美の悲鳴に加代子とおれの声がかぶさった。加代子はカウンターの上に身を乗りだして、雅美の手に突き刺さったアイスピックを取ろうとした。裕司の右手——バックハンド。鋭い音。加代子はなにかに撥ね返されたように真後ろに吹き飛んだ。ボトルを並べた壁にぶつかった。ボトルが音をたてて崩れ落ちた。唇の端から赤いものが流れでる——血。

「正直にいえよ、加代子」

混沌の中にあって、裕司の声だけが静かに響き渡る。

「幸司とやったんだろう?」

加代子はカウンターの内側のシンクに手をついた。荒い息をなんども繰り返した。殴られた頬が徐々に赤みを増していく。

「やったわよ」

加代子がいった——おれへの死刑宣告。いって、加代子は裕司を睨んだ。その瞳の奥に浮かんでいるもの——なんと形容すればいいかわからない。

「幸司はよかったか?」

「最高よ。幸ちゃん、優しいし、あんたなんか比べものにならないわ」

「何回もやったのか?」

「数え切れないぐらいやったわ。もういいでしょう。いい加減にして!!」

「そうか」

裕司は拍子抜けするような声を出した。雅美の手からアイスピックを抜いた。

「悪かったな。それほど強く刺したわけじゃねえが、少し痕が残るかもしれねえ——手当てしてやれよ」

裕司は加代子にいってコートのポケットに手を突っ込んだ。作田から奪った金。カウンターの上に放りだす。

「治療代だ。足りなかったらおれにいえ」

加代子がカウンターの内側で姿を消した。下の方からなにかをかきまわすような音がした。なにか——救急箱。加代子はカウンターの外に飛びでてきた。

「雅美、ごめんね。だいじょうぶかい」

泣きそうな声。裕司に向けていた声とは一八〇度趣が違った。加代子は雅美の手を取り、治療を始めた。

「さて、と——」

裕司が振り返った。アルコールに濁った目がおれを真っ直ぐ見据えた。裕司の右手には先端が血に染まったアイスピックが握られていた。

おれの神経は背後に集中していた。ドアの向こう。武という名のチンピラが中の様子をうかがっているはずだった。雅美や加代子の悲鳴が武の耳にも届いているはずだった。作田たちが店を追いだされたとき、武が中でなにがあったと問い質しているはずだった。

「加代子の味はどうだった、幸司？」

「おれはやってない」

「加代子はやったといったぜ。おれよりよっぽどよかったそうじゃねえか」

「加代子は嘘をついたんだ。それぐらい、おまえにもわかってるだろう」

「加代子のことはどうだっていいんだよ、幸司。問題はよ、何年経ってもおれにはおまえのいうことが信じられねえってことだ。幸司は嘘をつく。それで何度痛い目に遭わされたかわからねえからな」

「やってない」

おれはいった。自分でも驚くほど頑なな声だった。おれは千夏以外に根室の女と寝たことはなかった。東京から戻ってきても、それは変わらない。女が欲しくなれば釧路へ行った。後腐れのない遊び。欲望を吐きだすだけの宴《うたげ》。おれが女に求めるのはいつもそれだけだった。

「勝手にほざいてろよ、幸司」

裕司が近づいてくる。おれは後ずさった。すぐに、壁に背中がぶつかった。

「ホテルの部屋じゃ、軽くいたぶってやっただけだが、今度はそうはいかねえ。わかってるんだろうな、幸司」

「おれはやってない」

「こいつで——」裕司はアイスピックをおれに向けた。「おまえがどこまで白を切りとおせるか確かめようじゃないか」

おれは視線を左右に走らせた。無駄だとわかっていてもせずにいられなかった。加代子は雅美の手当てにかかりきりだった。おれたちに視線を向けようともしていなかった。武器になりそうなもの——ボックス席に残ったビール瓶。カウンターの上のボトル。どちらにも手が届きそうにない。

アイスピックが迫ってくる。冷気が押し寄せてくる。口の中が乾いていく。暑さのためにかいていた汗が冷や汗に変わる。

「観念しろよ、幸司」

裕司がいった。裕司は正しかった。おれは目を閉じた。生暖かいものが顔の表面に触れてくる——裕司の指。裕司はおれの瞼をこじ開けた。鈍く光るもの——アイスピック。すぐ目の前にあった。

「やめろ」

反射的に叫ぶ。アイスピックに背を向けようとする。

「動くと刺さるぞ」

抗うのをやめて、おれは凍りついた。

「加代子とやったんだろう、幸司？」

「やってない」

「また同じことを繰り返すつもりかよ？」

裕司の腕が動いた。アイスピックがじりじりと近よってきた。すべてを飲み尽くす恐怖と無力感。

嘘でもいいから裕司の聞きたい言葉をいってやれ――頭蓋骨の奥の声。

閉じることのできない目。アイスピックの陰でぼんやりと浮かびあがる裕司の巨体。

おれは口を開いた。冷たい風が頬に当たった。アイスピックが横に逸《そ》れていく。

「店は休みだ」

裕司が吠える――おれは待ち望んでいた人間が来たことを知った。肺に溜まっていた空気を吐きだす。込みあげてくる嘔吐を飲み込む。

「久しぶりじゃないか、裕司。そんなもんを持ってなにしてるんだ？」

煙草の煙と酒のせいで爛《ただ》れた声。昔はもっとシャープな声だった。昔はその声を聞くだけで悪寒を覚えた。今は天からの声に聞こえる。

「恩田じゃねえか……」

裕司の声――悪夢の響きが消えている。

「おまえに呼び捨てにされる覚えはないべ。恩田さんといえ、恩田さんと」

おれの瞼を抑えつけていた裕司の指が離れた。瞬きを繰り返す。冷たい風が吹きつけてくる方向に視線を向けた。

「おまえら、いい年こいてまだつるんで悪さしとるのか、はんかくさい」

恩田和夫《かずお》が笑っていた。

20

「見たところ、傷害と恐喝ってところでないかい、これは」

恩田は芝居がかった仕種で店の中を見渡した。くたびれたダッフルコートにへばりついた雪――コートの下のスーツも相当くたびれていた。昔は黒々としていた頭髪は見事な白髪に変じていた。のっぺりとした顔に似あわない長い睫毛が凍って店内の明かりを反射していた。小降りだった雪がまた激しさを増しているらしかった。

裕司――恩田を睨みつけていた。憎悪に濁った目。まだ酔いが完璧に醒めたわけではなさそうだった。

「加代ちゃん、訴えるつもりがあるんだったら、こいつらしょっぴくけど、どうする?」

相変わらずの芝居じみた口調。アイスピックを握ったままの裕司の手がかすかに震えた。

「どうする、雅美? こんな酷いことされたんだから、訴えていいんだよ。わたしのことは気にしなくていいから」

雅美——涙に曇った目。涙に溶けた化粧。化け物のような顔で加代子を見た。裕司を見た。加代子はなにもいわなかった。励ますような視線を雅美に向けたままだった。裕司もなにもいわなかった。昏い目を雅美に向けただけだった。

雅美は首を振った。

「いいです、わたし……お金ももらったし」

「本当にそれでいいの？」

「……はい」

「そう。じゃあ、仕方ないわね」加代子は顔を恩田に向けた。「なにもなかったことにしてもらえます、恩田さん？」

「加代子ちゃんがそれでいいなら、おれがとやかくいうことはなにもないっしょ。職務で来たわけでもないしね。それじゃ、ちょこっと飲ませてもらうべ」

恩田はダッフルコートを脱いだ。店の中に足を踏みだし、そこに裕司がいるのにはじめて気づいたという表情で動きをとめた。

「いつまでそんな物騒なものを握り締めとる気だ？」

「お礼参りって手もあるな」

裕司は呟くようにいった。

「なんだって？」

「昔、あくどいおまわりにいいようにいたぶられてたガキがよ、やくざになって仕返しに来るんだ。よくある話だろう」

「本気でいってんのか、おまえ？」

「冗談だよ、決まってるだろう。おまわりに手を出す極道はよっぽどテンパってるか、ヤク中しかいないぜ」

裕司の声——喜悦の色が消えていた。やっと酔いが醒めたらしい。裕司の頭蓋骨の中が透けて見えるような錯覚にとらわれた。脳の中の歯車が音をたてて回転している。裕司は恩田が現われたわけを考えている。

簡単だった。木村が敬二の話を——二億の話をばら撒いた。それでハイエナが一匹、現われた。

裕司はカウンターに戻った。アイスピックを放りだした。振り返り、おれにいった。

「顔を洗ってくるからよ」

おれはうなずいた。裕司に謝罪の言葉を期待しても無駄だった。目の前に突きつけられたアイスピック。しばらくは尖ったものをまともに見つめられないだろう。

裕司と入れ違うように、おれもカウンターに向かった。倒れたストゥールを元に戻し、腰かけた。横に恩田が座った。

「しばらく顔を見なかったっけね」

「そうですね」

煙草をくわえ、火をつけた。加代子と雅美に視線を向けた——間を取りたかった。

加代子が雅美の手に包帯を巻き終えたところだった。

「いい？　ちゃんと消毒したつもりだけど、素人のやったことだから安心しちゃだめよ。痛みが引かなかったり、腫れてきたりしたらすぐお医者さんに行くのよ。それで、今夜はゆっくり休みなさい」

「もうあがっていいんですか？」

「当たり前じゃないの——ちょっと待っててくださいね」

恩田にいってから、加代子は雅美に手を貸して立ちあがらせた。壁のハンガーから安っぽいフェイク・ファーのコートを取った。雅美に着せる。

「あれは裕司がやったんかい？」

加代子と雅美をぼんやりと見つめていた恩田が、これまたぼんやりした口調で訊いてきた。

「他にだれがやるっていうんですか？」

「あの子は手で、おまえはめん玉かい……なんで裕司を怒らせた」

「あいつはちょっとしたことですぐに怒るんですよ。恩田さんも知ってるでしょう」

「裕司のことならよく知ってるさ。あいつは昔から加代ちゃんの前ではいい恰好しいだった。それがなんで、加代ちゃんの前であんなことしたんだべって訊いてるのさ」

「裕司と加代子が付き合ってたのは十五年も前のことですよ」

「おまえの頑固なところもちっとも変わってないね。いい加減にしとかんと、店にガサ入ることになるべ。どうせ、ロシア人にろくでもないものを売りつけてるのは警察だってわかってんだから」

煙草——三口も吸わずに消した。視界の隅で化粧の崩れを気にする雅美を加代子が叱りつけていた。雅美は渋々といった風情で店を出ていった。とてつもない恐怖を味わったはずだ。裕司を知っているおれでも、まだ吐き気を覚えている。だが、化粧を気にする雅美からは恐怖のかけらさえうかがえなかった。

「聞いてるのかい、内林」

かすれた声——神経がささくれ立つ。

「加代子とおれができてると思い込んでるんですよ、裕司は」

「まったく、馬鹿もいい加減にして欲しいわよ」

加代子がカウンターの中に戻ってきた。恩田に軽く頭をさげた。落ちたボトルをかたづけはじめた。

「気にしないでもいいよ、加代ちゃん。したっけ、ゆっくり後かたづけしてや——そいで、裕司はいつ根室に戻ってきたのさ？」

加代子には猫なで声。おれにはかすれた声。恩田は人によって声を使い分ける。声を使い分けていることを相手にわからせる。

「知りませんよ」

「はんかくさいこというんでないよ。裕司と幸司、幸司と裕司。おまえら、ガキのころからつるんで悪さしとって、根室でも有名だったべや」

恩田相手に反論する気はなかった。悪さをしていたのは裕司でおれじゃない。だが、恩田の頭の中では、おれと裕司はセットになっている。思い込みの激しさでは恩田も裕司もいってこいだった。

「本人に訊いてくださいよ。こっちは突然現われたあいつにいいように振りまわされて、揚げ句に目にアイスピックを突き立てられそうになったんだ。恩田さんだって見てたでしょう」

「そうだったかな?」

恩田はとぼけてみせた。あまりにも芝居じみた表情——笑い飛ばしたくなる。東京で警視庁の刑事に尋問を受けたことがある。右翼団体の幹部からはなにも喋るなといわれていた。おれも喋りたくはなかった。それでも、危うく口を開きかけた。連中はあの手この手を使ってくる。それにくらべれば、恩田の手管など種のわかった手品のようなものだった。

だが、油断は禁物だった。恩田は東京の刑事のスマートさを持ちあわせてはいない。その代わり、泥臭いことを平気でする。他人が眉をしかめたくなるようなことを平気でする。だいたい、裕司がいつ根室に来たかなどとっくに調べているに決まっていた。木村に敬二と金の話をしてから六時間以上が経っている。根室の街は狭い。噂が広まるのも早い。恩田にはここに現われるまでに充分な時間があった。

「お待たせしました」

加代子の声とともに、恩田の前に水割りの入ったグラスが置かれた。

「おれの分は？」

「勝手に飲んで」

見ただけで全身がしばれるような瞳。根室でただひとりといってもいい知人の信頼を失ったことを知らされた。

裕司――おれからすべてを奪っていく。裕司はおれが裕司のものを欲しがるといった。でたらめだ。いつだって裕司がおれのものを欲しがった。

カウンターの端にあった氷が溶けたグラスに手を伸ばした。中身を一気に飲み干した。吐き気が喉元まで込みあげてきた。口をきつく閉じてこらえた。二億――見たこともない札束が頭の中を飛び交った。

「嫌われたもんだな、内林」

恩田の嬉しそうな笑い声が響く――唐突に消える。トイレから裕司が戻ってきた。

「少し酔いすぎたな」

裕司はおれの左隣のストゥールに腰をおろした。おれは裕司と恩田に挟まれる形になった。

「なにが少しだ」

吐きだすようにいった。アイスピックの恐怖はまだありありと残っていた。

「悪かったよ、幸司。そう怒るな。加代子もな」

加代子は露骨に裕司を無視した。裕司の唇が歪んだ。

「加代ちゃん、気持ちはわかるけど、こいつらも一応客なんだから、酒ぐらいつくってやったらどうだい」

恩田が間をとりなすようにいった。

「勘弁してください、恩田さん。わたし、こんな不愉快な目に遭わされたの、生まれてはじめてなんですよ」

「わかった、わかった。そう目くじら立てないでさ、おれに免じて」

「こればっかりは、いくら恩田さんに頭をさげられてもごめんです。今すぐにでも出ていってもらいたいぐらいですから」

「こりゃ、取りつく島もないってやつだな……おい、どうだ、裕司。おまえのせいで加代ちゃんのご機嫌も斜めだ。河岸《かし》を変えたら」

「これからくそ寒い外に出ろってか。冗談じゃねえ。おれはここで飲むぞ」

「そったらこといったって、おまえ――」

「おれがどこで飲もうと、あんたには関係ねえだろう」

頭ごしに交わされる会話――目の前の加代子の堅く結ばれた唇。ため息が漏れた。おれは腰をあげた。

「あそこで飲もう。加代子もここで飲まれるよりはましだろう」

どちらにいうとでもなく、グラスを持った手でボックス席を指した。

「おれはかまわんぞ」

恩田がいった。

「しかたがねえか」

裕司がいった。

「氷と水はおれが運ぶ。それでいいだろう、加代子？」

加代子の結ばれた唇が開くことはなかった。ただ、渋々といった仕種でアイスペールに氷を詰めはじめただけだった。

恩田が先に移動した。おれもあとを追おうとした。肘を裕司に引っ張られた。

「おい――」耳元で囁かれた声。「あいつがここに来たの、偶然だと思うか」

「馬鹿いうな。おまえが暴れてるのをチンピラが聞きつけたんだ。チンピラは木村に連絡した。で、恩田のお出ましだ。まだ木村から金をもらってるんじゃないのか、あの野郎」

「やっぱりな」

「昔にくらべりゃ頭がまわるようになったじゃないか」

精一杯の皮肉――背中を小突かれた。

「おい、なにこそこそやってるんだ？」

恩田が疑り深そうな目をこっちに向けていた。

「おまえに任せた」

裕司の囁き——暗闇でナイフを突き立てられたような驚き。

「先に行ってろ。氷と水を持っていくから」

しかたなくそういった。裕司はのろのろとした足取りでボックス席に向かった。おれはカウンターを振り返る。アイスペールとピッチャーが置いてあった。加代子は横を向いていた。

恩田のボトルと一緒に氷と水を運んだ。恩田は煙草をくわえていた。裕司はソファの背もたれに頭を預けて目を閉じていた。

「さっきはなにをこそこそ話してたんだ?」

恩田が口を開いた。

「作戦会議ですよ」

おれは答えた。化かし合いをしてもはじまらない。裕司が先に手札をさらしてしまったのだ。

「なんだ、それは?」

「お互いにとぼけるのはなしでいきましょうよ、恩田さん」

おれは裕司の右横に腰を落ち着けた。

「つまり、最初から商売として話をしようってことかい?」

「そうですね」

恩田が自分で運んできたグラスは三分の一ほどの量に減っていた。氷と酒を注ぎ足してやる。自分の分にも。

「おまえはどうする？」

裕司に訊いた。

「水でいい」

目を閉じたまま裕司は答えた。驚愕に、トングで挟んでいた氷を落としそうになった。飲むといったら諫めようと思って放った問いだった。

「飲みすぎか」恩田がいった。「昔は、高校生のくせに二升ぐらいの酒を飲んでたべさ。弱くなったのかい？　それとも、親父みたいにはなりたくないか？」

裕司が目を開いた。赤く濁った目が恩田を睨んだ。

「あいつの話はするな」

「おっかねえなぁ。おれも年だべさ。おまえみたいな極道に凄まれるとおっかなくてしょうがねえよ」

触れ合っている肩と肩——裕司の筋肉が盛りあがる。さっき、おれが裕司の親父の話を持ちだしたときと同じように。

おれは裕司の肩に手を置いた。筋肉を強く摑んだ。

落ち着け、頼むから落ち着いてくれ——メッセージ。裕司の肩から力が抜けていった。

新しく酒を注いだグラスを恩田に向けて掲げた。恩田がグラスを持ちあげる。ガラスとガラスが触れ合う冷たい音。裕司は参加しなかった。

「まさか、あれから十五年も経って、またこうしておまえたちふたりの顔を揃って見るとは思わなかったべさ」

恩田はグラスに口をつけなかった。笑顔の下で疑り深い目がおれたちの様子をうかがっていた。

「昔話をしに来たわけじゃないでしょう、恩田さん。たまたま加代子の店に来たわけでもない。裕司がここにいるのを知ってて、わざわざ来たんだ」

「なんでさ？　なんでおれがそんなことしなけりゃならん？」

恩田の芝居じみた仕種――うんざり。

「木村さんからはどこまで聞いてるんですか？」

恩田の顔から笑みが消えた。

「東京に行って戻ってきたやつは、みんなせっかちになるな」

「北海道の人間は元々せっかちですよ。どこまで聞いたんですか？」

「こいつが人を捜してるってことと、その捜してるやつってのが金を持ってるってことだな」

「いくら金を持ってるか聞きましたか？」

「いや。おれは木村から裕司が困ってるから助けてやってくれといわれただけだべさ。

まんざら知らない仲でもないしな」

知っているのか、知らないのか——判断がつかなかった。フェイントをかけてみる。

「いくら欲しいんですか？」

恩田は瞬きをした。

「内林、おれはな——」

「最初から商売として話をしようといったじゃないですか、恩田さん。いくら欲しいんですか？ それとも、木村からはいくらもらうことで話をつけたのかと訊いた方がいいですか？」

恩田の顔が赤くなる。唇が開きかける。ぎりぎりのところで恩田は踏みとどまった。

唇を舐め、水割りに口をつけた。

「木村の話は本当かい？」

充分間を取ってから恩田は口を開いた。おれは首を振った。

「恩田さんがどういう話を聞いたのか知りませんからね、おれたちは」

「どうもあずましくないねえ」恩田はいった。おもむろにネクタイを緩めた。「よし、腹を割って話すか」

「そうしてください。裕司のことは知ってるでしょう？ 隠しごとができるタイプじゃないんで、木村さんには全部話しちゃったんですよ」

恩田はまた唇を舐めた。おれたちの背後に視線を走らせた。振り返る——加代子。不機嫌に歪んだ顔。煙草をふかし、グラスに口をつけている。グラスに入った酒の色は濃かった。煙草は似あわなかった。加代子が煙草を吸うとは知らなかった。

「木村はこういったんだわ」恩田は囁くような小声でいった。「裕司が根室に戻ってる。どうも、人を捜してるらしい。そいつは大金をかっぱらって、裕司の組から追われている。そいつはロシア人の女を連れている。その女と一緒にロシアに逃げようとしてるらしいってさ。それで、そいつを見つければ、裕司が金をくれるかもしらんってさ」

「本当に?」

おれは疑わしそうな視線を恩田にぶつけた。

「どういうことだ、それ?」

「裕司を出し抜いてその男を見つけて、金を山分けしようっていわれたんじゃないですか?」

「はんかくさい」

恩田は笑い飛ばそうとした。うまくいかなかった。昔から芝居が下手だった。思ったことがすぐ顔に出るタイプだった。田舎町にお似あいの悪徳警官だった。

「いくらになるといわれました?」

追い打ちをかけた。恩田の顔がゆっくり赤らんでいった。

「なにも聞いてないっていってるべ。うまいことその男を見つけたら、裕司が金を出すって……おれの方こそ、いくらもらえるのか聞きたいところだ」

語尾が跳ねあがる——北海道独特のアクセント。嘘かどうかを見極めることはできなかった。

「三億だ」

真横で太い声がした。裕司だった。値踏みするような視線を恩田に向けていた。

「三億？」

恩田が間の抜けた声を出した。予想外の金額ということだった。

「おれの探してる男を見つけてくれたら、一割、くれてやる。木村がいった金額よりは上じゃねえのか？」

恩田の赤らんだ顔に変化が生じた。少しずつ、黒みが増していく。

「その話は本当かい？」

固い声で恩田がいった。視界の隅に、裕司が薄笑いを浮かべるのが映った。

「嘘をついてどうする。それだけの大金だから、東京からわざわざ追ってきてるんだよ。それだけ驚いてるところを見ると、木村にはかなりごまかされたみたいだな。いくらだっていわれたんだ？」

「金額の話は聞いてないっていっていってるべ」

恩田はグラスに手を伸ばした。呷るように中身を飲み干した。怒りの波動が伝わってくる。一億といわれたのか。五千万といわれたのか。いずれにせよ、木村は恩田に本当の額を伝えなかった。伝える必要がなかったのだ。嘘がばれても、恩田が相手なら丸め込むことができる。

「そっちこそはんかくさいんじゃないんですか、恩田さん」おれはいった。「最近、家を新築したって話を小耳に挟みましたよ。それに、息子さんが札幌の私立大学に合格したらしいじゃないですか。田舎町の警官には痛い出費でしょう」

「それとこれとは、なんも関係ないっしょ」

「おれたちがガキのころ、あなたは木村の子飼いだった」

「馬鹿いうんでない。はんかくさい」

「ごまかさないでくださいよ。お互い、もう子供じゃないんだから。とにかく、あなたは木村から金を受け取っていた。おれも裕司も知ってることです。ところが、おれが東京から戻ってくると、話が変わっていた。ロシア人が獲ってくる魚のせいで、木村は半分やくざから足を洗っていた。あなたを街で見かけることも少なくなった。本当かどうかは知りませんが、なにかでしくじったそうですね。それで、閑職に追いやられたって話を聞きましたよ」

恩田の顔——少しずつ、確実にどす黒くなっている。おれは話を続けた。

「あなたと木村は切れた。それなのに、今夜はあなたがおれたちの目の前にいる。つまり、あなたが金に飛びつくことを知っていて、木村は話を持ちかけたんだ。それで、金の話を聞かなかったはずがないでしょう」

「おれの部署が変わったのは、ただの異動さ。勝手なことを喋ってるやつらがいるらし恩田はあくまで白を切る腹らしかった。おれは裕司に合図を送った。今の段階で、これ以上恩田に付き合っても意味はなかった。

「三千万だ、恩田さん。木村抜きなら、それだけ払う。それで、おれたちを手伝ってくれ」

二億マイナス三千万——意思に関係なく頭が計算を始めた。さもしかった。裕司が本気でいっているとも思えない。それでも、全細胞が分け前を減らすなと叫んでいるような気になった。

金が必要だからだ——昔、親父がいった。どうしてレポ船をやるのかとおれが訊いたときだ。おれは親父を軽蔑した。金よりも大切なことがあると思っていた。おれは年を取った——経験を積んだ。金より大切なものは、確かにこの世にあるのかもしれなかった。だが、おれや裕司のような人間——根室で吹き溜まっているような人間にはそんなものは高望みにすぎない。

金が欲しい。女よりも仲間よりも、ぬくもりや充足感よりも、金が欲しかった。その金でどこかへ行きたかった。おれのことをだれも知らない土地に行きたかった。自分にまつわるすべての関係を断ち切って、ひとりだけで生きたかった。

ささやかな夢だ——金はいる。だれにも話したことはなかった。一度、敬二に話したことがあるだけだった。酒に酔った夜。右翼団体の寮の部屋の片隅。おれは饒舌《じょうぜつ》だった。敬二は真剣に耳を傾けていた。そして、最後にいった――幸司さんは冷たい人だな。その時は意味がわからなかった。今ならわかる。根室にいて、オホーツクから吹きつける冷たい風にさらされている今ならわかる。おれは冷たい人間だ。冷酷な人間だ。そのことを知っていながら、自分をごまかして生きている。

「おまえの気持ちもわからんでもないけどさ、おれはこれでも警官だべ。もしその男を見つけたら、取調べしないわけにいかないわな」

恩田は白々しい声でいった。空になったグラスをおれの目の前につきだしてきた。おれはグラスに氷を入れ、酒を注ぎ足した。

「三千万だぞ、恩田。敬二をパクったら、一銭にもならねえ。それとも、三億丸ごとネコババするつもりか」

「はんかくさいこというんじゃないよ。あと十年勤めあげれば、定年退職さ。年金棒に振るようなこと、するわけないっしょ」

裕司は煙草をくわえた。火をつけた。煙を吐きだした。わざと間を取っているという感じだった。

「金額吊りあげようとしても無駄だぞ、恩田。組の金だからな。出せる額には限度がある」

「おれは警官だっていってるべよ」

恩田の目の縁がかすかに痙攣していた。裕司が口にした金額に驚いているのは間違いなかった。うなずきそうになる自分を叱咤しているのがわかった。ここ数年の好景気──昔の恩田なら、とうの昔に裕司に尻尾を振っているはずだった。金は人を狂わせる。狂うほどの金を手に入れてみたい──おれは渇きを覚えた。水割りに口をつけた。味を感じなかった。

暖房がたてるかすかな音、氷が溶けてぶつかり合う音──沈黙が続いた。裕司にもおれにももはや恩田にいうべきことはなかった。あとは、恩田がどう動くかを見極めるだけだった。恩田にも、もはやいうことはなさそうだった。濁った目の奥の脳味噌で金の計算をしているに違いなかった。

「話が終わったんなら、帰ってくれないかしら」

沈黙を破ったのは加代子だった。加代子の目の前の灰皿は、いつの間にかいっぱいになっていた。

21

恩田の乗ったタクシーのテールランプが雪にかき消された。排気ガスの匂いだけが立ち込めていた。冷たい風と雪──匂いですら凍りつく。

「しばれるな」

裕司がいった。目はタクシーが消えた先を睨んでいた。声にはもう酔いは残っていなかった。

「木村のところに駆けつけやがるのか、あの野郎は」

「たぶんな。おまえがいった三億って額を確かめるつもりだろう」

「どいつもこいつも金に意地汚ねぇ」

「人のことがいえた義理か」

おれは裕司に背中を向けた。歩くたびにスノーブーツが雪にめり込んだ。

「飲み直さねえか、幸司」

背中に浴びせられる声——無視した。襟元から雪が飛び込んでくる。冷たさがアルコールに麻痺しかかっていた意識を覚醒させていく。この国境の街で酔おうと思ったら、ロシア人のようにウォッカをガブ飲みするしか手はなかった。

車の上には雪が積もっていた。手袋をはめた手で雪をかき落とした。車に乗り込んだ。白い息が濃密だった。煙草の煙と変わらなかった。エンジンをかけた。ヘッドライトをつけた。雪の中、裕司のシルエットが浮かびあがった。裕司は携帯でだれかに電話をしていた。バックミラーで背後を見た。客待ちのタクシーの列に紛れてベンツがとまっていた。中には武が乗っているに違いなかった。今時の根室の街で、やくざになろうという若い人間は貴重だった。だれもが釧路か札幌に出ていく。武の他に若い手下が木村にいるとは思えなかった。他の木村の子飼いは、たいていがいい年をした中年男ばかりだった。

煙草をくわえた。金について考えた——裕司はおれと木村には二億といった。恩田には三億といった。常識的に考えれば、恩田には嘘をついていたとしても不思議ではなかった。おれに嘘をいったはずだった。だが、裕司はなかった。二億ではなく三億なのかもしれなかった。いや、実際には、敬二は金を持っていないかもしれなかった。それどころか、敬二が本当にいるのかどうかもわからなかった。すべては、裕司が口にしたことだった。だれも、敬二と金を見たものはいなかった。

背筋が震えた。もし金がなかったら——冷たく昏い殺意が少しずつ神経を蝕《むしば》んでいく。

頭を振った。ヒーターのスウィッチを入れた。まだ冷たい空気がベンチレーターから吹きでてきた。ますます酔いが醒めていく。神経が覚醒していく。

少なくとも敬二が逃げたことは事実だ。そうでなければ、裕司が根室くんだりまで来たことの理由がつかなかった。裕司はおれに劣らず根室の街とそこに住む人間たちを憎んでいた。おれと違って、裕司には根室に帰ってくるべき理由がなかった。

裕司がゆっくり車に近づいてきた。電話はまだ続いていた。口を動かしながら裕司は車に乗り込んできた。

「……そういうことですわ。じゃあ、また連絡入れますんで」

へりくだった声だった。裕司のそんな話し方ははじめて耳にした。

「くそったれが」

電話を切ると、裕司は毒づいた。

「組への報告か?」

裕司の目がぎょろりと動いた。

「てめえには関係ねえ」

疑いがひとつ晴れた。裕司は組と無関係に動いているわけではなかった。敬二がなにかをしでかして逃げだしたことだけは確実だった。金を持っているかどうかは別として。

「恩田には三億といったな? どっちが本当なんだ?」

「気になるか?」

裕司の顔の強ばりが溶けた。いきなりという感じだった。

「本当のことを知っておきたいだけだ」

「恩田には吹っかけてみせただけよ。敬二が持って逃げたのは、正直、二億だ」

裕司の横顔――嘘かどうかは見抜けなかった。

「三億だったら、もっとやる気が出たかよ、幸司?」

「抜かしてろ」

おれはステアリングを握った。ヒーターが効いてきていた。寒さに強ばっていた筋肉が緩んでいた。

「ホテルまで送る。明日はどうする」

「そう焦るなよ。少しここで待とうぜ」

「待って、なにをだ？」

「加代子をだよ。あいつが出てきたら、あとを尾けるんだ」

車内の空気が一瞬にして凍りついたような気がした。

「いい加減にしろよ、裕司。加代子はもう、おまえとはなんの関係もないんだ。ほっといてやれ」

「おまえ、マジで加代子とはやってねえんだな？」

戸惑いが広がる——裕司の声は素面のそれだった。

「やってるわけないだろう。まだ疑ってるのか？」

「いや」裕司は首を振った。「おまえのことはもう疑ってねえ。だが、加代子は別だ。男がいるに決まってる。おまえはどうやらあの女が可哀想な後家《ごけ》かなんかだと思ってるらしいがな、おめでてえにも程があるぜ」

「どういうことだ？」

「あいつはよ、おまえが思ってるような女じゃねえんだよ。昔からそうだった。気にしてんのはいつだって手前自身のことでな。それが気に食わなくて、おれはいつもあいつを引っぱたいていた。なんで加代子がおれと付き合ってたか知ってるか？」

わからなかった。昔——十数年前もわからなかった。加代子は小便臭いガキならだれでも憧れるタイプの少女だった。裕司はだれからもクズと看做《みな》されていた。だれもが噂していた。なぜ、加代子は裕司のような男と付き合っているのか。脅されてるんじゃないったやつがいた。それを聞いた人間はうなずいた。ああ見えて、裕司にもいいところがあるんじゃないのかといいた。聞いた人間は一笑に付した。いずれにせよ、答えはわからなかった。

「あのころのあいつはよ、今でいういじめに遭ってたのよ。クラスん中にいただろう。髪染めて、長いスカート穿いて突っ張ってたやつらがよ」

いくつかの顔が脳裏をよぎった。名前は思いだせなかった。

「そいつらによ、ちょっと可愛い面してるからって調子に乗るんじゃねえってな感じでどつかれてたんだ。それで、おれんとこに来た」

「おまえが助けてくれるとでも思ったのか？」

乾いた笑い声が車内に響いた。裕司はのけぞるようにして笑った。

「だからいったろう。あいつはそんな可愛い玉じゃねえんだって。おれの女になってもいいから、あいつらを酷い目に遭わせてくれって、そういってきたんだよ。おれにしてみりゃ、美味しい話だ。加代子のおまんこにさんざん突っ込んでから、そいつらに焼き入れにいった」

思いだした。花咲港の近くの倉庫の中で発見された女子高生三人。顔の形が変わるほど殴られ、暴行されていた。三人は病院に収容された。警察が事情聴取を行った。三人は一言も口を開かなかった。三人は退院すると同時に根室を去った。恩田が訊きに来たことがある――あれをやったのは山口だろう。おれは知らなかった。知りたくもなかった。

「ひとりでやったのか？」

「手下みたいのを四、五人連れてったよ。さすがのおれも、加代子の中に出しすぎて空っぽになってたからよ」

おれは唇を噛んだ。なにもかもをわかったつもりになっていた。その実、なにもわかってはいなかった。

「おまえのいいたいことはわかったが、昔の話だろう」

精一杯の抵抗──裕司は鼻で笑った。

「そう簡単に人が変わるかよ。だったら、おれもおまえももう少しましな人間になってるんじゃねえのか。加代子はよ、見た目と態度で人を騙すのがうめえんだよ。本当の自分を隠すのがべらぼうにうめえんだ。札幌で医者かなんかと結婚して、別れた時の慰謝料ががっぽり入ったとか吹いてんだろう、あいつはよ？」

うなずいた。

「でたらめだよ。たしかにあいつは結婚してたらしいがな。相手はポン引き同然のクズだ。シャブの打ちすぎでくたばった。慰謝料が入るわけがねえ」

「どうしておまえがそんなことを知ってるんだ？」

「調べたからだよ。札幌にな、うちと繋がりのある組があってよ、そこの人間に頭さげたんだ。人間はそう変わらねえっていっただろうが」

執念深さと所有欲の強さ。たしかに、裕司は変わらない。

「加代子の肌、見たか？」

黙っていると、裕司が話を続けた。

「いや」

おれは首を振った。

「艶っぽかったぜ。毎晩、飲み屋に出てよ、煙草吸いまくってる三十女の肌じゃねえ。男がいるんだ。決まってる」

「だからどうだっていうんだ？」

「わからねえのかよ。こんな街でのんべんだらりと生きてるから、頭に虫が湧いたんじゃねえのか。なんのために、おれがわざわざでかい声で恩田に金の話したと思ってるんだ？」

理由はすぐにわかった。わかって愕然とした。

「加代子に聞かせるためか？」

「あれは見栄《みえ》っぱりなんだよ。普通の男は相手にしねえときてる」

「札幌じゃ、ポン引きに引っかかったんだろう？」

「えらい二枚目だったらしいぜ、そのポン引きはよ。とにかく、加代子に男がいるとして、そいつはただのサラリーマンってはずがねえ。加代子のあとを尾けて、そいつが何者か突きとめる。そいつが大物だったら、金の話を聞きゃ、動きだすだろう」

裕司も煙草をくわえた。車の中は煙で息苦しいほどになった。だが、窓を開ける気にはなれなかった。身体がまだ外の冷気を覚えている。裕司に殴られた場所がしくしくと痛んでいる。

痛み——突然の天啓。裕司は知っていた。酔ったふりをしていた。だから、恩田が来た途端、素面に戻れたのだ。

「裕司、おまえ最初からおれと加代子が無関係だってこと、知ってたんだな」

おれは裕司に向き直った。

「知ってたわけじゃねえ。もしかしたらと思っただけだ」

「ふざけるな。おまえは知ってたんだ。知っていて、おれを殴った。雅美をいたぶった。加代子に見せつけるためだ。加代子の男に知らせるためだ。そうだろうが」

痛み——怒りと屈辱に変わった。裕司と再会したというだけで、何度こんな感情のうねりを感じたことだろう。おれは静かに生きていた。雪の中に埋没して生きていた。ひとりでいたかった。だれにも邪魔されずにいたかった。いつだって裕司がすべてをぶち壊す。

「そう怒るなよ、幸司。酒のせいだ。ちょいといたぶって、加代子に脅しをかけるぐらいのつもりだったんだがよ、おまえらの怯えた面見てると、ついマジになっちまった」

裕司はいった。頬が緩んでいた。

殺意——明確な殺意。おれは両手をダウンジャケットのポケットに突っ込んだ。ポケットの中できつく拳を握った。裕司を殺してやる。必ず、殺してやる。

窓を開けた。肌を切るような冷気が飛び込んできた。おれは冷気を吸い込んだ。腹の中で飛びまわる殺意を凍りつかせたかった。

「あの野郎、まだいやがるのか」

裕司がいった。ドアの外のバックミラーを睨んでいた。

「どうする？」

おれはいった。加代子を尾行するには、武は確かに邪魔だった。

「ちょっと焼き入れてくるか。トランクを開けろや」

「トランク？」

「いいから開けろって」

裕司は車を降りた。おれはトランクのレヴァーを引いた。視線で裕司を追った。裕司は車の後ろにまわり、トランクを開けた。一分もかからずにトランクが閉められた。裕司は助手席に戻ってきた。右手に持っているのはタイヤ交換用のジャッキだった。

「そんなものどうするんだ？」

「まあ見てろって。車を出せよ。この先に細い路地があったろう。そこに車を入れろ」

「その間に加代子が出ていったらどうするんだ？」

「その時はその時だ」

おれはアクセルを踏んだ。ゆっくり車が動きだした。裕司がなにかを決めたら梃子《てこ》でも動かない。話を訊こうとするだけ無駄だった。

居並ぶタクシーの脇を通った。いくつかの雑居ビル。その先に車一台通るのがやっとの路地。積もったままの踏み固められていない雪。スタッドレスタイヤが空転する。チェーンをつけておけばよかった。

「とめろ。あの馬鹿、ついてきやがった。この車だから通れるような路地だぜ。それをベンツだ」

車をとめた。裕司がドアを開けた。壁が邪魔になって半分ほどしか開かなかった。裕司は器用に隙間に身体を滑り込ませた。車を降りた。手にはジャッキを持ったままだった。

「なにをする気だ？」

叫んだ。裕司は振り返らなかった。空いた左手を頭の上で振ってみせただけだった。ベンツ――バックしようとしていた。だが、タイヤが雪を嚙んでいなかった。武は焦りすぎていた。もっと静かにアクセルを踏むべきだった。ベンツのタイヤにもチェーンはなかった。

裕司がベンツの前で立ちどまった。

「ご苦労なこったな、武。そうやって、朝までおれの尻にくっついているつもりか？帰って木村のおやじに伝えろや。無駄なことはすんな。年寄りの冷や水は身体に悪いぜってな」

裕司は右手を振りあげた——ジャッキ。ベンツのフロントガラスに叩きつけた。一瞬にして、ガラスに無数の亀裂《きれつ》が入った。

「なにしやがる‼」

くぐもった怒声が聞こえた。裕司の笑い声がそれに覆いかぶさった。裕司は心底楽しそうに笑っていた。

「修理に出さなきゃヤバいことになるぜ、武。おれにやられたからってよ、あの強突く張りの爺いが許してくれるわけねえもんな」

「てめえ、ぶっ殺してやる。必ずぶっ殺してやるからな。覚えてやがれ‼」

チンピラやくざの決まり文句——おれの内部で燃え盛った殺意。その瞬間、おれは武と同化した。

そう。殺してやる。裕司。必ずおまえを殺してやる。覚えておけ。

裕司が出ていったドアは開けっ放しだった。せっかく暖まっていた車内の空気は一瞬にして凍りついていた。背筋が震えた。震えはいつまでもとまらなかった。

22

「ほら、お出ましだ」

裕司が顎をしゃくった。ビルの中から加代子が出てきたところだった。黒革のハーフコートとロングブーツ。目にはサングラス。雪が舞う中にあって唇の紅が鮮やかだった。

加代子は念入りに化粧をしていた。時刻は午後十一時すぎ。加代子に追いだされてから三十分は経っていた。店を閉めるには早すぎる時間。男に会いに行く——裕司の読みは当たっていた。

加代子は雪に足を取られながら手近のタクシーに向かっていた。おれはステアリングを握った。掌が痺れていた。爪が食い込んだ肉が痛みを訴えていた。

加代子の乗ったタクシーが動きだした。おれはアクセルを踏んだ。

「加代子のやつ、えらくめかし込んでたじゃねえか」

「そうだな」

タクシーは梅ヶ枝町の繁華街を抜けた。花咲町通り——道道根室港線を右折した。そのまま直進を続け、国道四十四号を左折した。

「どこに向かってる？」

裕司の問い——無視した。意固地な気持ちが強くなっていた。

「聞こえてんのか、おい？」

裕司の声が低くなる。抗おうという気持ちはすぐに消し飛んだ。

「このまま行けば、加代子のマンションだ」

「自分の家に男をくわえ込むのかよ」

「おまえがいうように、相手が大物だったら、普通のホテルや連れ込みには行けないだろう」

「それもそうだな」

裕司はおもしろくもないというように鼻を鳴らした。

タクシーは真っ直ぐ走り続けていた。雪も降り続いていた。この時間のこの天候――車の数は少なかった。それでも、雪がおれの車とタクシーの間を埋めていた。尾行に気づかれる恐れはなかった。

根室駅前を通りすぎた。このまま走り続ければ、国道四十四号が道道根室半島線に切り替わる。その手前で右折すれば、加代子のマンションまではすぐだった。

タクシーのウィンカーが点滅した。右折――加代子は自分のマンションに向かっている。

おれはアクセルを踏んだ。背中がシートに押しつけられた。雪を食《は》むタイヤが滑った。慎重にステアリングを操作した。タクシーを追い抜いた。

「追い抜いてどうすんだ」

裕司が背後を振り返った。雪に霞む視界の中、タクシーのヘッドライトが右手の方に消えていった。

「加代子はマンションに帰るんだ。先まわりする」

スピードメーターは時速八十キロを指していた。脇の下が湿りはじめていた。冷や汗。雪が降っているときにこれほどのスピードを出すことは滅多にない。前方に交差点。その手前の路地を右折した。直進してぶつかる四つ角をまた右折。右手にロイヤルヒルズの白い外壁が見えた。

「あれが加代子のマンションだ」

裕司に指差して教えた。

「見た目は立派じゃねえか」

「中も立派だそうだ。これだけ土地が余ってる場所の分譲マンションだからな。東京に比べればたかが知れてるだろうが、安くはない」

「男が金を出したってわけだな」

ロイヤルヒルズを十メートルほど過ぎたところで車をとめた。エンジンを切った。前方に、こちらに向かってくるヘッドライトがあった。

「おれは別れた旦那の慰謝料でここを買ったんだと思ってた」

「だからおまえはおめでてえっていうんだ」

ヘッドライトが近づいてくる。裕司がシートを倒した。おれもそれに倣《なら》った。手を伸ばしてルームミラーの角度を調節した。

ヘッドライトが真横を通り抜けていった。タイヤが雪を踏み固める音——やがてとまった。ルームミラーを覗いた。タクシーがとまっていた。車内の様子はわからなかった。ドアが開き、加代子が車を降りた。そそくさといった感じでマンションの中に姿を消した。タクシーが走り去った。

シートを元に戻した。裕司は身体だけを起こした。マンションに顔を向けた。

「加代子の部屋はここから見えるか?」

おれは首を振った。

「ここが加代子のマンションだってことは知ってるが、部屋番号までは知らないんだ」

舌打ちが聞こえた。

「使えねえ野郎だな」

腹を立てる気にもなれなかった。ただ、熱く冷たい殺意が胃の奥で澱んでいる気配だけがあった。

「先に男が来てたらどうするんだ」

「出てくるまで待つしかないだろう」

エンジンをかけ直した。ヒーターの切り替えスウィッチを強にした。シートを倒した。

煙草をくわえ、火をつけた。

「思いだすな、おい」

裕司がいった。問い返すまでもなかった。おれも思いだしていた。二十歳のとき。大宮の住宅街。上からの命令だった。裕司とおれ、それに敬二。中古のヴァンに乗って一軒の家を見張った。そこに住んでいるのは革新政党系の活動家だという話だった。その活動家がどこに行くかを突きとめろといわれた。

そいつが何者であろうと関係なかった。そいつの行き先を突きとめて、上の連中がなにをしようとしているのかにも無頓着だった。寮での畑仕事と訓練、週末の街宣車活動。二年も続けば飽きてくる。倦んでくる。その指令はおれたちにはヴァカンスのようなものだった。

三日間、おれたちはその家を見張った。車内は昂揚した気分に満ちていた。スリルとサスペンスを期待する六つの瞳がいつもぎらぎらと輝いていた。そのうち退屈がやってきた。家にはなんの変化もなかった。出入りする人間もほとんどいなかった。

最初に切れたのは裕司だった。その次におれ。敬二は最後まで崩れることがなかった。二日目の夜、小便をしてくるといって裕司が車を降りた。裕司は三十分経っても戻ってこなかった。四十分後に戻ってきた。手にコンビニの袋をぶらさげていた——酒とつまみ。最初はおそるおそる。仕事を忘れた。やがて、大胆に飲んだ。安ウィスキーのラッパ飲み。すぐ酔いがまわった。最初はおそるおそる。仕事を忘れた。敬二は飲まなかった。敬二は酒が飲めない体質だった。いつの間にか眠っていた。飲まなかった敬二も眠ったらしかった。窓を叩く硬質の音で眠りが破られた。

窓を叩いているのは警官だった。職務質問——しどろもどろの応答。車内に転がった空き瓶。おまわりはしつこかった。敬二が受け答えをしたのでなければ、ボロを出していたかもしれなかった。いずれにしろ、おれたちは仕事をしくじった。近所の連中が集まりだしていた。その中に、活動家の顔があった。

うなだれて寮に戻る——大目玉。おれたちは謹慎をいい渡された。敬二は悪くないとおれはいった。裕司は口を閉じたままだった。連帯責任だといわれた。不条理だと思った。裕司に逆らうことはだれにもできない。たとえそれが敬二だったとしても。

なおもいい募ろうとしたおれを敬二がとめた。おれたちは反省房と呼ばれる部屋に叩き込まれた。

「ひでえ説教食らったけどよ、なかなか楽しかったよな、あの夜はよ……おまえ、ゲロ吐いたの覚えてるか？」

覚えていた——うなずいた。

「おれに絡んだのを覚えてるか？」

覚えていた——おれが根室に逃げ帰るまでの間、毎日のようにそのことで裕司に責められていた。忘れるわけがなかった。

「敬二がおれをとめたんだったな」

いった。今度は裕司がうなずいた。

「そうじゃなきゃ、おれはおまえを叩き殺してたかもしれねえ。だいたいおまえはよ——」

裕司が口を閉じた。闇の中、雪が鮮明に浮かびあがった。ヘッドライトの明かり。おれたちの背後の角を車が曲がってくるところだった。車はベンツだった。一瞬、武かと思った。復讐を誓った武。懐にドスか拳銃を忍ばせて、裕司を殺しに来る。頭の中をよぎったイメージは、次の瞬間かき消えた。同じベンツでも車種が違った。角を曲がってきたベンツは木村のそれよりも格が落ちる車種だった。

「お出ましだな」

裕司が呟いた。リクライニングさせたシートの上で微動だにせずルームミラーを睨んでいた。

ベンツはロイヤルヒルズの前にとまった。長居をするのでなければ、一々駐車場に車をとめる人間はまずいない。土地が余っているうえに、この時期はだれもが怠け者になりたがる。

ベンツのヘッドライトが消えた。エンジン音も消えた。ドアが開き、暖かそうなコートを着た男が降りてきた。

「だれだ？」

裕司が聞いてきた。おれは目を細めた。雪のせいで男の輪郭をはっきり捉えることができなかった。ゆっくり焦点が合っていく。おれは息を飲んだ。

「だれなんだよ？」

裕司の焦《じ》れた声。おれはそれに答えた。

「高谷《たかや》……高谷一良《かずよし》だ」

「何者だ？」

「市会議員だよ」

高谷はそそくさとロイヤルヒルズのエントランスを潜《くぐ》っていった。周囲を気にする様子はなかった。

「市会議員だと？　それにしちゃ若いじゃねえか」

「まだ四十代前半のはずだ。一昨年あたりに、保守系の野党の推薦を受けて選挙に出た。その時が四十歳だったはずだからな。新聞の地方欄でもかなり大きく取りあげられてた。水産加工会社の御曹司だ」

「水産会社ってことは木村の商売敵《しょうばいがたき》ってことか？」

「ああ。息子の方は東京で商売をやってたらしいが、それがこけて根室に戻ってきて、即選挙だ。いろいろいわれたが当選した。ロシア人のおかげで親父の会社が儲かって、その金を選挙の時にばら撒いたんじゃないかって噂もある」

「おもしろくなってきたじゃねえか」

裕司は笑った。思わず目を逸らしたくなるほど凄絶な笑みだった。

23

部屋に戻ってきたのは、結局、午前二時近くだった。高谷一良は加代子のマンションに一時間ほどいただけで出てきた。そのまま自宅に戻った。高谷が加代子の部屋にいたという確証はない。だが、そんなものは必要がなかった。

おれは裕司をホテルに送った。翌日の軽い打ち合わせをしただけで別れた。裕司は箇単におれを解放した。おれが逃げだすわけはないと高を括っていた。

「二億だぜ、幸司」

別れ際、裕司はいった。腹立たしい気分を抱えたまま車を運転した。

部屋の中は寒かった。フローリングの床の上を歩くと、靴下を穿いた足の裏から凍りついてしまいそうだった。昨夜のように部屋が荒らされていないのが唯一の救いだった。

留守番電話のメッセージランプが点滅していた。メッセージを再生した。メッセージが四件入っていると合成された声が伝えた。

一件め——無言だった。

二件め——無言だった。三件めも四件めも同じだった。一件めの電話がかかってきた時刻は午後六時十三分。二件めは七時十分。三件めは八時十五分。四件めは九時二十一分。ほとんど一時間おきに電話はかかっていた。おれの電話番号は電話帳に載っていた。だれでも、その気になればおれに電話をすることができた。知り合いなら、留守だとわかってもなんらかのメッセージを残しているものだった。たいした用のない者であれば、留守を告げるメッセージが流れた瞬間に電話を切っているものだった。

震えながら拳を握った。なんの脈絡もなく敬二だと思った。敬二がおれに無言のメッセージを送ってきている。

二億を持って。ナターシャを連れて。

暖房を入れた。冷蔵庫から冷酒を取りだした。飲んだ。酔えなかった。身体の芯から冷えきっていた。

布団を敷き、潜り込んだ。

頭の中で敬二の顔が飛び交った。薄れつつあるナターシャの横顔が浮かんでは消えた。札束が渦巻いていた。眠りはなかなか訪れなかった。

24

六時に起きた。頭痛がした。身体の芯に疲労がこびりついているようだった。顔を洗うのもそこそこに部屋を飛びでた。海の男たちの朝は早い。日本人もロシア人も変わりはない。

雪はまだ降り続いていた。風も強かった。この天候で船を出そうという人間がいるはずがなかった。三日前に花咲港に寄港したロシア船は七隻。みんな、港で足留めをくらっていた。

することがないロシアの船乗りたちがすることといえば決まっていた。朝からウォッカで酒盛りをする。酔いつぶれる前に会っておきたい人間がいた。

タイヤにチェーンを巻くのに意外と手間取った。花咲港に着いたのは七時前だった。除雪車が出ていたおかげで、車の運転に苦労する必要がなかった。埠頭には錆《さび》を浮かせたロシア船が停泊していた。どの船も、元はといえば日本人の所有する船だった。不法操業で拿捕《だほ》し、没収した船。ペンキを塗り替え、船名を変更してロシア人たちが乗りまわしている。その船が獲ってきた魚が根室に金をもたらしている。なんという皮肉。船を取りあげられた連中は、歯ぎしりしながら、目の前を通りすぎていく金を眺めているだけだ。

目当ての船は埠頭の一番端に停泊していた。白いペンキはまだらに剝げ、船名もかろうじて読めるにすぎなかった。ロシア文字——アレクセイ二世号。その名前にどんな意味が込められているのかは知らなかった。知りたくもなかった。

甲板にイワンがいた。黒毛の雑種犬だ。イワンはおれを見つけると猛然と吠えたてた。

「うるせえぞ、馬鹿犬」

イワンに毒づきながら、おれは待った。海から吹きつけてくる風が、顔の皮膚の感覚を奪っていく。やがて、分厚いセーターとジーンズ姿のロシア人が甲板に姿を現わした。ロシア人は若かった。二、三度、街で顔を見かけたことがありそうだった。若いロシア人はイワンを叱りつけた。それから、おれに気づいた。

「こんにちは」

おれはロシア語で話しかけた。若者は怪訝《けげん》な顔をした。

「ミーシャを呼んでくれないか。おれは内林だ」

たどたどしいロシア語だったが、若者には通じたようだった。

「ウチ……バヤシさん?」

「そう。港の先で店をやってる」

「ちょっと待って」

若者は姿を消した。すぐにミーシャがやってきた。髭に覆われた顔がほんのり赤らんでいた。モンゴロイドの顔だち──朝鮮系のロシア人。すでに、ウォッカをしこたま飲んでいる顔だった。

「おお、幸司さん」

ミーシャはいった。おれを手招きした。おれは埠頭から船に乗り移った。海はうねっていた。渡し板が激しく揺れた。たった二メートルの距離を移動するのにミーシャの手を借りなければいけなかった。

「幸司さん、こんにちは」

ミーシャは日本語でいっておれを抱き締めた。体臭とウォッカの香りが入り混じっていた。酷い匂いだった。

「今日はどうしましたか?」

ミーシャの日本語は流暢《りゅうちょう》だった。日本人のそれとほとんど変わらない。

「ちょっと頼みたいことがあるんだ」

おれはロシア語でいった。ミーシャは目を丸くした。

「珍しいですね。いつも、わたしたち、幸司さんに頼みごとをするのに、今日は反対じゃないですか」

ミーシャの分厚い手が背中にまわされた。強い力で押された。

「ここは寒い。中に入りましょう」

いわれるがままに、おれは錆ついたドアを開けた。船室の空気は澱んでいた。ウォッカとロシア人たちの朝食の匂いと体臭の混じった空気を暖房が暖め、攪拌していた。船室は三畳半ほどのスペースしかない。左手奥に寝室。正面にはブリッジへ続く階段があった。船室には五人の男たちがいた。みな、片手にマグカップを持っていた。小さなテーブルの上には食い散らかした食器とウォッカのボトルが乱雑に載っていた。食器とボトルの隙間を埋めるようにカードが散らばっていた。日本の紙幣が一ヶ所にまとめられて置かれていた。

五人の視線がおれに集中した。険呑とはいわないが場違いな空気がおれを包んだ。おれは闖入者《ちんにゅうしゃ》だった。

五人のうち、船長のシェフチェンコと漁労長のスタンコヴィッチがおれを見て笑顔を浮かべた。ふたりとも、おれの店のお得意さんだった。アレクセイ二世号は表向き、漁船ではなく運搬船ということになっている。ロシア船が魚を日本に運ぶ場合、いったん漁場からロシアの漁港に戻り、それから日本に来なければならないことになっている。だが、ほとんどのロシア漁船は漁場から直接日本にやってくる。日本側もそれを知っていて見ないふりをしているという事情もあった。魚は鮮度が命だった。新鮮な魚はすなわち金だった。シェフチェンコとスタンコヴィッチはよく、おれの店にウニを獲るために必要な機材を調達しにきた。ロシアに持って帰る土産用の電化製品を買いにきた。ふたりが来るときは、日本語のできるミーシャがいつもお供をしていた。おれはシェフチェンコの船が不法操業をすることを知っていてものを売った。

時々、頭の固い馬鹿野郎が文句をいいに来ることがあった。規則を守れ。お互いのルールを守ることが北方領土返還に繋がるのだ——クソに塗れたお題目だった。口では返還をいいながら、だれも本当にロシアが北方領土を返してくれるとは思ってもいない。だから、規則を破る。法律を破る。金儲けに奔走する。根室の人間だけが悪いわけじゃない。この街のありようなど知りもせず、ロシア人が獲ってくる魚を食い漁る日本人たちがすべての元凶だった。北方領土返還を口にしながら、具体的なことは何ひとつしてこなかったこの国すべての問題だった。

シェフチェンコがロシア語でなにかをいった。ミーシャがそれに答えた。シェフチェンコがうなずいた。

商売柄、ロシア語を勉強してはいる。根室ではロシア語教室が大流行だ。中学校でも選択科目でロシア語の授業があるという。おかげで、簡単なロシア語なら喋ることができるようになった。だが、ヒアリングとなるとお手上げだった。

「幸司さん、キャプテンが、ウォッカどうかといってます」

断ろうとして思いとどまった。一緒にウォッカを飲めば、打ち解けることができる。ロシア人との付き合いで一番肝腎なのは酒が飲めるかどうかだった。

どこからともなく薄汚れたマグカップが運ばれてきた。ウォッカが注がれ、手渡された。

「乾杯」

おれはシェフチェンコにいって、ウォッカを一気に飲み干した。食道が燃えあがり、胃が爆発した。スタンコヴィッチがおどけた声を出した。船室にいた連中が一斉に笑いはじめた。だれかに肩を叩かれた。おれは闖入者ではなくなった。

「幸司さん、もう一杯どうですか？」

ミーシャがいった。おれは顔の前で大袈裟に両手を振った。

「これ以上飲んだら死んでしまうよ、ミーシャ」

おれの言葉をミーシャがロシア人たちに伝えた。また、笑いが起こった。

「みんな喜んでますよ、幸司さん。もう、三日も港にいるから、退屈で」

「そいつはよかった」

おれはダウンジャケットの上から腹を押さえた。すきっ腹にウォッカのストレート。胃が悲鳴をあげていた。

「頼みがあるんだ」

痙攣する胃をなだめながら日本語でいった。ここから先の話は、ミーシャ以外に聞かれたくなかった。

「なんですか？　いってくれれば、キャプテンに伝えます」

「キャプテンじゃない。あんたに用があるんだよ、ミーシャ」

「わたしに？」

ミーシャは自分を指差した。おれはうなずいた。

「それじゃあ、あっちに行きましょう」

ミーシャは寝室におれを誘った。ロシア人たちをすり抜けるようにして、おれはあとを追った。

寝室とは名ばかりの狭い部屋だった。左右の壁に沿って二段ベッドがふたつ並んでいた。ベッドの上には船員たちの荷物を詰めたバッグが無造作に並べられていた。足元には段ボールが乱雑に積みあげられていた。船員たちは交代で休息を取る。船長と漁労長には個室が割り当てられているはずだった。

「どうぞ」

ミーシャにいわれるまま、おれは右側のベッドの上に腰をおろした。ミーシャは向かい側。気をつけないと頭を上段のベッドにぶつけてしまいそうだった。

「それで、頼みはなんですか？」

ミーシャがいった。

「拳銃を売ってくれないか」

裕司を殺すための銃。敬二から金を奪うための銃。銃が必要だった。裕司の腕力に対抗できるものが必要だった。ミーシャの目を見ながらいった。ミーシャは細い目を瞬《また》かせた。

「なんですって？」

「拳銃だ。この船の中にもあるんだろう？」

確信に近い思いがあった。日本人とそれほど変わらない顔だち。達者な日本語。ミーシャはソ連時代はＫＧＢかなにかの工作員だったに違いなかった。ソ連と北朝鮮——日本の敵。例の寮では週に一度、ソ連や北朝鮮が日本に送り込んだ工作員の話を聞かされたものだった。

「それはありますが……幸司さん、拳銃なんかなんに使うんですか？」

「護身用だよ。わかるかい？」

「セルフ・ディフェンス」ミーシャは英語でいい直した。「でも、どうして？」

「いろいろトラブルがあってね。地元のやくざに命を狙われるかもしれないんだ」

ここに来るまでに考えておいたいいわけを口にした。

「それは困りましたね……」ミーシャは腕を組んだ。困っているようには見えなかった。

「わたしが幸司さんに拳銃を売るのはいいんですが、でも、それは日本の法律に触れますよね。幸司さんがその拳銃を使うと、警察がわたしのところに来る」

「だれから買ったかはだれにもいわない」

「でも、この船にある拳銃、トカレフですよ。わかりますか、幸司さん？」

おれはうなずいた。ロシアの軍用銃。ここは新宿ではなかった。根室でその銃が使わればロシアの船が疑われるに決まっていた。

「どうしても必要なんだ、ミーシャ。金なら、きちんと払う」

ミーシャは腕を組んだまま目を閉じた。そのまま動かなくなった。まるで、眠ってでもいるかのようだった。

「わかりました」

いきなりミーシャは目を開けた。

「幸司さんにはお世話になってます。それに、わたしもお金が欲しい。拳銃、売りましょう」

「いくらだ?」

ミーシャは片手を広げた。

「弾丸はサーヴィスです」

頭の中で計算器が動いた。銀行にある預金でなんとかなりそうだった。だが、それを使えば、おれはほとんど無一文だった。

二億だぞ、五十万ぐらいの金、けちるなよ──頭の中でだれかの声が聞こえた。

「わかった。この天候じゃ、今日も港に足どめだろう。明日、金を持ってくる」

「天気がよくなったら、朝早く出港します。今日の夜はどうですか?」

「何時に?」

「今日、みんなで松坂食堂に行くことになってます。そこに来てくれますか?」

松坂食堂──元々はジンギスカンを食わせる店だった。それがいつの間にかロシア人を相手にするようになり、今ではロシアの船乗りたちの溜まり場と化していた。

「いいだろう。松坂食堂だな」

おれはいった。脇の下に汗をかいていた。

「それじゃ、八時にお待ちしてますよ、幸司さん」

ミーシャはごつい右手を差しだしてきた。

「もうひとつ、頼みがあるんだ、ミーシャ」

ミーシャの手を握り返さずにおれはいった。

「もうひとつ？　なんですか？」

「ロシア人の女から、密航させてくれと頼まれたことがないかどうか、船乗り仲間に聞いてまわってもらいたいんだよ」

ミーシャの目──探るような目。油断ならない目。

「どういうことですか？」

「去年、おれの持ち船でロシア人を密航させたことがあるんだ」用意してきた嘘──簡単に口をつく。「運んだのは女たちだ。やくざが手配をした。女たちは根室から東京に運ばれて、売春をすることになっていた」

ミーシャはうなずいた。油断ならない目がしっかりとおれに向けられていた。

「そのうちのひとりが逃げだしたんだ。東京のやくざから連絡があった。女は根室に向かっているらしい。故郷に一番近い港が根室だからだ」

敬二は用心深い男だった。もしかすると、おれと裕司が一緒にいるところを見られているかもしれない。そうだとすれば、敬二がおれを頼る可能性は低くなる。ナターシャを使ってロシア船の船員と接触しようとしてもおかしくはなかった。

「女の名前は？」

「ナターシャといっていた」

ミーシャはうなずいた。

「ナターシャはまだ借金あるんですね。それで、やくざが追いかけてる」

「そういうことだ。もし、ナターシャを見つけたら、五十万円の礼金をもらえることになっている。もし、ミーシャが情報を摑めたら、半分の二十五万円を渡すよ」

「わかりました。調べてみますよ」

ミーシャはいった。油断ならない目が相変わらずおれを見つめていた。

「幸司さん、だから拳銃が必要でしたか？」

おれは首を振った。

「別の件で必要だったんだ」

油断ならない目が光った。ミーシャはおれの言葉を信じてはいなかった。

25

政治には疎《うと》かった──興味がなかった。高谷一良の情報を集める必要があった。話を聞けそうな相手はふたりしか心当たりがなかった。ふたりとも新聞記者だった。ひとりは会ってもかまわない人間だった──出張で札幌に行っていた。もうひとりは会いたくもない人間だった──自宅にいた。

ツキのなさを呪いながら車を走らせた。ある政党の機関紙──アカ新聞の根室出張所。なんのことはない。党員の家に看板をぶらさげているだけだった。加藤直樹《かとうなおき》の家は記憶にあったものより古ぼけていた。オホーツクから吹きつける風にさらされた木造の壁はペンキがすっかり剝げていた。トタン屋根は真っ赤に錆びていた。玄関の引き戸は凍りついて動かなかった。舌打ちしながら呼び鈴を押した。磨りガラスの向こうに人影が現われた。

「どなたさん？」

脳天に突き刺さるような甲高い声──間違えようがない。影は加藤直樹だった。

「幸司です……内林の」

「おお、幸ちゃんかい。待っとったよ。悪いけど、裏口にまわってくれないかい。こっちの戸は下が凍りついて開かなくなってるからさ」

「わかりました」

積もりっぱなしの雪をかき分けながら裏手にまわった。ブーツの底に体重をかけるたびに雪が乾いた音をたてた。裏庭には灯油用のタンクがぽつんとあるだけだった。加藤の父親が生きていたころは、いろんな樹木が植えられていた庭だった。今は見る影もなかった。表玄関と違って、裏口は洋風の造りになっていた。ドアの周囲だけ、雪がきれいに取り除かれていた。そこにたどり着く前にドアが開いた。ジャージにちゃんちゃんこを羽織った加藤が顔を出した。大袈裟な笑みを浮かべた。白髪が増えた髪の毛は寝起きのようにまとまりがなかった。吐く息が白かった。

「久しぶりでないかい、幸ちゃん」

加藤が口を開いた。上の前歯二本が欠けたままだった。もう十五年も前、納沙布に集まった右翼たちの前で演説をぶって殴られた痕だった。

「ご無沙汰してます」

おれは頭をさげた。記憶が脳裏をよぎった。昔は加藤がこうしていた。親父に頭をさげていた。親父がレポ船の船長として活躍していたころの話だ。加藤は毎日家にやってきた。迷惑そうな顔をする親父に頭をさげ、涼しい顔をしながら説教をぶっていった。あなたのしていることは祖国を冒瀆している——加藤はいった。おまえら、同じアカのくせしてはんかくさいことというんでねえ——親父は怒鳴った。ソ連共産党は覇権主義です、我々とはあり方が根本から違うんです——加藤はいつだって涼しい顔をしていた。

北海道は革新勢力が強い土地柄だ。だが、根室は違う。共産主義はソ連を意味した。ソ連は侵略者を意味した。共産主義者はだれからも白い目を向けられた。加藤の父親は自民党の党員だった。加藤は高校を卒業してすぐ、共産主義を標榜する政党に入党した。党の機関紙の記者になった。直後に、父親は脳梗塞で倒れた。

だれもが加藤を変人と看做していた。

「なんにもない家だけど、とりあえずあがるべさ」

「お邪魔になります」

加藤に続いて家の中に入った。裏口は台所に続いていた。台所からは飯鮨《いいずし》の匂いがした。鮭やキンキのような魚を米と一緒に醱酵させた鮨だ。鮒鮨のような臭みはなく、食欲を刺激された。

加藤は台所を横切って左手に進んだ。廊下の床板は黒光りしていた。階段の手すりには埃が積もっていた。加藤とおれは茶の間に入った。茶の間の中央では石油ストーヴが燃えていた。ストーヴの上の蒸発皿の水が沸騰していた。茶の間は暖かく、むっとしていた。ストーヴの脇に炬燵《こたつ》があった。炬燵の上にはパソコンと電気ポットが載っていた。

「適当に座ってけれや」

加藤はさっさと炬燵に足を突っ込んだ。歩きながら見た加藤の靴下は真っ黒に汚れていた。炬燵に入るのは躊躇われた。おれは炬燵の後ろにあるソファに腰をおろした。ソファはおんぼろで、おれの体重を受けて軋《きし》んだ音をたてた。

「炬燵に入ればいいっしょ。そこだと寒いべさ」

「ここでいいですよ。炬燵に入ると、汗をかきそうだから」

「そうかい？」

加藤は上体をそらした。加藤の右側の壁に食器棚があった。加藤は座ったままの姿勢で食器棚から急須と茶筒、それに湯呑みをふたつ取りだした。急須に茶を入れ、ポットの湯を注いだ。

「それで幸ちゃん、聞きたいことがあるって話だったけど、なんだべ？」

急須に蓋をしながら加藤はいった。

「高谷一良のことを聞きたいんだけどね」

おれはいった。加藤の目が光ったような気がした。

「幸ちゃんも政治に目覚めたかい？」

「いや、そういうわけじゃないんだけど……おれの幼馴染で、梅ヶ枝町で飲み屋をやってる女がいるんだけど、どうも、高谷とできちゃったらしいんだ。それで、どんな男かと思ってさ」

ここに来る前に考えておいた説明――加藤に通じたかどうかはわからなかった。

「それ、どこの飲み屋の女さ？」

加藤は湯呑みに茶をそそいだ。勢いよく流れすぎた茶が炬燵の上に飛び散った。

「それはまだいえないよ。加藤さんのところみたいな新聞にとっちゃ、美味しいネタだろうし」

「幸ちゃんもだんだん親父さんに似てくるわ……」

加藤はおれに湯呑みを差しだした。炬燵に飛び散った茶を気にする素振りも見せなかった。

また、記憶がよみがえる。東京から根室に戻ってきたおれに、加藤は執拗につきまとった。東京でなにがあったのかを聞きだそうとした。右翼社会から脱落した元レポ船船長の息子――アカ新聞にとっては恰好の素材だったのかもしれない。加藤のしつこさには殺意を覚えるほどだった。

「幸ちゃんの親父さんもさ、絶対にただではなにもしない人だったべ」

「おれは親父とは違うよ」

加藤は答えなかった。音をたてて茶を啜った。半眼にした目を宙に据えていた。

「変な噂を耳にしたんだけどさ、幸ちゃん」

「噂？」

おれは身構えた。加藤の声の調子が変わっていた。とぼけたふりをして不意打ちを食らわせるのが加藤の手だった。親父とのやり取り――おれとのやり取り。加藤の手の内はお見通しだった。

「山口裕司が根室に戻っとるってね」

手の内は見えていても油断はならない。

「裕司が？　知らなかったな」

おれは答えた。加藤がにやりと笑った。

「そんなはずないべさ。おれが聞いた噂だと、幸ちゃんは山口裕司と一緒にいたことになってる」

おれは茶を啜った。茶は渋く、苦かった。

「一緒だったんだべさ、山口裕司と？　幸ちゃんとあいつ、仲がよかったし」

だれもかれもがおれと裕司の仲を誤解している。

「裕司が根室に戻ってきたのは昨日のことだ。加藤さん、耳がいいね」

おれはいった。隠そうとしても無駄だった。

「根室は小さい街だけど、いろんな人間がいるっしょ。特に、ロシア人が来るようになってからはみんなの思惑が複雑に絡むようになってね、昔は洟《はな》も引っかけなかったアカの人間も利用しようっていう連中が大勢いるんだわ」

「噂はそいつから聞いたのかい？」

加藤の言葉に釣られて、思わず北海道弁を使っていた。

「昨日、おれも梅ヶ枝町で飲んでたんだ。したら、同じ店に役所の連中が来てね、なんとはなしにそいつらの話聞いてたら、木村がどうしたのこうしたのってのが聞こえてきたべさ」

「木村って木村水産の？」

「木村組の木村昇《のぼる》さ」加藤は汚いものを吐きだすようにいった。「詳しい話はわからなかったけど、気になってしょうがないから、知り合いに電話してみたんだ。したら、山口裕司と幸ちゃんの話が出たのさ。ふたり揃って、木村の事務所に行ったんだべ？　木村になんの用だったのさ？」

話を聞くつもりが逆になっていた。

「おれは裕司を案内しただけだ。あいつが木村となんの話をしたのかは知らない」

おれはいった。嘘をつくのは得意だった。加藤は疑わしげな目を向けてきた——どういうことはなかった。

「本当かい？」

「本当さ。裕司は東京でやくざをやってる。木村もやくざだ。できることなら関わりになりたくないんだ……そんなことより、加藤さん、高谷一良の話を頼むよ」

「山口裕司は木村昇になんの話をしたんだべ？」

「知らないっていってるだろう」

おれは加藤を睨んだ。加藤は怯《ひる》まなかった。睨み合いがしばらく続いた。やがて、加藤の視線が和らいだ。

「まあいいさ、幸ちゃんが話してくれなくても、そのうち真相はわかるからね」

加藤はパソコンの本体に手を伸ばした。スウィッチを入れた。パソコンが音をたてて動きだす。

「この家には似あわんべさ、これ」加藤は恥ずかしそうに微笑んだ。「三十万もしたんだ。だけど、これのおかげで、仕事が楽になったっしょ。最初は、触るのもいやだったけどね」

モニタの画面が明るくなった。加藤はキィボードを叩いた。画面が目まぐるしく変化した。やがて、画像が浮かんだ。高谷一良を正面から写した写真だった。

「ウチの党のデータベースさ。インターネット通じて接続するんだ。ほんと、楽な世の中になったと思わないかい？」

「パソコンはいじったこともないんだ」

おれはいった。ロシア人に頼まれて売ったことがあることは黙っていた。

「それじゃいかんっしょ。幸ちゃん。これからの時代、どんな商売するにしても、コンピュータ使えなかったら話にならんよ」

加藤はまたキィボードを叩いた。高谷の写真の下に、ずらりと文字が並びはじめた。

「まあ、このデータベースに登録されてるのは、みんな知ってるような事実だけさ。本当に重要なことは、みんなここにしまってるからね」

加藤は自分の頭を指差した。

「高谷の家族構成は？」

おれは訊いた。

「待ってな。それぐらいのことだったら、この情報、プリントアウトしてやるから。それ見てさ、わかんないこと訊けばいいっしょ」

加藤は振り返った。おれを見て笑った。

「プリントアウト終わるまで、時間かかるから、その間、さっきの噂の話の続きでもしようか、幸ちゃん」

食えない笑いだった。

26

高谷一良、四十二歳。高谷水産社長。妻と娘ひとり。妻は三十八歳。娘は十五歳。父親は高谷正義《まさよし》。六十八歳で高谷水産の会長職。会社は実質、父親がすべてを仕切っている。

高谷一良。十八歳で上京した。おれと同じだった。高谷は大学進学のために上京した。おれは根室から逃げるために上京した。高谷が入学したのは慶應義塾大学法学部。司法試験を三度受験したがすべて失敗した。二十八歳のときに会社を興した——ジャパン・プランニング。業務内容は多岐に亘っていた。バブルのころには腐るようにあった会社のひとつだった。資本金は五千万。おそらく、父親の正義が出資している。バブルの時代は儲けていた。バブルが崩壊して過大な債務が残った。高谷個人は今でも億単位の借金を背負っている。

だが、高谷一良は加代子にマンションを買い与えている。田舎のマンションとはいっても、三千万はくだらないだろう。どこにそんな金があるのか。父親の正義だとて、息子の妾遊びにそれだけの金を与えるとも思えない。

高谷一良。根室市議会議員。党籍はなし。民主党の議員が中心になって組織している会派に所属している。四十代の若さに甘いマスク、長身——有権者の受けはいい。金にまつわるスキャンダルもない。

「表に出とらんだけだべ」加藤はいった。「選挙のときには、親父の会社の連中があちこち駆けまわってたべさ。金をばら撒いてたに違いないさ。いくら地元の名士の坊ちゃんだっていっても、十八からずっと根室を離れていたからね、だれも高谷一良なんて知らないっしょ」

「今はどうなってるんだ?」

おれはプリントアウトを睨みながら訊いた。

「親父さんとべったりだ。親父の息のかかった連中に便宜をはかってるってな。あんまり露骨なんで、先々月だったかな、木村の息のかかった水産業者が怒鳴り込みにいったらしいさ。どっちもどっちだけど、はんかくさいって」

「癒着の証拠は握ってないのかい?」

加藤が目を伏せた。

「まあ、追ってはいるんだけどね……幸ちゃんも知ってるようにさ、ここじゃ、おれらは分が悪いからね」

「女房と子供は？」

高谷の自宅──高台にある一軒家。正義の家とは隣接していた。持ち主はたぶん、正義だろう。昨日、深夜に高谷が帰宅したとき、家は真っ暗だった。人の気配がしていなかった。

「選挙のときに住民票をこっちに移して越してきたけどね……ほとぼりが冷めたころを見はからって東京に戻ったたって話だ。住民票はそのままで……よくあることだべさ」

「じゃあ、高谷は一人暮らしなんだな？」

「秘書がふたりいるのさ。ひとりは男で、公務のときは高谷の尻についてまわってる。もうひとりは女だけど、高谷の家まわりを仕切っててさ、秘書っていうより通いの家政婦だべってみんなに笑われてるんだ」

「その女とできてるのかな？」

加藤は首を振った。

「秘書ったって、五十すぎのおばさんだ。父親のツテで紹介されたって話だけどね。ちらっと小耳に挟んだ話だけどさ、一良はそんなおばさん雇いたくないって駄々を捏ねたけど、父親に一喝されたってね……借金の件もあって、父親には頭があがらんらしいわ」

「借金はあといくら残ってるんだろう？」

「さてね。一億を超える話は田舎者にはようわからんっしょ」

おれはうなずいた。いずれにせよ、高谷は喉から手が出るほど自分の自由になる金が欲しいはずだった。加代子が金の話をしたとすれば、なんらかの動きを見せるだろう。

「ありがとう、加藤さん」おれは腰をあげた。「助かったよ」

「幸ちゃんにはかなわんな。結局、なにも話してくれないからね。頑固なところは親父さんにそっくりだわ」

「よくいうよ、加藤さん。おれが話したこと、いい記事のネタになるだろう」

「そりゃそうだけどね……気をつけてけれや。午後からはまた吹雪くそうだからね」

「そのうち、酒でも奢りますよ」

「はんかくさいこというんでない。おれと一緒にいるところを見られたら、口さがない連中になにいわれるかわからないべさ。露助船頭の息子がアカとつるんでるとか……幸ちゃん、露助船頭の息子っていわれるの、もう飽き飽きしてるべ」

「とっくに慣れたよ。それに、今時、露助船頭なんて言葉を使うやつもいない」

加藤はうなずいた。

「時代が変わったからね……昔はあんなに憎んでたロシア人も、今は根室の救世主だ」

「また変わるさ。あんな獲り方をしてたら、そのうち北方領土にも魚はいなくなる」

「……んだな。みんな、目先のことしか考えられん。はんかくさい」

おれは軽く頭をさげた。茶の間を横切って襖を開けた。廊下の冷えた空気がまたたく間に身体を包み込んだ。

「裏口の鍵、かけなくてもいいからね」背中に加藤の声が浴びせられた。「それとさ、幸ちゃん、来月の頭、またどこかに行っちゃうのかい？　たまには、一緒に納沙布に行ってみないかい？」

おれは首を振った。

「もう予定を入れてあるんだ」

いって、襖を閉めた。来月の頭——二月七日。北方領土の日。日本全国から右翼が集まってくる。知った顔に会うのが嫌だった。おれは毎年、二月七日が近づくと根室を留守にすることにしていた。

27

いったん、店に戻った。十一時に濱口がロシア人を連れてきた。ロシア人は大男だった。ボリスと名乗った。ボリスは汗をかきながら潜水服を試着した。満足の笑み——支払いはキャッシュ。

たどたどしいロシア語でボリスに訊いた。

「昨日、根室でロシアの女を見なかったか？　奇麗な女だ」

ボリスは首を振った。濱口は目を丸くした。

「なんだ、幸ちゃん、ロシア女に惚れてるのかい？」

おれは首を振った。でたらめを口にして濱口をごまかした。濱口とボリスは潜水服一式をワゴン車に積んで去っていった。おれは開けたばかりの店を閉めた。

裕司をピックアップする前に合同庁舎に寄った。合同庁舎はいくつもの庁舎が同居している建物だった。法務局の窓口で加代子のマンションの登記簿を閲覧した。マンションの名義は高谷一良になっていた。マンションには抵当権がふたつ、設定されていた。第一抵当権は大手の都市銀行。第二抵当権は東京新宿の金融会社。おれは不動産に関しては無知だった。ふたつの抵当権の意味が皆目わからなかった。裕司ならわかるのかもしれなかった。やくざに地上げはついてまわる。

裕司は部屋にいた。例によってアダルトヴィデオをつけていた。女優の空虚なよがり声が谺《こだま》していた。

「遅かったじゃねえか。腹が減って死にそうだ」

裕司は身仕度を整えていた。昨日のものとは違う革のロングコート。襟元から覗くシャツは濃紺。ネクタイはなし。金儲けのうまいやくざに見えた。裕司に金儲けができるとは思えなかった。

「別に飯の約束をしてたわけじゃない。勝手に食えばよかっただろう」

「ひとりで飯食ったってつまらねえだろうが」

「おまえと食うよりはましだ」

裕司は歯を剝いて笑った。

「一晩寝ただけで、すっかり元に戻ったみてえだな。調子こいてると、また痛い思いすることになるぞ」

睨み合う――負けなかった。留守番電話に吹き込まれていた無言のメッセージ。敬二のメッセージ。裕司は知らない。おれは知っている。それだけで、気持ちにゆとりができていた。

裕司は舌打ちした。頭を振りながら立ちあがった。

「空元気《からげんき》ってわけでもなさそうだな……なにか摑んだのか？」

「高谷一良のことを調べてきた」

裕司はもう一度笑った。今度は肩を震わせていた。

「なにがおかしい？」

「そんなに金が欲しいのか、幸司？」

「だれだって金は欲しい」

「そりゃそうだ……よし、飯を食いながら話を聞こうじゃねえか」

促されて部屋を出た。テレビのアダルトヴィデオはつけっぱなしだった。

「どこへ行くんだ？」

「渡会食堂だ。ただで蟹が食えるんだぜ。あそこしかねえだろう」

裕司はいった。舌舐めずりしそうな表情だった。渡会のことを思った。同情は湧かなかった。いい気味だ——そう思う自分がいるだけだった。

エレヴェータでロビィへ。駐車場にとめたおれの車——近づこうとすると裕司にとめられた。

「今日はこっちの車を使うぞ」裕司は自分のレンタカーに顎をしゃくった。「おまえの車は木村にもあのチンピラにも見られてるからな」

今日の予定が大まかに予想できた。木村の事務所を見張る——そういうことだった。レンタカーで渡会食堂へ向かった。フロントとリアの窓には溶雪用のニクロム線が埋め込まれていた。両サイドの窓には凍った雪がこびりついていた。文句をいうと裕司が嗤った。

「張り込みには最高じゃねえか。連中からは車の中が見えねえってことだからな」

慣れない車を雪道で走らせるのは難しかった。もう、文句はいえなかった。

渡会食堂についたのは十二時半をまわった時刻だった。店は半分ほどの入りだった。渡会は裕司とおれを見て凍りついた。懇願するように首を振った。裕司は意に介さなかった。

「また、たらふく食わせてもらうぜ、渡会」

快活な声でいい放った。渡会はおれに視線を向けた。おれを詰問するような視線だった。おれも意に介さなかった。昨日までのおれとはなにかが違っていた。

おれたちは食堂の一番奥の席に腰を落ち着けた。

「まず、ビールだ。早くしろよ、渡会」

裕司が叫んだ。渡会がびくりと肩を震わせた。

「おれは温かい烏龍茶をくれ」

おれはいった。渡会は不可思議なものを見る目でおれを見た。

「まただ」

裕司が呟いた。

「なにが？」

「昨日とはえらい態度が違う。昨日のおまえはすまなそうにしてたじゃねえか。それが、今日は渡会をいたぶるのを楽しんでやがる。どういうことだ？」

「腹を括ったんだよ。おまえと一緒に敬二を探して分け前をもらう。その金で根室を出る。もう、だれかに気兼ねする必要はないってことだ」

「そんなもんかよ……まあ、いい。話を聞かせろよ」

「高谷には借金がある。けっこうな額だ。目の前に二億の金が転がってたら、躊躇わずネコババするだろうな」

おれはテーブルの上に加藤からもらったプリントアウトを置いた。裕司はそれに目を通しはじめた。裕司が読み終わるのをおれは待った。渡会がビールと烏龍茶を運んできた。おれたちとは目を合わせないようにしていた。裕司のグラスにビールを注いでやった。自分の烏龍茶に口をつけた。裕司が顔をあげた。

「調べたって、これだけか？」

おれは首を振った。加藤から聞いた話をつけ足してやった。裕司は何度もうなずいた。グラスを掴み、ビールを一気に呷った。

「高谷の親父ってのはどんな野郎だったたっけ？」

裕司は口のまわりについたビールの泡を舐めとった。

「昔は網元だった」おれは記憶を手繰りよせた。「よく、うちの親父と喧嘩してたな。レポ船をやる連中を軽蔑してたらしい」

飲みに出ていた親父が顔を真っ赤にして帰ってくることがたまにあった。そんなときの親父は酔っているのではなく憤《いきどお》っていた。高谷の野郎、ふざけやがって――そんな台詞《せりふ》をなんどか聞いたことがあった。

「ああ、思いだしたぜ」遠くを見るような目つきをして裕司がいった。「高台に広い家があったよな？　おれらがガキのころはむちゃくちゃ羽振りがよかったとこだ。おれはレポでもやってると思ったが、違ったのか」

「それはない。高谷のところの船は何度も拿捕されている。レポをやってるならあり得ないだろう」

「まあな」

「これはあとで聞いた話だが、おれたちがあの寮にいたころ、高谷が乗った船がロシアの沿岸警備艇に銃撃されて沈没したそうだ。それで、高谷は漁師稼業から足を洗った。

船を売っぱらった金で水産加工会社を興して、また一儲けってわけだ」

「ロシア人に船を沈められたくせに、ロシア人相手の商売をやってるわけか？　ろくなもんじゃねえな」

裕司は顔をしかめた。

「そうしなきゃ食っていけないんだよ、この街じゃ」

「やけに肩を持つじゃねえか。自分も同じだからか？」

おれは裕司の顔を見据えた。裕司はなにもわかっていなかった。

「おまえにはわからないよ」おれはいった。「根室のこの十年の変化を目の前にしてた人間じゃなきゃ、なにもわからないんだ」

「おれの知ったことかよ」

裕司は吐きだすようにいった。乱暴な手つきでビールを注ぎ足した。今度は呷らずに、舐めるようにビールを啜った。

「こんな街のことなんか、だれが気にかけるってんだ、幸司？　北方領土を返せって喚いたって、この辺りの人間以外はだれも気にもとめなかったろうが。それと同じだ」

「その話はやめよう」おれはいった。徒労感が背骨を這いあがろうとしていた。「おれたちがしなきゃならないのは金の話だ。敬二の話だ」

「おまえがややこしい話を始めたんだぜ」裕司は首をめぐらせた。怒鳴った。「おい、渡会、蟹はまだか!?　とっとと持ってこねえと、この店、叩き潰すぞ」

「待ってくれよ、山口。すぐ持っていくからでかい声出さないでけれや」

厨房の辺りから渡会の声が返ってきた。捨てばちな口調だった。

「馬鹿野郎が」

裕司は憎々しげに吐き捨てた。

「ホテルに行く前に法務局に寄ってきた」

裕司が渡会に対する呪詛を口にする前におれはいった。裕司が顔を向けてきた。

「法務局だ？」

「加代子のマンションの登記簿を見てきたんだ」

「なるほどな」裕司の目尻が小刻みに痙攣した。「やることにそつがねえじゃないか」

「マンションの名義は高谷のものになっていた。ただ、抵当権がふたつ設定されていたよ。最初の抵当権は大手都市銀行のものだ。ふたつめが新宿の金融会社になっていた。どういうことだ？」

裕司の目が細くなった。滅多に見られる表情ではなかった。裕司は考えに耽っていた。

「高谷はいくらの借金を背負ってるんだ？」

裕司の目が開いた。

「詳しくはわからないが、億はくだらないらしい」

「なるほどな」

裕司は何度もうなずいた。

「ひとりで納得してないで、おれにも説明しろよ。ふたつの抵当権がついてるってことはどういうことなんだ？」

「高谷がマンションを抵当に金を借りようとしても、貸してくれるところはおいそれと見つからねえってことよ。銀行の方はともかく、こっちの金融会社の方がよくねえ。まともな会社は間違いなく、高谷には金を貸さねえよ。貸してくれるのは闇金融だけだな。それもけっこうあぶねえ方のよ。おれみたいな極道がケツ持ちしてるようなところだ」

「どうしてそういうことになるんだ？」

「まともな金貸しってのは、担保がなけりゃ、金は貸さねえ。闇金は違う。本人に金がなくても、親に金があるんならそっちから引っ張ればいいんだからよ。法律は関係ねえんだ。貸した金を回収するのに、手は選ばねえ。だが、高谷みてえな野郎が闇金に手を出すはずがねえな」

裕司はひとりで納得していた。

「よくわからないな」

「わかる必要はねえんだよ。とにかく、高谷の台所は火の車だってことだ。親父がいなけりゃ、とっくに夜逃げしてるんじゃねえのか」裕司の唇が吊りあがった。「こんな田舎の安マンションにも抵当権がついてるんだ、銀行やマチ金に借りた金も、利息を返すので手一杯ってところだろう。いくらの借金があるかはわからねえが、一億や二億じゃきかねえんじゃないのか」

「じゃあ——」おれは烏龍茶で唇を湿らせた。「加代子は確実に高谷に話をしたな」

「ありめえだ」

裕司は口を閉じた。渡会が蟹を運んでくるところだった。

「昨日よりショボいんじゃねえのか、渡会」

裕司は皿に載った蟹を見ていった。

「そんなことないさ」

「明日も来るからよ、もっといい蟹用意しておけよ」

「そんな……」渡会は唇の端を震わせた。「昨日だけだっていったべさ」

「昔、おまえもそういったよな」おれは口を挟んだ。「露助船頭って言葉が学校で問題になった時だよ、渡会。おまえはホームルームで明日からは絶対に露助船頭って言葉は使わないっていい放った」

渡会の顔が強ばった。

「思いだしたぜ」裕司があとを継いだ。「てめえ、そのくせ、次の日の朝、早速幸司を露助船頭の息子って呼びやがった」

「おれたち、明日も来るぞ、渡会」

「勘弁してけれって、内林」

渡会は泣きだしそうだった。おれはなんとも思わなかった。

「おれも昔、おまえに勘弁してくれといったことがあった。おまえは笑っただけだったよ、渡会」

視界の端――裕司。笑いをこらえていた。

「したっけ、昔の話だべや」

「おれたちのただ食いだって、十年も経てば昔の話になるさ」

「そういうことだ。とっとと仕事に戻れよ、渡会。てめえの暗い顔がそばにあると、せっかくの蟹の味が台無しになっちまうからな」

渡会は拳を握り締めた。拳は小さく震えていた。

「警察に訴えるぞ、おまえら」

「おれは極道だぞ、渡会」

裕司の声――いきなり低くなった。はらわたに響くような低音だった。

「山口……」

「こんな田舎のおまわりが何人いたってびびるかよ」

渡会は唇を嚙んだ。なにもいわずに踵《きびす》を返した。背中を丸めて厨房の奥に消えていった。

「馬鹿野郎が」

裕司はまた吐き捨てるようにいった。蟹に手を伸ばし、むしゃぶりついた。おれは裕司の健啖《けんたん》ぶりを眺めた。食欲はなかった。

「おまえも食えよ、幸司。木村に恩田に高谷なんて連中が動きだしたら、あとは体力勝負になるぞ」

「そうだな」

おれはいって、蟹の足を食べた。むりやり飲みくだした。体力勝負――どんな勝負であってもかまわなかった。ただひたすらに金が欲しかった。心臓の真ん中辺りにどろどろとした塊があった。その塊は金の話を耳にするとおれの身体の隅々にまで粘ついた触手を伸ばした。おれの意思を縛りつけた。おれの青臭い考えをがんじがらめにした。

「それにしてもよ、おまえも執念深いよな」裕司がいった。口の中は蟹の肉でいっぱいだった。「おれも相当執念深いがよ、おまえにはかなわねえ。あんなこと、よく覚えてやがったよ」

「おまえだって思いだしたっていっただろう」

裕司はにやりと笑った。

「当てずっぽうだよ。そんな話、覚えてるわけがねえだろう」

裕司は蟹を一気に飲みくだした。

28

屋根に積もった雪が音をたてて崩れ落ちた。雪煙が舞った。雲に覆われていた空が割れはじめていた。割れた雲の隙間から陽が差し込んできていた。

「今日は晴れるのかよ？」

裕司がいった。裕司は助手席のシートを倒して仰向けになっていた。

「午後からはまた吹雪くっていう天気予報だった」

「また降るのか」裕司は舌打ちした。「たまんねえな」

木村水産のプレハブの事務所に人の出入りはほとんどなかった。駐車場にとまっている車は二台。泥に汚れた白いヴァンと黒いセドリック。裕司が窓を叩き割ったベンツはなかった。

「雪が降らなきゃ死んだような街だしよ、降ったら降ったでなにもねえ街になる。なんだってこんなとこが故郷なんだ」

裕司は饒舌だった。退屈さを喋ることで紛らわそうとしているようだった。

「おれたちは親を選べなかった。おんなじさ。故郷だって選べないんだ」

おれは答えた。

「おまえ、親を選びたかったのか？」

「おまえは選びたいと思ったことはないのか？」

「あるに決まってんだろうが……どんな親だったらよかった」

「普通の親ならだれでもよかった」

「普通の親って、どんな親だ？」

おれは口を開いた――言葉が出てこなかった。

「答えられねえのか」

「答えたくないだけだ」

「相変わらず、負けず嫌いの幸司だな」裕司は頭の後ろで両腕を組んだ。「昔から変わらねえ。どついてやれば、おまえはすぐ音《ね》をあげる。だけどよ、いつも口先だけなんだ。口ではへいこら謝ってもよ、腹の底じゃくそったれと思ってる。嘘をつくのが平気なんだ。弱虫だと思われてもどうってことはない。てめえでてめえに納得してれば、他人なんてどうでもいい。そういうやつだよ、おまえは」

「驚いたな」おれはいった。嘘偽りのない言葉だった。「他人のことなんてどうでもいいのはおまえの方だと思ってたよ。いつから他人を分析するようになったんだ？」

「極道なんかやってるとな、楽なことよりわずらわしいことの方が多いんだ。やりたくねえこともやらなきゃならねえ」

「だったら、足を洗えばいいじゃないか」

裕司はゆっくり首を捻った。刺すような視線がおれの顔の皮膚を貫いた。

「極道やめてよ、それで、おれになにができる？」

裕司の視線——答えを求めていた。教えてくれといっていた。おれにはなにもいえなかった。裕司はやくざにしかなれない人間だった。おれたちが所属していた右翼団体には裕司以外にもそういう人間はいた。そういう連中は他人とコミュニケーションを取るのが恐ろしく下手だった。欲望を抑えるのが下手だった。言葉を紡ぐかわりに暴力を振るった。頭は悪くないのに知識が欠落していた。単純な感情しか持ち合わせていなかった。

昔、敬二がいった――幸司さんと裕司さんはけっこう似てるよ。おれは反撥した。敬二は笑いながらつけ加えた――幸司さんは裕司さんより狡いから、自分をごまかすことができるだけさ。

裕司と似ている――我慢できなかった。裕司と似ている――そうなのかもしれなかった。たぶん、こういうことだ。おれと裕司は似たような境遇で育った。かたや、露助船頭の息子。かたや、アル中やくざの息子。おれは臆病に育った。鬱屈を自分自身の内側に溜め込んだ。裕司は恐れを知らなかった。鬱屈を他人にぶつけた。露助船頭の息子にはそれが似つかわしかった。アル中やくざの息子にはそれが似つかわしかった。

人間は平等だ――お題目にすぎない。血は争えない――そのとおりだった。おれと裕司は似ていた。おれと裕司は似ていなかった。人間は矛盾していた。

千夏のことを思った。千夏こそがおれと似ていた。千夏も鬱屈を溜め込むタイプだった。ひとりでうじうじと悩むことが多かった。それでも、千夏とおれは違った。千夏はおれに鬱屈をぶつけた。おれがそれを理解することを知っていてぶつけてきた。おれは耳を傾けた。でたらめなアドバイスを口にした。だが、自分の鬱屈を千夏に語ることはなかった。おれはだれよりも臆病だった。だれのことも信じることができなかった。だれのことも馬鹿にしていた。そのくせ、千夏が死んだとき、おれは孤独感に襲われた。

東京で右翼になろうと決意したのも、千夏の死と無関係ではなかった。

「また、おまえとつるむか？　おまえに金稼がせて、おれは遊びほうける。どうだ？」

裕司が口を開いた。焦れてしまったという口調だった。

「勘弁しろよ。おれが金儲けに向いてないことはおまえも知ってるだろう」

「まったくだな。おまえみたいなやつが、金儲けが下手なんじゃどうにもならねえ」

裕司は視線を窓の外に向けた。木村の事務所に変化はなかった。雲が出てきていた。陽光を反射していた雪が輝きを失っていた。

「ロシア人ってのはどこでもほっつき歩いてるのか？」

バックミラーに視線を移しながら裕司がいった。

「あいつらは荷物が多い時にしかタクシーには乗らないからな。根室の人間より裏道を知ってるかもしれないぜ」

バックミラーに毛皮の帽子をかぶった人影が映っていた。

「荷物って、なにを運ぶんだ？」

「日用雑貨だよ。たまに電化製品だ。日本の物はロシア製より優秀だってのが連中の口癖だからな」

「だけどよ、日本製のものは連中には高くて手が出せないんじゃねえのか」

「あいつら、意外と高給取りだぜ。下っ端の連中はともかく、中堅どころの漁師になれば、月収で二十万は稼いでる」

「日本の金でか？」

「当たり前だ。だから連中はウニや蟹を腐るほど獲ってくるのさ」

ボリスが買っていった潜水服一式は、日本円で二十万以上もする代物だった。ボリスはキャッシュで支払っていった。ロシア人は貧しいというのは日本人の勝手な思い込みにすぎなかった。どこの国でも同じだった。貧しい人間もいれば豊かな人間もいる。それだけのことだった。

バックミラーの人影が近づいてきていた。おれは目を細めた。毛皮の帽子と毛皮のコート、革の手袋。どれも薄汚れていた。歩き方に特徴があった。身体を左右に振るようにして歩いている——見覚えがあった。帽子の下の赤らんだ顔は東洋系の顔だちだった。

心臓がとまりそうになった。男はミーシャだった。

シートを倒した。左右の窓を覆っていた凍りついた雪はさっきまでの日射しで溶けかかっていた。

「どうした？」

裕司が怪訝な顔を向けてきた。

「顔見知りだ」

「あのロシア人か？」

おれはうなずいた。

「見られたってどうってことはないだろう？」

裕司がいった。ミーシャがこのまま通りすぎていけばそのとおりだった。銃のことはおくびにも出さず、笑顔で挨拶をすればそれですむ。だが、ミーシャが木村の事務所を訪れるのであれば、話は別だった。アレクセイ二世号の商売相手は堅気が経営する水産会社だった。ミーシャと木村には接点はないはずだった。だが——達者すぎるミーシャの日本語、油断ならない目。おれの想像しているように、ソ連時代のミーシャが対日本向けの工作員だったとしたら、木村との間に接点があってもおかしくなかった。ミーシャが金の匂いを嗅ぎつけたのだとすれば、木村に話を持ちかけたとしてもおかしくはなかった。

臍《ほぞ》を噛む。いくら工作員だといっても昔の話だと高を括っていた。もっとましな嘘をついておくべきだった。

「おい、ロシアの野郎、木村の事務所に入っていくぜ」

裕司がいった。悪い予感が現実になった。

「そうか」

おれは気のない声で答えた。狼狽しているのを裕司に悟られるわけにはいかなかった。

「よくあるのか?」

裕司は木村の事務所を睨んでいた。

「なにがだ?」

「ロシアの漁師がよ、こうやって日本の取引き先の会社に来ることだよ」

「ああ」おれは答えた。「しょっちゅう、打ち合わせはやってるよ。次に入港するときにどんな魚を獲ってきてくれとか、値段の交渉とか――」

「そういうのってのは、普通、船長みてえな連中がやるんだろうが。あのロシア人、どう見たって船長には見えねえぜ」

舌を巻いた。裕司の観察眼は確実に鋭くなっていた。昔の裕司からは考えられなかった。

「あいつは日本語が達者なんだ」

おれはシートを起こした。十メートル先にある木村の事務所――ミーシャの姿はもうなかった。

「通訳が必要ないから重宝されてる。ああやって、船長の代わりに交渉役をやってるのさ。たぶん、木村に有利な取引きをまとめて、マージンでも受け取ってるんだろう」

「なるほどな」

裕司はシートに背中を預けた。興味が失せたという顔をしていた。おれはそういうわけにはいかなかった。木村とミーシャ、ミーシャと木村。おれが銃を欲しがっていることを木村が知ったら、どんな反応を見せるのか。おれが金を独り占めにしようとしていることを悟られるだろうか。

「しかし、変わりゃ変わるもんだな」

裕司は物憂げにいった。

「そうか？」

おれは反射的に答えていた。

「極道ってのは、右翼が建前なんだよ。知ってんだろう？　どの事務所にも神棚があるぐれえだからよ。おれが知ってるあのクソ爺いもごりごりの右翼やくざだったよ。なにしろ、根室のやくざだからな。もしソ連と戦争になったら、おれが若いもん率いて北方領土に居座ってるロシア人を皆殺しにしてやるっていってたぜ」

「またその話か」

そっけなく答えた。気もそぞろだった。裕司の根室批判にはうんざりだった。

「金だよな、幸司。金を持ってるやつが強いんだ。金を持ってるやつがやってることが正しいんだ。そういうことだろうが、幸司？　昔、おまえに白い目を向けてた連中もよ、本当のところはおまえの親父みたいにレポやりたかったんだ。新鮮な魚をがっぽり獲ってきてよ、金を稼ぎたかったんだ。だったら、なんでやらなかったんだ？」

「時代が違ったからだろう」

「時代が変わりゃ、目の敵《かたき》にしてたロシア人とつるんでいいってのか？　アホだろう、それじゃ。だったら、最初から同じことしてりゃいいんだよ。おれにいわせりゃよ、日本人ってのはクズだぜ。てめえの信念ってものがねえんだ。そのくせ、見た目だけは気にしやがる」

「おまえに信念なんかあるのか？」

「あるに決まってるじゃねえか」裕司は歯を剝いて笑った。「おれの邪魔をするやつは許さねえ——それがおれの信念よ」

おれにも信念はあった。口には出さなかった。信念など、人に語るものではなかった。おれだけがそれに殉じていればそれでよかった。

29

三十分ほどでミーシャは木村の事務所を出てきた。周囲を気にする素振りも見せず、来た道を戻っていった。

ミーシャの後を尾けたかった——できなかった。裕司が邪魔だった。

「顔が真っ赤じゃねえか。昼間っから酔っ払いやがってよ」

ミーシャの顔を盗み見た裕司がいった。

ミーシャと入れ代わるように一台の車が木村の事務所の駐車場に乗りいれた。濃紺のパジェロだった。パジェロから降りてきたのは武という名のチンピラだった。

「あのガキの面見ろよ、幸司」

遠目でも、武の目のまわりが黒ずんで腫れているのがわかった。昨日の失態のけじめを取らされたのだろう。

「こんな腐った田舎で三下やらされてよ、苦労が絶えねえな、あいつも」

「だれのせいだと思ってるんだ？」

「あいつのせいに決まってるだろうが」裕司は憮然とした声でいった。

「あいつがおれに生意気な面を向けるから悪いんだよ。札幌か、それができなきゃ釧路にでも出りゃいいのに、それもできずにこんなとこでチンピラやってるから悪いんだよ」

おれはうなずいた。裕司の言葉に賛同する気も反論する気もなかった。頭の中で渦巻いているのはミーシャのことだけだった。今夜八時、ミーシャから銃を受け取る。その時、どうやってミーシャの腹の内を探るか――木村との会話の内容が知りたかった。どうしても知りたかった。

武は事務所の中に入っていった。五分もしないうちに出てきた。木村が一緒だった。木村と武はパジェロに乗り込んだ。

「よし、あとを尾けるぜ」

裕司がいった。おれは車のエンジンをかけた。

車間をあけて尾行する――難しかった。他に道を走っている車が極端に少なかった。武の運転は乱暴だった。おれは慎重に車を操った。直線はゆっくり――交差点の向こうにパジェロが消えるとスピードをあげる。

「気づかれんなよ、おい」

裕司がいった。

「そうはいうけどな、裕司、こんな田舎町でやくざを尾行しろっていう方が間違ってるんじゃないのか」

「うるせえ野郎だな」

裕司はおれを横目で睨んだ。張り込みや尾行が裕司の性《しょう》に合わないことは明らかだった。

木村はまず、自分の会社の倉庫に向かった。そこで一時間を過ごした。合間に雪が降りはじめた。雪はすぐに吹雪になった。木村が次に向かったのは運送会社。それから根室港の港湾合同庁舎——訪れたのは恐らく税関の事務所。移動の合間には車中でひっきりなしに携帯電話でだれかと話をしていた。

木村はただ仕事に勤《いそ》しんでいた。敬二の影がちらつくことはなかった。金の匂いもしなかった。裕司の苛立ちが募っていくだけだった。なにか気にかかるとすれば、頻繁に使われる携帯電話だけだった。

「なにしてやがんだ、あの爺いはよ」

「仕事だ。工場で目を光らせて、運送会社で打ち合わせ。税関の事務所でお役人の御機嫌伺い……根室の水産会社の社長ならやることをやってるだけさ」

「そんなことをやっててよ、日銭でいくらになるっていうんだ？　おれがあいつの鼻先にぶらさげてやったのは二億って大金だぞ」

「別に本人が動く必要はないだろう。木村には手下がいるんだ。あの恩田だって木村の話に乗って動いてる」

「くそっ」

裕司は吐き捨てるようにいった。目が血走っていた。おれは裕司に顔を向けないようにした。目が合ったら最後、難癖をつけられて殴られるに決まっていた。昔からそうだった。

木村が港湾合同庁舎から出てきたのは午後四時をまわった時刻だった。裕司の苛立ちはおれにも伝染していた。八時には松坂食堂に行かなければならない――なんとかごまかして裕司を振り切らなければならない。裕司の機嫌がよければ、それとなく仕事を匂わせて切りだすつもりだった。今それをやれば、裕司は荒れ狂う。

「これで事務所に戻っておしまいなんていうんじゃねえだろうな」

走りだしたパジェロを睨みながら裕司はいった。

「さあな」

気のない返事――パジェロを追う。事務所に戻ってくれと思っていた。そうすれば、裕司に持ちかけることができる。このままでは埒《らち》があかないから二手に別れよう、と。

パジェロは根室市街を横切った。事務所に戻る気配はなかった。

「どこに向かってると思う？」

「このまま進めば花咲港だな。今度は倉庫の点検でもするつもりなんじゃないのか」

おれは投げやりな口調で裕司に答えた。

「勘弁しろよ」

おれも勘弁して欲しかった。

道道花咲港線を直進すると、やがて花咲港が見えてくる。途中でおれの店の前を通りすぎた。港の区域に入ると、尾行が困難になってきた。おれはパジェロとの車間をあけた。パジェロは遥か前方――豆粒が走っているようにしか見えなかった。

パジェロのウインカーが点滅した――スピードが落ちた。おれはそれに合わせて車のスピードを殺した。

「どこに行くつもりだ？」

裕司は周囲の風景に目をやった。道は真っ直ぐ延びている。道の左側には倉庫が並んでいる。右側はほとんど更地が広がっている――鉄柵に囲われた白壁の建物が一軒と、金網で囲まれた広大な中古車販売店の敷地があるだけだった。

「たぶん、あそこだ」

おれはウインカーをつけながら白壁の建物を指差した。倉庫街へと続く路地に車を入れた――とめた。おそらく、パジェロには気づかれていないはずだった。

「なんだ、あの小洒落た建物はよ？」

「ロシア人相手の居酒屋みたいなもんだよ」

ボルガ――元は長距離トラックの運転手だった男が開いた店だった。客の八割――九割がロシア人。松坂食堂がロシア人客で繁盛するようになって以来、同じような店を持つ人間が増えていた。

「なんで鉄柵で囲ってあるんだ?」

裕司はシートの背もたれから身を乗りだすようにして車の後ろに視線を向けた。

「隣りの中古車売り場も金網で囲ってあるだろう」おれがいう——裕司がうなずく。

「そうしないと、ロシア人がなんでも持ってっちまうんだよ」

「盗人じゃねえか、それじゃ」

「連中の習慣じゃ、道端に置いてあるものはだれのものでもないから持って帰っても問題はないらしい」

事実だった。自転車が盗まれるのはしょっちゅうだった。時には車さえ盗まれる——何人かのロシア船員が、吹雪の中、小型車を押しているのを見たことがあった。

「あんな金網、その気になればよじ登れるが、あれを作って以来、少なくともあの中古車売り場じゃ、ものがなくなることはなくなったらしいぜ」

「そんなもんかよ——おい、木村が車を降りたぞ」

裕司の声につられて、おれも座席の後ろに身を乗りだした。手前の倉庫の壁が邪魔になって道路すべてを見渡すことはできなかった。だが、木村の小柄な身体がボルガの中に消えていくのは確認できた。

「こんなところでこんな時間に晩飯か?」

裕司がいった。腕時計を覗き込んだ。まだ、五時前だった。

「そんなはずはない」おれは答えた。「この時間なら店はロシア人でいっぱいだ」

船員たちの夜は早い。連中は夕方には船を降りて町に繰りだす。ボルガや松坂食堂で腹を満たし、ウォッカを飲む。八時前後にはすっかりできあがって千鳥足で船に戻る。根室でロシア人を相手にしている飲食店は、たいてい、午後八時で看板をおろす。それ以上飲ませると、ロシア人は質が悪くなる。

「じゃあ、なにしに行ったんだ、あのクソおやじはよ」

「だれかと待ち合わせだ」

おれはいった。それしかあり得なかった。

「だれとだ?」

「たぶん、恩田じゃないか」

あるいは、ミーシャ。ミーシャがこの時間にボルガにいたとしても驚くには当たらない。

腕に巻いたクォーツ——正確な時間は午後五時三分。ボルガの周囲に他の車は見当たらなかった。木村の待ち人はすでに中にいるのかもしれなかった。

「恩田となにか企むつもりなら、いい場所選んだんじゃねえのか」

ボルガを見つめたまま裕司がいった。

「そうだな……あそこなら、日本人はまず来ない。来るとしても、物好きな観光客ぐらいだし、その観光客だって、この時期にはどこを探しても見つからない」

ミーシャはボルガにいる——妄想が確信に変わりつつあった。

「おい」

裕司に脇腹を突かれた。左手から、チェーンを巻いたタイヤの音が聞こえてきた。グレイのブルーバード。雪のせいで中に乗っている人間の姿は見えなかった。ブルーバードはおれたちのいる路地の入口を通りすぎていった。

「ここからじゃ埒があかねえな」

裕司が車を降りた。ドアを開けた瞬間、凍てつくような冷気が車内に流れ込んできた。おれは目を閉じた——一秒——覚悟を決めた。裕司のあとを追って車を降りた。覚悟ができていたのは気持ちだけだった。身体が悲鳴をあげた——肌が粟立ち、次いで凍りつく。吹雪は横殴りに降っていた。港から吹きつけてくる風が一瞬で体温を奪い去っていく。顔の皮膚が強ばる。鼻毛が凍りつく。目が痛みはじめる。

裕司は倉庫の壁にへばりついて道の向こうを覗いていた。寒さを苦にしていないように見えた。東京に出て五年も経てば、身体は向こうの気候に慣れる。ここに住んでいるおれですら悲鳴をあげそうな寒さも、裕司には手も出ない。裕司が羨ましかった。裕司が憎かった。今この手に銃があれば、確実に裕司を撃ち殺していた。

ダウンジャケットのジッパーをあげながら裕司の脇に駆け寄った。裕司と同じようにして壁の先から顔を出した。ブルーバードがパジェロの真後ろに停まっていた。助手席からだれかが降りてくる。暗くなった空と雪が視界を遮った。それでも、車を降りたった男を見間違えることはなかった。

「恩田の野郎だ」

裕司が呟いた。吐きだした白い息がそのまま凍りついてしまいそうだった。

「そうだな」

ミーシャと木村の密会——思いすごしだった。

恩田はパジェロの前方にまわっていった。運転席の窓を叩いた。窓が開き、武が顔を出す。二言三言のやり取り——武が首を振る。恩田はパジェロに背中を向けた。そのまま、ボルガに向かっていった。

「なにを話したんだ、あいつらはよ」

裕司がいった。

「中にいるのが木村だけかどうか確認したんだよ」

おれは答えた。口を開くたびに冷気が胃の中に潜り込んでくる。

「なんでわかる？」

「わかってるわけじゃない。推測したんだ」

「頭のいい幸ちゃんはなんでもお見通しってわけだ」

おどけたような口調。だが、顔は強ばっている。寒さのせいではないことだけははっきりしていた。

「くそったれが。こんなとこから見張ってたって、どうにもならねえぜ」

「なら、店に乗り込むか？」

「ふざけんなよ、幸司」

寒さと苛立ち――口が勝手に動くのをとめることができなかった。

「偶然を装って、ふたりの隣りの席につくんだ。それで、あいつらがなにを話してるのか聞き耳を立てる。こんなところで震えてるよりよっぽどましだと思わないか、裕司？」

「それ以上口を開いたら、ぶち殺すぞ」

口を閉じた。自分で自分に嫌気がさしていた。建物の内部はいつだって暖房で暖められている。どこかに移動するには車を使う。車の内部も暖房で暖まっている。根室にいながら、おれの身体はすっかりなまっていた。

裕司と別れるための口実を見つけろ――頭はそう命じている。だが、脳細胞は凍りついたままだった。

ブルーバードの運転席が開いた。男が降りたった。男は若いように見えた――確信は持てなかった。

「あれが恩田の相棒か……知ってるか？」

裕司が聞いてきた。おれは首を振った。

「おまわりとは無縁の生活を送ってるんだ。知らないね」

「恩田はあいつにどこまで話してやがるかな」

おれは首を捻った。木村との待ち合わせに同行させないとはいえ、現場まで連れてきている。なにも話していないということはないだろう。だが、すべてを話しているはずもない。

男は恩田と同じようにパジェロの運転席のドアを叩いた。また、武が顔を出した。さっきと違って、武は車を降りた。武は薄着だった。両肩をさすり、しきりに足踏みしながら男と向き合った。男がなにかをいい、武が首を振った。もう一度、同じことが繰り返された。男が武を小突いた。武はよろめき、踏みとどまった。武はやり返さなかった。

裕司に対したときのように男に突っかかっていく様子はうかがえなかった。

「うざってえタイプのデカみたいだな。あの血の気の多いチンピラがおとなしくしてるぜ」

裕司が嬉しそうにいった。だれかがだれかにいたぶられる――そういうシチュエーションが、裕司はなによりも好きだった。

男は武になにかいい捨てるような仕種を見せて、武に背中を向けた。武は足元に唾を吐いた。男は気づかなかった――車に乗り込んだ。武ものろのろとした仕種でパジェロの運転席に戻った。

「おれたちも車に戻ろうぜ。このままじゃ、凍え死ぬ」

裕司を促した。雪に埋もれた足――爪先が痛みはじめていた。

裕司は答えなかった。昏い目でボルガの方角を睨んでいるだけだった。

「おれは戻るぞ」

声をかけて、車に乗り込んだ。暖められた空気がおれを包んだ。寒さに縮んだ神経が緩やかにほぐれていく。外が寒冷地獄なら車の中は天国だった。身体がなまるならなまればいい。文明の利器を甘受しないのは愚か者のすることだ。

身体が温まると、頭が働きだした。

木村と恩田──密談の内容は金と敬二。恩田はこの件に頭まではまり込んでいる。こちら側につくことはないだろう。おれと裕司がすべきことは、恩田を徹底的にマークすることだった。そして、恩田が敬二を見つけたら横合いから奪い去る。あるいは、それより先に敬二がおれの前に姿を現わす可能性もある。敬二とナターシャ、そして二億。敬二が望むなら、ふたりをロシアに送り込む手伝いをしてやってもいい。ただし、金はおれが取る。おれにはその権利がある。なぜなら、おれはこれから銃を手に入れるからだった。

ミーシャと会わなければならなかった。拳銃を手に入れなければならなかった。木村とはなにを話したのか、探りを入れなければならなかった。

裕司に話すべき口実──唐突に閃《ひらめ》いた。

おれは小さく口笛を吹いた。ダウンジャケットのポケットから携帯電話を取り出し、かけた。

電話はすぐに繋がった。

「もしもし、松井《まつい》さん？　おれ、隣りの内林ですけど……」

「ああ、幸ちゃんかい。どうしたのさ？」

電話から聞こえてきたのは松井敏子《とし こ》の声だった。松井家はおれの店の隣りの家だった。

「今夜、車を貸してくれないかと思って……おれの車、バッテリがあがっちゃってね」

松井家の連中がお人好しなのはわかっていた。おれはただ、いつものように好青年を演じているだけでよかった。

30

裕司は五分ほどで車に戻ってきた。

「えらいしばれるな、今日はよ」

裕司はぎごちない北海道弁を口にした。

「その恰好で外に出りゃ、今日でなくてもしばれるさ」

「てめえひとり、ぬくぬくしやがって、よく抜かすぜ」

裕司は両手を擦りながらいった。

「あんなところで様子をうかがってたって、木村と恩田の話が聞こえるはずがないんだ。立ってるだけ無駄だよ」

おれはダッシュボードに手を伸ばした。ヒーターを最強にした。

「なに話してやがんだろうな、あいつら」

ベンチレーターから噴きだす温風に、裕司は手をかざした。指先が真っ赤だった。軽い凍傷にかかっているかもしれなかった。

「どうやって敬二を探すかとか、そんな話だろう」

「なんとか知る方法はねえか？」

「どっちかを拉致して無理矢理聞きだすならともかく、無理だな。片方は刑事で、もう片方はやくざの親分だ。いくらおまえでも、そこまではできないだろう？」

「恩田にはできねえが、木村の爺いならタイミングさえ合えばやってやれねえこともない」

頭の中で裕司の言葉が自然に翻訳された――使い途がなくなれば、あんなクソ爺い、いつだって叩きのめしてやる。

「このあとのことだけどな、裕司」おれはさり気なく言葉を吐きだした。「二手に別れることにしないか」

「どういうことだ？」

「木村と恩田はどうせ、あの店を出たら別々になる。両方を追いかけるには車一台じゃ無理だろう」

「だったらどうするってんだ？」

「さっき、おれの店の前を通っただろう？」

「ああ、あんまりぼろいんで見過ごしそうだったがよ」

「ふたりが店から出てきたら、先に車を出して、おれを店の前で降ろしてくれ。隣りの家の連中と付き合いがあって、もう、車を貸してくれるよう頼んである」

おれは携帯電話を裕司に見せた。

「手まわしがいいな」

「ただ車の中でぬくぬくしてたわけじゃないってことだ。裕司、おまえは恩田の後を尾けろよ。おれは木村を担当する。それぞれ、行き先に見当がついたら、携帯で連絡を取り合えばいい。どうだ？」

裕司はおれを睨《ね》めつけた。おれはその視線を平然と受けとめた。裕司の頭の中を読むことができた――信用はできない、だが、疑惑を正当化する理由がない。おれの読みは当たった。裕司は不承不承《ふしょうぶしょう》という感じでうなずいた。

「いいだろう。てめえの描いた絵に付き合ってやるよ。ただし、幸司、忘れんなよ。おれを出し抜こうなんて考えたら、そん時はてめえの不幸だった人生は、不幸なまま幕を閉じるからよ」

裕司は確かに変わった。だが、変わらない部分もある――いや、変わっていない部分の方が多い。ならば、裕司をコントロールすることができるはずだった。焦《あせ》ったりしなければ、必要以上に裕司の暴力に怯えなければ。昔やっていたのと同じことができるはずだった。

「敬二が見つかるまではおとなしくおまえに付き合うよ」

おれはいった。裕司が気に入りそうな台詞——裕司は満足そうにうなずいた。

31

一時間半の張り込み。雪は降り続けていた。何人かのロシア人がボルガに出入りした。ミーシャの姿はなかった。店の中にいるのかもしれないし、いないのかもしれなかった。おれとの約束を守るつもりであれば、今ごろは松坂食堂にいる可能性の方が高かった。

「来やがったぞ」

裕司がいった。ステアリングを握り直した。角度を変えたルームミラー——ボルガから出てくるふたつの人影。木村と恩田。

裕司がアクセルを踏んだ。車はゆっくり動きだした。おれはルームミラーに手を伸ばした。後方が見えるように角度を変えた。木村と恩田がそれぞれの車に乗り込むところだった。

「急げ」

裕司にいった。裕司がアクセルを踏みつけた。リアタイヤが横滑りした。裕司は十代の後半に根室を出た。雪道を運転した経験はほとんどないはずだった。

「気をつけろよ、裕司」

「うるせえ」

車のスピードがあがった。轍《わだち》に車輪がはまると、下手に滑ることもなくなった。直進する分にはこれでよかった。問題は、方向転換をする時だ。雪道に慣れていないドライヴァーはこれにてこずる。

アドバイスをしようかどうか迷った——やめにした。裕司の機嫌を損ねることは目に見えていた。

ルームミラーの中の二台の車は米粒ほどの大きさしかなかった。これだけの距離があれば、おれたちの存在に連中が気づくおそれもなかった。

倉庫街を抜けると、ぽつりぽつりと住宅が目立ちはじめた。右手は埠頭。緑色の海が雪片を飲み込んでいる。前方に北方領土返還を訴える大看板。その真向かいにおれの店。

裕司がブレーキを踏んだ。車は滑りながらスピードを落とした。ドアを開ける——冷たい風が顔の皮膚をなぶった。

「連絡、忘れるんじゃねえぞ」

裕司の声を背中で聞きながら車を降りた。ドアを閉めた。裕司はそのまま走りすぎた。五十メートル手前にあるコンビニの駐車場に滑らかに侵入していった。おれの心配は杞《き》憂《ゆう》にすぎなかった。裕司は巧みに車を操った。コンビニの駐車場で恩田の車を待ち、あとを尾ける——恩田に気づかれさえしなければ、失敗することはないだろう。

おれは松井家に足を向けた。おれの店と松井家に挟まれてガレージがある。いつもは閉まっているシャッターが開いていた——そう頼んでおいた。シャッターの中に鎮座しているのは濃紺の軽ワゴン車――スズキのワゴンR。ドアは開いていた。鍵は差さったままだった。車内は冷えきっていたが田舎に暮らしていることを感謝した。東京ならこうはいくまい。

エンジンをかけた。松井家のドアが開いた。セーター姿の松井敏子が姿を現わした。潮風と雪にいたぶられた肌をした五十すぎの主婦。おれは頭をさげ、ワゴンを発進させた。目の前の道路を二台の車が通っていった。前を行くのが恩田を乗せたブルーバード。後ろがパジェロ。助手席にいた木村がおれの店に視線を走らせた――おれの乗ったワゴンには気づかなかったようだった。松井敏子のおかげだと思った。彼女が玄関先にいれば、車で出かけようとしているのは家人だと思い込んでしまう。

頭の中でゆっくり数をかぞえた。十までかぞえてワゴンを道に乗せた。パジェロの後ろ姿――コンビニの駐車場から裕司のスカイラインが出てきた。充分に車間を取って道道花咲港線を北上した。裕司はときおりリアタイヤを滑らせてはいたが、概《おおむ》ね安心のできる運転を続けていた。

JRの線路が平行して走りはじめたころ、携帯が鳴り響いた。

「木村の爺いが道を変えるぞ」

前置きもなしに裕司の声が聞こえてくる。

「事務所に戻るんだろう」

おれは答えた。

「おれはこのまま恩田を追うからな」

「わかった。行き先の見当がついたら、また電話をくれ」

おれは携帯を切った。ワゴンのスピードを落とした。左折のウィンカーを出した。パジェロは左折用の車線で停まっていた。裕司のスカイラインがパジェロを追い抜いていく。パジェロが左折する――あとを追う。

想像していたとおり、パジェロは木村の事務所の駐車場に入っていった。おれは途中で車を路肩にとめた。木村の事務所とは距離にして十五メートル。尾行に気を遣っているなら気取られる距離。そうでないなら、どうということもない距離。周囲には平屋のプレハブ小屋や住宅があるだけだった。見晴らしがよかった。パジェロから降りる木村とそのあとを追う武の姿が見えた。木村と武は事務所の中に入っていった。

おれは腕時計を見た。午後六時四十分。ミーシャと約束した時間に松坂食堂に行くには、七時半には尾行に見切りをつけなければならなかった。

六時五十分に携帯が鳴った。裕司からだった。

「あのくそ野郎、警察署に戻りやがった」

「こっちも事務所に戻っただけだ」

舌打ちが聞こえた。

「まったく、こういうのは性に合わねえぜ。横におまえがいりゃ、退屈しのぎもできるんだがな」

「我慢しろよ。小指のためだろう」

「てめえにもその言葉返してやろうか、幸司」

「おれの小指は関係ない」

「敬二が見つからなかったら、おれがてめえの小指をはねてやる。覚えておけ」

電話が切れた。おれは携帯を手の中で弄んだ。握っているのが携帯ではなく拳銃だったら——埒もない考えを弄んだ。

外からうかがうだけでは、事務所の中の様子はまったくわからなかった。盗聴器が欲しいと思った。盗聴器を扱う技術——寮で聞きかじった。アカの連中や亡国の徒の家を盗聴することがあるかもしれないと教えられた。そんな必要に迫られることはなかった。おれたちが必要とされたのは、単純な暴力の具現者としてだけだった。おれはそれにも失敗した。

嫌な記憶がよみがえった。世田谷の高級住宅地。広大な敷地に建つ家。拳銃を片手に侵入した。生きた心地がしなかった。これをやり遂げれば、だれもおまえのことを馬鹿にしなくなる——組織の幹部にいわれた言葉だけを反芻《はんすう》した。売国奴の息子が憂国の志士に変われるチャンスだ。人間は氏や育ちで決まるのではない。思想がその人間の品性を決めるんだ。

くだらない言葉だった。言葉はいつだって空虚なものだった。だが、当時はそれしか縋るものがなかった。それにしても、うなり声ひとつたてずに忍び寄ってきたドーベルマン一匹のせいで打ち砕かれた。

恐怖と混乱。意識から引き剝がされた神経組織——痙攣する腕。銃声と犬の悲鳴。逃走。憂国の志士——笑わせる。おれは罪のないドーベルマンを殺すことしかできなかった。

午後七時——記憶の奔流がやんだ。木村と武が事務所から出てきた。パジェロが動きだした。あとを追った。

パジェロは真っ直ぐ市街へ向かっていた。木村の行き先の見当がついた。梅ヶ枝町。木村が女にやらせている店がある。〈パブクラブ・萌《もえ》〉。根室で唯一クラブと名のつく店だった。木村の女がママで、数人の女を使っている。

パジェロは梅ヶ枝町の真ん中でとまった。〈萌〉が入ったビルの真ん前だった。木村がパジェロを降りた。小柄な背を丸めてビルの中に消えていった。

パジェロが走り去った。パジェロのあとを追った。一分も走らないうちにパジェロが路肩にとまった。武が降りてきた。武は道の向かいにあるゲームセンターに入っていった。そこも、木村の息がかかったゲームセンターだった。おそらく、木村の呼びだしがあるまでそこで時間を潰すつもりなのだろう。おれはアクセルを踏み続けた。パジェロの横を通りすぎた。少なくとも二時間は動きはないはずだった。花咲の松坂食堂に行ってミーシャに会う。拳銃を受け取る。話を聞きだす。それぐらいの時間はある。

花咲に向かう道にワゴンの鼻先を入れた。携帯で裕司に連絡を入れた。

「どうした？」

「木村は女の店にいる。しばらく動きはないだろう。そっちはどうだ？」

「五分ぐらい前に動きだした。国道四十四号を西に向かってすっ飛ばしてやがる」

「恩田ひとりか？」

「いいや。若いやつも一緒だ」

　恩田の相棒――調べる必要があるかもしれない。

「どこに向かってるのかな……おれはしばらく木村に張りついてるつもりだ。店の中には入れないが、出入りする人間を見張ることはできるからな。そっちも、また目的地がわかったら連絡をくれ」

「わかった」

　電話が切れた。裕司にしては呆気ない切れ方だった。おそらく、尾行に神経を集中させているのだろう。

　道はすいていた。雪も小降りになっていた。慎重に、大胆に車を走らせる――雪道を走る時の鉄則を守る。十五分で松坂食堂についた。エンジンを切り、窓を開けた。皮膚を切り裂くような冷気が流れ込んでくる。そのまま冷気に身を浸した。頭をはっきりさせておく必要があった。神経を研《と》ぎ澄ませておく必要があった。ミーシャの一挙手一投足に目を光らせていたかった。

　弛緩していた筋肉が強ばりはじめた。車を降りた。松坂食堂からはロシア人たちのがなり合う声が聞こえてきた。ウォッカとロシア風にアレンジされた北海道料理。店を切り盛りしているのは六十代の内縁の夫婦だった。もともとは女将《おかみ》がやっていた店だ。いつしか、男が住みつくようになった。男は元自衛官だと自称していた。その男がロシア人向けの酒と食い物を出すように店の路線を修正していった。男は倉持《くらもち》と名乗っていた。自衛隊の仮想敵がソ連と北朝鮮であることは根室の人間も知っていた。自衛隊にいた人間がロシア人相手の商売をする。根室では珍らしくもなんともなかった。金と現実の前ではどんな思想も無力だった。

店の中に入った。声——騒音。客のロシア人たちはほぼ全員が酔っぱらっていた。議論を交わしている連中がいた。下手くそな歌をがなり立てている連中がいた。泣いているやつがいた。笑っているやつがいた。怒っているやつがいた。混沌が店内を支配していた。

店の中は八畳ほどの広さしかなかった。粗末な六人掛けのパイプテーブルがひとつ。左奥が座敷になっていて四人掛けのテーブルが四脚、縦二列に並んでいた。どのテーブルにもロシア人たちがいた。潮とアルコールに灼けた顔が並んでいた。黄色人種だろうが白人だろうが、船乗りの顔はなぜか似た特徴があった。

ミーシャは座敷の一番奥の席にいた。アレクセイ二世号の漁労長と話し込んでいた。ミーシャはおれにちらりと視線を走らせた。だが、漁労長と話すのをやめはしなかった。

「あれ、内林さんでないかい」

パイプテーブルに座ってロシア人たちと酒を酌み交わしていた倉持が甲高い声をあげた。顔は真っ赤で、目が濁っていた。呂律《ろれつ》が怪しくなっていた。

「珍らしいねえ。どうしたのさ、こんなとこに？」

倉持は腰をあげた。足元がよろめいた。隣りにいたロシア人が笑いながら倉持の身体を支えた。

「スパシーバ、スパシーバ」

発音のおかしいロシア語――感謝の言葉。倉持はロシア人に愛想笑いを浮かべた。そのままおれの方に近よってきた。

「まさか、飯食いに来たわけじゃないっしょ、内林さん。だれかに用かい？」

「あそこにいるミーシャと……」おれは座敷の奥を指差した。「明日の仕入れの打ち合わせがしたくて。注文もしないのにお邪魔して悪いとは思ったんだけどね」

「はんかくさい。そんなこと気にしてたら、根室で暮らしていけないべさ。ちょっと待っててけれや。ミーシャ――」

倉持はミーシャにロシア語で声をかけた。おれには聞き取ることができなかった。それでも、ミーシャは倉持に顔を向けた。倉持のロシア語に耳を傾けた。ミーシャは倉持のロシア語を理解していた。

倉持は学校でロシア語を学んだわけではなかった。おれがそうであるように、学校に行こうと思ったこともないに違いない。何百冊の教科書より、実際にロシア人と接する方がよほど勉強になる。倉持は客のロシア人にロシア語混じりの日本語を喋る。ロシア人は倉持相手に日本語混じりのロシア語を喋る。それでコミュニケーションは充分に取れるのだ。

ミーシャが倉持にうなずいた。口を開いた。「ちょっと待ってください、幸司さん」おれにそういってから、漁労長に顔を向けた。なにかを話しかけた。漁労長がうなずいた。漁労長はかなり酔っているようだった。目が半分閉じかけていた。

ミーシャが立ちあがった。喚き合うロシア人たちをかき分けてこっちにやってくる。

「倉持さん、ミーシャと漁労長の分の勘定、おれが持ちますから」

「いいのかい?」

倉持は目を丸くした。

「接待みたいなもんですから」おれはいった。「あいつらの船、いいお得意さんなんですよ」

「したっけ、今、計算してくるから、ちょっと待ってけれや」

倉持はよろめきながら店の奥に向かっていった。入れ代わるようにミーシャがそばに来た。

「幸司さん、時間どおりですね」

「少し早かったよ」

「遅いより早い方がいいです。幸司さん、わたしと漁労長、船まで送ってくれますか？」

「小さい車で窮屈だが、それでよければ」

断りたかった――断る理由がなかった。

「いつもの車と違いますか？」

「故障してね、他人の車を借りてるんだ」

ミーシャはわかったというようにうなずいた。振り返り、漁労長に声をかけた。漁労長がうなずき、立ちあがった。よろめいた。倉持のよろめき方の比ではなかった。周りのロシア人たちが慌てて漁労長を抱えた。

「だいじょうぶか、彼は？」

「いつものことですよ。あれだけ酔っぱらってますから、わたしと幸司さんの話、漁労長には理解できません。ＯＫですね？」

ミーシャは涼しい顔をしてブーツを履いた。

「ああ、ＯＫだよ」

倉持が戻ってきた。すでに領収書を用意していた。

「内林さん、七千八百円になるんだけど、いいかい？」

領収書をおれに差しだしながらいった。倉持の視線は泳いでいた。この店にしてはべらぼうな値段だった。ウォッカのボトルをふたりで一本、それになにがしかの肴《さかな》――五千円もするはずがなかった。

「高いね」

おれはいった。敢えて冷たい声を出した。

「いつもより酒の量が多くてさ」

倉持の目配せ――ミーシャがうなずく。怒る気にはなれなかった。二億が手に入るなら、数千円などなにほどのこともなかった。おれは財布から一万円札を抜きだした。倉持は丁寧にも釣りまで用意していた。

「悪いね、内林さん」

「ほんとに悪いと思ってるんなら、日本人からぼったくるのはやめろよ」

「ロシア人相手にぼったくりしたら、店を壊されるべさ。日本人は気を悪くするだけだからね」

倉持は笑った。おれも笑った。

「行こうか、ミーシャ」

おれとミーシャは漁労長を抱えて外に出た。夜の冷気がおれたちを包み込む。雪はまだやんでいなかった。それでも、中天に月がかかっていた。満月にはわずかに足りない月が、雲の割れ目から妖しい光を放っていた。

「月ですね。雪が降ってるのに珍しい。こういうの、日本語でなんといいますか?」

おれは首を捻った。そんな言葉があるのかどうかもわからなかった。

「さあな、雪月夜とでもいうのかな」

「雪月夜、ですか。美しい響きですね」

ミーシャは噛み締めるようにいった。おれは取り合わなかった。美しいものなど見たことがなかった。他人が美しいというものでも、おれにはどこかしら薄汚れて見えた。裕司ならこういうに違いなかった——てめえの僻《ひが》み根性も立派なもんだぜ、幸司。

おれはワゴンのドアを開けた。バックシートに漁労長を押し込んだ。漁労長はシートに横たわり、すぐに盛大な鼾をかきはじめた。

「幸せな人です。ユジノ・サハリンスクに奥さんと可愛い娘がふたりいます。今度の漁が終われば、久しぶりの休暇を取ってサハリンスクに帰るんだといってますよ。サティで山ほど買い物をしてました」

ミーシャは根室市街にあるショッピングセンターの名を口にした。

「あんたの家族は?」

おれは訊いた。

「わたしは独身です。幸司さんと一緒です」

おれは運転席のドアを開けた。

「じゃあ、儲けた金はどうするんだ?」

「決まってるでしょう」ミーシャは助手席側にまわった。「自分で使うんです」

「人のために金を稼ぐのは馬鹿らしいか?」

「ソ連時代はそうしてましたから、もう、充分です」

おれたちは車に乗り込んだ。ずっとヒーターを入れたまま走っていたのに、車の中はすっかり冷えきっていた。ミーシャと漁労長の身体が発する酒の匂いが充満した。エンジンをかけ、走りだす。漁労長はもちろん、ミーシャも寒さについてはなにもいわなかった。

「グラブボックスを開けてくれ。中に約束の金が入ってる」

ミーシャがグラブボックスを開けた。茶封筒を取りだした。中の札束を数えた。

「五十万円です。約束どおりです」

「おれが頼んだ物は？」

ミーシャが身体を揺らした。分厚いアノラックの内側に手を差し込んだ。その手が黒光りする鉄塊を引き抜いた。拳銃――眩暈をおぼえそうになった。

「これです」

ミーシャは銃把を摑んでいた。引き金に指をかけたりはしなかった。あの時のおれとは大違いだった。

「使い方はわかりますか？」

ミーシャがいった。おれはうなずいた。それでも、ミーシャは説明をやめようとはしなかった。

「弾丸は七発だけあります。撃てるようにするには――」

ミーシャは銃身をスライドさせた。冷たく乾いた金属音がした。

「これでOKです。相手に向けて引き金を引く。この拳銃には安全装置がありませんから、気をつけてください」

ミーシャは弾倉を外した。もう一度銃身をスライドさせた。排出口から弾丸が飛びだした。ミーシャはそれを宙で受けとめた。弾丸を装塡し直した弾倉を銃に押し込んだ。

「わたしから手に入れたこと、内緒です。絶対に内緒です」

「わかってる」

おれはいった。舌のつけ根が強ばっていた。銃はあの時の恐怖と屈辱を思いださせた。

「わたし、幸司さんのこと、信用してます」ミーシャの顔がほころんだ。「これ、ここに入れておきます」

ミーシャは拳銃をグラブボックスに入れた。

「ありがとう、ミーシャ」

グラブボックスのドアが閉まる――拳銃の外観を意識から追い払う。

「ビジネスです。お礼は必要ありません」

「もう一つのビジネスの方はどうなった?」

おれは慎重に言葉を切りだした。全神経をミーシャの動きに集中させた。

「ロシアの女でしたね……いろいろ訊いてみましたけど、密航を依頼された船、ないですね」

ミーシャは平然としていた。不審な動きは見つけられなかった。

「本当に？」

「もう、三日、花咲にいます。みんな退屈ですよ。もし、密航の話が本当にあったら、絶対、噂になります。噂はいい退屈しのぎになりますから」

「そうか」

おれは落胆したかのように息を吐きだした。この件に関してはなにかを期待していたわけではなかった。万一のことを考えただけだった。ミーシャが木村の事務所に立ち寄るところを見ていなかったら、これほど気にする必要もなかった。

「残念ですね、幸司さん」

「いや、はじめからあり得ない話だったんだよ」

ミーシャは首をすくめて空を見あげた。

「月もなくなりましたね。この様子だと、明日も雪です。わたしたち、花咲に釘づけです。もう少し、訊いてみますよ」

「そうしてくれるか？」

ミーシャは微笑んだ。

「もちろん。あと二十五万円、欲しいですから」

そういってミーシャは口を閉じた。おれも黙り込んだ。木村の事務所の件を切りだすきっかけを失っていた。漁労長の鼾とタイヤが雪を噛む音のハーモニー。ヘッドライトに浮かんで舞う雪片。道を走る車もなく、人影もない。まるで、崩壊した世界に取り残されたようだった。

「港に足留めされてると、商売にも響くんじゃないのか」

思いきって口を開いた。沈黙は耐えがたかった。

「そうです。困ります。だから、幸司さんとのビジネスはとても助かりました」

「ミーシャの船はどこと取引きしてるんだっけ？」

「石鍋《いしなべ》水産ですよ」

中堅どころの水産加工会社だった。

「木村水産じゃなくって？」

自分の言葉に神経が過剰な反応を示した。轍にステアリングを取られそうになって慌てて修正した。

「木村さんはやくざでしょう。恐くてビジネスできないですよ」

ミーシャの横顔――穏やかな微笑。食えない男だった。

「おかしいな」

おれはいった。

「なにがですか？」

ミーシャがおれの方に顔を向けた。例の油断ならない目がおれを見据えた。

「今日の昼間、木村さんの事務所の前を通りすぎたんだ……事務所からロシアの船員が出てきて、おれはてっきりあれはミーシャだと思ったんだけどな」

「人違いですよ」油断のならない目が昏い光を湛《たた》えた。「朝鮮系のロシアの船員、たくさんいますから。さっきの松坂食堂にも、わたしの他にふたりいました」

「それはそうだけど……」

苛立ちが募った。おれの誘導尋問は稚拙すぎた。ミーシャが引っかかる可能性はほとんどなかった。それどころか、よけいに警戒されるのがおちだった。

「わたし、今日は拳銃を手に入れるのと、ロシアの女のことをみんなに訊くので忙しかったですよ。やくざの事務所に行く暇なんかなかったです」

油断のならない目——おまえはミスをしたといっていた。おまえがおれの話を信じていないことは知っているといっていた。それでも、ミーシャは平然と嘘を口にした。ミーシャと木村は繋がっている。それをおれに知られたところでかまわないとミーシャはいっていた。あと二十五万が欲しいといったあとの沈黙——ミーシャもおれの嘘に気づいているに違いなかった。

「おれの勘違いだな」

おれはいった。

「ロシアの女、探しますよ」

ミーシャがいった。平板な声だった。

32

ミーシャと漁労長を港で降ろして、梅ヶ枝町へ戻った。気が急《せ》いていた。ミーシャは知っている。ロシアの女——ナターシャが大金に繋がることを知っている。木村が話した。違いなかった。もし、敬二がロシア船に直に密航の話を通そうとしたら、木村たちに先を越される可能性があった。

八時半。パジェロはゲームセンターの前にとまったままだった。繁華街の区域を一周して〈萌〉の入っているビルの近くにワゴンをとめた。梅ヶ枝町は静かだった。ネオンがなければ繁華街とは思えなかった。静寂に包まれたまま、グラブボックスを開けた。拳銃を手に取った。冷たい手ざわりと重み——身体中の肌が粟立った。押し寄せようとする記憶と必死で戦った。銃をダウンジャケットの内ポケットにしまい込んだ。

携帯が鳴った。心臓が凍りついた。

「もしもし？」

おそるおそる電話に出た。

「おれだ」裕司だった。「爺いはどうしてる？」

「まだ、飲んでるよ。人の出入りもない。たぶん、こっちは空振りだな。そっちはどうだ？」

ろうってんじゃねえだろうからよ——」

「中標津《なかしべつ》だ」

「中標津？」

「養老牛《ようろうし》温泉っていうんだっけか？　そこの温泉宿に入っていった。まさか、風呂に入
ろうってんじゃねえだろうからよ——」

「敬二がそこに泊まってるのか？」

おれは裕司の声を遮った。

「おれはそう睨んでる」

「まさか——」

思わず声が出た。養老牛温泉の宿には電話を入れた。白人の若い女を連れた宿泊客がいないか尋ねてみた。そんな客はいない——確かにそういわれた。だが、宿の人間が真実を話しているかどうかはわからなかった。

「なにがまさかだ。根室の近くでどこか泊まるところを探そうとしたら、温泉宿が一番なんじゃねえのか。最近じゃ、毛唐連中にも温泉が流行ってるらしいからな、不思議には思われないだろう」

「そうだな」

疑念が薄れる——焦燥がやってくる。もし、敬二が本当にその宿にいるなら、裕司は力ずくで恩田たちを排除するだろう。敬二とナターシャを殺し、金を奪って逃走するだろう。

「今からそっちに向かうよ」

「その必要はねえだろう」

「どうしてだ?」

声が不必要に大きくなった。

「敬二はここにはいねえよ」

「おまえ、さっきはそこにいるといったよ」

「なに焦ってんだよ、幸司。おれがいいたかったのは、この宿にいたのは確かだろうってことだ」

「なんだって?」

混乱——電話でのやり取りがもどかしかった。

「今、敬二がその宿にいるってんなら、木村の爺いもここに来るんじゃねえのか。恩田しかいねえってのは筋が通らねえだろう」

「じゃあ——」

「恩田は確認しに来たんだよ。ここに泊まってたのが本当に敬二かどうかな」

筋が通る。確かに、裕司のいうとおりだった。

「じゃなかったらよ、おれだっててめえに連絡入れたりしねえぜ。みんなまとめてぶち殺して、金を取っておさらばする。それぐらい、わかんだろう。何年の付き合いだと思ってるんだ、幸司?」

嘲笑われている。見透かされている。屈辱に身体が火照った。ダウンジャケットの内側に手を入れた。拳銃を握った――少しは気分がましになった。

「恩田が出てったらよ、おれも宿に乗り込んで話を聞くつもりだ。それが終わったら、また連絡する。おまえは木村の爺いの尻をしっかり見張ってろ」

「待て――」

おれは電話に向かって叫んだ。遅かった。電話はすでに切れていた。

33

車を降りた。寒さ――感じなかった。裕司に先を越される。金を奪われる。頭の中はそれだけで一杯だった。電話ボックスに飛び込み、電話帳を捲った。養老牛温泉。温泉街とは名ばかりで、四、五軒の宿があるだけだった。
電話をかけた――訊いた。
「根室市警の恩田さんはいらっしゃいますか？」
一軒め――恩田はいなかった。
二軒め――恩田はいなかった。
三軒め――恩田がいた。
「そちらさまは？」

「同僚の香川といいます」

「少々お待ちください」

宿の人間の声が遠ざかる。

おれは送話口を手で覆った。なにかをしようと考えていたわけではなかった。焦燥感に駆られていただけだった。おそらく、裕司の言葉は正しい。敬二はそこにいた——もういない。それでも、一抹の不安が頭から離れない。もし、敬二がいたら？　金を裕司に奪われたら？

身体が震えた——寒さのせいではなかった。

「もしもし？　恩田ですが……」

訝しげな声が受話器から流れてきた。当然だった。恩田と相棒の動きは公務とは無関係に違いない。おまけに香川は札幌に栄転していった。

「山口裕司がおまえを見張っているぞ」

声を殺していった。

「なんだって？　おまえ、だれだ？」

電話を切った。ボックスの壁にもたれかかった。手足が震えていた。突然、身体が寒さに反応したみたいだった。両手をきつく握り締めた。足踏みをした。震えはとまらなかった。

裕司を裏切った。ばれれば八つ裂きにされる。裏切ったことへの罪悪感はなかった。

報復への恐怖があるだけだった。

おれは裕司を知っている。裕司の外観を覆っている皮を剝けば、そこになにがあるのかを知っている。裕司だけじゃない、生きとし生けるものの表皮をめくれば、その下にあるのは底なしの欲だ。悪意だ。恐怖だ。

震える身体に鞭打ってボックスを出た。おれは賽《さい》を振った。後は張った目が出ることを念じるだけだった。

ドアを開ける——人影に気づいた。顔をあげた。唇を嚙んだ。

視界に飛び込んできたのは武の顔だった。慌てて車を降りた。周りを気にする余裕もなかった。おそらく、見られたのだ。

「こんなとこでなにしてんだ、おめえ?」

武の口が開いた。腫れあがり、変色した顔が歪んだ。

「電話してたんだよ。見ればわかるだろう」

おれはいった。努めて平静な声を出した。心臓が暴れだしていることに気づかれたくなかった。

「はんかくさいんでないか、おめえ? 電話はわかってんだよ。だれに電話してたんだ?」

「おれがだれに電話しようがおまえには関係ないだろう」

武はおれの声を無視するように辺りを見まわした。

「あの野郎はどこだ？　車ん中にもいねかったべ」

武の声には憤怒《ふんぬ》の色がこもっていた。

「あの野郎？」

おれはとぼけた——失敗だった。武の顔色が変わった。

「あの野郎ったら、おめえのダチだべや」

武の右手が飛んでくる。わかっていて避けられなかった。身体が強ばりすぎていた。頬骨の下に強い衝撃を受けた。背中が電話ボックスにぶち当たった。痛みはなかった。痺れるような感覚が全身を貫いた。

武が詰め寄ってくる。反射的に両手で頭を抱えた。腹部に衝撃を受けた。呻くより先に足払いをかけられた。おれは惨めに雪の中に転がった。

「ふざけやがってよ。チンピラだと思って舐めてっと、ただじゃおかねえからよ」

蹴られた。転がった。雪塗れになった。肋骨に痛みが走った。固い金属の固まり——拳銃。痛みと冷たさが消し飛ぶ。右翼団体に所属していた数年間、一とおりの体術は教わっている。素質がないといわれたとしても、田舎のチンピラやくざよりはましなはずだ——そう思いたかった。いざとなれば銃がある。

武の蹴りを避けて立ちあがった。武はジャージ姿。寒さのせいで頬が赤く染まっている。放出される体内物質のせいで目が真っ赤に充血している。

「おめえ、親父さんのこと尾けまわしてたんじゃないべな？」

武は叫ぶようにいった。呂律がおかしかった。興奮している。叫び、おれを殴るたびに理性が欠けていく。裕司に似ていた。裕司よりスケールが小さかった。裕司に比べればどうということもなかった。

「だったらどうだっていうんだ？」

挑発した。武は引っかかった。踏み込んでくる——大振りの右フック。頭をさげて躱《かわ》した。その体勢のまま突っ込んだ。武の腰に抱きつき、体重を肩に乗せる。武がバランスを崩した。倒れていく。腰にまわした手は離さなかった。

雪の上——武が呻く。倒れた拍子におれの肩が武の鳩尾にめり込んだ。両手を離し、武の上に馬乗りになった。両足で武の腰を挟んだ。武が暴れた。逃がしはしなかった。無防備になった顔面に頭突きをぶち込んだ。武の鼻から血が噴きでた。

「いきなり難癖をつけて殴りかかってきたくせに、だらしないじゃないか」

いった。気分が昂揚していた。武の鼻から溢れでる血と雪のコントラストが鮮やかに目を射った。

「うるせえ」

武が吠える。その顔を殴る。手に痛み。やわになったおれの身体——もう一度殴った。痛みが麻痺した。

「おまえはクソだ」おれはいった。意思とは無関係に口が動いていた。「仲間はみんな根室を出ていった。なのに、おまえひとり、こんな田舎でくすぶってる。ろくでもないやくざに顎で使われて、尻尾を振って喜んでる。おまえはクソだ。裕司がどこにいるかだって？　それを知ってどうするつもりだ？　復讐か？　やめておけ。おまえのかなう相手じゃない」

「うるせえんだよ」

武がもがく——許さない。両足で武の身体をコントロールしたまま、喉笛に手を伸ばした。武は泣いていた。痛みのためか、寒さのせいか、それとも他のなにか——わからなかった。わかりたくもなかった。喉を摑んだ手に力をこめた。

「どうする、武？　このまま力をこめれば、おまえは終わりだ。それでも裕司の居場所が知りたいか？」

武は首を振った。凍りついた涙のしずくが顔の皮膚に貼りついていた。

「それぐらいで堪忍してやってけれや」

背後から声がした。慌てて振り返った。

木村が立っていた。木村は右手に野球のバットを握っていた。

「武もろくなもんじゃないけど、おれの可愛い子分だからね。今時、やくざになろうなんて若いもん、少ないのさ、幸ちゃん。大切にしなきゃ」

立ちあがろうとした。できなかった。武がおれの腰にしがみついていた。

「しかし、しばれるなあ。酔いも醒めるべ、これじゃ。幸ちゃんの話を肴に飲み直すとするかい」

木村がバットを振りかぶった。両手で頭を抱えた。すぐに衝撃がきた。痛み――激痛。腕を腹の中に抱え込んだ。

「下手なことしない方が痛い目みずにすむべ、幸ちゃん」

木村ののんびりした声――後頭部に衝撃。痛みと寒さが、今度こそ完全に消え去った。

34

頭の中を火箸でかきまわされたような激痛。舞い戻ろうとする意識を無理矢理追い払う。この痛みには耐えられない。この痛みを味わうぐらいなら死んだ方がましだ――おれの願いは却下される。いつだってそうだった。おれの望んだものが手に入ったためしはない。

激痛をこらえながら目を開けた。視界が歪み、吐き気に襲われた。呻く。ぼやけた視界の中でなにかが動く。

「気がついたかい、幸ちゃん」

影の輪郭がはっきりしてきた。木村だった。呻きながら首を左右に振った。動くことはできなかった。ダウンジャケットの上からロープで縛られていた。肘掛けのついた椅子に座らされていた。

むっとするような熱気だった。おれの左横でストーヴが燃えている。蒸発皿の水が沸騰している。木村水産の事務所――木村の部屋。昨日の昼に訪れたときとなにも変わってはいない。違うのは頭痛。身動きを封じられて拉致されたという現実。

木村は応接セットのソファに腰かけていた。テーブルの上には日本酒の一升瓶とつまみの載った皿が置いてあった。皿の中身は鮭のルイベのようだった。

「しばれるときに冷たいもんを食うのもおつだべさ」

おれの視線に気づいて木村が口を開いた。頬から鼻にかけての皮膚が紅潮していた。掌でなにかを弄んでいる――おれの携帯電話。血が凍りついたような気がした。脈が早まり、それにつれて頭痛も激しさを増した。顔をしかめた。息を深く吸った。胸を膨らませた。左脇に固いものがあった。拳銃――ほっとして息を吐きだす。木村が間抜けなのか、それともおれにツキがあるのか。おそらく、おれが拳銃を持っているとは、木村は夢にも思っていない。だから、身体を検《あらた》めもしなかったのだ。

もう一度、首をめぐらせた。部屋にいるのはおれと木村だけだった。手を動かそうとした。無駄だった。身体ごと椅子に縛りつけられているようだった。

「無駄なことはしない方がいいって」木村は右手をおれの方に突きだした。「この携帯でさ、裕司に電話かけたべさ。幸ちゃんを預かってるけどどうするってね。したら、あいつなんて答えたと思う？」

おれは顔をしかめた。木村がかけた電話に裕司が出たということは、恩田がおれの思惑どおりには動かなかったということだった。

「好きにしろとでもいわれたんでしょう」

おれはいった。一言発するたびに頭に響いた。

「さすが幼馴染だ。なんでもわかるってかい」

「別に幼馴染じゃなくても、あいつのことはわかりますよ」

「まあな。あのとおり、はんかくさい男だからね、裕司は……さて、と」

木村が腰をあげた。おれの方に近づいてくる。

「いろいろと話を聞かせてもらうべ、幸ちゃん」

「なんの話ですか？」

木村が笑った。歯ぐきが剝きだしになった。茶色く変色し欠けた歯並びがこれから起こることを暗示しているようだった。

「木村水産の親父だなんていって飛びまわってるけど、おれもこう見えて現役の極道の親分だべ。知り合いに話聞いてみたのさ。裕司の馬鹿たれの話に乗っかって、でも、金はありませんじゃすまないからね」

おれはうなずいた。当然だった。おれが木村でも同じことをしたはずだ。

「裕司の話は大方本当だったさ。幸ちゃん、あいつがどの組の盃もらってっか知ってるかい？」

「福原組とかいってたと思いますが」

「それさ。おれもあんときは知らんなんていったべさ。したけど、どこかで聞いたことがある名前だと思ってたら、一竜会《いちりゅうかい》の直系でさ、けっこう大きな組織さ。あの馬鹿、そんな組の盃もらってるんだ。たいした出世だと思うべ、幸ちゃんも」

おれはぼんやりとした視線を木村に向けた。木村の顔色は読めなかった。木村には関西の藤枝組《ふじえだぐみ》の息がかかっていると聞いたことがある。ロシアから運び込まれるクスリ、銃、人。現場を木村の組が仕切り、内地への輸送ルートを藤枝組が仕切る。一竜会は藤枝組と覇を競い合っている関東の雄だった。裕司が一竜会系列の組織に属しているのなら、面倒なことが起こるのかもしれない。

「相手が一竜だから、詳しいことは聞けなかったんだけどな、ポン引きが女と金かっぱらって逃げたって話は本当だな。問題はさ、幸ちゃん、そのポン引きがいくら持ってったのかってことさ。わかるしょ？」

「裕司は二億といってます」

おれは答える。木村の笑みが大きくなる。

「本当のところを教えてけれや、幸ちゃん」

「二億じゃないんですか？」

おれはいった。半分芝居で——半分本気で。

「いい顔してるな、幸ちゃん。そんな顔されたら、嘘ついてるとは思えないべ」

「嘘じゃありませんよ。おれは裕司から二億だって聞いてるんです。うまく金を取り戻すことができたら、金の一割をもらうって話であいつを助けてるだけなんです」

木村は顔を近づけてきた。酒臭い息が鼻をついた。

「幸ちゃんの親父さんとは付き合いが古くてな。おれはやくざで親父さんは露助船頭になんかなったもんだから、外ではいがみ合ってたけどさ、たまには一緒に酒を飲んだべさ」

木村の顔色――相変わらず読めない。

「親父さん、いってたよ。うちの息子は嘘つきで困るって。幸ちゃんが百個なんか喋ったら、そのうちの半分は大嘘だって」

「昔の話ですよ」

脇の下が濡れはじめていた。室温はおそらく三十度を超えていた。ダウンジャケットを羽織ったままの身体は汗に塗れていた。

「嘘つきってのはさ、幸ちゃん。病気なのさ。大人になったって治らないべや」

木村は踵を返した。のんびりした足取りで自分の執務机に向かった。机の上のなにかを拾いあげ、振り向いた。ナイフが視野に飛び込んでくる。ところどころに錆が浮いた両刃のナイフ。ロシア人が運んできたウニを、木村がそのナイフで裂いて味見をしているのを見かけたことがあった。

「そのポン引きはいくら持ってると思う、幸ちゃん?」

「知りません。裕司に訊いてください」

「あいつは馬鹿だけどさ、肝だけは据わってるからね。昔からそうだったべ? 意固地ながキでな、周りの大人はみんな手を焼いてた」

翻訳——裕司にくらべればおれの方が扱いやすい。頭に血がのぼる。そのくせ、鳩尾の辺りが冷えていく。

「もうすぐ恩田が来るぞ、幸ちゃん。その前に喋った方がいいんでないかい？　おれは年食って丸くなったけどよ、恩田はそうはいかないべさ。金が欲しくて目の色変わってるからね」

恩田が来る——やはり、敬二は養老牛にはいなかった。

「勘弁してください、木村さん。おれは本当になにも知らないんです」

木村が近づいてくる。おれの視界に木村は映らない。見えるのはナイフだけだった。ナイフから視線を外すことができなかった。

「金はいくらある？」

木村はナイフをしっかり握っていた。ナイフの扱いを熟知している人間の持ち方だった。おれは目を閉じた。

「金はいくらだって訊いてるべさ、幸ちゃん」

「二億です。信じてください。裕司はそういってました」

目を閉じたままいった。舌打ちが聞こえた。

「やっぱりそんなもんかい……」

目を開けた。ナイフが顔のすぐそばにあった。錆がおれの恐怖心を煽った。この刃で切り裂かれたら——想像しただけで顫《ふる》えが走った。

「裕司がそういっただけです。本当のところはだれも知らないんですよ」

促されたわけでもないのに口を開いた。神経をナイフから逸らしたかった。

「そいで、おれたちをだまくらかして金をふたりだけで分けるつもりだったのかい？」

木村の口調が変化していた。老境を装ったのんびりした声から地が覗いている。

「なんのことですか？」

「とぼけるのはやめるべ、幸ちゃん。おまえと裕司が昔からべったりだってのは、根室にいる人間ならみんな知ってるっしょ。露助船頭の息子と、ろくでなしのチンピラやくざの息子がつるんで歩いてるって……はんかくさいけど、組み合わせは最高だべってみんなで話してたもんさ」

違う——叫びたかった。みんな誤解しているだけだ。おれと裕司がべったりくっつき合っていたことなどない。おれと裕司はただ憎み合っていただけだ。お互いの憎しみをぶつける相手を他に見つけられなかっただけだ。

叫んでも無駄なことはわかっていた。

「まあ、いいさ。朝まで時間はあるからね。じっくり話を聞かせてもらうから」

木村はナイフを応接セットのテーブルの上に置いた。肩から力が抜けていく。ダウンジャケットの襟が汗に濡れて不快だった。

「まずは、そうだな。裕司が根室に来てからふたりでやったことを話してもらうべ」

「まだなにもしてませんよ。裕司が根室に戻ってることを知ったのは一昨日なんです。たった二日でなにができるっていうんですか」

「嘘つくんでねえって。武の車置き去りにしてふたりでどこかに行ったりしてるべさ。どこでなにをしてたか、話せって」

武──疑問が頭をよぎる。武はどこに行った？　他の組員はどうした？　半分足を洗っているといっても、木村は根室では有数のやくざの頭だった。二億もの金が動く仕事に手下を使わないというのは不自然にすぎた。昨日と今日──おそらく、木村は組員とは接触していないはずだった。代わりに、恩田に話をとおし、ミーシャと会っていた。

「昨日は納沙布に行ってただけです」

話しながら考える──なぜ、組員を使わない？

答えがいくつか浮かんだ。その中で一番ましなものは仁義だった。やくざの仁義──ルールといい換えてもいい。木村は藤枝組に繋がっている。裕司は一竜会。一竜の金を藤枝が横取りすれば、問題が起きる。

「納沙布？　そったらところでなにしてたべ？」

「墓参りですよ」

「墓参り？」

木村は二億を横取りする気でいる。そのためには、裕司から話を聞いたという事実を隠さなければならない。そうしなければ、やくざのルールに抵触して金を手に入れることはできない。

つまり――木村はおれと裕司を殺す気でいる。

背筋を顫えが走った。

「裕司の妹です。納沙布から飛び降り自殺しました。覚えてませんか？」

口を動かした。必死だった。時間を稼ぎたかった。こんなところで殺されるのはごめんだった。

木村の目が細まった。過去を掘り起こしている表情。思いだせないのかもしれない。千夏はいつだって裕司の陰に隠れていた。父親と裕司の悪さの前で霞んでいた。だれも千夏のことを覚えていなかったとしても不思議ではなかった。

「もう、十年以上も前のことだべ？」

木村が呟いた。自信のなさそうな声だった。

「そうです」

「なんで今ごろ……だいたい、墓参りなら墓地に行くのが筋だべや」

「意味なんかないんですよ。裕司が妹の墓参りをしたいといった。納沙布に行きたいといった。ただ、それだけです」

木村は口を動かした。開きかけた口が途中でとまった。雪を踏む車の音――近づいてくる。停止する。木村は口を閉じた。いやらしい笑いを浮かべた。

「恩田が来たぞ、幸ちゃん。これからあずましくなくなるべ」

違う車であってくれ——祈る。だが、おれの祈りはどこにも届かない。車のドアが開く音。足音。近づいてくる。足音はふたつだった。恩田とその相棒。

唇を舐めた。汗がとめどもなく流れていた。

足音が途絶えた。代わりにブザーが鳴った。

「はいよ」

木村がおれに背中を向けた。部屋を出ていく。

木村が視界から消えた途端、おれはもがいた。身体中の筋肉に力をこめた。無駄だった。動けば動くほど頭痛が激しさを増した。動けば動くほど縄が身体に食い込んできた。漁師の縄の結び方——半端であるはずがない。木村が漁師から縄の結び方を教わっていたとしても不思議ではなかった。

引き戸を開く音がした。かすかな風とともに冷気が襲いかかってくる。外気温はマイナス十五度前後。石油ストーヴで暖められた空気もすぐに飲み込まれる。汗が冷えた——身体が冷えた。寒いのは気温のせいだけではない。

話し声が聞こえた。風がやんだ。

目を閉じた。覚悟を決めようと思った。決まらなかった。恐怖が軟体動物のように形を変えて絡みついてくる。裕司を呪った。敬二を呪った。自分を呪った。すべてのものを呪った。

目を開けた。木村たちが部屋に入ってくるところだった。木村は顎をおれの方にしゃくった。恩田は嬉しそうに笑った。恩田の相棒は無反応だった。恩田と相棒の肩には雪がこびりついていた。

恩田の相棒はおれや裕司と同年輩だった。狭い額、低い鼻、青々とした顎。目はどんぐり眼。どんよりと濁った瞳は感情の起伏というものを感じさせなかった。

「いい恰好でないかい、内林」

恩田は笑みを崩さずにいった。コートを脱いだ。相棒の方は戸口に突っ立ったままだった。

「なんかいってみれ、内林」

「これは拉致監禁じゃないですか？　木村さんを逮捕してくださいよ」

恩田の笑みが大きくなった。恩田は声を出して笑った。手袋を外しながら近づいてくる。外した手袋で、いきなりおれの頬を張った。

「調子に乗ってると、わやな目に遭わすぞ、内林よ。裕司はどこだ？」

おれは首を振った。

「夕方、別れたきりです」

「裕司がおれを尾行して、おまえは木村さんを尾行したってわけか？」

「なんの話ですか？」

もう一度、撲《ぶ》たれた。頬が熱を持つ。恩田の手袋が濡れていた。おれの顔は汗塗れだった。

「結局、見つからなかったのかい?」

恩田の背後から木村の声がした。

「んだ。一昨日まであの宿にいたことは確かなんだけどね」恩田はおれを睨んだまま木村に答えた。「それでね、木村さん、問題があったのさ。裕司の野郎、おれたちを尾けてたんだ。変な電話があってな、山口裕司に気をつけろってさ。慌てて外、見たら、レンタカーが一台そばにとまってるのさ。車には逃げられたけどね、中に乗ってたのが裕司だってことは間違いないんだわ」

恩田の表情——電話の主がおれだということには気づいていない。当たり前だった。裕司がおれを裏切ることはあっても、その逆はあり得ないと思いこんでいる。裕司がボスでおれが子分。木村も恩田もそう信じている。

「どういうことだべ、それ?」

木村が前に進みでてくる。

「それをこれからこいつに訊くっしょ、木村さん」恩田は木村を押しとどめた。「詳しく話してもらうぞ、内林」

「なんの話ですか?」

同じ言葉を繰り返す——考える。情報はおれが握っている。それを利用すれば、この窮地を抜けだすこともできるはずだ。

また手袋が飛んできた。おれは顔を伏せた。

「わやな目に遭いてえのか、内林よ？」

「勘弁してくださいよ。おれはなにも知らないんです。裕司に脅されて、手伝ってるだけなんですよ」

「さっきは、裕司から金をもらうことになってるっていったべさ」

木村が口を挟んできた。

「こんなこと、金をもらわなきゃできないでしょう。実際、バットで頭を殴られて、ここで拷問を受けてる」

「人聞きの悪いことというなや、内林。おれら、ただ、おまえに話訊いてるだけだからね。拷問なんて、はんかくさい」

「幸ちゃん、今回の話、だれが知ってるんだべ？」

木村の顔――赤みが消えはじめている。裕司は多くの人間に敬二を探させるために話をばら撒いた。だが、木村にすれば、金をネコババするためには、事情を知っている者が多くては困るはずだった。

「裕司が話したのは木村さんと恩田さんにだけですよ」

「他にもいるはずだべ。おれに電話かけてきたやつがいるんだからな」

「おれといないときに裕司がなにをしてるかまでは知りませんよ」

恩田が腰を屈めておれの顔を凝視した。

「なまら汗かいてるんでないかい、内林。風邪でも引いたかい？」

おれは口を開かなかった。銃の存在を悟られるようなことはなにひとつしたくなかった。

「顔も青いしな。これじゃわやだわ」恩田は顔だけを後ろに向けた。「おい、太田《おおた》、ちょっと手貸してけれや」

恩田の相棒――太田。表情を変えずに近づいてくる。

「内林のやつ、風邪引いてるらしいから、ストーヴに近づけてやるべ」

「結構ですよ」

「遠慮することないって。今、暖めてやっからな」

太田がおれの後ろにまわった。椅子が軋んだ。椅子の脚にはキャスターがついていた。おれは椅子ごとストーヴの近くに押しやられた。熱気が頬を焙《あぶ》った。

「どうだ？　少しは暖まったかい？」

「勘弁してくださいよ、恩田さん」

汗が流れ落ちる。湿ったシャツが肌にへばりつく。これで外に放りだされれば、風邪を引くのはほとんど確実だった。

「内林よ、このこと知ってるのは他にだれさ？」

「知りません」

「そうか……まだ寒いかい」

恩田はおれの頭を押さえつけた。おれはあらん限りの力で抗った。無駄だった。力の入りにくい体勢──恩田がおれの頭をストーヴの方に押しつけていく。

眼球が乾いていく。髪の毛が焦げる匂いを嗅いだような気がした。顔の皮膚がちりちりと音をたてているような気がした。

「どうだ、内林？　なんも意地張る必要ないべ。ちょっと話してくれればいいだけさ。したら、楽になれるしょ」

「加代子ですよ」

途切れがちにおれはいった。顔の前で熱気が渦巻いている。ほとんど息ができなかった。

「加代子？」

頭にくわえられる力が消えた。おれは身体をのけぞらせた。肺いっぱいに空気を吸い込んだ。

「〈小夏〉の加代ちゃんのことかい？」

「昨日、あいつの店で話しましたよね」

恩田がうなずいた。

「裕司の声は馬鹿みたいにでかい。恩田さんも声が小さい方じゃない」

「加代ちゃんが盗み聞きしてたとでもいうのかい？」

「してたんですよ」

咳込む。唇を舐める。その合間に恩田の表情をうかがう──恩田は呆然としている。

「昨日、店を追いだされたあと、おれと裕司は加代子を尾行したんです」

「それで？」

恩田──飢えた犬のような顔。

「加代子は真っ直ぐ自分のマンションに帰りましたけどね、すぐに男が来ましたよ。加代子はたぶん、その男に金の話をしたんだ」

恩田と木村が顔を見合わせた。

「なんで加代ちゃんを尾行したんだ？」

「その男ってのはどこのだれさ？」

恩田と木村は同時に口を開いた。

「加代子を尾行しようといいだしたのは裕司ですよ。理由は知りません。おれにわかるのは、あいつはとことん疑り深くできてるってことだけです。加代子の男は──」

おれは言葉を切った。タイミングを見はからって口を開いた。

「高谷一良でした」

「高谷んとこの馬鹿息子かい？」

木村が目を剝いた。恩田は腕を組んで目を閉じた。ふたりとも、高谷の名前が出てくるとはまったく予想していなかったようだった。

「間違いじゃないべな、内林？　でたらめだったら、ただじゃすまないぞ」

「嘘なんかじゃないですよ。おれも驚いたんですから」

「高谷一良っていったら、市議会議員だべや。そいつがなんだって――」

「おれに訊いたってわかりませんよ。おれたち以外に裕司の持ってきた話を知ってそうなやつといえば、高谷一良しか思い当たらないだけです。加代子はなにも知らないかもしれない。昨日はただ乳繰り合ってただけかもしれない。もしかすると、この話に一枚加わろうと相談してたかもしれない。だれにわかるんです？」

恩田はなおもいい募ろうと口を開いた。その恩田の脇腹を木村が小突いた。木村は顎を後ろの方にしゃくった。恩田はうなずいた。開きかけていた口――出てきた言葉はおれにではなく太田に向けられたものだった。

「ちょっと向こうの部屋行くべ」

「こいつはいいんですか？」

頭の上から太田の声が降りかかってきた。顔からは想像もできない声――よく通るバリトン。

恩田はちらりとおれに視線を走らせた。目に侮《あなど》りの色を浮かべた。

「放っておいてもなんにもできないべや。行くぞ」

木村と恩田が踵を返した。太田があとに続いた。扉を開けたまま、隣りの部屋に入っていった。

縛《いまし》めを解こうともがいた。すぐに力尽きた。おれはストーヴの真横に放置されたままでいた。灯油が音をたてて燃えている。ストーヴの上の蒸発皿はぐつぐつと煮立っている。体力が奪われる。意識が朦朧《もうろう》としてくる。

なにかが音をたてた。気のせいだと思った。音は三度続いた。おれは音のした方に顔を向けた。

窓——二重サッシ。内側の窓は透きとおっている。外側の窓は凍りついている。凍りついているはずの窓の一部が濡れ光っていた。

目を瞬いた。窓にへばりついた氷が溶けているのは人為的な理由以外考えられなかった。だれかが外にいる。

裕司——咄嗟《とっさ》に頭に浮かんだ映像をおれは振り払った。裕司のはずがない。裕司がおれを助けに来るはずがない。

では、だれだ？

そう思った瞬間、窓の外に光が灯った。氷が溶けた窓の向こう。滲んで見えるのはガラスの瓶。瓶の口でなにかが燃えている。

息を飲んだ。熱さも忘れて窓の外の火に見入った。記憶がよみがえる。

寮で繰り返された訓練。有事を想定して行われるゲリラ戦のノウハウ。銃もナイフも手元にない場合、もっとも有効的な武器は火炎瓶だと教わった。作り方を教わり、使い方を教わった。

窓の外にいるのは、あの寮で共に過ごした人間だった。それが裕司でないならば、考えられるのはひとりしかいなかった。

敬二——頭がくらくらした。熱気のせいではなかった。

ふいに光が消えた。窓の向こうに見えていた瓶がかき消えた。

妄想だったのか——自分に問うた。

そうではない——答えが返ってきた。

おれは深呼吸を繰り返した。向こうの部屋から、木村たちの話し声が聞こえてくる。

詳細はわからなかった。

呼吸が整うのを待って、もう一度、自分の置かれた状況を把握した。四畳半ほどの部屋。置かれているのは木村の執務机と書類棚、応接セットにストーヴだけ。おれが座らされているのは事務用の回転椅子。

隣りの部屋の様子に注意しながら、下半身に力をこめた。椅子が持ちあがった。直立することはできなかったが、腰を屈めたままであれば、自分の足で動くことができた。

なぜ気づかなかったのか——縛られているという状況に我を忘れていた。あの寮でこんなことをしていれば、教官の佐久間の鉄拳が飛んできただろう。

足から力を抜いた。椅子に腰をおろす。窓を見る。ガラス瓶と瓶口で燃えている炎は見えなかった。だが、迷いはやってこなかった。

窓の下枠はおれの腰の辺りの位置にあった。普段なら楽に飛び越えられる高さ。腰に椅子を括りつけた状態では難しい。それでも、やるしかない。

おそらく、敬二はなにかで窓を叩き割る。そのあとで火炎瓶を放り込む。恩田たちが怯んでいる隙に窓から外に飛び出すしかない。

喉が渇いた。汗はまだ流れ続けている。金のことを考えた。金を得てできることを考えた。すぐに行き詰まった。金は欲しかった。だが、したいことはほとんどなかった。おれは貧乏に慣れていた。金を持ったことなどほとんどなかった。

熱気がじりじりと身体を焙る。渇きは耐えがたかった。呪いを再開する。木村を呪った。恩田を呪った。太田という刑事を呪った。武を呪った。裕司を呪った。敬二を呪うことはできなかった。おれ自身を呪うこともできなくなっていた。

それでも、呪詛は続く。呪詛の途切れることはない。呪詛はおれの一部だった。ガキのころから、おれはだれかを呪いながら生きてきた。

隣りの部屋の気配が変化した——いつの間にか話し声がやんでいた。代わりに足音。木村を先頭に、連中が戻ってきた。

「もう一度訊くぞ、幸ちゃん。その加代子の男が高谷の馬鹿息子だってことは確かなんだべな?」

うなずいた。下半身に力を入れた。仲間を信頼しろ——教官はよくそういっていた。おれは腹の中で嗤っていた。だれを信頼しろというのか? 裕司をか? 幼稚な思想でもっておれをあからさまに差別する他のガキどもをか? ごめんだった。同じ寮にいて、唯一自分の運命を預けてもいいと思えたのは敬二だけだった。だが、敬二にしろ、無条件に信頼することはできなかった。だれかを信用するということは、おれという存在を否定することのように思えた。

だが――今は敬二を信じることができる。敬二にはおれが必要だからだ。敬二にはおれが必要だとおれが考えているからだ。

「そうか……まあ、その件はわかったわ。他にも訊きたいことといっぱいあるからな、幸ちゃん」

「夜はまだ長いからな、内林よ」

恩田が戸口から部屋の中に足を踏みだした。次の瞬間、なにかが砕ける音がした。木村と恩田が凍りつくのが視界の隅に映った。

おれは立ちあがった。前かがみになったまま、腰に椅子をぶらさげる。割れた窓――吹き込んでくる風と雪。身体が冷えていく。足元に砕けたガラス。銀色に光る金属――スパナ。

雪と一緒に炎が飛び込んできた。回転しながら飛んでくるガラス瓶を、おれははっきりと視認した。顔を背けた。石油ストーヴなど比べ物にならない熱がいきなり押し寄せてきた。だれかが悲鳴をあげた――燃え盛る炎がたてる音にかき消される。

窓に向かって走ったつもりだった。実際にはよろめくように窓に近づいた。窓枠――ガラスが残っている。枠の位置が高すぎる。腰に椅子をぶらさげたまま乗り越えるのは不可能だった。

振り返った。応接セットと執務机の間で火が燃えていた。予想していたよりは火勢が弱かった。炎の向こうで、恩田と太田が動きだそうとしているのが見えた。

くそっ——吐き捨てる。くそっ、くそっ、くそっ‼

窓枠に身体を向けた。二本の腕が宙に浮いていた。腕の間に顔——敬二。

「こっちに来い、早く‼」

敬二は叫んだ。おれは窓枠に体当たりした。敬二の腕がおれのダウンジャケットの襟を摑む。引っ張られ、落とされた。背中から叩きつけられた。雪の上とはいえ、息がとまった。腰が悲鳴をあげた。敬二がおれの上に屈み込んでいた。突然、両腕が自由になった。

「立て」

敬二の声に促される。痛みをこらえて立ちあがった。

「こっちだ」

敬二が走りだした。敬二の右手には小振りのナイフが握られていた。おれは敬二のあとを追った。汗で濡れたズボンが凍りはじめていた。雪に足を取られた。肺が炎を飲み込んだように痛んだ。それでも、必死に走った。

振り返る。追いかけてくる影はない。

それでも、足をとめることはできなかった。

35

敬二の車——白いワンボックスのミニヴァン。ナンバープレートがレンタカーであることを示していた。

敬二はすでに運転席にいた。おれは転がるように助手席に飛び乗った。ドアを閉めると同時にミニヴァンは走りだした。

おれはシートの上で身体を丸めた。全身が震えていた。

「寒いのかい？」

敬二がいった。記憶にあるのと同じ穏やかな声だった。

答えようとしたが口が動かなかった。

敬二はステアリングを握りながら、身体を左前方に伸ばした。グラブボックスを開け、中からタオルを取りだす。

「身体を拭いた方がいいよ。凄い血だ」

血——タオルを受け取り、震える手で首の周囲を拭った。痛みがぶり返す——呻いた。

タオルは薄い青色をしていた。それがどす黒い色に染まった。

「ガラスで切ったかな」

途切れ途切れの声でいった。敬二が首を振った。

「幸司さん、ずっと血塗れだったよ。バットで殴られた痕から出血してるんだ」

後頭部に手をまわした。おそるおそる傷口に触れた。ふやけたような感触があった。傷口はぐしゅぐしゅと湿っていた。

首筋が濡れているのは汗のせいだと思っていた。実際、汗もかいていた。だが、それ以上に出血が酷かったのだ。

「ずっとおれを見張っていたのか?」

顫えが少しずつ収まってきた。おれはシートに座り直した。

「朝からね」敬二はうなずいた。「昨日、電話をかけたけど、幸司さん、出なかったからさ……とりあえず、様子を見ようと思って。まさかこんなことになるとは思ってなかったよ」

尾行されているとは思いもしなかった。勘のいい裕司も気づかなかったとなれば、敬二の尾行は堂に入っていたということになる。

おれは敬二の横顔に視線を当てた。記憶にあるより目の前の敬二は痩せていた。やつれていた。切れ長の目尻に荒《すさ》んだ年月を感じさせる皺が刻まれていた。薄い唇はだれかを嘲笑うかのようにかすかに吊りあがっていた。

懐かしさは感じなかった。再会できたことに対する驚きがあった。

「なんだよ、じろじろ人の顔を見て」

「変わったな、敬二」

おれはいった。敬二が笑った。

「それをいうなら幸司さんも変わったよ。鏡、見たことある？　幸司さん、老けたよ。四十代に見える。まだ三十になったばかりだろう？　昔はさ、ヤバい雰囲気漂わせてたよね。世の中からスポイルされて、その恨みを腹の中に溜め込んで、ちょっと刺激をくわえればすぐに破裂するって感じだった。今の幸司さんはだめだね。丸くなってる。相変わらず恨み骨髄って顔つきだけど、昔より卑屈になってる。なにかを諦めた顔だよ」

「おまえはなにも諦めてないのか？」

「そんな怖い顔しないでよ。お互い様だっていってるだけじゃないか。だいたい、幸司さんはいつも自分のことを棚にあげて他人を責めるんだ。その癖、直した方がいいよ」

「どうせおれは卑屈だからな」

敬二の顔から視線を外した。敬二のいいたいことはわかっている。東京にいたときから指摘され続けてきたことだった。

幸司さんは卑屈だね――敬二がいう。

おれは卑屈だ――おれは答える。だが、好きで卑屈になったわけじゃない。卑屈にならざるを得なかっただけだ。

そういうふうに切り返すところが幸司さんの狡さだよ――敬二は笑う。

いつだってその繰り返しだった。

窓の外は暗かった。ヘッドライトに雪が浮かびあがっていた。闇に包まれた真っ直ぐな道——異界へと繋がる道のように思えた。

その道を、敬二は迷うことなく車を走らせていた。雪道の運転に戸惑うこともない。根室の地理をある程度把握している者の運転だった。

「いつからこっちに来てるんだ？」

おれは口を開いた。黙っていると頭痛がぶり返す。話し続けていれば痛みから気を逸らすことができた。

「一週間ぐらい前かな。裕司さんの裏をかいたつもりだったんだけどね」

敬二は右手で顎をさすった。ばつが悪いときに見せる癖だった。

「あいつは昔からこういうことには勘が働くんだ」

「甘く見てたよ。まさか幸司さんを巻き込んでるとも思わなかったし」

「あいつからすれば、おれは自分の手下だ。手伝わせるのが当然なんだよ……どこに行くつもりだ？」

「幸司さんの行きたいところに。ちょっと話をしようかとも思ってたけど、その傷じゃ無理だよね。医者に診てもらって、今夜はゆっくり休んだ方がいい」

「おまえはどこに行くつもりだ？」

敬二はちらりとおれに視線を放った。唇がさらに吊りあがった。

「教えられないよ。わかってるだろう？」

「おい——」口を開く——遮られる。

「おれたちの仲じゃないかとか、そういうのはなしだよ、幸司さん。おれは変わったし、幸司さんも変わった。昔は友達といえたかもしれないけど、今はただの知り合いだ」

「敬二――」

勢い込んで口を開く――頭が激しく痛んだ。おれは口を閉じて苦痛に耐えた。心臓の動きに合わせるように痛みが酷くなる。視界が暗くなり、赤くなる。頭痛は吐き気を伴っていた。

「だいじょうぶかい？」

敬二の声が遠くに聞こえた。おれは小さくかぶりを振った。それだけで痛みが増した。口から呻きが漏れた。

「ちょっとヤバそうだね。もうすぐ病院だから我慢して。幸司さんの携帯の番号教えてよ。持ってるでしょう？　おれの方から連絡するよ」

痛みが引く気配はなかった。おれはきれぎれに携帯の番号を口にした。

「わかった。連絡するよ」

「裕司が一緒にいるときは電話には出ない」

おれはいった。痛みと吐き気が同時に襲ってきた。暗くなり赤くなる視界――フロントウィンドウに吹きつけてくる雪がおれ自身の血飛沫《ちしぶき》のように見える。

「その方がいいね。あの人、異常に勘がいいから」

「犬みたいなもんさ。餌の匂いには敏感なんだ」

餌——金。欲望が痛みと吐き気を抑えつける。金のことを訊きたかった。金がどこにあるのかを知りたかった。苦痛をこらえて車の後部に視線を向けた。ミニヴァンの内部は外見より広かった。大人がふたり、ゆったりと腰かけられるシートがふたつ——ベッド代わりになる。車の中で夜を過ごすこともできる。真ん中のシートの上に旅行用の革のバッグが載っかっていた。金が詰まっているとは思えなかった。

「餌の匂いね……」

敬二は思わせぶりに呟いた。

「ナターシャも一緒なのか？」

金のことを訊くかわりにそういった。頭痛は欲望の陰に潜んでいる。視界は歪んだまま——呼吸が苦しい。

「もちろん。ナターシャ、幸司さんに会いたがってるよ。日本人で一番親切な人だって」

「あれだけの美人なら、男はだれだって親切にするさ」

「普通の世界で生きていればね。そのうち、会わせるよ」

敬二の表情——まったく変わらない。なんとしても、手がかりが欲しかった。

「温泉はやめた方がいい」

「どういうこと？」

「さっきの事務所にいた連中が、養老牛温泉におまえたちが泊まっていたことを突きとめたばかりだ」

「根室から結構あるよ、あの温泉」

「それは内地の人間の考え方だ。北海道じゃ、車で二、三時間の距離なら隣り街と一緒だからな」

「なるほどね。気をつけるよ……あいつら、何者なの？　幸司さんをバットで殴ったやつがやくざだってのは見当がつくけど」

「残りのふたりはおまわりだよ」

敬二は口笛を吹いた。

「さすが田舎町。なんでもありだね。東京だと、そこまであからさまにやくざとつるんだりはしないけどね」

「みんなおまえを捜してる」

「わかってるよ、そんなこと……この辺に病院なかったっけ？」

敬二は視線を窓の外に向けた。車は道道花咲港線を走っていた。左手前方に根室グランドホテルの建物が見える。

「この先を右折してくれ。市立病院がある」

「さっきの連中が追いかけてくる可能性、ある？」

おれは腕を組んだ。後頭部が激しく痛んだ。苦痛の呻き――なにかを考えるどころの話ではなかった。

「だいじょうぶだろう」

おれは荒い息を吐きながら答えた。

「じゃあ、そこで降ろすよ」

「頼む……あとは自分でなんとかする」

敬二は笑った。

「そういう意固地なところは変わらないね、幸司さん。さっきは、幸司さんも変わったっていったけど、変わらないところもいっぱいある」

「なにがだ?」

「幸司さん、結局、金の話を訊かなかった。訊きたくてうずうずしてるくせにね。安心したよ、幸司さんの狡いところ、変わってなくて」

「訊けば答えてくれたのか」

「まさか、ね。おれが意固地なのも変わってないから安心しなよ」

敬二は笑い続けていた。

36

頭の毛を刈られ、傷口を縫ってもらった。泣き叫びたいほどの激痛に襲われた。麻酔を断ったことを死ぬほど後悔した。だが、麻酔で朦朧としたまま家に戻るのは馬鹿げていた。病院に泊まることも論外だった。ダウンジャケットのポケットには銃が入っている。


なんで殴られたんだ?——傷口を見ながら医者はいった。

わからない。梅ヶ枝町の道端で喧嘩になって、気がつくと殴られたあとだった——おれは答えた。

警察に届けた方がいいんでないかい——医者はいった。

その必要はない——おれは答えた。

一晩泊まって様子を見た方がいいという医者を振りきって病院を出たのは十二時すぎだった。雪はやんでいた。雪を踏み締めながら梅ヶ枝町まで歩いた。足を踏み締めるたびに傷口が痛んだ。怒りが増幅された。

木村、恩田、太田——必ず償いをさせてやる。

梅ヶ枝町の路上には客待ちのタクシーが寂しげに並んでいた。松井家から借りた車は同じ場所にとまっていた。武のパジェロは見当たらなかった。

車の中は冷えきっていた。エンジンをかけ、ヒーターを入れた。車内が暖まるまで、ダウンジャケットのポケットに両手を突っ込んで待った——拳銃の感触。身震いがした。おれのダウンジャケットは寒冷地仕様だった。詰め込まれた大量の羽毛が拳銃のシルエットを包み込む。普通のコートを着ていたら、木村たちに拳銃を持っていることを気づかれていたに違いない。

徐々に空気が暖められていく。医者に打たれた痛み止めのおかげで頭痛は消えていた。どこに行こうか迷い、自分の犯したミスに気づいた。

助手席の上に置いておいたはずの携帯電話がなかった――木村が持っていたことを思いだした。

敬二に携帯電話の番号を教えた――激しい痛みにまともにものを考えることができなかった。

敬二からの連絡――木村が受けることになる。

アクセルを踏んだ。狂ったように車を飛ばした。今夜、敬二がおれに連絡を入れてくることはないだろう。だが、明日になれば――いてもたってもいられなかった。なんとかして携帯電話を取り戻さなければならなかった。

木村水産の事務所が近づいてくるとスピードを落とした。サイレンの音も野次馬の喧騒もなかった。木村水産は明かりを落としていた。雪明かりに浮かびあがっていた。火炎瓶の炎はそれほど大きくはなかった。木村たち三人が必死になれば、消火はそれほど難しくはなかっただろう。消防車が出動する騒ぎになっていたのなら、この静寂はありえなかった。

車をとめた。銃を抜いた。銃身をスライドさせて薬室に弾丸を装塡した。

セイフティはない――腕の筋肉が強ばった。思いだしたくない過去がよみがえる。二度と銃を持つことはないと思っていた。持ちたいと思ったこともなかった。

車を降り、用心しながら事務所に近づいた。人の気配はなかった。かといって、自分の感覚を信じる気にもなれなかった。

おれが脱出した窓には応急処置がなされていた——ガムテープで貼りつけられたビニールのゴミ袋が風を孕《はら》んでいた。おれが縛りつけられていた椅子はどこかにかたづけられていた。おれと敬二の足跡は雪に覆い隠されていた。

窓の下に忍び寄って耳を澄ました。風の音以外なにも聞こえなかった。ゴミ袋を剥がし、中を覗き込んだ。こげ臭い匂いが鼻をついた。火炎瓶が燃え盛った跡に、白い粉がまぶされていた。おそらく、消火器を使った跡だった。

窓枠を乗り越えて侵入した。極度の緊張——与党の大物の自宅に侵入した時のことを細胞のひとつひとつが記憶していた。冷気が容赦なく体温を奪っていく。そのくせ、汗がとまる気配がない。呼吸が次第に荒くなっていく。

呪詛を唱えた。あらん限りの呪詛を口にした。呪う対象に困ることはなかった。敬二のいうとおり、おれは卑屈な人間だった。卑屈な人間はなんだって呪うことができた。

銃を無様に構えたまま、事務所の中を検めた。どこにも携帯電話はなかった。当たり前だった。あれを置き忘れていくようなら、木村も恩田もどうしようもない道化でしかない。

携帯電話を持っているのは木村か恩田か——木村の可能性が高かった。木村の自宅を襲撃するという考えが頭を掠めた。暗闇の中に立ち尽くして思案をめぐらせた。どちらが携帯電話を持っているのかを知る方が先決だった。

木村の机の上の電話を取った。古い型のオフィス用電話——呼びだし音が五回鳴ったところで相手が出た。

「内林さん?」

おれは声色を使った。

「ああ、内林さんは所用で出かけておるんですが、どちらさんですか?」

木村の声だった。耳を澄ました——なにかが聞こえる。

「釧路の佐藤《さとう》っていうもんですけど、内林さんはいつごろお戻りになります?」

「さあねえ、ちょっとわからんけども、お宅さん、内林さんとはどういう関係で?」

木村の声の向こう——聞こえてくるのはテレビの音。たぶん、木村はニュース番組を見ている。たぶん、木村は自宅にいる。たぶん、恩田も太田も近くにはいない。たぶん
——

「いつも、品物を卸《おろ》させてもらってるんですけど、それじゃあ、また電話します」

「あ、ちょっと——」

おれは電話を切った。

携帯電話は木村が持っている。木村は自宅にいる。木村は自宅にボディガード兼用の若い者を住まわせていると聞いた。たぶん、武のことだろう。木村と武——ひとりではどうにもならない。また、バットで頭をかち割られるのがおちだった。

裕司の助けが必要だった。敬二との邂逅《かいこう》を独り占めにすることができなくなる――背に腹は代えられない。敬二の身柄を連中に先に拘束されてはなんにもならない。

唇を噛みながら事務所をあとにした。雲の切れ目から月が顔を出していた。寒々とした月だった。輪郭がぼやけた月は、強力な磁気を発しているかのように思えた。冷気を帯びた月光と降り積もった雪――お馴染の腹立ちが押し寄せる。

なぜ、おれはこんな地に生まれ落ちたのだ？　見渡すかぎりの雪。無数の針のように肌に突き刺さる寒さ。荒涼たる大地と荒れ狂う海以外なにもない。一年の半分が冬で、人々は風雪に耐えながら地面にへばりつくようにして生きている。なぜ人はこんなところで生きていこうとする？　こんな場所にしがみついて、いったいなにを守ろうというのだ？　なにを捨てられないというのだ？

かつて見た光景がよみがえる――北方領土に繰り出した漁船の群れ。不法操業を承知で漁に精を出す海の男たち。

あそこはおれたちの生まれ故郷だ。そこで魚を獲ってなにが悪い？――親父はよくいっていた。

その言葉どおり、男たちは魚を獲りまくる。生きていくために。食っていくために。そのせいで近場の海から魚がいなくなったのだとわかっていても、やめることなどできはしない。

やがて、凶々しい雰囲気を帯びた船影が現れる。漁船の群れは一斉に漁をやめ、港へ向かって逃げはじめる。船影――ソ連の沿岸警備艇。機関銃が空気を切り裂き、逃げ惑う漁船の群れが海面に幾何学模様の軌跡を描いていく。

おれはそれを納沙布岬で見ていた。どうしてそこにいたのかは思いだせない。ただ、ソ連の警備艇が根室の漁船を蹂躪《じゆうりん》するさまだけが目に焼きついている。岬の周囲の海は流氷に覆われていた。逃げ道を失った何隻かの漁船が流氷に突っ込んできた。漁師たちは船を捨て、流氷の上を走りはじめた。その足元で氷が何度も砕け散る。警備艇の威嚇射撃――氷の上に倒れ伏す漁師たち。射撃がやむと、漁師たちは立ちあがり、また走りはじめる。

おれが見たのは戦争だった。生きていくための戦争だった。北の果ての荒涼とした大地にしがみついて生きる日本人たちの戦争だった。だが、他の日本人はこの戦争には無関心だった。うまい魚を食いたいとほざきながら、その魚を獲るための漁場で起こっている戦争に視線を向けようとはしなかった。

あの日、ソ連は数隻の日本漁船を拿捕し、数隻の漁船を海に沈めた。拿捕された船の中に親父が乗っていた船があった。沈められた船の中に、親父の持ち船があった。

親父が根室に戻ってきたのは三ヶ月後だった。親父は露助船頭になっていた。おふくろは親父を責めた。おれも親父を責めた。おれたちは家族だった。だが、他のだれにも親父を責める権利はなかった。あれを経験したことのないだれにも、親父を責める権利はなかった。自分の決断のせいで妻が家を出ていき、息子がどうしようもないろくでなしになったのだとしても、親父には決断する権利があったのだ。

売国奴——呼ぶなら呼べばいい。売国奴の息子——呼ぶなら呼べばいい。元々、おれたちには故国などない。故郷があるだけだ。自らの国民が戦争をしていたことを知りながら、手を差し延べることすらしなかった国をどうやったら敬えるというのか。そうした国を作りあげた他の場所に生きている人間たちと、どうやれば連帯できるというのか。

根室は——根室の人間たちは、ずっと孤独な苦行を強いられてきた。それは彼らが望んだものではなかった。国が彼らに押しつけたものだ。自分だけが豊かになることに邁進し、辺境の地のできごとに無関心を装っていた日本人が押しつけたものだ。

疲れた足を引きずって、車に戻った。ドアを開けようとして、中に人がいるのに気づいた。心臓が凍りついた。反射的に銃を探した。銃はダウンジャケットのポケットにしまい込んでいた。

「かなり派手にやられたみてえだな」

車の中から声がした。声の主は裕司だった。身体から力が抜けた。裕司はドアを開けて車を降りてきた。おれの頭——包帯を巻いた辺りに目を凝らした。

「だれにやられた？　木村の爺いか？」

おれは答えなかった。周囲を見渡した。裕司はおれが来る前からこの近くにいたに違いなかった。なにも気づかなかった。傷のせいで集中力を欠き、気が急いていたせいで周りを見ていなかった。

「車ならあそこにあるぜ」裕司は路地の先を指差した。「おまえと一緒にここを見張ってたときにとめてた場所によ。三十分ぐらい前に来たんだがな、しんと静まり返ってるしどうしようかと思ってるところにおまえが来たんだ。かなり切羽詰まった顔してたしよ、チャカまで持ってやがったからな、様子を見てたってわけだ」

「なにをしにここに来たんだ?」

「決まってんだろう。おまえを助けに来たんだよ」

「嘘をつけ。おまえがそんな殊勝なやつなら、そもそもおれの目の前に姿を現わすはずがない」

「相変わらず疑り深いな、幸司」

「なにをしに来たんだ?」

「おまえを助けに来たんだよ」

裕司は笑った。おれは裕司を睨んだ。裕司も睨み返してきた。無意味なにらめっこ――ふたりの吐く白い息が風になびいて消えた。先に視線を逸らしたのは裕司だった。

「おまえがどうされようとおれの知ったことじゃねえけどよ、まだしばらくはおまえの手を借りてえ。だから助けにきた……この答えなら満足なんじゃねえか?」

「かなりましになったな」

「だったら車に乗ろうぜ。このままじゃ寒くて凍え死にしそうだ」

裕司はいって、そそくさと車に乗り込んだ。おれもあとに続いた。ヒーターで暖められた空気――それでも筋肉が弛緩《しかん》するのに時間がかかる。

「おまえ、チャカ、どこで手に入れたんだ?」

裕司は煙草に火をつけながらいった。

「昔から持ってるやつだ」

「嘘つくんじゃねえよ。おまえ、まだあんときのこと忘れてねえだろう? 大物殺《や》りに行ったはずが、犬っころ一匹殺して逃げ帰ってきてよ――」

「その話はするな」

おれはいった。視線は前に向けたまま。裕司を見てしまえば、あの時の記憶がまざまざとよみがえる。

「怖いなぁ、幸司。やっぱ気にしてるってことか。だったらなおさら、おまえがチャカ持ってるはずがねえんだけどな。だいたい、それはトカレフだろうが? おまえがあんとき持たされた銃はコルトの四五口径かなんかじゃなかったか?」

「銃を手に入れる方法はいくらでもある」

「だが、おまえは昨日まではチャカを持っちゃいなかった。持ってりゃ、おれにどやされたときにちらつかせてたはずだ」

「銃のことなんかどうでもいいだろう。おれたちが捜してるのは敬二だ。違うか?」

裕司は目だけを動かしておれを見た。疑念に凝り固まった目――昔から変わらない視線。

「そのチャカ、おれに使う気で手に入れたのかよ、幸司？」

「木村と恩田に使うつもりで手に入れたんだ」

おれはいった。裕司を納得させなければ話は先に進まない。

「だれから手に入れたんだ？」

「ロシア人だ。こんな田舎で、他にだれがいる？」

「なんてロシア人だ？」

「おまえにいったってわからないよ」

裕司は煙草をふかした。煙をおれに吐きかけてきた。挑発――みえみえの手口。おれは窓を開けた。氷のような風が吹き込んでくる。

「寒いじゃねえか」

「だったら煙草を消せ」

「わかったよ。チャカの話はひとまず脇に置いておいてやる。だから、窓を閉めろ」

裕司が自分の神経に引っかかったことを忘れることはない――あとで必ず蒸し返される。それでも、今追及されるのよりはましだった。おれは窓を閉めた。

「まず、なにがあったのか、説明しろや。どうやって連中に捕まった？　連中になにかを訊かれた？　どうやって逃げた？」

裕司は瞬きもせずにおれを見ていた。どんな嘘でも見逃すまいという意思を敢えておれに見せつけていた。

裕司がおれを挑発したわけがわかった。銃にこだわったわけがわかった。おれを疑っている。木村と恩田におれが取り込まれたのではないかと疑っている。たぶん、おれの銃も木村から手渡されたものだと思っている。

おれは目を伏せた。おれたちの三十年に想いを馳せた。おれは裕司が嫌いだった。裕司はおれを馬鹿にしていた。そんなおれたちが、自分たちの意思に反してくっついていたのは状況のせいだった。状況がおれたちを似た者同士にしていたせいだった。ほとんどの面でおれと裕司は違っていた。人を容易に信じない——その一点だけ、おれたちは似通っていた。その一点だけで、他のありあまる非類似性を吹き飛ばしておれたちは繋がっていた。おれは裕司を知っている。裕司はおれを知っている。おれは裕司がどうやっておれを裏切るかを知っている。裕司はおれがどうやって裏切るかを知っている。だから、他の人間よりはましだ——そうやって、おれたちは自分を偽って生きてきたのではないか。

「なに押し黙ってんだよ？」

裕司は相変わらず瞬きをしない。おれの沈黙を裏切りの前兆だと受け取っているのは明白だった。

「おれは木村と手を組んだりはしないぞ」

おれは伏せていた目をあげた。裕司の視線を真っ向から受けとめた。

「なんだと？」

「おまえの考えてることは手に取るようにわかるよ、裕司。おれがおまえを裏切ると思ってるんだろう? おれがおまえのことを嫌いだから、必ずおまえに牙を剝くと思ってるんだろう?」

「違うってのか?」

「当たりだよ」おれはいった。「ただ、おまえは間違ってる。おれとおまえはダチじゃない。仲間でもない。おれたちはたまたま一緒にいるだけで、いつも勝手に生きてきた。周りの連中はおれたちがふたりで一組だと思ってたみたいだが、おれたちはいつだってばらばらだった」

「今さらそれがなんだってんだ?」

「だから、裏切るも裏切らないもない。おれたちの間には最初から信頼関係なんかないんだからな。おまえがおれの前に現われた時から、おれたちは敵同士だ。チャンスがあれば、おれはおまえを出し抜いて金をかっぱらう」

やっと裕司は瞬きをした――唇が吊りあがる。

「そんなことをしたら、地の底まで追いかけるぞ。それが嫌ならおれを殺すしかねえ。おまえにできるわけがねえ」

「それに、おまえは忘れてる」おれは裕司の言葉を無視して続けた。「おれは恨みがましい」

「忘れるまでもねえぜ、そんなことはよ」

おれは包帯を巻いた頭を指差した。

「これは木村にやられた。今でも痛みが酷い。恩田には拷問まがいのことをされた。おまえのことは嫌いだが、やつらのことは赦せない」

「だから木村の方に転ぶことはありえねえってか？」

「仕返しをするまではな」

ふいに、裕司が笑いだした。咳込むような笑いだった。ひとしきり笑ったあとで、裕司は息を切らしながらいった。

「わかったよ、幸司。木村と恩田をどう出し抜いたのか、おれが納得のいく説明をしたら、信じてやろうじゃねえか」

「敬二が助けてくれた」

おれはいった――裕司の表情が凍りつく。

「敬二が……？」

「そうだ。あいつ、火炎瓶を使ったよ。覚えてるか？　あの寮でやらされたゲリラ戦の訓練」

「忘れやしねえよ」

「火炎瓶でやつらが怯んでる間に逃げた。あの窓からだ」

おれはゴミ袋が貼られた窓を指差した。

「敬二はどこにいる？」

低く沈んだ声――裕司は身を乗りだしてきた。

「知らん。病院に送ってもらって、そのままだ」

「てめえ、せっかく敬二を捕まえたのに逃がしたってのか？」

裕司はまた瞬きをしなくなった。おれの言葉をこれっぽっちも信じてはいなかった。

「他にどうしようもなかったんだ」

「てめえ、チャカを持ってんだろうが。そいつを突きつけてよ、有無をいわさず引っ張ってこれたろうが」

おれは首を振った。

「おまえのところに連れていくわけがないだろう。うまくいけば、おれひとりで金を独り占めできるかもしれないんだぞ」

「だからといって、敬二を逃がす理由にはならねえだろうが」

「おまえなら、敬二を痛めつけて金の在《あ》り処《か》を吐かせることができるかもしれないがな、おれじゃ、無理だ。わかるだろう？」

裕司は不満そうに唸っただけだった。

「銃を突きつけたりしたら、あいつが意固地になるのはわかっていた。一度臍《へそ》を曲げたら、あいつはとことん頑固だ。教えられるものも教えてくれなくなる」

「だから逃がしたってのか？　ふざけんじゃねえぞ、幸司」

「あいつはおれを頼って根室に来たんだぞ。それを忘れるなよ、裕司。あいつはずっとおれの行動を見張ってたんだ。だから、今夜、おれを助けることができたんだ。焦らなくても、あいつはまたおれに接触してくる。おれはそれを待ってればいいだけだ。敬二を脅す必要はないんだよ」

裕司は顔を上に向けた。太い息を吐きだした。

「あいつはてめえに連絡するといったんだな？」

おれはまじまじと裕司の横顔を見つめた。裕司が変わったという感触はあった。だが、ここまでの変化だとは思いもしなかった。考える前に拳を振るう——昔の裕司。おれの言葉の裏にある真実を洞察する——今の裕司。

おれは敬二が変わったと思った。敬二はおれも変わったといった。敬二は裕司の変わりようを知っているのだろうか。

「そうだ。だが、問題ができた」

「なんだ？」

「敬二に携帯電話の番号を教えたんだが、おれの携帯は木村が持っている」

「それでここに戻ってきたのかよ？　チャカで脅して返してもらうつもりだったのか？　笑わせるぜ、幸司。返り討ちに遭うのがオチだ。年食ってぼけてるっていっても、相手は現役の極道だぞ」

「あいつにも問題はあるんだ」

おれは木村が単独で動かざるを得ないわけを裕司に説明した。東と西——日本を二分する広域暴力団。片方に属する金をもう片方が横取りすれば問題が起こる。敬二が持っている金を自分のものにするためには、木村はひっそりと行動しなければならない。

「そうか……だから、あの爺い、恩田なんかと手を組んだってわけか」

「木村はおそらく自宅にいる。ここを出たら、おまえに連絡を取って対策を練ろうと思ってたんだ」

「よし」裕司は上に向けていた顔を正面に戻した。「手下を動かせねえってんなら、話は楽だ。おれに任せておけよ、幸司」

「どうするんだ？」

「寝込みを襲うのよ。やっと、おれの得意分野がまわってきたぜ。尾行だの張り込みだのは性に合わねえが、人をどやすのは話が別だ。それも、田舎とはいえ、相手は代紋背負《しょ》ってる野郎だぜ」

裕司は笑った。悽愴《せいそう》な笑みだった。昔から見慣れているはずのおれでさえ、思わず唾を飲み込んだ。

「おまえの店、倉庫があるんだったな？」

裕司は言葉を続けた。

「倉庫をなんに使うんだ？」

「音は外に漏れねえか？」

「造りはかなりしっかりしてるが、どれだけの音が出るかによるよ。なにをする気だ？

木村をそこに連れ込むのか？」

「その手もあるかもしれねえが、木村の先客がいるんだ。そいつから話を聞かなきゃならねえんでな」

「先客？」

「見てみるか？　もう、あっちの車に乗ってるんだぜ」

裕司は顎をしゃくった——車を動かせという命令だった。癪《しゃく》に障ったが、抗う理由も見いだせなかった。

ゆっくり車を発進させた。事務所の門を出て道を進むと、裕司のレンタカーの後ろ姿が見えた。あれに気づかなかったというのなら、おれは相当に間抜けだったということになる。事実、間抜けだった。

スカイラインの後ろにワゴンをとめた。裕司が車を降りた。その後に続いた。時間が経つごとに冷気は厳しさを増していた。

裕司がスカイラインのドアを開けた。

「見てみろや」

促されるまま、後部座席を覗いた——言葉を失った。

ガムテープで目隠しと猿轡《さるぐつわ》をされた女がシートの上に横たわっていた。両手と両足もガムテープでぐるぐる巻きにされていた。

香水の匂いが鼻をついた。記憶にある香り——女は加代子だった。

「どうしたんだ？」

おれは振り返った。裕司は得意そうに鼻を膨らませていた。

「店が暇そうだったんでな、ドライヴにお付き合い願ったのさ」

おれは首を振った。身震いした。木村は裕司に連絡したといった――幸司を捕まえたぞ、と。好きにしろと裕司はいった。その足で梅ヶ枝町に向かった。木村のところに恩田が向かうと見抜いて――〈小夏〉はノーマークだと察知して。客を追い払い、加代子を強引に連れ出したのだ。

「加代子をどうするつもりだ？」

「決まってるじゃねえか」裕司は吐き捨てるようにいった。「昨日、例の男となにを話したか教えてもらうんだよ」

37

ワゴンを松井家のガレージに戻した。店と松井家の間の道を通って裏手にまわった。裕司の運転する車がゆっくりついてくる。
かじかむ指先――苦労して倉庫の扉を開けた。倉庫の中は冷えきっていた。まるで冷凍庫の中のようだった。壁際に無造作に積みあげられた段ボールの表面に霜が降りていた。段ボールの他には四トントラックが一台すっぽり収まる程度のスペース、それに石油ストーヴがあるだけだった。

おれはストーヴに火をつけた。その場で足踏みをした。気休めのために置いただけのストーヴだった。倉庫の中が暖まるには、灯油を三時間はぶっ続けて燃やさなければならない。

裕司が車を降りた。後部座席のドアを開けた——加代子を引きずりだした。加代子の足首に巻きつけていたガムテープを剝がし、立ちあがらせた。

加代子は昨夜と同じ革のハーフコートを着ていた。ベージュのストッキングにアンクルブーツ。ストッキングの右の内側がなにかで濡れていた。おれは加代子の顔を盗み見た。ガムテープの目隠しと猿轡のせいで表情は読めなかった。

確かめるまでもなかった。裕司は加代子を犯した。濡れたストッキングは、加代子の膣から溢れでた裕司の精液の残滓《ざんし》だ。

「なんて寒さだ、おい。外より寒いんじゃねえのか」

裕司がいった。おれはそれには答えず、倉庫の扉を閉めた。

「これじゃどうにもならねえな。車の中に戻るか」

おれが振り返ると、裕司は言葉を続けた。加代子が駄々を捏ねる赤ん坊のように首を振った。

「なんだ、加代子。おまえは寒い方がいいってのか？」

裕司の声——かすれている。弱い者をいたぶる快感に震えている。

「おっと、こんなもん貼られてたんじゃ口もきけねえか」

裕司は加代子の口のガムテープを無造作に剝がした。加代子が呻いた。

「痛ぇか、加代子？　悪かったな。こっちは優しく剝がしてやるからよ」

優しい口調——それとは裏腹の乱暴な手つき。裕司が目の周りのガムテープを剝がした瞬間、加代子は切り裂くような悲鳴をあげてその場にしゃがみこんだ。

「なんだ、だらしねえな、加代子。おれに突っ込まれたときは悲鳴ひとつあげなかったくせに、これぐらいのことで泣きだすのかよ？」裕司はおれの方に顔を向けた。「最初は優しく訊いてやってたんだけどよ、こいつ、ろくに口をきこうともしねえから、ちょっとヤキ入れてやった」

いいわけではなかった。ただの報告だった。おれはうなずいた。加代子が痛ましかった。だが、助けようという気持ちは湧かなかった。三日前までは、おれたちは友人だった。加代子は根室でおれが気を許せる唯一の人間だった。今では状況が変わりすぎていた。おれも加代子も敬二の持っている金を狙うハイエナだった。情が入り込む余地はきれいさっぱり消え失せていた。奇麗事をとおしていて目が眩むような金が手に入るなら、この世に犯罪が起こるはずがない。

なにかを諦めた顔だよ——敬二はいった。敬二は間違っていた。おれはなにも諦めてはいない。おれの細胞のひとつひとつには呪詛が埋め込まれている。遺伝子のひとつひとつに、他者を切り捨てて顧みない冷酷ななにかが潜んでいる。

自分を呪い、他者を呪い――それでも足りなくて世界を呪い、それでも解放されることのない怨念が渦巻いている。

なぜだ？――何度も自分に問うた。根室に戻り、ロシア人相手の小商いでその日を暮らし、それでなんの問題もないはずだった。それなのになぜ、他人を呪わずにいられないのか。

世界が呪詛に埋もれているからだった。他者の呪詛に押し潰されないためには、おれ自身も大声で呪詛を唱え続けていなければならないからだ。

幸司さんは狭い――右翼団体の寮暮らしの間だ、敬二は何度もそういった。敬二は間違っていた。おれだけが狭いのではない。世界が狭い者のためにできているのだ。おれは――生きとし生けるすべてのものは、世界を映しだす鏡にすぎない。

「いつまでそうしてるつもりだ、加代子」

裕司は加代子の髪を摑んだ。無理矢理立ちあがらせた。加代子の顔は苦痛に歪んでいた。目尻に涙が溜まっていた。溢れでた涙が一滴、頰を伝わる。

「幸ちゃん、助けて」

加代子が叫んだ。おれはなにも答えなかった。

「幸ちゃん！」

「無駄だ、加代子。幸司は金が欲しいんだ。金がありゃ、てめえみたいにぶくぶく太った年増《としま》を相手にしなくてもすむからな」

「幸ちゃん‼」

「昨日は、高谷一良となんの話をしてたんだ、加代子？」

おれは口を開いた。

「あんたたちには関係ないっしょ」

加代子は身体をばたつかせた。裕司が加代子を押さえ込んだ。

「高谷は金に困ってるんだろう、加代子？」

「幸ちゃん、あんたまでそんなことというなんて、はんかくさいんでないの？」

「おまえも金が欲しいんだろう、加代子？」

「幸ちゃん……」

「訊かれたことに答えた方がいいよ、加代子。おれは裕司をとめるつもりはないからな」

加代子は険しい目をおれに向けた。憎悪のこもった視線がおれの顔の皮膚を貫いた。

「というわけだ、加代子。諦めて、全部喋っちまえ」

「ふざけたことといわないでよ。なんであんたたちにわたしのプライヴァシィを話さなきゃならないのよ」

「おまえと高谷がどうやってへっぺしてるかなんてどうでもいいんだよ。おれたちが聞きたいのは金の話だ。高谷がどうやっておれの金を横取りしようとしてるのかを知りてえんだよ」

「お金、お金って、いったいなんの話してるのさ?」

「相変わらず強情な女だな、おい」

裕司は加代子を突き飛ばした。加代子はよろめいて床に転がった。コートの裾がはだけた。ストッキングの内腿の部分が引き裂かれていた。

「おい、幸司。こいつを裸にひん剝けよ」

裕司は加代子に顔を向けたままいった。いつの間にか、右手に拳銃を握っていた。

「なんのために?」

おれは訊いた。裕司が顔をしかめた。

「我慢比べだ。このくそ寒い中、加代子がどこまで意地を張れるか試してやるんだよ」

おれはなにもいわなかった。表情になにか出ていたのかもしれない——裕司が言葉を繋いだ。

「これでもよ、幸司、おまえのためを思って優しいやり方を考えてるんだぜ、おれはよ」

「わかった」

自分にいい聞かせるように声を出した。この寒さ——いくら加代子が意地を張っても数分ともつはずがない。

加代子は床に転がったまま裕司の手に握られている拳銃を凝視していた。崩れた化粧の下から汗が滲みでていた。

「加代子──」声をかけると、加代子は険しい視線をおれに向けた。「意地を張らないで喋った方が楽になるぞ」

「知らないこと喋れっていわれたって喋れないっしょさ」

「それじゃあいつは納得しないさ」

「いい加減にしてよ。幸ちゃんも知ってるっしょ? わたし、こいつには一切関り合いになりたくないのよ」

「大金が手に入るかもしれないってことになれば、話は別だろう」

おれがそうだった。おれがそうだということは、加代子もそうだということだった。

「幸ちゃん、しっかりしてよ。あんたこそお金の話聞いておかしくなってるのよ。いつもの幸ちゃんに戻って!」

おれは口を開きかけた──おれの声より先に裕司の罵声が冷たい空気を震わせた。

「いつまでくだらねえことをくっちゃべってるつもりだ?」裕司は銃を握った手を加代子の方に突きだした。「立てよ、加代子。おれがどういう人間かはよくわかってんだろう?」

加代子はゆっくり起きあがった。視線は銃に向いたままだった。革のコートに床の汚れがこびりついていた。

おれは加代子の背後にまわった。手首を括りつけていたガムテープを剝がした。

「お願いよ、幸ちゃん……」

加代子が懇願する。おれの心は凍りついたままだった。おれを睨みつけたときの加代子の表情――醜かった。やっと餌にありついた飢えた野良犬のような顔だった。自分が手に入れた餌をだれにも渡すものかといっていた。

加代子もおれや裕司を映しだす鏡だった――信じることなどできはしなかった。

おれは加代子のコートを脱がした。加代子は無抵抗だった。首筋を強ばらせたままじっと裕司の銃を凝視していた。少しでも逆らえば、銃口から火が噴きでると信じているようだった。裕司が何者なのか、加代子ははっきりと理解していた。

だが、加代子はおれのことは誤解していた。

「幸ちゃん、お願いだってば……こんな馬鹿なこと、やめてよ」

「黙ってろ」

おれはいった。加代子のスーツのジャケットを脱がした。ジャケットの下はノースリーブの白いブラウスだった。肩の周囲の肌が粟立っていた。ブラウスのボタンに手をかける――加代子が身体を捩《ねじ》った。

「じっとしてろ、加代子」

すぐに裕司の声が飛んできた。裕司は顔に笑みを浮かべていた。

ブラウスの下は白いブラ。脂の乗った身体が寒さに収縮していた。おれはスカートのホックを外した。スカートは加代子の足元に落ちた。引き裂かれたストッキングに包まれた足が剝きだしになった。加代子は右腕で自分の肩を抱いた。左腕で腹部を隠した。

「これぐらいでいいだろう。もう、裸と変わらない」

おれは裕司にいった。裕司は首を振った。

「だめだ。素っ裸にひん剝くんだ」

おれは肩をすくめた。頭の傷は相変わらず痛みが酷かった。寒さに指がいうことをきかなくなりはじめていた。すべての感覚が麻痺しはじめていた。

加代子の肌は血の気を失いはじめていた。あと五分もすれば、凍傷にかかるのは確実だった。

「自分で脱げよ、加代子、本当になにも知らないっていい張るんならな。おれにやられるよりはましだろう」

加代子は唇を嚙んだ。一声、吠えた。

「人でなし!」

「だったらなんだっていうんだ?」

おれはまた加代子の後ろにまわった。冷えた指先を加代子の肩に押しつけた。加代子が震えた。産毛が逆立っていた。無理矢理ブラジャーを外し、床に放り投げた。加代子は両手で胸を押さえ、しゃがみこんだ。

「立ってろよ、加代子。さっきはスカート捲りあげて突っ込んだだけだからな、今度はじっくりおまえの身体を見せてもらいてえんだ」

裕司がいった。加代子に突きつけた銃口は微動だにしなかった。

「いや！」

加代子はかぶりを振った。腰の周りについた脂肪が揺れた。胸や恥部を見られるより、醜くなった自分の身体を見られることの方が過酷なのに違いなかった。

「だったら、死ぬか？」

裕司はいった――銃口は相変わらず動かなかった。

「わかったわよ。喋ればいいんでしょう？　あんたと恩田が話してたこと、高谷の耳に入れたわ。だからなんだっていうのよ？」

自暴自棄の金切り声――裕司は顔色ひとつ変えなかった。たぶん、おれも同じだった。

「それで？」

裕司がいった。

「それだけよ」

「嘘をつくなよ、加代子」今度はおれがいった。「高谷一良は借金塗れだ。おまえが買ってもらったマンションだって抵当に入ってる。金の話を聞いて、顔色を変えないはずがない」

加代子が振り向いた――顔が驚愕に歪んでいた。

「なんでそんなこと幸ちゃんが知ってんのよ？」

「木村に聞いたんだよ」加代子に真実を話す必要はなかった。「木村組の組長だ。知ってるだろう？」

「あんた、やくざともつるんでるの？」

「とぼけるなよ。昨日、おれと恩田が話してるのを聞いてたんだろう？」

「そこまで聞いてないわよ。わたし、盗み聞きしてたわけじゃないんだから」

「またくだらねえお喋りを繰り返すつもりか、てめえら？」裕司が苛立たしげにいった。

「高谷となんの話をしたんだ、加代子？」

「なにもしてないっていってるっしょ。いい加減にしてよ、はんかくさいんだから」

「幸司、やっぱり、素っ裸にひん剝け。昔からたいした玉だとは思ってたが、ここまで頑固だとは思わなかったぜ」

「頭が悪いんだ」おれはいった。「この期に及んで、まだなんとかなると思ってるのさ」

「意気地なしの幸ちゃんを突っつけば、きっとなんとかしてくれるってか？」

裕司は笑った。

「みんな、おれたちのことを誤解している。こいつらにとっちゃ、おれはおまえのあとをくっついて歩いてる金魚の糞にしかすぎないんだ」

「それが悔しいのか、幸司？　だったら、加代子に思い知らせてやれよ。おれに遠慮しないでもいいんだぜ。好きにしてやれよ」

おれは首を振った。加代子の横でしゃがみ込んだ。加代子は歯を鳴らして震えていた。

「自分の身体を見ろよ、加代子。このままだと本当に死ぬぞ。おまえが知ってるように裕司は容赦がない。おれには裕司をとめる気がない。さっさと喋った方が利口だ」

加代子はおれを睨んだ。おれは薄笑いを浮かべた。冷えきった手を加代子の脇腹に押し当てた。加代子は悲鳴をあげた。

「わかったから、もうやめて。喋るから……喋ればいいんでしょ？」

「最初から素直にしてればよかったんだ。裕司を舐めると、酷い目に遭う。わかってたんだろう？」

おれは加代子のスーツのジャケットを拾いあげ、加代子の肩にかけた。

「高谷は恩田に話をするっていってたわ……悪徳警官だから、突っつけば必ずボロを出すって」

恩田——やくざの組長と市会議員を天秤にかければ、必ず市会議員の方を取るだろう。

「他には？」

加代子は激しく首を振った。

「話したのはそれだけ……本当よ。嘘じゃない」

裕司と目が合った。裕司は鼻の穴を膨らませていた。興奮している証拠だった。

「あの野郎、木村の爺いを切って高谷につくと思うか？」

おれは首を振った。

「二股をかけるつもりだろう。土壇場になったら、金を手に入れそうな方につく腹づもりなんだ」

「だろうな……楽しくなってきたじゃねえか、幸司。どうやってあの野郎を締めあげてやるか、考えただけでぞくぞくしてくるぜ」

「携帯電話を貸してくれ、裕司」

「どこにかけるんだ？」

裕司の顔が曇った。

「恩田を使って木村からおれの携帯を取り戻させよう」

おれは手を差しだした。裕司は不承不承という感じでコートのポケットから携帯を取りだし、おれの掌に乗せた。おれはその携帯を使って、記憶にある番号に電話をかけた。

「もしもし、加藤さんですか？　内林です。昼間はお手数をかけました」

アカ新聞の記者なら、恩田の電話番号を知っているかもしれなかった。

「あれ、幸ちゃんかい。珍しいんでないかい。一日に二回も連絡取ってくるなんてさ」

「加藤さん、恩田和夫の携帯電話の番号なんか知りませんか？」

「恩田って、道警の恩田かい？」

「そうです」

「きな臭いな、幸ちゃん。恩田ったら、木村昇とべったりの悪徳警官だべや」

「昔の話でしょう、それは。今の恩田はやくざにとっちゃうまくもなんともない警官ですよ」

喋りながら裕司と加代子の様子をうかがった。裕司はおれの電話に聞き耳を立てていた。加代子はそそくさと衣服を着込んでいた。

「その使い物にならない悪徳警官に、幸ちゃん、なんの用さ?」

「知り合いが事故っちゃいましてね。知り合いに警官がいたら紹介してくれって泣きつかれたんですよ。恩田には、ガキのころに嫌な目に遭わされてますから、ここらで貸しを取り立てようかなと思ってるんです」

「幸ちゃんは口がうまいな。思わず信じそうになるっしょ」

「本当のことだからですよ」

「なあ、なにが起こってるのか、教えてくれる気はないのかい?」

「なにも起こってませんから喋りようがないですよ」

舌打ちが聞こえた。それを打ち消そうとするように、加藤は大袈裟に笑った。

「わかったよ、幸ちゃん。ちょっと待っててけれや……あった、あった、これだ。いうよ、いいかい?」

「どうぞ」

加藤が十一桁の数字を口にした。

「ありがとうございます。今度、本当に酒を奢りますよ、加藤さん」

「期待しないで待ってるよ」

電話が切れた。それを待っていたかのように裕司が口を開いた。

「加藤ってだれだ?」

「アカの記者だよ。変人で通ってる……おまえも知ってるだろう?」

裕司は舌打ちした。

「おまえ、元右翼がアカとつるんでるのかよ?」

「右翼になる前は露助船頭の息子だ。アカとつるんでなにが悪い?」

おれはいって、頭に刻み込んだ番号に電話をかけた。二回の呼びだし音——押し殺した声。

「もしもし?」

「恩田さんかい?」

「あんた、だれさ?」

「あんたに拷問された男だよ」

「内林か? おまえ、火炎瓶投げ込んだ男、だれかいってみれ」

「高谷一良ですよ。他にだれがいるんですか」

恩田が息を飲む音が聞こえた。

「た、高谷一良って、あの議員さんのか? はんかくさいことというんでないって」

声がかすれていた。恩田の芝居は最低だった。

「知ってますよ、恩田さん。木村だけじゃなくて、高谷とも手を組んだそうじゃないですか」

かまをかける——恩田の声が上ずりはじめた。

「なんの話をしてるんだ、内林？」

「どうして、いきなり標準語になるんですか、恩田さん？　似あわないですよ」

高谷と恩田は接触を持った――間違いはなかった。

「そんなの、おれの勝手だべ」

「木村に恩田さんと高谷の関係を話したらどうなりますかね？」

「どうにもならねえしょ。おれと高谷なんか、なんの関係もないから」

おれは笑った――笑い続けた。

「なにがおかしいんだ、内林？」

「木村がそれを信じてくれればいいですけどね……まあ、いいや。これから木村に電話をかけてみますよ」

「ま、待て、内林……」

「いいですよ、待っても……明日の昼飯、一緒に食いませんか？　あの太田って刑事は抜きで」

「あ、ああ。おれは別にかまわんよ」

「その時にですね、恩田さん。おれの携帯、持ってきてほしいんですよ。あれに仕事先の番号やなんかを登録してまして。あれがないと仕事にならないんです」

「あれはだけど、おまえ……」

「なんとかしてください。木村が高谷とのことを知ったら、恩田さん、まずいことになるんじゃないですか?」

「……わかった。明日の昼、持ってくべ。どこに行ったらいい?」

「渡会食堂、知ってますか?」

おれはいった。渡会の情けない表情が脳裏を掠めた。

「知ってる」

「そこで十二時に」

おれは電話を切った。

「あんなに簡単に携帯のこと喋ってだいじょうぶかよ?」

裕司がいった。

「木村の家を襲うってのよりはましだろう」

「それもそうだな。おい、そろそろ出ようぜ。身体の芯までしばれてきやがった」

「待ってくれ。もう一本、電話をかけたいんだ」

裕司はうんざりしたように身体を揺らした。

「これ以上、どこにかけるっていうんだ?」

おれは加代子に顔を向けた。加代子はコートを胸の前でかき合わせていた。頬はすっかり血の気を失い、相変わらず歯を鳴らしていた。

「高谷の電話番号を教えてくれよ、加代子」

おれはいった。加代子のこめかみが痙攣した。

「もう、許して、幸ちゃん。わたし、こんなことになるとは思ってなかったのよ。もっと簡単に考えてたの——間違ってたわ。全部忘れるから、許して」

おれは首を振った。振り返って裕司の顔を見た。

「だめだ」

裕司がいった。

「だそうだ。高谷の番号を教えろよ、加代子」

加代子は泣きはじめた。

38

呼びだし音が鳴り続ける——高谷一良は電話に出ない。おれは諦めて携帯電話を切った。

「高谷の携帯の番号は？」

加代子に声をかけた。加代子は肩からコートを羽織ったまましゃがみ込んでいた。涙と鼻水で濡れた顔——化粧の下の小皺が覗いていた。

「携帯は秘書が持ってる……自分で持ち歩くのは嫌いだっていって」

加代子は素直に答えた。紫色に変色しはじめた唇が細かく震えていた。嘘でいい繕うには、倉庫の中の気温が低すぎた。ダウンジャケットを着ているおれでさえ、足踏みを繰り返さなければならないほどだった。

「高谷は他にも女がいるのか？」

「知らない」

加代子は大きく首を振った——嘘ではない。おれは腕時計を覗き込んだ。真夜中を大きくまわった時間。真冬の根室で明け方まで飲む人間は限られている。明け方まで営業する店も限られている。高谷が女のところに出かけているのではないとしたら、金を手に入れるべく奔走していると考えた方がよかった。

「議員さんは忙しいらしいな」

裕司がいった。むっつりとした表情——おれと同じことを考えている。

「どうするよ、幸司？」

裕司は拳銃を手で弄んだ。拳銃を見つめる目が光を帯びていた。裕司の考えていることが手に取るようにわかった。

「おまえのやりたいようにしろよ、裕司。これはおまえが始めたゲームだ」

「じゃあ、高谷の家に行ってみようぜ。あいつがいりゃ、それでいいし、いなけりゃいないで、なにかやることが見つかるだろう」

予想どおりの言葉だった。かつての自分の女の情夫——裕司に許せるはずもない。裕司は高谷を撲ちのめしたがっている。

「じゃあ、行こうぜ」

「おまえ、家に帰って寝てた方がいいんじゃねえのか？　頭の傷、かなりなもんなんだろうが」

そぐわない言葉が返ってきた。今度も裕司の考えていることがわかった。加代子とふたりになりたい——加代子の目の前で高谷を撲ちのめし、高谷の目の前で加代子を蹂躙する。おれがいれば邪魔になる。

おれはなにも気づかないふりを装って首を振った。高谷は堅気だった。それなりの権力を持っていた。裕司の好きにさせれば騒ぎが大きくなるのが目に見えていた。

「この寒さで神経が麻痺してる。痛みも感じないぐらいだ。おれは一緒に行くぞ、裕司。おれが寝てる間におまえに好き勝手をされたんじゃたまらないからな」

「好きにしろ」

裕司は露骨に顔をしかめた。足元に唾を吐いた。おれと加代子を交互に睨み、やがて背中を向けてスカイラインのドアを開けた。

「運転は頼んだぜ。雪道を走るのはかったるくていけねえ——おい、加代子。いつまでそうやってるつもりだ？　風邪引く前に車に乗れや」

加代子は懇願するような視線をおれに向けてきた。おれは首を振った。倉庫の中の冷えきった空気——すべてを麻痺させる。容赦のない冷気の中で生きていこうと思うなら、他人のことにかまけている暇はない。加代子だってそうしているに違いなかった。しゃあしゃあと嘘をついて生き延びている。

「もう、許して。このことはだれにも喋らないから。もう、お金が欲しいなんて思わないから……」

「車に乗れよ、加代子。風邪どころか肺炎になるぞ」

おれはしゃがみこんだままの加代子の腕を取った。加代子は震えていた。革コートの表面は氷のように冷たかった。

「幸ちゃん……」

懇願を無視して加代子を後部座席に押し込んだ。裕司があとに続こうとした。おれはそれを遮った。

「倉庫を閉めてから乗ってくれ」

「なんでおれが――」

「おれがやるのは二度手間だろう」

有無をいわせなかった。車の前にまわり、運転席に腰を落ち着けた。裕司の舌打ちが聞こえた。エンジンをかけ、ヒーターのスウィッチを入れた。車内の空気はすでに冷えきっていた。ベンチレーターから吹きでてくる風も冷たかった。

裕司が倉庫の扉を開けた。おれは車を発進させた。

「幸ちゃん、お願い。あいつを乗せないで」

加代子が運転席の背もたれにしがみついてきた。

「馬鹿いうなよ」

「お願い。このまま走って逃げて。なんでもいうこと聞くから。あいつを乗せないで。わたし、あいつに殺されるわ」

「そんなことをしたら、おれが裕司に殺される。あいつのことはよくわかってるんだろう？」

「お願い。幸ちゃん、お願いよ」

加代子の懇願に答える代わりにブレーキを踏んだ。バックミラーに映る裕司に視線を向けた。裕司は車のあとを追って倉庫から出てきたところだった。吐きだされる白い息の塊が、裕司の肺活量の大きさを示していた。裕司は倉庫の扉を閉めた。顔だけ車に向けて口を開いた。窓を閉めているせいで声は聞き取れなかった。唇の動きで意味を推測した――鍵はいいのか？

おれは首を振った。ロシア人は道端にあるものはなんでも持っていってしまう。だが、囲いの中にあるものにはまず手を出そうとはしない。

裕司が向かってくる。加代子が啜り泣く。

「裕司を舐めたせいだ、加代子」おれは囁くような声でいった。「あいつを舐めちゃいけない。十年以上離れてたせいでそれを忘れてたんだな。自業自得だ」

加代子は答えなかった。泣き続けるだけだった。

「それに、おれという人間を読み違えたのも間違いだったな。おれは裕司やおまえと似たような人間なんだ」

おれは口を閉じた。裕司は車のすぐそばまで来ていた。裕司が後部座席に乗り込んできた。一瞬にすぎないドアの開閉――暖まりかけていた車内の空気が凍りつく。

「なにを泣いてやがるんだ、加代子？」

裕司は加代子の髪の毛を摑んだ。加代子の顔を自分のほうに向けて嗤った。

「お楽しみはこれからだぜ」

裕司は嬉しそうだった。加代子は唇を嚙んだ。おれはアクセルを踏んだ。車を市街の方角に向けた。

行き交う車のない道をひたすらに走った。視界に入るものはヘッドライトと街灯に浮かびあがる雪。ルームミラーの中の裕司と加代子。裕司はごつい手を加代子の身体に這わせていた。加代子は必死で抗っていた。

おれはルームミラーから視線を外した。雪に埋もれた道だけを見つめた。ヒーターのスウィッチを切った。安っぽい良心に蓋をした。簡単だった。雪と風は強さを増していた。寒さはすべてを封じ込める。生きていくために必要なこと以外は、すべてが却下される。

「寒すぎねえか、幸司？」

しばらくそうして車を走らせていると裕司が声をかけてきた。

「ヒーターを入れてないからな」

「故障か？」

おれは首を振った。

「暖かくなると傷口が痛みはじめる。事故を起こして死ぬより寒い方がましだろう?」

「それぐらいの傷、どうってことねえだろうが」

裕司は舌打ちした。

「加代子に暖めてもらえよ」

おれはいった。ルームミラーの中で加代子の目がぎらついた。憎悪に濁った目がおれを睨んでいた。寒さと裕司の暴力に徹底的に蹂躙されていながら、なお加代子は人を呪うことのできる精神の持ち主だった。

「おまえも話がわかるようになってきたじゃねえか、幸司」

裕司がいった。声の響きはどちらかといえば曇っていた。裕司は戸惑っている。おれの変わりようを訝しんでいる。

おれは裕司のことをわかっている。裕司が東京でどんな暮らしをしてきたか想像することができる。東京での極道稼業が裕司をどう変えたか推測することができる。

裕司にはできない。東京から根室に戻った男の暮らしを理解することができない。そんな男の心情を読むことができない。一年の半分近くが雪に埋もれる街で暮らす男に、億単位の金が与える影響を慮《おもんぱか》ることができない。

おれは裕司に先んじている。

アクセルを踏む足に力が入った。

39

高谷一良の家は静まり返っていた。平凡な造りの二階建の一軒家。コンクリートのブロック塀の向こうに猫の額のような庭と車の駐車スペースがあった。駐車スペースに車はなかった。今日降った雪が降り積もっていた。雪の積もり具合から考えれば、高谷一良は朝家を出たきり戻ってきてはいないようだった。

高谷の家の右隣りは古い造りの大きな平屋──父親の高谷正義の家。左隣りは普通の民家。その横は空き地になっていた。高谷正義の家は敷地が広く、門の奥を覗くことはできなかった。おれは空き地に車をとめた。

「いねえらしいな」身体をねじって高谷の家を睨みながら裕司がいった。「他の女のところにでもしけこんでるんじゃねえのか」

裕司の台詞は加代子に向けたものだった。加代子は背もたれに身体を預けてぐったりしていた。

「女じゃなく、他のだれかと会ってる可能性の方が高いな」

おれはいった。エンジンを切って、鍵を抜いた。グラブボックスから革の手袋を取りだした。

「他のだれか?」

「忘れるなよ、裕司。高谷も敬二を追ってるんだ。女や後援会の連中と飲んでる暇なんかあるはずがないだろう」

手袋をはめながらいった。

「じゃあ、だれと会ってるってんだ？　こんなクソみたいにちっぽけな街でよ、木村や恩田の他にもおれと張り合おうって悪党がいるとでもいうのかよ」

「ちっぽけな街だから、大金が絡めば目の色を変える連中は多いんだよ」

高谷一良は市会議員だった。高谷正義は根室でも有数の水産加工会社のオーナーだった。どちらも強い権力を持っている。飼犬は腐るほどいるはずだった。

「じゃあ、どうするんだよ？」

おれはルームミラーの中の裕司を睨んだ。

「それをこれから確認しに行くんだ。おまえも最初からそのつもりだったんだろう？」

「押し入るか？」

裕司はいった。顔がほころんでいた。

「行こうぜ。この風だ。少しぐらい音をたてたところで気づかれる心配はない」

おれは車を降りた。裕司と加代子がすぐに続いた。加代子は裕司のなすがままになっていた。なにもかもを――抗う気力すらも裕司に奪い取られたといった風情だった。おれを睨み殺しそうだった憎悪の視線も消えていた。

雪を踏みしだいて高谷の家に向かった。底の固いブーツで踏んでも、粉雪は固まることがなかった。おれたちの足跡はつけたそばからかき消えていった。風に舞いあげられた雪が石飛礫《いしつぶて》のように顔に当たった。顔の表面の神経が瞬時に麻痺していった。後ろを振り返る。裕司は加代子は半裸に革のコートを肩から羽織っただけだった。白い肌が蒼ざめていた。裕司は加代子の状態を歯牙《しが》にもかけていなかった。

コンクリートのちゃちな門を潜《くぐ》る――家に人がいる気配はまったくなかった。インタフォンを押し、念のためにドアをノックした。返事はなかった。ドアには鍵がかかっていた。

「ここで待ってろ。すぐに開けてやる」

「ドジるんじゃねえぞ」

裕司の声が風に運ばれてきた。おれは庭にまわった。家の庭に面した部分はガラスで覆われたビニールハウスのような造りになっていた。中は洗濯物干し場になっている。真冬でも洗濯物を干せるようにと工夫した寒冷地の知恵――侵入には都合がいい。

拳銃を取りだす。銃身を握った。グリップをガラスに叩きつけた。ガラスの割れる音が耳の奥で谺した。脈拍数があがる。慌てて左右を見渡す。

風が吹き、雪が舞っているだけだった。空気も景色も凍りついていた。隣家の窓から漏れてくる微かな明かりすら冷気を帯びているように見えた。

ガラスを割った場所から手を入れ、鍵を開けた。物干し場の床は剝きだしのコンクリート。外からの入口の右手に大振りの窓。そのガラスも叩き割った。北海道の家の例に漏れず、その窓も二重になっていた。もう一度拳銃を振りかざした。ガラスの割れる音はもう気にならなかった。

家の内部に侵入した。

家の中は冷えきっている。それでも、風がないだけ外よりははるかにましだった。暗闇に目が慣れるまでその場に立ち尽くす。神経を研ぎ澄まして異常事態に備える。右翼団体の寮で日々行われた戦闘訓練。すっかり忘れたつもりでいた。間違いだった。身体はすぐに反応していた。暗闇の中、家具の形がぼんやりと浮かびはじめる。過敏になった神経が家の中に人の気配はないと伝えてくる。

おれは玄関に向かった。

ドアを開けると、裕司と加代子が転がり込んできた。吐く息が白く、濃い。加代子の顔からは血の気が引いていた。

「なにをしてやがったんだ、馬鹿野郎。凍え死ぬかと思ったぜ」

裕司が吐き捨てた。

「そんなに待たせたつもりはないがな」

「黙れ。これ以上なにかいったら撲ちのめすぞ」

裕司もかなり参っている様子だった。スーツの上にコートを羽織っただけの恰好——東京ではそれで充分だろうが、真冬の根室では薄着にすぎる。

おれは口を閉じた。裕司と加代子に背中を向けた。廊下を来たのとは逆の方角に進んだ。おれが侵入したのは浴室と隣り合わせの部屋だった。反対側には居間があるはずだった。

予想が当たった。廊下の突き当たりにあるドアを開けると、その先はリヴィングだった。ブーツの底が分厚い絨毯《じゅうたん》を踏み締めた。闇に慣れはじめた目が部屋の様子を脳に伝えていく。十二畳ほどの広さ。左手にガラス張りの引き戸があって、その奥は台所。引き戸の少し手前に四人掛けのダイニングテーブル。引き戸に面した壁には洋風の収納棚。入口の対面に大ぶりの本棚。本棚を背にするようにソファが置かれ、その正面にテレビが据えられていた。部屋の中央には大型の石油ストーヴがあったが、火は消えていた。

部屋の造りはちゃちだった。家具にはそれなりの金がかけられていた。高谷一良という人間をよくあらわしている部屋のように思えた——せこく、そのくせ見栄っぱり。

おれは居間を横切った。収納棚の抽斗を開けた。一番下の抽斗に探していたものを見つけた——懐中電灯。スウィッチを入れる。思っていたより強い光が居間の絨毯を照らしだした。人の気配がした。懐中電灯をドアの方に向けた。

裕司——加代子を引きずるようにしている。加代子は裕司のなすがままになっていた。まるで人形のようだった。あまりの寒さに体力を奪われたか、風邪を引いたか。少なくても軽い凍傷にかかっているのは間違いなかった。

「なにか見つかったか？」

裕司が口を開いた。

「これから探すところだ」

おれは懐中電灯の明かりを収納棚に向け、次いで本棚に向けた。本棚には法律関係の本が並んでいた。

「ここはおれがやる。おまえ、上に行って、セーターかなにかを探してこい」

「セーター？」

「こいつに着せるんだよ」裕司は加代子を自分の前に押しだした。「このままじゃ、マジでくたばっちまうかもしれねえ」

「おまえがそんなことを気にするのか？」

「あっさり死なれたら、楽しみが減るじゃねえか」

裕司はいった。表情に変化はなかった。寒さに顔の筋肉が強ばっているようだった。

「わかった」

懐中電灯を裕司に渡した。そのままふたりの脇を通りすぎた。闇に慣れたはずの目が、懐中電灯の明かりをほんの数秒つけただけで元に戻っていた。脆弱《ぜいじゃく》な己の肉体——舌打ちが出た。

「なにか文句があんのか、幸司？」

すぐに裕司の声が飛んでくる。極道者の習性——いや、それは裕司の習性だった。

「なんでもない」

おれはいって廊下に出た。手で周囲を探った。手すり——その先に階段。階段をのぼっているうちに、また目が闇に慣れてきた。二階には部屋がふたつあった。手前の部屋が寝室。奥の部屋は子供部屋のようだった。

寝室にはダブルベッドがひとつにドレッサー、熱反射型の小さな石油ストーヴ、壁一面を占める洋風箪笥が一棹あった。箪笥は上三分の二がドレッサーのようになっていた。下三分の一が抽斗だった。

ドレッサーを開けた。大半が男物のスーツ。隅の方に女物のスーツが申し訳のように吊るされていた。おそらく、東京に戻ったという高谷の妻のものだろう。ということは、女物の衣服が他にもあるということだった。

抽斗は左右にふたつずつ、三段あった。右の抽斗から開けていった。男物の下着。カジュアルな衣服。どれも奇麗に畳んであった。家政婦がいるという加藤直樹の言葉を思いだした。

左の抽斗——上の段に女物の下着、中段にこれまたカジュアルな衣服。一番下の段にセーター類が並んでいた。おれは一番厚手のセーターを引っ張りだした。セーターに引きずられてなにかが落ちた。なんの変哲もない茶封筒だった。茶封筒を拾いあげ、中を覗いた——息がとまった。小さなビニールの包みが五つ入っていた。ビニールの中には白い結晶が入っていた。

覚醒剤——それ以外の名詞が頭に浮かばなかった。なぜこんなものが?——パニックに陥りかけていた。

深呼吸を繰り返した。冷えた空気が神経を鎮静させていく。

こんなものがなぜここに？　答えは決まっている。高谷一良が悪党だからだ。せこいくせに金にがめついからだ。ここは根室だった。根室にはロシア人が出入りしていた。ロシア人は魚や蟹を運んできた。日本のやくざと手を結んで人を運んできた。火器類を運んでくることもあった。麻薬を運んでくることだってあった。その気になれば、根室で手に入らないものはなにもない。

高谷の名を出したときの木村の驚愕の表情――つまりはそういうことだ。覚醒剤が絡む現場には必ずやくざがいる。木村は自分のしていることが高谷を通じて他のやくざ者の耳に入ることを怖れたのだ。

おれは抽斗を検め直した。他に覚醒剤はなかった。それに類するものもなかった。高谷の衣類は家政婦が洗濯する。干し終えたものを畳み、この箪笥に収納する。だが、東京にいる妻のものに手をつけることはなかったのだろう。だから、高谷は妻のものが詰まっている抽斗に覚醒剤を隠した。

辻褄は合っていた。こんなものを自宅に保管しておくなどというのは間抜けのすることだが、田舎町の人間というのはそういうものだった。

下着の抽斗に入っていた厚手のタイツとセーター、それに茶封筒をひっ摑んで下に降りた。裕司は本棚を漁っていた。加代子は部屋の真ん中でしゃがみこんでいた。震えていた。加代子にセーターとタイツを投げ与えた。

「これを着ろ、加代子」

加代子はのろのろと顔をあげた。血の気を失った顔が闇の中に浮かびあがる。加代子は幽鬼のようだった。おれは腰を屈め、加代子の頰を平手で打った。

「しゃきっとしろよ、加代子。このままじゃ、肺炎になるぞ。セーターを着るんだ」

加代子は機械仕掛けの人形のように動いた。肩から羽織ったコートを脱ぎ捨てた。白い肌が粟立っていた。乳首が寒さに尖っていた。加代子は羞恥心さえどこかに置き忘れていた。

加代子がセーターとタイツを着るのに手を貸した。加代子の身体は冷えきっていた。おれは加代子の肩や背中をさすってやった。

「どういう風の吹きまわしだ、幸司。急に優しくなりやがってよ。良心にでも目覚めたか？」

揶揄《やゆ》の声——裕司は本棚をひっくり返していた。やり方が乱暴だった。裕司は苛立っていた。

「訊きたいことがあるんだ。加代子にはもう少ししっかりしててもらわなきゃならない」

「なんだ、そりゃ？」

裕司は本棚漁りをやめて、身体をおれに向けた。おれは裕司に茶封筒を放った。裕司は訝しげに顔をしかめながら封筒の中を覗いた。裕司の表情がほころんだ。

「上で見つけたのか？」

「ああ。覚醒剤だろう、それ？」

おれはいった。目は加代子に向けたままだった。加代子はなんの反応も見せなかった。

視界の隅――裕司がビニールの包みを破いた。中の結晶を指で掬い、匂いを嗅ぐ。

「シャブだ。間違いねえ」

裕司はいった。指の腹についた結晶を丁寧にビニールの包みに戻した。

「現職の市会議員がシャブ中か？　ちょっとしたスキャンダルだな、おい」

おれは裕司の言葉に首を振った。

「ちょっとしたスキャンダルなんてもんじゃない――加代子、高谷が覚醒剤を打ってるところを見たことがあるか？」

加代子が顔をあげた。頬に血の気が戻ってきたように見えた。気のせいにすぎなかった。寒冷地用のダウンジャケットを着ていても、冷気は隙間を見つけて潜り込んでくる。セーターやタイツを身につけたところで、この寒さが和らぐはずもなかった。

「そんなの、見たことないわ」

弱々しい声――加代子は震え続けている。裕司に聞かされた言葉を思いだした。加代子の札幌時代の男はシャブ中のポン引きだった。加代子を凝視した。加代子は参っていた。嘘をつくだけの体力があるとは思えなかった。おれは裕司に視線を向けた。

「そういうことだ。その覚醒剤は高谷が自分で楽しむために持っていたってわけじゃないんだ」

「つまり、高谷の野郎はシャブを捌《さば》いてるってことか？」

「密輸に関わってるんだ。考えてもみろよ、裕司。高谷の親父は根室でも有数の水産会社を持ってるんだぞ。ロシアの船と直接取引きをしてるんだ。税関の役人を買収すれば、なんだってロシアから持ってこさせることができる」

木村も似たようなことをしているはずだ。蟹で儲け、他のものでも儲ける。こんな美味しい商売はない。

「だけどよ、それじゃおかしいぜ、幸司」

裕司は腕を組んだ。手にした懐中電灯の明かりが裕司の背後を照らした。

「なにがだ？」

「シャブの密輸に手を出してるんだったら、あがりもそれなりにあるはずだ。一億二億ぐらいの借金ならすぐに返せるんじゃねえのか？　敬二の持ってる金に目の色を変えるはずもねえ」

一理ある意見——おれは首を傾げた。納得のいく説明は見つからなかった。

「高谷は金に困ってるんだろう？」

加代子に訊いた。加代子は曖昧に首を振った。

「いつもお金がないってぼやいているけど……本当のところは知らないわ」

「おまえ、高谷からいくらもらってるんだ？」

裕司が割り込んできた。加代子は一瞬だけ裕司に視線を向け、その視線をおれに戻した。

「お金はもらってない。わたしたち、そういう仲じゃないから」

加代子はおれにいった。おれには言葉が見つからなかった。こんな状況にあって、それでも嘘を重ねようとする加代子に舌を巻いていた。

「だったらどういう仲だっていうんだ？　まさか、本気で愛し合ってるなんていうんじゃねえだろうな？」

裕司の声が加代子に降りかかった。加代子の小鼻が膨らんだ。加代子はおれを見据えたまま口を開いた。

「わたしたち愛し合ってるわ。少なくとも、わたしは彼を愛してる」

裕司が笑った。裕司は腕組みを解いた。手の中で懐中電灯を回転させながらおれたちの方に足を向けた。

「議員さんが飲み屋の女に本気で惚れるってか？　おめでたいにもほどがあるぜ、加代子」

裕司は加代子の肩を蹴った。加減した蹴りだった。それでも加代子はバランスを崩して転がった。裕司は加代子の脇に屈み込んだ。

「嘘じゃないわ」

「なに考えてるのかはわかんねえがな、加代子。おまえのことはお見通しなんだよ。おまえは地位と金が目的で高谷に近づいたんだ。それ以外あり得ねえからな」

「あんたにわたしのなにがわかるっていうのさ?」

「わかるんだよ。おれだけじゃねえ。幸司のツラを見てみろよ。幸司にだっておまえのでたらめはお見通しさ」

加代子はおれに顔を向けた。

「おまえは嘘つきだ」おれはいった。「おれも裕司もどうしようもない嘘つきだが、おまえもおれたちと変わらない」

「幸ちゃん!」

「別れた旦那が医師だった? 遺産があるから食うには困らない? よくいったもんだ。死んだおまえの男はシャブ中のポン引きだったんだろう? 食うに困らなかったのは高谷に金をせびってたからなんだろう?」

「どうして……」

加代子の顔が驚愕に歪む。おれは嗤った。

「おまえは嘘つきだ、加代子。だけど、嘘が下手すぎる」

加代子の顔つきが変わった。おれたちの仕打ちと寒さのせいで打ちひしがれたように見えていた表情が一瞬で消えた。代わって現われたのは、倉庫でおれに見せたのと同じ憤怒の形相だった。

「見ろよ、幸司。こいつ、顔つきまで変わったぜ。おれのいったとおりだろう？　この女はよ、とことん腹黒くできてるんだ」裕司は加代子の髪の毛を摑んで自分の方に引き寄せた。懐中電灯で加代子の顔を照らした。「いっちまえよ、加代子。高谷からはいくらもらってるんだ？」

加代子は裕司の顔に唾を吐いた。裕司は薄笑いを浮かべた。懐中電灯を足元に置いた。空になった手で唾を拭った。その手で加代子の頰を殴った。加代子はのけぞった。裕司は加代子の髪の毛を離さなかった。

「殺してやる」

加代子はいった。唇の端から血が流れ落ちていた。

「おまえがおれを殺すってか？　そいつは無理な相談だぜ、加代子」

「殺してやる。必ず殺してやるから‼」

「おまえはたいした玉だよ、本当にな」

裕司は嬉しそうだった。顔をほころばせたまま加代子を殴った。何度も殴った。加代子の呪詛が消えた。加代子の顔の形が変わっていった。加代子は気絶していた。それでも裕司は殴り続けた。

なにかが込みあげてくる。嘔吐――あるいは、嫌悪。あるいは、それ以外のなにか。同情や憐れみではなかった。それがなんだろうとかまわなかった。おれは込みあげてくるものを飲み込んだ。

「もういいだろう、裕司」

裕司の息があがるのを待って、おれはいった。裕司は加代子を殴るのをやめた。摑んでいた髪の毛を離した。裕司の手には加代子の髪の毛が大量に絡みついていた。裕司はその髪の毛を絨毯に叩《はた》き落とした。

「ちょっと熱くなっちまったな」

裕司は気絶した加代子に一瞥《いちべつ》をくれた。加代子の瞼は腫れあがって目を塞いでいた。口と鼻からは夥《おびただ》しい血が溢れていた。鼻は変な角度に曲がっていた。欠けた歯が絨毯の上に転がっていた。

「家捜《やさが》しを続けよう。他にもなにかが見つかるかもしれない」

おれは加代子から視線を外した。裕司が奇妙なものを見るような視線をおれに向けていた。

「どうした?」

「おまえ、なんにもいわねえのか?」

「なにをいうんだ?」

「加代子をこんなにしちまってよ。昔なら、文句のひとつもいって、おれにどやされるところじゃねえか」

「他人のことはどうでもいい。おれは金が欲しいだけだ」

おれはいった。裕司がにやりと笑った。

「いい感じじゃねえか、幸司。そっちの方がよっぽどおまえらしいぜ。よし、家捜しを続けるぞ。おまえは二階だ。なにか見つけたら、声をかけろ」

裕司はおれに背を向けた。懐中電灯を拾いあげて本棚に向かった。おれも裕司に背を向けた。気絶したままの加代子が視界をよぎった。

加代子の胸は静かに隆起していた。無惨に腫れあがった顔は、なにかのお面のようだった。お面の口から呪詛が漏れているような気がした。

殺してやる、必ず殺してやる——繰り返される呪詛。

おれは肩ごしに裕司を一瞥した。

殺してやる——頭の中で加代子の呪詛が谺していた。

40

寝室——隅から隅までひっくり返した。侵入した痕跡を消すことに神経を使う必要はなかった。覚醒剤——警察を介入させて困るのは高谷の方だった。

他の覚醒剤が見つかることはなかった。他のなにかを暗示するものも出てこなかった。

寝室にはもうなにもなかった。冷えていた身体が暖まっただけだった。

寝室を出て子供部屋に足を踏み入れた。シングルベッドがひとつ、子供用の勉強机がひとつ、箪笥が一棹、スティール製の本棚がひとつ、小型の石油ストーヴがひとつ。勉強机の上にはノートパソコンが置かれていた。パソコンからはコードが伸び、コードは電話のモジュラージャックと繋がっていた。パソコンの蓋を開けた。途方に暮れた。帳簿類はすべて手書き。日銭を稼ぐだけのコンピュータとは無縁の生活。どれがスウィッチなのかの見当もつかなかった。パソコンは後まわしにして、部屋の中を手当たり次第に探った。無駄骨を折っただけだった。

再びパソコンの前に立った。娘にとって必要なものなら、東京に持っていったはずだ。つまり、このパソコンは高谷のものである可能性が高かった。

モニタとキイボードの間にいくつかのボタンがあった。適当に押すと、パソコンの本体からなにかが回転するような音が聞こえてきた。モニタに光が灯り、しばらく待つと、画面が浮きあがってきた。

階段をあがってくる足音が聞こえた。懐中電灯の明かりが廊下のあちこちを照らしていた。

「こっちだ」

声をかける。すぐに裕司が姿を現わした。

「なにか見つかったか？」

不愉快そうな声だった。

「なにも見つからなかったのか？」

「くだらねえもんばっかりだ。たぶん、政治や金が絡んだものは、事務所かなにかに隠してるんじゃねえか。事務所ぐらい持ってるんだろう？」

「たぶんな……こっちもお手上げだ。なにかありそうなのはこのパソコンぐらいのものなんだが、生憎《あいにく》、おれはコンピュータのことがなにもわからない」

「見せてみろや」

裕司はおれを押しやってパソコンの前に立った。背を丸め、マウスに手をかけた。驚きだった。裕司とパソコン——これほどそぐわないものもない。

「使い方がわかるのか？」

「シャブをシノギにしてるやつの舎弟がよ、Ｅメールってやつで客を拾ってやがってな。これからの極道にはインターネットも必要だからって教えられたのさ。かったるかったんでたいしたことは覚えてねえけどな」

裕司がマウスを動かす。画面の中の矢印がそれに呼応して動く。

「これがメールソフトってやつよ。こいつを二回押すんだ」

裕司は矢印を画面の左にいくつも並んでいるマークのひとつの上に合わせた。マウスのボタンを二度押した。画面の中に四角い空白ができた。やがて、空白の中にいくつもの文字が浮かびあがる。

「なんだ、こいつ？　メールが空っぽじゃねえか」

モニタに食い入るような視線を向けながら裕司がいった。

「どういうことだ？」

裕司の肩ごしにおれもモニタを覗き込んだ。

「Eメールを受け取るだろう。するとよ、自動的に保管されるようになってるはずなんだ。それなのに、なんにもねえのよ」

「もっとわかりやすく説明しろ」

裕司の眉間に皺が寄った。もどかしさが伝わってくる——はじめて見る表情だった。

「とにかくよ——」裕司は吐き捨てるようにいった。「高谷って野郎は、メールを読む端から削除してるってことだ」

「なんのために？」

「それがわかりゃ、苦労するか。おまえのために予想してやりゃな、こいつが受け取るのは読んだ端から削除しなくちゃならねえぐらい危ない内容のメールばかりだってことだ」

裕司はマウスを操作した。矢印が動き、画面が目まぐるしく変化する。そのうち、パソコンの内部からガラスが擦れるような不快な音が響きはじめた。

「なにをしてるんだ？」

「メールが届いてないかどうか調べるんだよ」

「そんなことができるのか？」

裕司が振り向いた。人を小馬鹿にしたような視線がおれを射貫いた。

「おまえ、なんにも知らねえんだな」

「こんな街でくすぶってれば、パソコンなんか必要がないからな」

「商売やってるんだろう、てめえ」

「余計なお世話だ」

裕司は首を振った。パソコンに向き直った。パソコンから響く不快な音も消えた。画面に文字が綴られていった。

「ユーザーIDとパスワードがソフトに書き込まれてるんで大助かりだ。高谷ってのはよっぽどの間抜けか、根室がよっぽどの田舎かだってことだな。これを使って危ねえ商売やってるやつはよ、プロテクトとかなんとかいうのを厳重にするもんだからな」

「それでどうなってるんだ？」

「ここに数字があんだろう？　その数字の分だけメールが届いてるってことだ」

裕司は画面を指差した。受信トレイと書かれた文字のすぐ後ろに1という数字があった。裕司がマウスを動かすと、矢印が受信トレイという文字の上に重なった。

「これで、左ボタンを二回だ」

裕司が独り言のようにいう——画面がぱっと切り替わる。現われたのは英語で書かれたメッセージだった。

「読めるか、おい？」

「こんな簡単な英語も読めないのか？」

おれはいった。裕司の顔が歪んだ。くだらない意趣返し——やらずにはいられない。

「くだらねえこといってねえで、なんて書いてるのか教えろ」

画面に目を凝らした。頭の部分に数字や記号が書き込まれていた。このメールが発信された日時――今日の午後九時。差出人――レーニン。ふざけた名前だった。おそらくニックネームかなにかだろう。インターネットの世界ではそうした名前を使うことが多いと聞いたことがあった。受取人――高谷一良。すべて英語。その後に数行の空白があって、短い英語が綴られている。

〈依頼されていた品物は、スタノボイ号に積み込む予定。スタノボイ号の花咲寄港は三月初頭。そちらからの連絡を待つ〉

英語の内容を日本語に変えて裕司に教えてやった。裕司は舌打ちした。

「こんなやり取りしてるパソコンをこんなところに放りだしておくなんてよ、高谷ってのはろくなもんじゃねえぜ」

「高を括ってるんだろう。あの木村だって高谷正義には一目置いてるって話だ。その息子で市会議員の自分の家にだれかが忍び込むなんて、想像したこともないんじゃないか」

「まあ、いい。高谷が密輸に関ってるのははっきりしたんだ。このネタをうまく使えばことを有利に運べるかもしれねえ――」

裕司はふいに口を閉じた。険しくなった目つき――肉食獣を思わせる。

「どうした?」

「なにか聞こえなかったか?」

おれは耳を澄ませた。風の音しか聞こえなかった。

「別になにも——」

おれも口を閉じた。ドアが開く音——風が吹き込んでくる音。

「加代子か?」

裕司は叫んだ。同時に走りだした。おれもあとを追った。階段を駆け降りる——玄関のドアが開きっぱなしになっている。三和土に雪が吹き込んできていた。

「あの馬鹿、あの面にこの寒さでなにをしようってんだ?」

裕司がいった。

「馬鹿はおまえだ。隣りは高谷正義の家だぞ」

裕司の足が速くなった。ふたり揃って、転がるように外に出た。加代子の後ろ姿——足をもつれさせながら走っている。

前を走っていた裕司が足を滑らせた。裕司は雪の上に這いつくばった。おれは裕司にはかまわず加代子を追った。加代子は高谷正義の家の門の前に達していた。狂ったようにインタフォンのボタンを押し続けていた。

氷のような冷気に肺が悲鳴をあげた。粉雪に足を取られた。それでも走り続けた。加代子まであと五メートルに迫ったところで、門が開いた。おれは足をとめた。荒い息を繰り返しながら、呆然と立ち尽した。

門から出てきたのは、ラクダのシャツと股引の上に丹前のようなものを羽織った老人だった。老人は眠たげに目を細めていた。その目が加代子の顔の上でとまった。老人は小さく首を振った。

「中に入ってれ。医者を呼んでやるべさ」

痰が絡んだような嗄《しわが》れた声だった。加代子はよろめきながら門の中に駆け込んでいった。それを見届けて、老人——高谷正義はおれに顔を向けた。

「電話で叩き起こされてさ、なにがなんだかわかんねんだけど、あれの顔をあんなにしたのはあんたかい？」

おれは首を振った。徒労感が身体からエネルギーを奪っていった。おれと裕司がパソコンと格闘している間に加代子は意識を取り戻した。そして、確実におれたちの手から逃れられるよう、家を出る前に高谷正義に電話をかけたのだ。加代子はおれの想像をはるかに上まわるしたたかな女だった。

「あんたでないってかい？　だったら——」

「おれだよ、爺さん」

すぐ背後で裕司の声がした。裕司はおれ同様息を切らしていた。

「あいつの顔をぼこぼこにしたのはおれだ。てめえもそうなりたくなかったら、あの女を渡しな」

「おめえ、どこの組のもんだ？」

「東京から来たやくざもんだよ、爺さん。ここらの地回りと一緒だと思って舐めてかかるとヤバいことになるぜ」

裕司は不自然に細めた目で高谷正義を睨んだ。高谷正義はその恫喝の視線を平然と受け流した。裕司の視線どころか、肌を切るような寒さすら感じていないような態度だった。

動じることなど滅多にないのだろう。高谷正義の立ち居振る舞いはおれの親父にそっくりだった。他人の意見に決して耳を貸そうとしない人間のそれだった。おれは高谷一良に同情した。覚醒剤の密輸には、間違いなく高谷正義も一枚嚙んでいる——というよりは、高谷正義が仕切っている。高谷一良は父親のいうとおりに動く駒にすぎない。儲けのほとんどは高谷正義の懐に入る仕組みになっているのだろう。だから、高谷一良は借金を返すこともできないで足掻いている。

「東京のやくざもんが、なにはんかくさいことしてるんだべ。見たとこ、倅《せがれ》の家から出てきたみたいだけど、警察呼ばれたくなかったら、とっとと帰れ」

高谷正義は足元に痰を吐いた。

「呼べるもんなら呼んでみろよ、爺さん。おまえらがよ、ロシア人相手にシャブの密輸やってんのはわかってるんだ。困るのはそっちの方だぜ」

裕司がせせら笑う。高谷正義の細い目がさらに細くなった。

「なまらはんかくさいんでないかい。でたらめばっか抜かしてっと、そっちこそわやな目に遭うぞ」

高谷正義は落ち着き払っていた。おれたちが摑んでいるのはEメールと覚醒剤。Eメールはなんの証拠にもならないが、覚醒剤はとっておきの起爆剤になるはずだった。

「こっちには証拠があるんだぜ」

裕司がいった。おれの考えを見透かしたようなタイミングだった。裕司はコートのポケットから茶封筒を取りだした。

「この中になにが入ってると思う、爺さん？　シャブだ。てめえの倅の家から見つけたんだよ。これでもシラを切るつもりか、え？」

高谷正義の顔がくしゃくしゃになった。海灼けした浅黒い肌に無数の皺――それが笑顔だと気づくのに時間がかかった。

「それがたとえシャブだとしてもよ、おめえ、それが倅の家にあったとだれが証明するんだべ？　おめえらか？　だれも信じないんでないかい、そったら馬鹿げた話。こっちはよ、おめえらやくざもんとは違ってまっとうに暮らしてるんだ。警察がどっちの話信じるったら、そりゃおめえ、決まってるべよ」

高谷正義の態度は余裕に満ち溢れていた。その自信を支えるもの――金と権力。

「いい根性してんじゃねえか、爺さん」

裕司はいった。右手の茶封筒をきつく握り締めていた。表情とは逆に、腹の中は煮えくり返っているはずだった。

おれは裕司の肩に手をかけた。

「行こう。分が悪い」

「加代子を諦めろってのか？」

この期に及んで裕司はまだ加代子に執着していた。おれは疲労が押し寄せてくるのを感じた。木村と恩田たちへの怒りと敬二との邂逅がもたらした興奮がおれを支えていた。だが、それももう種切れだった。おれはくたくただった。

「加代子なんてもう、どうでもいいだろう」

おれは静かにいった。返事を待たずに裕司に背中を向けた。高谷正義は食えない老人だった。やり合うにはコンディションが悪すぎた。

「おい、待てや、幸司。舐められたまま引きさがるわけにゃいかねぇんだよ、おれは」

「だったら勝手にやってろ」

おれは歩きながらいった。

「おめえ、幸司っていうのか？」

高谷正義の声――思わず振り返った。

「もしかすっと、露助船頭の内林の息子か？」

高谷正義ぐらいの年齢で、おれの親父を知らない人間は根室にはいなかった。

「だったらどうだっていうんですか？」

「いや、別になんでもねえ。その頭はどうした？」

「木村昇にやられたんです」

高谷正義は笑った。大きく開いた口から覗く歯は煙草のヤニで黒ずんでいた。高谷はふいに笑うのをやめた。能面のように無表情になった。

「あの木村に内林の息子ときたか……おれの倅はなにをやらかそうとしてるんだべな?」

「自分で訊けばいいでしょう。あなたが密輪で稼いだ金を、もう少し息子さんにまわしてあげてれば、こんな真夜中に叩き起こされることもなかったはずですよ」

高谷正義は今度は笑わなかった。刺すような視線をおれに向けるだけだった。

おれはもう一度踵を返した。

「待てよ、幸司」

裕司の声——もう、振り返るつもりはなかった。

41

視界が霞んでいた——雪のせいではなかった。身体が睡眠を欲していた。頭だけが冴えていた。車の中には加代子の香水と血の残り香が漂っていた。窓を開けてそれを追い払った。冷気が四肢の機能を麻痺させていく。皮膚の表面にこびりついた眠気を削ぎ落としていく。それでも疲労は消えなかった。

「どうするんだ、おい？」

裕司がいった。裕司はバックミラーを睨んでいた。さっきまで高谷正義が映っていた鏡――今では雪しか映ってはいなかった。

「これからどうするんだって訊いてるんだぞ、幸司！」

答えずにいると、裕司は顔をおれに向けた。

「家に戻って寝るさ。もう、くたくただ」

おれはいった。ルームミラーにおれの顔が映っていた。死人のようだった。

裕司の目は血走っていた。高谷正義に軽くあしらわれたことが気に入らないと訴えていた。付き合う気にもなれなかった。

「ふざけんなよ、こら」

「ふざけてなんかいない。もう、限界だ。寝なきゃ、ぶっ倒れる」

「ぶっ倒れりゃいいじゃねえか。だれも気にしやしねえ……のんびりしてる暇はねえんだ。わかってんのか、幸司？　高谷ってのはこんな時間にどこでなにをしてやがる？　敬二と会ってるのかもしれねえだろう？　違うか？　てめえがドジを踏まなきゃ、今ごろはおれが敬二をとっ捕まえてたかもしれねえんだぞ」

裕司は興奮していた。口の周りに唾の泡がくっついていた。まるで種馬のようだった。目の前で獲物をさらわれ、泣き叫んでいる。

裕司の気持ちはよくわかった。疲れた身体の中をどす黒さを感じさせる血が駆け巡っていた。加代子をいたぶったことの余韻——暴力行為がもたらす陶酔。それに、焦り。できることなら眠りたくはなかった。こうやって一晩中車を駆り、敬二を捜しまわっていたかった。だが、おれはスーパーマンではなかった。ただのくたびれた男にすぎなかった。怠惰な暮らしに首までどっぷり漬かった中年と呼ばれるまであともう少しの男——自嘲すらも吐息にかき消される。

「敬二を捜したいなら、おまえひとりでやれよ」おれはいった。吐く息が白く濃い。「殴られても銃をつきつけられても、今夜はこれ以上なにもできない」

「根性なしが」

裕司は舌打ちをした。おれは裕司のことを知っている。裕司はおれのことを知っている。こうなったおれがどこまでも意固地なことを裕司は知っている。

「根性の問題じゃない」

「うるせえ、馬鹿野郎。おれのホテルに向かえ」

驚いて裕司を見た。裕司は唇を一文字に結んでいた。細めた目を真っ直ぐ前に向けていた。

「今夜はこれで解散か?」

「いいや」

裕司は首を振った。おれの頭の中で警報ベルが鳴った。裕司はなにかを企んでいる——間違いない。

「なにをする気だ？」

「いっただろうが。のんびり寝てる暇はねえんだよ。おれらはふたりしかいねえのに、木村だの恩田だの高谷だのを出し抜こうとしてるんだぞ。やつらの倍は動きまわらなきゃならねえんだ」

「おまえのいってることはわかってる。おまえが正しいこともわかってる。だがな、裕司、おれは限界なんだ。頭をバットで叩き割られて拷問を受けたんだぞ。普通の人間なら病院のベッドの上で点滴を受けてるのがおちだ」

「自分の足で病院から出てきたんだろうが」

「敬二に会ったからだ。そうじゃなきゃ、今ごろは痛み止めを打ってもらってぐっすり寝てる」

「その痛み止めを打ってやろうっていってんだよ」

裕司はいった。おれは口を開きかけ、閉じた。

「おれの痛み止めはよ、痛みを止めるだけじゃなくてよ、身体も頭もしゃきっとさせるやつだからな」

裕司の言葉が頭の中で具体的な形を取った。おれは反射的にブレーキを踏んだ。後輪がスライドし、轍に乗りあげ、落ちた。車は激しく上下した。そんなことにはかまっていられなかった。

「冗談じゃないぞ、裕司」

裕司のコートのポケットには覚醒剤が入っている。痛み止め——間違いない。裕司はとち狂っている。裕司はおれに覚醒剤を打つつもりだった。

「冗談なんかじゃねえよ、幸司。おまえにはとことん付き合ってもらうからな」

視界の隅に黒いものが映った。拳銃だった。おれは自分のダウンジャケットの内側に手を伸ばした。強い力で阻まれた。裕司の握力は強烈だった。手首から肘にかけて痺れが走った。

「動くなよ、幸司。よく考えてみろ。おまえにだって悪い話じゃねえ。おまえが寝てる間に、おれが敬二をとっ捕まえたらどうする？　一生歯ぎしりしながら寝る羽目になるぜ」

「冗談じゃないぞ、裕司」

おれは繰り返した。裕司が本気なのはわかっていた。覚醒剤——魔法のクスリ。与党の大物を暗殺に行くときに渡された——恐くなったらこれを打て。恐かった。だれかとすれ違うだけで小便を漏らしそうだった。だが、覚醒剤を打つのはもっと恐かった。自分が自分じゃなくなるのが恐かった。おれは覚醒剤を打つことができなかった。惨めな失敗のあとに逃げ込んだビジネスホテル——すべてを忘れるためにやっと覚醒剤を打った。魔法の効き目は強烈だった。おれはすべてを忘れた。偽りの幸福感に酔いしれた。あっという間に半日が過ぎ、クスリの効き目が切れた。幸福感は消え去り、悪夢がよみがえった。覚醒剤を打つ前より恐怖は増していた。

もっと覚醒剤が欲しい。そう思い、そう思った自分に慄然とした。おれは自分の弱さを知っていた。自分のあさましさを知っていた。欲望に弱い自分の性根を呪っていた。

悪夢は恐怖を産んだ。覚醒剤への渇望はさらなる恐怖を産んだ。頭から布団をかぶり、歯を食い縛り、恐怖と戦った。餓えと戦った。あんな経験は二度とごめんだった。

「高谷がどこにいるのか突きとめなきゃならねえ。木村の動きを見張らなきゃならねえ。恩田がなにを企んでるのかも知りてえ。おまえを寝かせるわけにはいかねえ」

裕司はおれにはおかまいなしに続けた。おれは首を振り続けた。

「チャカをよこせ、幸司。それから、おれのホテルまで運転するんだ」

拳銃を奪われる——さらなる恐怖が襲いかかってきた。ミーシャから拳銃を受け取った瞬間、おれの中でなにかが切り替わった。あの事件があってから、おれは拳銃を忌避してきた。だが、拳銃が力の象徴であることはわかっていた。拳銃があれば、おれは裕司と互角に渡り合える。あるいはそういう幻想に浸っていることができる。だが、拳銃がなければ——恐怖が倍加する。知らず知らずのうちに、おれは拳銃に中毒していた。

「嫌だ」

おれは喘ぐようにいった。

「駄々を捏ねてる場合じゃねえだろう、幸司。おれはやるときはやる。わかってんだろうが」

「嫌だ。銃は渡さない」

「幸司——」

「覚醒剤を打つよ。その代わり、銃はだめだ。絶対に渡さない」

裕司がおれの目を覗き込んできた。

「おまえ、自分でなにいってんのかわかってるのか？」

血走った目——おれの一言一句を疑ってかかる者の目。二十年以上おれのそばにあった目。おれの目と同じ目。その目を消し去りたい——ずっとそう思っていた。それをするためには拳銃がどうしても必要だった。

「銃をしまえ、裕司。おれから銃を取りあげる気なら、おれを殺さなきゃだめだ」

おれの目を覗き込む目——血走り、濁り、澱んでいる。

「本気でシャブを打つっていうんだな、幸司？」

おれはうなずいた。裕司の目が遠ざかった。裕司はふいに笑いだした。

「なにがおかしい？」

おれはダウンジャケットの上から拳銃の位置を確かめた。固い感触がしっかり伝わってきた。

「そんなにおれを殺してえかよ、幸司？」

笑いすぎて噎《む》せながら、裕司はいった。

「当たり前だろう」

おれは答えた。アクセルを踏んだ。車は静かに動きだした。裕司の笑いはいつまでもとまることがなかった。

42

ホテルの駐車場に車を停止させたときには精根尽き果てていた。眠気を振り払うために開けっ放しにした窓——冷たい風がおれの残り少ない体力を容赦なく搾り取っていた。

ホテルの中は真夏のように暖かかった。墓場のように静まり返っていた。エレヴェータの稼働音がやけに大きく響いた。おれの足元はふらつき、視界は霞みはじめていた。おれの右側に立った裕司がおれの肘を摑んで体重を支えている。感謝する気にはなれなかった。裕司の右手は手ぶらだった。いつでも銃を抜けるように準備されていた。

裕司はおれを引きずるようにして歩を進めた。乱暴に部屋のドアを開け、おれをベッドの上に放りだした。されるがまま——おれの体力は底をついていた。傷つきくたびれた身体を突き動かしていたアドレナリンは最後の一滴まで絞り尽くされた。ベッドの上に転がったまま、裕司の動作を見守るのがやっとだった。

裕司は部屋の隅に転がしてあった小ぶりのスーツケースを開けた。中をかきまわし、二十センチ四方のポーチのようなものを取りだした。ポーチは不格好に膨らんでいた。

「すぐに楽にしてやるからよ」

裕司は笑った。右の頬が細かく痙攣していた。裕司はポーチのジッパーを開いた。白い水筒のような筒を取りだした。筒には〈精製水〉と書かれたラベルが貼ってあった。ライティングデスクの右隅に置かれたトレイの上のコップ——消毒済み。注がれる精製水。ぶちまけられる覚醒剤の結晶。いつの間にか裕司が手にした注射器。

「いつもそんなものを持ち歩いてるのか?」

おれは訊いた。裕司は歯を剝いて笑った。

「まあ、そうだな」

裕司は喋りながらコップを揺らし、中の液体を攪拌した。注射器でコップの中の液体を吸いあげた。自分の目がいきなりカメラのレンズになったような錯覚にとらわれた。注射器のクローズアップ——よみがえる記憶。震えはじめる身体。呼吸が浅く、速くなっていく。

敬二を捕まえるためだ——自分にいい聞かせた。金を手に入れるためだ。すべてを振り払うためだ。この街から出ていくためだ。

「量は加減してあるから安心しろ」裕司がおれの方を振り向いた。「シャブ中のやつらが打つ量の半分ってところだな。痛みが消えて、体力が戻る。だが、飛びすぎるってことはねえ」

裕司の言葉——信じられるわけがない。だが、自分が限界にきているのも確かだった。暖かい空気の中に放りだされて神経が弛緩しはじめていた。それと同時に後頭部の傷が激しく痛みだしていた。

裕司がゆっくり近づいてくる。おれのカメラレンズの目——相変わらず注射器のクローズアップ。上に向けられた針。裕司の指に押しあげられるポンプ。針先から零《こぼ》れでる液体。

「上着を脱げ」

裕司がいった。おれは気怠い身体に鞭を打った。ダウンジャケットを脱ぎ、丸めて腹の中に抱えた。短い間だとしても、銃を手放したくはなかった。銃の重みがおれに偽りの力を与える。おれはシャツの袖を捲りあげた。裕司がおれの上に屈み込んできた。注射針が部屋の照明を受けて冷たい光を放った。

「変なところに打つなよ」

おれはいった。裕司が振り向いた。

「任せろ。餅は餅屋っていうじゃねえか」

「おまえ、覚醒剤をシノギにしてるのか？」

「昔はな。今のおれは取立屋みてぇなもんだ」

「だったら、餅屋じゃないだろう」

「ごちゃごちゃうるせえな。おれは慣れてんだ。それでいいだろう。それとも、おまえ、びびってんのか？」

嘲りの笑みが裕司の頬を歪ませる。おれは反射的に袖を捲りあげた左腕を突きだした。

「やれよ」

「はいはい、ぼく、痛くないように打ってあげるからね」

「ふざけるなよ、裕司」

「わかってるって」

裕司は笑うのをやめた。左手でおれの肘の内側の血管を探りはじめた。すぐに指の動きがとまった。

「なまっちょろい腕だな。少しは鍛えたらどうだ、幸司」

余計なお世話だ——口を開こうとした瞬間、裕司が無造作に右手を動かした。微かな痛みを感じた。痛みを覚えた場所に視線を向けた。注射針がおれの皮膚にめり込んでいた。

「な？ 痛くねえだろう」

裕司はいって、注射器のポンプを押した。中の液体がおれの身体の中に押し込まれていく。

なにも感じなかった。おれは裕司を睨みつけた。次の瞬間、頭の中で光が弾けた。枯れ果てていた体力がいきなりよみがえった。後頭部の痛みが嘘のように消えた。霞んでいた視界がクリアになった。目の前の裕司の顔の皮膚の毛穴まで見えるような気がした。

「どうだ？」

裕司が口を開いた。皮膚の下の裕司の顔の筋肉の動きがよくわかった。筋肉が動くたびに毛穴が複雑な動きを見せた。

「悪くない」

おれは答えた。すべての不安が消えていた。

43

時間を跳躍する。現在から未来へ。未来から現在へ。一分が一時間になり、一時間が十秒に凝縮される。

「どうする？」

裕司がいった。思考が次から次へと移り変わっていく。濁流に押し流されるいくつもの木片――それを丁寧に拾いあげていく。苦痛ではなかった。苦痛などどこにも存在しなかった。

高谷一良は家にいなかった。恩田は高谷と繋がっている可能性があった。この小さな街で、高谷がだれかと会っているとすれば恩田の可能性が一番高いように思えた。

「恩田の家に行こう」

おれは答えた。次の瞬間、おれと裕司は恩田の家の前にいた。車の中から恩田の家の様子をうかがっていた。

「真っ暗だ」

裕司がいった。

「ああ」

おれは答えた。

「車もねえ」

裕司がいった。

「ああ」

おれは答えた。

「恩田はここにいねえ」

時間が跳んだ。おれたちは梅ヶ枝町近くの五階建の雑居ビルの前にいた。四階の窓から明かりが漏れていた。

「たぶん、あれが高谷の事務所だ」

裕司がいった。

「車は？」

おれは訊いた。

「そこに恩田の車がとまってるぜ」

裕司が路肩を指差した。グレイのブルーバードが雪をかぶっていた。雪の量から見て、車は二時間はそこにとまったままだった。他に車はなかった。

「高谷の車はどこだ？」

おれはいった。自分に向けた言葉だった。

「知るかよ」

「高谷正義だ。あいつが息子を呼びつけたんだ」

「なんでそんなことがわかる?」

「わかるんだよ」

おれは叫んだ。時間が逆戻りした。

「高谷一良の事務所の住所? 幸ちゃん、今何時だと思ってるのさ?」

迷惑そうな加藤直樹の声。

「いいから教えてくれ」

苛立たしげなおれの声。

「幸ちゃん――」

「頼むよ、加藤さん。無理をいってるのはわかってるんだ。だけど、どうしても知らなきゃならないんだよ」

おれの声――叫び。また時間が跳ぶ。おれと裕司は車の中から高谷一良の事務所の窓から漏れる明かりを見つめている。

「どうする?」

裕司がいった。

「恩田を捕まえよう」

おれはいった。復讐への予感に身体中の産毛が逆立った。股間が勃起した。陵辱《りようじよく》された加代子の姿が脳裏に浮かんだ。加代子は艶めかしくおれを誘った。これは幻影だ――自分にいい聞かせた。加代子がおれを嘲笑った。

時間が跳んだ。旧式のエレヴェータ。寒々とした廊下。裕司の右手に拳銃。おれの右手にも拳銃。銃から波動が伝わってくる。おれは無敵だ――埒もない考えが頭を占める。裕司への殺意が高まっていく。だが、裕司は決しておれに背中を見せない。

「なにを唸ってやがる。声を立てるな」

押し殺した裕司の声。唸ってなどいない。おれが唸るはずがない。口の中で叫ぶ――時間が跳ぶ。

「舐めた真似はすんなよ」裕司がいう。「おれに銃口を向けたら、その瞬間にぶち殺すからな」

裕司の目の前にはスティール製のドアがある。ドアに鍵はかかっていなかった。おれがノブをまわす。裕司がドアを蹴り開ける。

「恩田‼ いるのはわかってる。動くんじゃねえ。おれらはチャカを持ってるぞ」

裕司が部屋の中に突っ込んでいく。おれの目はカメラのレンズに変わる。裕司の背中のクローズアップ。おれの銃口が動きかける。歯を食い縛る――必死でこらえる。

裕司のあとを追う。おれの目はカメラレンズからヴィデオカメラに変わる。スローモーション。四畳半ほどの粗末な部屋。不釣り合いなダイニングセット。部屋の右隅に流し台。反対の壁に開きっぱなしのドア。ドアの向こうから漂ってくる煙。裕司が壁に背中を押しつける。ドアの向こうに首を伸ばす。

「恩田！」

裕司が叫ぶ——返事はない。

「いるのはわかってるんだぞ、恩田‼」

返事はない。おれは裕司の脇でしゃがみこむ。裕司がおれを見る——うなずく。ドアの奥に顎をしゃくる。

行け——躊躇いはない。おれは無敵だった。

銃を構えて部屋の奥に飛び込んだ。網膜に映しだされるスローモーション映像。壁際に並んだ安物の作業机。部屋の中央に漆黒の執務デスク。その背後に隠れるふたつの影。

「恩田」

銃を影の方に向けた。時間が過去に跳んだ。

「日本のデカは滅多なことじゃ、チャカは持ち歩かねえんだ。デカがガンガンチャカを撃ちまくるってのはな、ありゃ、テレビドラマん中だけだ」

裕司の声が耳の奥で谺する。また時間が跳ぶ。構えた銃口の先のふたつの影。ひとつは恩田。もうひとつは——頭の中が混乱する。高谷一良ではありえない。

スローモーション。左側の影がゆっくり動きはじめる。影は机の上に顔を出す。無精髭に覆われた赤みがかった顔——ミーシャ。

なぜだ？——頭の中でクエッションマークが飛び跳ねる。

ミーシャは動き続けている。ゆっくり、だが確実に。おれは銃口をミーシャの方に振った。突然、スローモーションが解除される。机の上から突きでたミーシャの顔、ミーシャの右腕。その先から伸びている黒い筒——拳銃の銃身。

「ミーシャ‼」

叫ぶのと同時にミーシャの銃口が火を噴いた。弾丸が頭を掠めていくのがわかった。遅れて銃声が鼓膜を震わせた。

昂揚感が消し飛んだ。どす黒い恐怖がおれを飲み込んだ。おれは悲鳴をあげた。頭を抱えて逃げだした。背後で立て続けに銃声が起こった。まるで爆弾が炸裂するような音だった。

「幸司‼」

銃声の合間を縫って裕司の声が聞こえた。ドアの影から裕司が顔と銃を突きだしていた。裕司の銃口が火を噴いた。

時間よ跳べ——祈った。すべてを跳び越えておれを安全な場所へ運べ。

なにも起こらなかった。おれの祈りが天に通じたためしはなかった。覚醒剤が与えてくれるまやかしは、現実の恐怖の前ではまるで無力だった。

つんのめるようにして裕司の足元に辿りついた。

「逃げるぞ！」

裕司が叫んだ。おれの返事を待たずに走りだした。おれは喘ぎながらあとを追った。銃声は途絶えていた。振り返る気にはなれなかった。部屋を横切り、廊下を駆け抜けた。転げ落ちるように階段をくだり、車の中に飛び込んだ。裕司が乗った。運転席には裕司はなにもいわずに車を発進させた。おれはバックミラーを凝視した。ビルから飛びでてくる人影はなかった。だれもおれたちを追いかけてはこなかった。

「なにがあった？　あのチャカを持った野郎はだれだ⁉」

裕司が叫んだ。車は最初の交差点を左折した。バックミラーに映っていたビルが消えた。

「ロシア人だ」

おれは答えた。覚醒剤の効果はまだ続いてた。だが、もう時間が跳躍することはなかった。視界が変化することもなかった。思考だけが猛スピードで変化していた。ミーシャ。おれの態度から金の匂いを嗅ぎつけた。ミーシャからはスパイの匂いがする。達者な日本語と根室に対する豊富な知識がそれを裏づける。ミーシャは水産港湾関係者にコネを持っている。木村の事務所に顔を出し、高谷水産にも顔を出す——金の足跡を追跡する。そこから高谷一良までは一跳びで辿りつく。

「ロシア人がなんだって恩田なんかとつるんでるんだ？」

裕司の叫び——無視する。思考が高速で回転している。裕司に付き合っている暇はない。

高谷一良と恩田とミーシャ――なにを話し合った？　なにを企んだ？　三人を繋ぐものは金。金を持っているのは敬二。敬二は船を必要としている。ミーシャには船がある。ミーシャの船ではないが、ミーシャの意向がある程度まで働く船がある。敬二が――あるいはナターシャがロシアに渡る船を求めてロシア船員にすでに接触していたとしたら、それがミーシャの耳に入っている可能性は高い。その情報を餌にしてミーシャが高谷たちに近づいた可能性はもっと高い。

「聞いてるのか、幸司？」

裕司が叫ぶ。無視する。

高谷一良と恩田とミーシャ。市会議員に警官に元KGBのロシア船員。高谷のバックには高谷正義がいる。恩田には相棒がいる。対するはおれと裕司。分が悪い。悪すぎる。だれかと手を組む必要がある。だれか――木村。木村はおれの携帯を持っている。携帯は敬二に繋がっている。おれが携帯を取り戻したがっていることを恩田は知っている。恩田の機先を制しなければならない。木村をおれたちの側に引き込まなければならない。

「幸司！」

裕司の左手がおれの襟首に伸びてくる。裕司の目は血走ったままだ。興奮に鼻の穴が開いていた。

「うるせえ‼」

おれは叫んだ。裕司の携帯に手を伸ばした。おれの携帯の番号を打ち込んだ。呼びだし音が鳴る——鳴り続ける。

「だれに電話してるんだ⁉」

「うるさいっていってるだろう。少し黙ってろ」

呼びだし音は鳴り続ける。

「殺すぞ、幸司」

「やってみろよ」

呼びだし音が途切れた。

「はい」

眠たげな老人の声——木村。

「木村さんですか？　内林です」

裕司が息をのんだ。

「どうした、幸ちゃん。こんな夜中に？」

のんびりした声だった。おれを拷問したことなどおくびにも出さなかった。

「お話ししたいことがあります。これからおうかがいしてもかまいませんか？」

「はんかくさいことというんでないよ。今、何時だと思ってる？　おれはこう見えても港の男だからさ、朝は早いんだ。勘弁してけれや」

「恩田は二股をかけてますよ」

「恩田がどうしたって?」

「さっきまで恩田は高谷一良と一緒でした」

「幸ちゃん、見たのかい?」

木村の声の調子が変わった。

「会っていただけますか?」

「裕司も一緒かい?」

「そうです」

「ゆんべの仕返ししようって腹じゃないんだべ?」

「昨日、なにかありましたか?」

おれはとぼけてみせた。電話の向こうで笑い声が響いた。

「わかったよ、幸ちゃん。来るといいべ。玄関の鍵は開けさせておくから」

「ありがとうございます」

おれは電話を切った。裕司に顔を向けた。

「木村の家に行くぞ」

「どういうことか説明しろ」

裕司は車をとめた。おれを睨んだ。裕司の目は嫉妬に濁っていた。自分にわからないことが、おれにはわかる——それが許せないといっていた。

「あそこにいたロシア人は、木村の事務所で見かけたのと同じやつだ」

思考の高速回転——裕司に嘘を見破られてはいけない。嘘をついていたことを悟られてはいけない。

「根室じゃよく見かける顔だ。モンゴル系で、ぱっと見は日本人と見分けがつかない。日本語も流暢に喋る。ソ連時代はKGBのスパイで日本に潜入してたんじゃないかとおれは睨んでる」

「KGBのスパイだ？」

「ほんとのところは知らないが、とにかく一筋縄じゃいかないって感じのロシア人だ。そいつが木村と高谷のところに顔を出していた。どういうことかわかるか？」

「敬二がロシアに逃げるためにそいつと接触でもしたってのか？」

「その可能性はある。おまえは敬二がおれに話をつけてロシアに渡るつもりだといっていたが、ロシア人と直接交渉する可能性の方が高いんだ。敬二にはナターシャがいるんだろう？　ロシア語ならお手のものだし、そうなったら、おれたちにはできることがない。だから、木村と話をするんだ。あいつだって、恩田に裏切られて、ロシア人まで高谷の側についたとなったら安穏とはしてられないだろう」

「あんなくそ爺いを信用する気か？」

「だれもそんなことはいってない。利用するだけだ。おれは金が欲しい。取り分を減らすつもりもない」

裕司は疑わしそうにおれを見つめた。おれはその目を睨み返した。睨み合いはしばらく続いた。

「それに、木村はおれの携帯を持ってる。敬二から連絡があるかもしれない。おれたちには木村が必要だ」

目をそらさずにおれはいった。裕司の視線が和らいだ。

「いいだろう。木村の爺いと勝負するってのもおもしれえかもしれねえ」

裕司はアクセルを踏んだ。車が再び動きだした。車のデジタル時計は午前三時半を指していた。覚醒剤を使ったおれの時間旅行は二時間近く続いていた計算だった。

おれはサイドウィンドウの外に視線を向けた。雪は小降りになっていた。風もやんでいるようだった。街を覆い尽くすしんとした静けさ——手を伸ばせば触れることができそうだった。

「しかし、いきなり銃声がしたときには肝が冷えたぜ」

裕司がいった。その瞬間、銃声と銃口から噴きでた炎がリアルによみがえった。おれの身体が激しく顫えはじめた。歯の根が合わなくなった。歯を食い縛っても、身体に力をこめても顫えはとまらなかった。

「裕司——」

顫える声でおれはいった。

「なんだ?」

裕司が振り向いた。嬉しそうな笑みが顔に浮かんでいた。

「覚醒剤を打ってくれ」

「気をつけねえと、あっという間にシャブ中になっちまうぜ、幸司」

裕司は歌うようにいった。声からは優越感が感じられた。

反撥する気力も、抗う体力もなかった。両腕を抱えて顫《ふる》えに耐えているのが精一杯だった。

「運転中にシャブ出すわけにゃいかねえからよ、木村の家に着くまで我慢しろや、幸司」

裕司は嗤った。おれは唇を噛んだ。殺してやるからな、裕司――誓いを新たにした。

44

「着いたぜ」

裕司がいった。おれはシートの上で丸くなって顫えに耐えていた。覚醒剤の効果は弱まっていた――切れたわけではなかった。相変わらず感覚は鋭敏だった。痺れたような疲労感があった。活性化した脳が、すぐ先に迫ったカタストロフィを予測して悲鳴をあげていた。おれはガス欠のまま突っ走っている。覚醒剤が切れた後には、焼きついたエンジンが転がるだけだ。

「待ってろよ。いますぐ楽にしてやるからな」

裕司はコートのポケットに手を入れた。ティッシュに別々に包まれた注射器と注射針。喉が鳴った。おれはあさましいほどに覚醒剤を欲していた。裕司が注射器に針をセットするのを、食い入るように見つめた。

「腕を出せ」裕司がいった。「飢えた犬みたいな顔してるぜ、幸司」

いい返す言葉が浮かばなかった。おれは袖を捲りあげた左腕を裕司に差しだした。針が皮膚に突き刺さる。注射器の中の液体が体内に吸収されていく。顫えがとまる。おぞましい悪夢が脳裏をよぎる——おれは裕司と敬二を出し抜いて金を手に入れる、その金は覚醒剤になって消えていく。

おれは頭を振った。顫えはとまった。身を苛《さいな》む恐怖も消えた。だが、最初に覚醒剤を打ったときのように時間が跳躍することはなかった。視覚と聴覚が鋭敏になった感覚があるだけだった。裕司が覚醒剤の濃度を調節したとは思えない。だとすれば、おれの身体が覚醒剤に順応しはじめているということだった。

悪夢がまた脳裏をよぎった。おれは頭を振ってそれを追い払った。

「どうした？　量が足りなかったか？」

「木村との話し合いがうまくいったら、おれは家に戻って寝る。それで、覚醒剤とはおさらばだ」

「だといいけどな」

裕司がいった。裕司は奇妙な顔をしていた。

「どうした？」

おれは訊いた。裕司は首を振った。

「おまえが昔、どれだけ誘ってもアンパンをやらなかったわけがわかったぜ。これだけ弱いんじゃ、あっという間に中毒だからな。まったく、くそガキだったくせに、てめえのことだけはよくわかってたってわけだ」

「おまえのこともよくわかってたよ」おれは答えた。「おまえは見栄を張るだけのためにシンナーを吸いまくってた」

「ちげえねえ。今じゃ、自分がやる方じゃなくて、やらせる方にまわっちまったがな」

あいつら、こんなもん吸ってなにが楽しいんだ——裕司がシンナーをさんざん吸ったあとで、ちらりとこぼしたことがあるのをおれははっきりと覚えていた。裕司にはクスリは必要ではなかった。自分自身の感情が強烈なドラッグだった。それでも、裕司はシンナーを吸った。トルエンを吸った。時には覚醒剤にも手を出した。仲間内で見栄を張るためだ。どれだけ強烈なクスリでも自分にはなんの影響もないということを証明するためにだ。

裕司は昔からとち狂っていた。

「行くぞ。いつまでもぐたぐたしてるわけにもいかねえからな」

裕司は車を降りた。おれもそれに続いた。雪は完全にやんでいた。空を覆っていた厚い雲が風に流され、無数の星が顔を覗かせはじめていた。透きとおった空は空中の熱を奪い去る。大地を覆った雪は熱を遮断する。強烈な寒気が根室を襲う前兆だった。

だが、おれは寒さを感じなかった。逆に身体の火照りを感じていた。覚醒剤の魔力——身震いしたくなる。

「どうなってるんだ、このくそみたいな寒さはよ」

裕司は白い息を吐きだしながら足を進めた。降り積もった雪の先にモダンな造りの一軒家があった。木村の家だ。ロシア人が花咲港に出入りするようになってすぐに建て替えられた。蟹御殿——地元の連中はそう呼んでいる。鉄柵で閉ざされた門。門から玄関へと続くアプローチには雪かきをした跡が残っていた。家の左手にはプレハブの倉庫が建ち、倉庫の後ろには暖房用の灯油タンクが鎮座していた。垂れさがった氷柱《つらら》の大きさが家の暖房設備の充実ぶりを示している。

倉庫の向こうから犬の吠える声が聞こえてきた。木村は二頭のアラスカン・マラミュートを飼っている。連中にとってはこの寒さも気にならないらしかった。

「おい」

門の前で裕司が立ちどまった。夜目にも鼻の頭が赤かった。

「こっから先は、おめえに任すからな。しくじるんじゃねえぞ」

おれが追いつくと裕司はいった。親分が子分にものをいうような口調だった。取り合わずに表札の下のインタフォンのボタンを押した。

「ここんちの庭の中だけやけに雪が少ないじゃねえか」

耳元で裕司が囁いた。

「若い衆が寝ずの番でもしてるんじゃないのか」

「極道ってのも辛い商売だからな」

裕司が他人事のようにいう──ほとんど同時にインタフォンのスピーカーから不機嫌な声が流れてきた。

「どなたですか？」

若い声。聞き覚えがあった。武の声だった。

「内林だ。木村さんと約束してる」

返事はなかった。代わりに露骨な舌打ちが聞こえた。無理もない。くみしやすいと思っていた人間に叩きのめされれば、武ぐらいの年齢なら根に持つのが当たり前だ。

「態度の悪い野郎だな」

「武だよ」

「武？」裕司は眉をよせた。「ああ、あのガキか」

裕司は足元に唾を吐いた。唾は雪を溶かす前に自らが凍りついた。

木村の家のドアが開いた。ジャージ姿の武がドアの向こうからおれたちを睨んできた。

「くそ寒いのにご苦労なこったな、小僧」

裕司が嘲りの声をあげた。おれは裕司の袖を引っ張った。雪が月光を反射していた。その光は武の目を照らし出していた。昏い目だった。どす黒い欲望に身を焦がしている者の目だった。ほんのわずかな刺激で爆発する怒りを抱えている者の目だった。

同じ目をした人間をおれは知っていた。毎朝、洗面台の鏡の中にその男は現われる。飽食と怠惰に緩んだ顔の筋肉の中にあって、目だけが昏く激しい光を湛えている。武の目つきはおれのそれと恐ろしく似ていた。武はおれより若かった。武にとっての世間とは自分自身のことだった。武を刺激するのは危険だった。

「なんだよ、幸司？」

「ここから先はおれに任せるといったろう。口を閉じてろ」

裕司は不満そうに表情を歪めた。だが、口を開くことはなかった。

武が不貞腐れたような足取りで近づいてきた。ジャージの足元は素足にサンダルだった。凍てつくような寒さを毫《ごう》も感じていないようだった。顔一面がどす黒く腫れあがっていた。腫れは梅ヶ枝町で見たときより酷くなっていた。武は鉄柵の門の閂《かんぬき》を外した。

おれと裕司には視線を向けようともしなかった。

錆ついた音をたてて鉄柵が開いた。おれと裕司は中に足を踏み入れた。犬の吠え声がけたたましくなった。

「うるせえぞ、おめえら！」

武が見えない犬たちを一喝した。吠え声がぴたりとやんだ。躾はきちんとしているらしい。裏を返せば、武がおれたちを襲えと命じれば、犬たちは躊躇いなく飛びかかってくるだろうということだった。おれはダウンジャケットの上から拳銃のグリップを握った。

武が門を閉め直す。黙っておれたちに背を向ける。おれと裕司も無言で武に続いた。家の中は汗ばむほどに暖かかった。裕司は靴を脱ぐ前からコートのボタンを外しはじめた。

「来ました、おやっさん」

武が玄関から家の中に声をかけた。

「あがってもらえや。粗相すんじゃねえぞ」

木村の声がそれに応じた。武が振り返った。顎を家の奥の方にしゃくった。あがれという意味らしかった。

おれと裕司は靴を脱いだ。武はおれたちを待たずに廊下を左へ曲がっていく。

「くそガキが」

裕司が毒づいた。

「黙ってろといっただろう」

「若いもんの躾がなってねえぜ。おれらの若いころはよ——」

「黙れって」

おれは武のあとを追った。足元が暖かかった。廊下の床までオンドルになっているのかもしれなかった。

廊下の先には磨りガラスがはめこまれた木製のドアがあった。武がドアを開けた。

簾《すだれ》が目に入った。

「意外と早かったべさ。さ、あがれ、あがれ。外は寒いべ」

部屋の奥から木村の声が響いてきた。二十畳ほどのリヴィング。フローリングの床に敷きつめられた羊の毛皮。暖房はオンドルにセントラルヒーティング。部屋の隅に据えつけられた加湿器から水蒸気が吐きだされ、まるで雨季の熱帯のような温度と湿度を提供していた。木村は一目で金がかかっていることがわかるソファに座っていた。グレイのスウェットの上下に半纏《はんてん》を羽織っていた。ソファの前にはガラス張りのテーブルがあり、湯気を立てる湯呑みと灰皿、それに見覚えのある携帯電話が置かれていた。

おれはリヴィングの入口で足をとめた。テーブルの上の携帯に視線を走らせた。

「こっちに座れや、幸ちゃん、裕司。そんなとこに突っ立っててもあずましくないべや。おい、武、お客さんにお茶淹れてきてけれや」

木村は上機嫌だった。早朝に近い時間であるにもかかわらず、顔の肌には艶があった。何時間も前から起きだして活動している人間の顔色だった。

武がおれの脇を通って廊下の方へ戻っていった。

背中を裕司に突かれた。

「さ、遠慮しねえでここに座れって」

木村は両手でソファの空いているスペースを示した。木村自身はソファのど真ん中に座っていた。

「いいんですか?」

「ここにはあんまり人を呼ばないもんだから、たいしたものないんだわ。他に椅子もないからさ、ここに座ってけれや」

おれは自分の肩ごしに裕司に視線を向けた。裕司は額に浮かんだ汗をスーツの袖で拭った。

「暑いな、この部屋はよ。外は凍えるような寒さだが、この家んなかはまるでサウナじゃねえか。どうなってんだ、おい?」

「道産子は寒さに弱いもんだべや。おれの年になると、これぐらい暖めておかねば、朝起きたら死んでるってことにもなりかねねえからなぁ」

裕司は面白くもないというように舌打ちをした。

「とにかく座ろうぜ。おい、小僧」裕司は武が消えた方角に声をかけた。「茶はいらねえ。冷たい水を持ってこい」

武からの返事はなかった。裕司はおれを追い越し、木村の右隣りに腰をおろした。

「若いもんの躾がなってねえんじゃないのか、おやっさんよ」

「そういうな、裕司。今の若いもんはよ、頭ごなしに叱りつけるとすぐに尻を捲るからさ。こっちも神経使わないとならないんだわ」

「そんなだから、高谷なんて堅気に舐められてるんじゃねえのか?」

木村の顔つきが変わった。刺すような視線——裕司は平然と受けとめた。

「そういう怖《こわ》い目つきができるんだから、まだおやっさんも捨てたもんじゃねえな」

「はんかくさいこといってるんでないって。電話じゃ恩田が高谷の方についたとかいってたけど、どういうことだ？」

「その件に関しちゃ、全部幸司に任せてあるんだ。あいつに訊いてくれ」

木村がゆっくりおれの方に視線を向けてきた。

「こっち座れって、幸ちゃん。なんも、取って食おうってわけじゃないべさ」

「失礼します」

おれはいって、裕司の反対側に腰をおろした。身体中汗だくだった。息苦しくさえあった。覚醒剤が効きすぎているのかもしれなかった。

武がお盆を持って戻ってきた。お盆の上には湯呑みとコップ。湯呑みはおれに、コップは裕司に。武は一言も口をきかず、リヴィングを出ていった。

「ここにいんのはあいつだけか？」

裕司がいった。

「んだ。他の若いもんは組事務所に詰めてるんだ。一応、堅気のふりもしなきゃなんねから、いかつい顔の連中を何人も泊めておくわけにいかなくてな……こう見えて、苦労してんだわ、おれも」

「不用心じゃねえのか？」

木村は声をあげて笑った。

「なんも、なんも。東京ならともかく。この根室じゃ、ここ十年以上、出入りのひとつもないっしょ。おれを襲おうなんて馬鹿、ひとりもいないべ」

「高谷正義は別なんじゃないですか？」

おれは口を挟んだ。木村は湯呑みに手を伸ばし、茶を啜った。

「どういう意味だい、幸ちゃん？」

「ロシア船との取引きで結構揉めてると聞きましたよ」

「そりゃ、揉めることもあるっしょ。商売敵だからね。だからって、おれの寝込みを襲うってことはないべさ」

「堅気の商売だけで揉めてるのなら、そうですね」

「この件に関わってるのは、高谷の倅だべ？」

「ついさっき、父親の方に会ってきましたよ」

木村の目が光った。木村は好好爺《こうこうや》を装おうとしていたが、目がすべてを裏切っていた。脳味噌が音をたててまわりはじめる。覚醒剤の魔力——高速で回転する思考。

「高谷正義は息子がなにをしてるのか知らないようでしたが、おれが木村さんの名前を出したら、目の色が変わりましたよ。木村さんに一泡吹かせるためなら、馬鹿息子の尻ぬぐいをすることになってもかまわないって顔つきでした」

「おれが寝てる間にいろいろあったみたいだな。幸ちゃんも忙しいべな。頭割られたり、いろいろあったのによ」

獰猛な目つき──言葉の裏に隠された恫喝。怕くはなかった。覚醒剤と拳銃がおれに力を与えてくれていた。暑さが不快なだけだった。

「金が欲しいですから」

おれはいった。湯呑みの茶を啜った。茶は驚くほど繊細な味がした。味覚までもが鋭敏になっていた。

「それで、恩田の野郎が高谷の馬鹿息子とつるんでるってのはどういうことだべ？」

木村の言葉は穏やかだった。目つきは獰猛なままだった。おれは湯呑みをテーブルの上に置いた。

「〈小夏〉の加代子と高谷の息子の話はしましたよね？」

「それがどうした？」

「加代子の話だと、高谷の息子と恩田はここのところ、しょっちゅう会っているそうです」

「はんかくさい」

木村は吐き捨てた。目に動揺の色はなかった。

「どうしてはんかくさいんですか？　恩田が絶対にあなたを裏切らないという保証でもあるんですか？」

木村は答えなかった。おれは言葉を続けた。

「あなたに電話する前に、おれと裕司は高谷一良の事務所に押しかけてきたんですがね

――」

木村の目が動く。おれから裕司へ。裕司からおれへ。

「そこに恩田がおったんか?」

目まぐるしく視線を動かしながら、木村はのんびりした口調で訊いた。

「高谷一良はいませんでしたが、代わりにロシア人と一緒にいましたよ」

木村の目の動きがとまった。

「ロシア人?」

おれは裕司の気配を探った。決して視線は動かさなかった。不審な行動は裕司の猜疑心を刺激する。木村の事務所を出てくるミーシャを見つけたとき、おれは裕司にミーシャの名を告げなかった。ミーシャと親しいことを告げなかった。その嘘を裕司に悟られるわけにはいかなかった。

「アレクセイ二世号の船員ですよ。日本人みたいな顔をした」

「あいつがかい?」

木村は眉根を寄せた。すぐに自分の犯した失策に気づき、顔の筋肉を緩ませた。

「そんなに慌てなくてもだいじょうぶですよ。あの船員が木村さんの事務所から出てくるところを、おれも裕司も見てますから」

木村の目がまた忙しく動きはじめた。おれから裕司へ。裕司からおれへ。

「ずっとおれのことを見張ってたのかい?」

「ずっとというわけじゃありません」

木村はため息をついた。湯呑みの中身を啜った。

「裕司はともかく、幸ちゃんがそんなに食えんやつだとは知らんかったべさ」

「目端《めはし》がきかないと商売はやっていけませんから」

木村は微笑んだ。裕司の気配——変化はない。裕司はおれの嘘に気づいていない。

「蛙の子は蛙ってことだべな。幸ちゃんの父さんも、抜け目のない男だったべ。裕司の親父とは大違いでな」

裕司の気配——怒りの波動が伝わってくる。

「親の話は関係ないでしょう、木村さん」

さり気なく言葉を繋いだ。裕司への合図——木村の挑発に乗るな。

「ま、いいっしょ。その話はあとでするべ。今は話が先だな。そんで？　高谷の馬鹿息子の事務所に恩田とロシアの船員がいて、なにをしてたのさ？」

「知りません」おれはいった。「いきなり撃たれたんで、逃げ帰ってきたんですよ」

木村の微笑が顔いっぱいに広がった。

「また、はんかくさいことというね、幸ちゃん。恩田はワルだといっても現職の刑事だべさ。刑事ってのはな、幸ちゃん、滅多なことじゃチャカ、持ち歩かないんでないかい？」

「撃ってきたのはロシア人ですよ。嘘だと思うなら確かめてみるといい。派手に撃ってきましたからね。警察沙汰になってるはずです」

木村の目が動く。おれから裕司へ。裕司からおれへ。顔に浮かんだ微笑を裏切る猜疑心に彩られた瞳。木村はテーブルの上に手を伸ばした。電話の子機を手に取った。どこかに電話をかけた。

「もしもし？　広瀬《ひろせ》さんかい？　木村だけどもさ、今、いいかな？」

木村の電話の相手――警官。間違いはない。耳に神経を集中させながら、おれは裕司に視線を向けた。裕司の顔からは表情が失せていた。鼻の穴だけが大きく広がっていた。憤怒をこらえている。木村が口にしたおれと裕司の父親の話――裕司は憤っている。

「今夜、どっかで撃ち合いでもあったのかい？　うちの若いもんが騒いでるんだわ。今の根室で出入りなんかあるはずないべっていっても、確かに銃声聞いたっていってきかないんだわ……そうかい？　高谷一良ったら、市会議員だべさ？　なんでそったらところが？……右翼？　はんかくさい。高谷は保守派だべさ。どこのだれがそったらことといってるのさ？　恩田？　なんで恩田が？……ああ、そういうことかい。そしたら、おれら極道とは関係ないってことだべ。お邪魔したね」

木村は電話を切った。

「どうでした？　本当だったでしょう？」

木村は苦虫を噛み潰したような顔をしていた。

「恩田の馬鹿たれが、たまたま近くを通りかかったとかいって現場を仕切ってるんだと。

それでさ、戦闘服を着た若い連中が逃げてくのを見たといってるってさ。親父がロシア人と取引きしてるのを怒った右翼の仕業じゃないかだと。はんかくさい」

恩田の作り話――疵《きず》だらけ。銃は部屋の中で発射された。鑑識が入れば作り話は崩壊する。恩田はどう乗り越えるつもりなのか。

「高谷正義が乗りだしてくるってことじゃないですか」

おれはいった。木村はわけがわからないというように表情を曇らせた。

「父親は根室有数の事業家で息子は市会議員だとくれば、いろんなコネを持ってるでしょう。田舎警察のひとつやふたつ、黙らせることぐらい簡単なんじゃないですか?」

「そうかもしれんべな。近ごろじゃ、おれら極道より堅気の連中の方がえげつないことするからね」

木村は首を振った。背中が丸くなっていた。急に年を取ったように見えた。

「恩田とロシア人は高谷についたってことがこれでわかったでしょう、木村さん」

「んだな」

「どうします?」

「どうもこうもねえ。木村組の木村昇を舐めたらどうなるか、教えてやるべよ」

木村は背筋を伸ばした。獰猛な目つきが戻ってきた。

「どうやって? 相手は高谷正義と高谷一良ですよ。それに恩田は警官だし、ロシア人もいる。組の連中を使って殴り込みをかけるんですか? そういうわけにはいかないでしょう。力押しでなんとかなるような状況じゃない」

「だったら、どうしろっていうんだ?」

「おれたちと手を組もうぜ、おやっさん」

裕司が口を開いた。怒りの波動は薄れている——消えたわけではない。

「おまえらと?」

「そうよ。他に手はないだろうが。おれたちは——」

おれは広げた手を裕司に向けて突きだした。

「黙ってろよ、裕司。ここはおれに任せろ」

「なんだと?」

「いいから黙ってろ」

裕司の鼻の穴が膨らむ。血走った目がおれを睨む。おれは裕司から視線を逸らした。

木村を見つめた。

「基本的には裕司のいうとおりです。おれたちは手を組んだ方がいい。金持ちに市会議員におまわりに銃を持ったロシア人は、いくらなんでも分が悪い。違いますか?」

木村は答えなかった。腕を組んで宙の一点を睨んでいた。

「おれと裕司には金はない。この街に強いコネを持ってるわけでもない。木村さんにはおれたちと組む理由がないのかもしれない。だが、おれたちは敬二を知ってます。金を持って逃げているやつがどんな人間か、よくわかってる。それに、この街にコネがないということは、だれにも気兼ねしなくても済むということでもある。今までもそうでしたが、裕司は好き勝手に暴れることができるんです。木村さんのところの若い連中を使えば角が立つかもしれないところを、裕司を使えばなんだってできるんですよ」

木村の目が動く。おれから裕司へ。裕司からおれへ。再び裕司へ。木村は裕司の能力を推し量っている。おれのことは基本的に眼中にない。裕司がどれだけ使えるか。どうやって利用できるか。それだけを考えている。

嫉妬は覚えなかった。昔からそうだった。おれと裕司が一緒にいれば、周りの人間が目を向けるのは裕司の方だった。裕司はガキのころから人目を引いた。おれは影が薄かった。昔はそれが嫌だった。嫌で嫌でたまらなかった。今はそうでもない。覚醒剤がおれに分不相応の力を与えている。

「おまえ、チャカ持ってるのかい？」

木村は裕司に尋ねた。

「当たり前だろう。自分らの縄張りじゃねえところに、丸腰で来るかよ」

「そうかい……」

木村は腕を組んでうなずいた。おれに拳銃を持っているかとは訊かなかった。笑いの発作が起こりそうになった。咳払いで鎮めた。だれもがおれのことをみくびっている。恩田も、加代子もおれをみくびっている。おれを見直したといったばかりの木村ですら、おれをみくびっている。おれがおれであるのを知っているのは裕司だけだった。おれがこの世でだれよりも憎んでいるやつが、だれよりもおれのことを知っている。なんという皮肉——笑いの発作はおさまる気配を見せなかった。

「んだな、手を組んだ方がいいべな」

木村がひとりごとのようにいった。

「待ってください」笑いの発作をこらえながらおれは木村を制した。「木村さんと手を組む前に、こっちには条件があります」

「条件？」

木村の目が動く——裕司からおれへ。

「おれの携帯電話を返してください。恩田とどういう話をしていたのか教えてください。恩田の相棒の刑事にどんな役まわりを与えていたのか教えてください。ロシア人となにを話し合ったのか教えてください。木村さんが持っている情報をすべて、おれたちに教えてください」

揶揄したてるようにいった。木村は目を白黒させていた。顎の下の皮膚が細かく震えていた。木村は怒っていた。

「はんかくさいこというんでないよ、幸ちゃん。自分がなにいってるのか、わかってんのかい？」

「わかってますよ」

おれはいった。笑いの発作が耐えがたいまでに強まっていた。

「おれは木村組の木村昇だぞ。そのおれに、おまえらみたいなチンピラが偉そうな口きけるってか⁉」

ドスのきいた声――普段なら怯んでいる。今のおれには覚醒剤がある。ダウンジャケットのポケットの中に拳銃がある。

「そんなことは関係ないでしょう」笑いをこらえながらいった。「木村組の看板出してことがなんとかなるようだったら、最初からそうすべきなんじゃないですか、木村さん？」

「なんだと？」

「あなたは組の看板を使えない。なぜって、おれたちが追いかけてる金は、裕司の組の金だからだ。その金を木村組の木村昇がネコババしたということになれば、面倒が持ちあがる。そうでしょう？　だから、あなたは組の人間を使わないで、恩田に話を通したんだ」

「はんかくさい」

木村は吐き捨てた。顎の下の皮膚の顫えはおさまるどころか却って大きくなっていた。

「看板を表に出せない以上、やくざも堅気も関係ないじゃないですか、木村さん。おれたちは対等なんですよ」

木村の目がまた動く。おれから裕司へ。裕司からおれへ。また裕司へ。

「おまえ、組の金をネコババするつもりかい？」

木村は裕司に訊いた。おれにではない。この期に及んでも、おれは木村の眼中にはない。

「でなきゃ、こんなくそ寒いところにわざわざ足を運んでくるかよ。二億だぜ、おやっさん。その金が東京にあるってんなら話は別だが、根室でおれがなにをしようが、東京にはなにも伝わらねえ」

「ばれるべよ。そしたら、おまえ、どこまでも追いかけられる」

「だからなんだってんだ？」

裕司は鼻で笑った。

「盃をもらった親がいるべさ。親を裏切って平気な極道がどこにいるかい」

「くだらねえ御託を並べるのはやめようぜ、おやっさん。おれもあんたもくだらねえ仁義だの任侠だのを信じて極道やってるわけじゃねえだろうがよ。おれが聞きてえのは奇麗事じゃねえ。おれたちと手を組むのか、組まねえのか。組むんなら、てめえが企んでたことを、洗いざらいおれたちにぶちまけろってことよ」

木村の顔が紅潮していく。おれたちがガキのころから、木村は根室一のやくざだった。荒くれ者が多い漁師たちを捩じ伏せ、親分と崇めたてられていた。それが自分の息子のような連中にいいようにあしらわれている。面白いはずがない。

「おまえら、この木村昇を脅すつもりか？」

「なんなら、武をここに呼んでもいいですよ。あなたのボディガードなんでしょう？」

おれはいった。木村が口を閉じた。

「どうします、木村さん？」

追い打ちをかけた。木村の目が動く。おれから裕司へ。裕司からおれへ。また裕司へ。

「あずましくないね、どうも」木村は肩から力を抜いた。「いいさ、手を組むべ。ただし、おれにも条件があるぞ」

「いってみろよ、おやっさん。聞ける話なら聞いてやるぜ」

「金の半分、おれによこせ」

裕司が笑った。おれも笑った。木村ひとりが真面目くさった顔をしていた。

「半分よこせとよ、幸司。どうする？」

「好きにするさ」

おれは答えた。実際、言葉どおりの気分だった。木村は本当はなんといいたかったか、おれにはわかっていた。

金を全部よこせ——そういうことだ。

おれたち三人は手を組んで敬二と敬二の持っている金を追いかける。首尾よく金を手に入れたら——三人で化かし合う。金を全額手にするのはひとりだけ。確かめるだけの価値もない。

「いいぜ、おやっさん。その条件、飲もうじゃないか。それにしても——」裕司はわざとらしく部屋のあちこちに視線をさまよわせた。「こんだけの家を建てたんだ。金まわりはいいんだろう、おやっさん？　それなのに、まだ金が欲しいのか？」

「金はいくらあっても困ることはないべや」

木村はいった。木村は飢えた野良犬のような顔つきをしていた。

45

ロシアの女を連れた男を捜せ——木村は恩田に命じた。

恩田は根室市内のホテルや旅館を片っ端から調べた。一週間前、根室グランドホテルに白人の女を連れた男が宿泊した。男は山口幸司《やまぐちこうじ》と名乗った。内林幸司と山口裕司を併せた名前——敬二に間違いなかった。女はタチアナ・レンコ名義のロシアのパスポートを持っていた。奇麗な女だったとホテルのスタッフはいった——ナターシャに間違いなかった。ふたりは大きなボストンバッグを持っていたとホテルのスタッフはいった。金が入っているに違いない——木村と恩田はその情報にいきり立った。

敬二とナターシャは根室グランドホテルに二日滞在し、チェックアウトした——ボストンバッグを持って。その後の足取りはなかなか摑めなかった。

恩田と太田は捜索の輪を根室以外にも広げた。敬二とナターシャらしきカップルは根室近郊の温泉地を一日ごとに転々としていた。恩田は養老牛温泉でやっとふたりを捕まえた。だが、車を飛ばして旅館に辿りついたときには、ふたりは宿を出たあとだった。

恩田は旅館の人間に、ふたりの行き先を訊ねた——だれも知らなかった。恩田は旅館の人間にふたりが大きなボストンバッグを持っていたかどうか尋ねた——持っていなかったという答えが返ってきた。

敬二とナターシャは金をどこかに隠した——恩田と木村はそう確信した。おれを拷問し、火炎瓶で燃えた事務所の後始末を終えてから、敬二たちが泊まった形跡のある旅館に片っ端から電話をかけた。どの旅館からも同じ答えが返ってきた——ふたりはボストンバッグを持っていなかった。

金は根室のどこかに隠してある——木村と恩田はそう結論づけた。根室グランドホテルから出たあと、金の入ったバッグをどこかに隠し、根室から離れた旅館に身を隠した、と。

「で、どこに隠したと思ったんですか？」

おれは木村に訊いた。木村は喋り疲れたというように冷めたお茶を啜っていた。

「恩田は、駅のコインロッカーでないべかといってたさ」

「調べたんですか？」

木村は首を振った。

「もう夜も更けておったからね、明日、取りかかろうってことで別れたのさ」

覚醒剤はまだ効いている。思考が高速で回転する。電話をかけたときの恩田の口調。高谷一良の事務所にいた恩田。恩田はまだコインロッカーを調べてはいない。調べたとしても金は見つからなかった。そうでなければ、電話であんな調子で喋りはしない。あんな時間に高谷一良の事務所にいるはずがない。

「他にふたりのことでわかっていることは？」

「恩田の相棒の刑事が女のパスポート番号を調べたさ。したら、紛失届が出てるもんだって」

東京か札幌で手に入れた偽のパスポート。ロシアに逃げようとするなら、敬二もロシアのパスポートを持っている可能性があった。

「他には？」

木村は首を振った。

「おれが恩田から聞いた話はそんだけだ。あいつがおれに隠しごとしてたら、もっとなにか知ってるかもしれんけど」

その可能性は高かった。恩田はかなり早い時期から高谷一良と接触していたに違いない。

「それじゃ、ロシア人の話に移りましょうか……どちらから接触したんです？　木村さんですか？　ロシア人ですか」

「おれだ」ぶっきらぼうな口調。「ミーシャは港とロシア船のことならなんでも知ってるべさ。あいつ、昔はソ連のスパイだったって話だからね。日本人になりすまして、根室にやってきて、いろんな情報集めてたってことだ」

「そうなんですか」真横に裕司がいる。おれはとぼけた。「ときどきおれの店にも来るけど、そんなことは思ったこともなかった」

「ここは国境の街だ。なんでもありさ。知らねえのは、根室以外の人間だけだべや」

「そうでしょうね。それで、ロシア人——ミーシャでしたね？　彼を呼んだというわけですか？」

「んだ。金を持ってる連中がロシアの船に話を持っていってたら、なにか知ってるんでないべかと思って呼んだんだ」

「で、彼はなにか知ってましたか？」

木村は首を振った。

「調べてみるって話だったさ。天気予報だと、この雪はもうしばらく続くってことだべ。したら、ミーシャの船も花咲の港に釘づけだからな」

ミーシャは大金の匂いを確実に嗅ぎ取った——間違いない。億を超す金。ロシアに持ち帰れば、大金持ちの仲間入りをすることができる。

「そのミーシャが真夜中に高谷一良の事務所で恩田と一緒にいた。もしかすると、なにか情報を摑んで、それを売りに行ったのかもしれませんね」

木村の表情が曇った。

「恩田の馬鹿たれが。とっ捕まえて、焼き入れてやるべ」

「それは待った方がいい」おれは木村を遮った。「もし、敬二が持っていたボストンバッグが本当にコインロッカーにあるなら、おれたちじゃ開けることができない。恩田の動きを見張って、コインロッカーからバッグを持ちだしたところを捕まえた方がいいんじゃないですか」

敬二が金をコインロッカーに隠す――あり得ない。それでも、万が一の可能性はあった。

「したけど、どうやって恩田を見張る？」

「組員を使ってください。理由は適当にでっちあげるんです。バッグの中に金が入っていることは絶対に匂わせないでください」

「それぐらいならなんとかなるべ」

木村は小刻みにうなずいた。途中でその仕種をやめた。猜疑心に彩られた目でおれを見た。

「おまえらはなにをするんだ？」

「おれは寝ます」おれは笑った。「どこかのだれかにバットで頭を殴られたせいで身体がボロボロなんですよ。裕司がなにをするかは本人に訊いてください」

「そんなに顔色、悪くないべさ」

木村はいった。

「シャブのおかげだよ、おやっさん」

裕司がいった。

「シャブ打ってんのか、幸ちゃん？」

「痛み止めです」

おれはいった。

「どこで寝るつもりだ、おまえ？」

裕司が訊いてきた。

「家に帰ってひとりで寝るっていっても許しちゃくれないんだろう？　車の中で寝るさ」

裕司がかすかに笑った。おれが自分の気持ちを汲んだことへのささやかな褒美——そんな笑い方だった。

「それで、裕司、おまえはなにをするつもりだ？」

「高谷一良を追いかける」裕司はきっぱりといった。「恩田やロシア人はいってみりゃ玄人《くろうと》だろう？　高谷は堅気だ。隙を見てさらって痛めつけりゃ、知ってることを教えてくれるんじゃねえのか？」

裕司は笑いながらいった。高谷一良の家で見つけた覚醒剤のことはおくびにも出さなかった。

「んだな、おれを舐めるとどうなるか、高谷の馬鹿息子にはしっかり教えてやんねばならんもんな。したっけ、裕司、武を連れていけや」

「なんであんなガキを連れてかなきゃならねえんだ」

「はんかくさいことというんでないって。おまえらふたりだけにして、金だけ持ち逃げされたら、おれはいい笑いもんだべよ」

裕司がおれを見た。おれはうなずいた。木村がだれかをおれたちの監視につけるだろうことははじめから予想がついていた。海千山千の極道者がそばにいるより、武の方がよっぽどましだった。たとえ、自分を抑えることのできない癇癪《かんしゃく》持ちのガキだったとしても。

「いいだろう。好きにしな、おやっさん」

「武を甘く見んなよ、裕司。あれはあれで、いい根性してっからね」

「おれの根性も相当なもんだぜ、おやっさん。試してみるか？」

木村は静かに首を振った。

「もう一度、さっきのおまわりに電話をしてくれますか？　広瀬とかいってましたね」

おれは木村に頼んだ。

「なんで？」

「恩田がなにをいおうと、高谷一良の事務所で銃撃があったのは事実です。たぶん、警察は高谷を呼びだしてるでしょう。高谷がどこにいるのか、確認を取ってもらいたいんです」

木村は電話の子機を手に取った。

「もしもし、広瀬さんかい？　木村だけど、たびたびすまんね。おれの知り合いで高谷の倅に世話になってるもんがおるんだけどね、心配でたまらんっていうんだわ……んだ。それでね、連絡が取れないっていうもんだから、警察の方で高谷の倅がどこにいるのかわからんもんかと思ってね……あ、そうかい。だったら安心だべ。先方にはそう伝えておくわ」

木村は電話を切った。

「どうでした？」

「警察署で事情聴取してるってさ」

おれは腕時計に視線を走らせた。あまり時間はなかった。

「行こうぜ、幸司。おまえは寝ててもいいが、のんびりしてる時間はない」

裕司が腰をあげた。おれはテーブルの上に手を伸ばした。だが、それより先に木村がおれの携帯を摑み取った。

「返してください、木村さん。約束ですよ」

木村は唇を舐めた。猜疑心に彩られた目がおれを見返した。

「携帯なんかなくてもいいべよ、幸ちゃん。どうせ、裕司も持ってるんだべや」

「あの携帯に敬二から電話がかかってくるかもしれないんですよ。もし、電話におれ以外の人間が出たら、敬二は二度とその携帯には連絡をくれなくなる。返してください」

「そう聞いたら、ますます返す気がなくなるべさ」

裕司が動いた。冷たい金属音がした。

「駄々捏ねるんじゃねえよ、いい年こいて」裕司は拳銃を木村に向けていた。「とっととと携帯を出せよ、おやっさん。じゃねえと、撃つぞ」

裕司はいった。緊迫感のかけらもない声だった。だが、殺気に満ちた声よりもおぞましい響きがあった。

「おまえら、おれを裏切ったら、根室から出ていかれないからな。それだけは肝に銘じておけや」

木村は怯まずにそういった。だが、その態度は虚勢だった。目つきに鋭さがなくなっていた。逆らえば、裕司がなんの躊躇《ちゅうちょ》もなく引き金を引くことを木村は知っていた。

「武がおれたちを見張るんだろうが。なんの心配もいらねえだろう」

裕司の口調――武をみくびっている。

「電話は返してやるから、銃をしまえや」

木村は手にしていた携帯をおれに差しだした。

「ありがとうございます」

おれは携帯を恭《うやうや》しく受け取った。木村の表情に不快の色が浮かんで消えた。

「おい、武、ちょっとこっち来い！」

木村は部屋の外に向かって叫んだ。

46

覚醒剤が切れる——後頭部が痛みだす。疲労が身体中の細胞を侵していく。浅い眠りが訪れる。

車の後部座席。運転席には裕司。助手席に武。武は裕司の横顔を睨みつけている。裕司はそれを軽く受け流している。たまに口を開き、武を嘲笑っている。その度に、武のこめかみが小刻みに痙攣する。

裕司の声はおれの耳には届かない。車のエンジン音も聞こえない。聞こえるのは、雪が舞う音——幻聴。

覚醒剤が欲しいと思った。そう思った自分が呪わしかった。眠りは浅く、痛みと疲労が消えることはなかった。

思考があちこちへ跳んだ。金へ、敬二へ、裕司へ、おれ自身へ。おれと裕司が過ごした三十年。おれたちの間にはだれも入り込むことができなかった。お互いに憎み合いながら、おれと裕司はだれよりも密接に繋がっていた。そこに割り込んできたのが敬二だった。おれは敬二を好んだ。裕司は敬二を敬遠した。敬二はおれたちふたりに似たようなスタンスをとった。

幸司と裕司。裕司と幸司。幸司と敬二。裕司と敬二。

山間に建てられた粗末な寮。確たる目的もわからないままに繰り返された軍事演習という名のしごき。天皇史観にのっとった歴史の授業——我らは天皇陛下の民なり。右翼思想のなんたるかもわからぬままに寮に集まってきたクソガキどもが放つ汗と精液の匂い。豚の糞と飼料の匂いとが入り交ってなんともいえない悪臭が絶えず鼻にまとわりついていた。

おれはその匂いが嫌いだった。その匂いを放つ連中も嫌いだった。敬二も同じだった。だからおれたちはいつも一緒にいた。裕司はそうした匂いを好んでいた。だから、裕司は敬二と話すことを嫌った。

おれは特別だった。おれを罵り、小突きまわすことが裕司の日常の一部だった。裕司にとっておれはいつだって特別な存在だった。好きも嫌いもなかった。おれは特別だった。裕司にへらず口を叩き、その返礼に殴られることがおれの日常だった。

いがみ合ってばかりいるくせに、どうしていつも一緒にいるんだい？——ある時、敬二に尋ねられた。

おれはおれと裕司の人生を敬二に語って聞かせた。二十年近くに亘る露助船頭の息子とアル中のやくざの息子の物語。千夏の話も聞かせた。おれと千夏の歪んだ愛情——裕司を触媒にした悲しい恋物語を滔々《とうとう》と語った。

寮の外界から閉ざされた空間がおれを饒舌《じょうぜつ》にしていた。裕司以外の人間にはじめてまともに話をするという状況がおれを饒舌にしていた。おれは裕司への憎しみを語った。

おれ自身への憎悪を語った。敬二は黙って耳を傾けていた。

羨ましいな——おれが語り終えると、敬二がいった。おれにはだれもいなかったから
——敬二はいった。

目も眩むような殺意を覚えた。おれと裕司の間柄は憐れまれるものではあったとしても、決して羨まれるようなものではなかった。そうであってはいけなかった。おれたちの間柄を羨むような人間は、おれたち以上に呪われているに違いなかった。

眩暈に襲われながら、おれは湧き起こった殺意を打ち消した。おれは敬二が好きだった。敬二に対してマイナスの感情を持ちたくはなかった。

羨ましくなんかあるもんか——おれはいった。敬二は含羞むように微笑んだ。その瞬間、おれの殺意に敬二が気づいていたことを知った。敬二は気づいていながら知らないふりをしていた。

おれは笑った。敬二も笑った。おれは殺意を押し隠し、敬二はおれの殺意に気づいていることを押し隠し。

幸司さんは狡いよね——敬二はいった。

おまえも狡いじゃないか——おれはいった。

おれと敬二は決してお互いに心を許しあったりはしなかった。そのくせ、寮にいた他のだれよりも多くのことを話し合った。多くの時間を共有した。

たぶん、おれは裕司から離れたかった。そのための梃子として敬二に縋った。そして、

敬二は——敬二がなにを考えていたかはわかったためしがなかった。

47

「起きろ、幸司」

裕司の腹に響くような低い声で目が覚めた。まだ思考には霞がかかっていた。手足は鉛のように重かった。

「今、何時だ？」

上半身を起こしながら訊いた。

「七時をまわったところだ」

視界がはっきりしてきた。裕司は運転席から身を乗りだしておれの顔色をうかがっていた。助手席の武は後頭部しか見えなかった。車は路肩にとまっていた。左手にはショッピングセンターの駐車場が広がっている。道路を挟んだ右手にも駐車場——その奥に根室警察署の建物が見えた。駐車場の横には警察署へと続く道があり、一台の車がこちらに向かって走ってきていた。

「あれが高谷だ」

裕司がいった。

「どうしてわかる？」

裕司は右手をおれにかざしてみせた。双眼鏡が握られていた。

「どこでそんなものを調達したんだ？」

裕司は答えなかった。にやりと笑って身体を運転席に戻した。

「退屈だったぜ。てめえはぐーすか寝てるし、このガキはふざけた目でおれを睨んでるだけだし、警察署にはなんの動きもねえしよ」

武が昏い目を裕司に向けた。裕司は舌打ちした。武のこめかみを軽く小突いた。

「さっきいっただろうが、小僧。おれを見るんじゃねえ」

武は裕司を睨み続けた。裕司はまた舌打ちした。

「さっきからこれよ。たまったもんじゃねえ」

「来るぞ」

おれはいった。高谷一良の車——紺色のベンツが右折を示すウィンカーを点滅させていた。おれたちの車がとまっているのは道道根室港線の路肩だった。直進すれば梅ヶ枝町に辿りつく。

ベンツが右折するのを待って、裕司がアクセルを踏んだ。車がゆっくり動きだした。

「しかし、妙だぜ」

裕司はステアリングを操りながらいった。

「なにがだ？」

「市会議員様の事務所で発砲事件があったんだぜ。普通なら、ブン屋どもがわらわらと群がってるんじゃねえのか？　それなのに、ひとっこひとり、いやしねえ」

「親父と息子でタッグを組んだんだろう。権力と金をちらつかせて、高谷一良の政治生命のためにもことを大ごとにはしたくない、ここは内密に……そんなふうに拝み倒したんじゃないのか」

おれはベンツに目を凝らした。ベンツには三人が乗っているようだった。高谷一良本人に秘書。もうひとりはただの運転手か、あるいは刑事というところだった。

「恩田みたいなおまわりならそうだろうけどよ、警察ぐるみでそんな話に乗るか？」

「ここの警察署長はおれたちと同い年ぐらいの若造だ。今度の春には道警本部に栄転するって噂がある。揉めごとを嫌うって話だ」

「堅気の仕事してたくせに、よく知ってるじゃねえか、幸司」

「いろいろあってな」

ロシア人と商売をするには、警察と税関の動きをとりあえず把握しておく必要があった。おれが扱っているのはまっとうな電化製品ばかりだが、中にはココムに違反するようなものもある。警察のトップが積極的な人間か消極的な人間かぐらいは、知っておいても損はなかった。うるさ型がトップに座ると、末端の警官まで急に法律にうるさくなるからだ。

「三十ちょいで田舎警察の署長ってことは、キャリア組の警視様か。本部に移ってうまくやってりゃ、三十五には警視正だ。そりゃ、余計なごたごたは背負いたくないわな」

「おれはよく覚えてないんだが、高谷の事務所が入っていたビルは人けがあったか？」

「覚えてねえ？」

ルームミラーに裕司の顔が映っていた。裕司はおれを嘲笑っていた。

「ああ」

「しょうがねえか、シャブでぶっ飛んでたんだもんな」

「ビルはどうだったんだ？」

「あのビルはよ、事務所貸しがほとんどだった。あの時間だったから、人けはまずねえよ」

ミーシャが放った銃声――降り積もった雪に吸収されて他の人間に聞かれなかった可能性もある。そうであれば、事件を揉み消すのはたやすい話だろう。警察が清廉潔白だなどというのは世間知らずのたわごとだ。おれはガキのころから警官の薄汚い面を見てきた。売国奴の息子をいたぶる連中の瞳は残酷な喜びに輝いていた。

高谷のベンツは直進を続けていた。空はどんよりとした雲に覆われ、今にも雪が降りだしそうだった。

「まったく、嫌になる空模様だな」おれの気持ちを読んだかのように裕司がいった。

「いつになったら晴れるんだ？」

「しあさってには晴れるってよ」

答えたのは武だった。裕司は大きく開いた目を武に向けた。

「やっと口を開いたじゃねえか、小僧」

武は裕司から視線を逸らした。窓の外を見つめたきり、それ以上口を開こうとはしなかった。裕司は舌打ちした。苛立たしげにステアリングを指先で叩いた。

「それで、おまえの方は頭がすっきりしたのか？」

裕司がいった。おれに向けた言葉だった。

「頭が痛い。身体もだるい」

「また打ってやろうか？」

背筋に顫えが走った。おれは首を振った。

「もうたくさんだ」

「えんりょすることはねえんだぜ、幸司。おれとおまえの仲だ。特別安く卸してやるぜ」

ベンツの左のウィンカーが点滅した。裕司は口を閉じた。ベンツに気取られないように徐々にスピードを落としていく。尾行に慣れたハンドル捌き——右翼の寮で叩き込まれたテクニック。あの寮はいってみれば暗殺者養成所だった。天皇陛下のご意向を無下にする国賊どもに天誅を。あの寮にいたほとんどの連中はなにも疑問を抱かずに教官たちの指図に従っていた。裕司も例外ではなかった。おれは自分の居場所が欲しくて従っていた。おそらく、敬二も同じだったろう。おれは自分が売国奴ではないことを証明しなければならなかった。敬二は自分がアカではないことを証明しなければならなかった。

馬鹿げた話だ。あのころはそれしか縋るものがなかった。今ではなにも縋るものがない。それでも、おれは生きている。

「事務所に寄るつもりか？」

裕司がいった。ベンツは緑町《みどりちょう》通りに入っていった。途切れ途切れの記憶がよみがえる。高谷一良の事務所は梅ヶ枝町二丁目――緑町通りに面した雑居ビルの中にあった。

「たぶん、そうだろうな」

答えながら、ダウンジャケットのポケットに両手を突っ込んだ。右手に拳銃の感触があった。左手には携帯電話。携帯は沈黙を続けている。おれはジャケットの内ポケットから医者にもらった痛み止めの薬を出した。錠剤をシートから剝がし、口の中に放り込んだ。嚙み砕いて飲み込んだ。

ルームミラー――武がおれの様子をうかがっている。武は忠実な番犬のようだった。あのふたりを見張れという木村のいいつけをしっかり守っている。

「ここらでとめるぞ」裕司がいった。「恩田がいると見つかっちまうからな」

車のスピードが落ちた。裕司はウィンカーを点滅させた。交差点の手前で車を路肩にとめた。ベンツは交差点を直進していった。次の交差点の手前に高谷の事務所が入ったビルがある。緑町通りはずっと先まで見渡すことができた。ベンツを見失う恐れはなかった。

裕司が双眼鏡を目に当てた。ピント調節のつまみを何度か調整し、太い息を吐いた。

「恩田の車がとまってる。パトカーは影も形もねえ。おまえのいうとおり、なにもなかったってことで押しとおす腹かよ」

おれは目立たないように注意を払いながら視線を左右に走らせた。おれたちの車のすぐそばの歩道を雪かきしている中年男がひとりいるだけだった。警官らしい人間の姿はなかった。

「ちょっと待っててくれ」

おれはそういって車を降りた。武がじっとおれを見守っていた。裕司は双眼鏡を降ろした。裕司は状況を理解していた。

「おはようございます」

雪かきをしている中年に声をかけた。

「おはようさん。今日もしばれるねえ」

男は雪かきをする手をとめた。男の目は赤く充血していた。

「今日の明け方、この辺にパトカーが集まってましたよね。そばを通りかかったんですけど、眠かったもんでそのまま通りすぎたんですよ。でも、なんか気になりましてね。なにがあったか知ってますか？」

「おお、わやだった。まだ四時前だってのにサイレンがんがん鳴らしてよ。おかげで叩き起こされちまったべさ。なんでもよ、そこの時計屋の鈴木《すずき》さんが銃声が聞こえたとかいって警察に通報したんだとさ」

男は交差点の向こうを指差した。

「銃声ですか？」

「そうさ。したっけ、警察が集まってきたっしょ。ところがさ、それが銃声でなくて、車のバックファイアかなんかだったらしいんだ。人騒がせもいいとこさ。こったら街でピストルぶっ放すの、酔っぱらったロシア人ぐらいしかいないべさ」

「車のバックファイアを銃声と聞き間違えたんですか？」

「鈴木さんの話だと、三発ぐらい続けて大きな音がしたらしいけどな。警察がいろいろ調べたけど、なにも見つからなかったって話だ。おかげで、こっちは寝不足でわやさ」

「大変でしたね」

「まあ、しゃあないっしょさ。間違いはだれにでもあることだからね」

「ありがとうございました」

おれは男に頭をさげて車に戻った。男は車の中に興味を示すでもなく雪かきを再開していた。

「バックファイアだって？」

裕司がいった。

「聞こえたのか？」

「あの親父、馬鹿でかい声で話してたじゃねえか……しかし、いくら署長さんが栄転前に騒ぎ起こしたくねえからって、発砲事件を揉み消すとはよ、田舎警察もやるじゃねえか」

「田舎だから逆にできるんだろう。これが東京だったらそうはいかない」

「だろうな」

裕司はまた双眼鏡を目に当てた。

「高谷たちはなにをしてるんだ？」

おれは訊いた。

「恩田と一緒にビルん中に入ってった。運転手はまだ車ん中にいるから、すぐに出てくるだろう」

「運転手が刑事って可能性はあるか？」

「さっきから欠伸ばかりしてやがる。ただの雇われだろう」

裕司は双眼鏡に目を押し当てたまま、煙草を口にくわえた。火をつけ、煙を吐きだした。武が顔をしかめ、窓を開けた。

「煙草は嫌いか、小僧？」

裕司がいった。武はなにも答えなかった。

「寒いからよ、窓閉めろ。おまえみたいな田舎もんと違って、都会暮らしは寒さに弱いんだ」

武は答えなかった。窓を閉めようともしなかった。

裕司の左腕がしなった。鈍い音がして武の頭がぐらついた。

「おれのいったことが聞こえなかったのか、小僧?」

武の唇から血が流れ落ちた。

「なんだ、その目つきはよ?」

裕司は武を睨みつけた。武はなにもいわずに唇の血を拭った。血がこびりついた手をフロントウィンドウに擦りつけた。

「なんの真似だ、小僧?」

裕司の鼻の穴が大きく開いた。武は相変わらず無言だった。細い目に昏い光――窓から吹きつけてくる冷たい風が横顔をなぶっても消えることがない。木村が武を手元に置いている理由がわかったような気がした。木村の家にいたアラスカン・マラミュートと一緒で、武は忠実な番犬のようなものなのだ。自分の頭でものを考えるより、親分の指示に従うことに喜びを見出す。武の頑なな態度は武の性格を如実にあらわしていた。

武を睨む裕司の目がどんどん据わっていくのがわかった。

「おい」おれは裕司に声をかけた。「連中が出てきたぞ」

裕司は時間をかけて視線を武から外した。「クソガキが」吐き捨てながら、双眼鏡を目に当てた。

ビルから人影が現われたところだった。

「恩田の他に、あの若いデカもいるぜ」

裕司が呟いた。

「なにをしてるんだ？」

「秘書みてえなやつが、段ボールを抱えてやがる」

「中になにが入ってるんだ？」

「わかるわけねえだろう。おまえ、寝ぼけてるんじゃねえのか？」

裕司のいうとおりだった。覚醒剤の魔力はすっかり消え失せていた。あれほど冴え渡っていた思考も、今は汚泥に塗れてしまったかのように回転をとめている。

「しばらく事務所を閉めるつもりなんだろう」

おれは声に出した。頭に浮かんだものを言葉にすることで、なんとか考えがまとまりそうだった。

「だからなんだってんだ？」

「とりあえず必要なものをかき集めて段ボールに詰め込んだんだ。発砲事件をうやむやにしたままではよかったが、おかげで警官を周りにうろつかせることができなくなったからな。また、おれたちに押し込まれたんじゃ困ると思ったんだろう」

「必要なものってのはなんだ？　敬二に関係があるのか？」

おれは首を振った。

「政治に必要なものだろう。敬二や金には関係ない。もし、そうじゃなかったら、秘書は連れてこないはずだ」

「くだらねえことやってんじゃねえ」

裕司はだれにともなく毒づいた。

ビルの前で男たちが二手に別れた。高谷の車はすぐ先の交差点を直進し、恩田の車は右折した。

裕司が車を発進させた。武が開けたままの窓から氷のような風が吹き込んできた。

「窓を閉めてくれ、武。傷に響くんだ。頼む」

武は振り返らなかった。だが、パワーウィンドウのスウィッチを押して窓を閉めた。

「おれのいうことは聞けなくても、幸司のいうことにゃ素直に従うのか?」

裕司がいった。武は昏い光を湛えた目を裕司に向けた。

「どいつもこいつもムカつくぜ」

裕司は足元に唾を吐いた。

48

雪がまたちらつきはじめた。除雪をすませたばかりの道に、粉雪が舞い落ちる。

高谷は自宅か父親の正義の家に向かっているらしかった。

「どこかで止めねえとな。親父の家に逃げ込まれちゃ面倒だ」

裕司が苛立たしげに呟いた。裕司はずっと苛立っている。

おれは窓の外に視線を向けた。道路の両側には小ぢんまりとした住宅が並んでいる。

ついさっきまでは主婦たちが玄関の前の雪かきに精を出していたが、雪が降りはじめるのと同時に姿を消してしまった。根室の人間は無駄なことはしない。

「こんなところでいきなり車をとめるわけにはいかないだろう。高谷ひとりならともかく、運転手に秘書もいるんだぞ」

「じゃあ、どうすりゃいいってんだ？　あの野郎、親父の家に逃げ込んだら、恩田たちを使うだけで、自分は外に出てこなくなるぞ」

「だからってこんなところで無茶をしてみろ。どこかの親切ごかしたやつに警察に通報されるのがおちだ」

「好き勝手に暴れてもいいっていったのはおまえじゃなかったか？　木村のクソ爺いの前でよ」

武が裕司を睨んだ。だが、裕司は気づかなかった。

「それとこれとは話が別だ。だれも見てないところでなら、おまえがなにをしようとかまやしない。だが、今はだめだ。絶対にだめだ」

「くそったれ」

裕司は両手をステアリングに叩きつけた。車が轍にタイヤを取られて激しく揺れた。

「こんなんじゃいつになったら敬二をとっ捕まえられるのかわからねえぜ」

「今無茶をしたら、敬二は一生捕まえられない」

裕司は返事をしなかった。むっつりと押し黙った。煙草をくわえ、忙しなく煙を吐きだした。高谷のベンツは三十メートルほど先を走っていた。おれたちとの間に車が三台入っている。やつが自宅に帰るにせよ、親父の家に逃げ込むにせよ、時間はあまりない。かといって、ここで無茶ができるはずもなかった。

車の中は裕司が吐きだす煙で白く染まっていた。武が耐えかねたように咳をし、窓を開けた。車内の温度が急激にさがる。だが、裕司は文句をいわなかった。

「間に入ってる車がいなきゃよ、こいつをぶつけてでもベンツをとめてやるのによ」

裕司はひとりごとのように呟いた。吐く息が煙草の煙と見間違うほどに白かった。

おれはダウンジャケットの襟を立てて顎を埋めた。冷気が傷口の神経を敏感にさせていた。息をするだけでも痛みを覚えた。それでも、煙で汚れた空気の中にいるよりはましだった。目を閉じる——車の震動をよりはっきりと感じた。タイヤが新雪を踏み締める乾いた音が聞こえた。

「やっぱり、親父のところに逃げ込むつもりだぜ」

裕司の声に目を開けた。いつの間にか狭い路地を走っていた。前方に高谷のベンツの後ろ姿があった。ベンツは民家の駐車場に入ろうとしているところだった。一瞬、感覚が混乱した。見たことのない光景だったからだ。だが、古びてはいるが重々しい造りの屋根が視界に入ると、すべてを把握した。おれが目にしているのは高谷正義の家の裏側だった。

「穴倉《あなぐら》に逃げ込まれちまったな」

裕司は車をとめた。シートに身体を投げだし、頭の後ろで手を組んだ。高谷の家は五十メートル以上も先だった。

「もっと近くにとめろよ。ここからじゃ、なにか動きがあってもわからない」

「そりゃ、無理だ」

裕司は気のなさそうな声を出した。

「なぜわかる？」

「高谷の親父の顔、おまえも見ただろう。ああいうのはな、質が悪いんだ。おれら極道より猜疑心が強くてよ、その分やることもえげつねえ。あの家に近づいてみろ。おそらく、半分堅気で半分極道みてえなやつが目光らせてるって」

「だが、高谷は堅気だぞ。そういう連中を動かすなら、その筋に話を通さなきゃならないし、そうすれば木村の耳に入るはずだ」

「別に根室の人間とは限らねえだろうが。釧路辺りから呼んでくりゃすむことじゃねえか」

裕司の言葉が的を射ているかどうかはわからない。だが、充分にあり得そうなことではあった。

「さて、どうするよ、幸司？　ここでただ待ってるのか？」

「ちょっと考えさせてくれ」

おれは腕を組んだ——脳味噌を絞った。家を直接見張れないなら、ここにいる意味はない。かといって、高谷から目を離すのもごめんだ。高谷を慌てさせる手を考えなければならなかった。閉じこもった穴倉から顔を覗かせるように仕向ける手。高谷は政治家だ。なによりもスキャンダルを嫌がる。だが、そのスキャンダルは揉み消されてしまった——本当にそうか？　この根室にも、高谷親子の睨みがきかない人間がいるはずだ。

見つけた。携帯電話を取りだした。

「なにか思いついたのか、幸司？」

ルームミラーの中の裕司がおれの顔を凝視していた。

「ああ。高谷を穴倉からいぶり出してやるよ」

加藤の電話番号を押した。がちがちの共産主義者。他の連中はだんまりを決めこんでも、加藤なら高谷のスキャンダルに飛びつくに決まっていた。加藤にちらつかせる餌は腐るほどあった。

「もしもし、加藤さんですか？」

「また幸ちゃんかい。今度はなにをしろっていうんだい？」

加藤はうんざりしたようにいった。

「いろいろお世話になったお礼をしようと思って電話したんですよ」

「なにを嗅ぎまわってるのか教えてくれるのかい？」

加藤の声のトーンが跳ねあがる。現金なものだった。

「昨日の深夜、高谷一良の事務所で発砲事件があったんですがね、警察が車のバックファイアだってことで揉み消したらしいんですよ」

「なんだって？」

「緑町二丁目の時計屋の鈴木っていう男が銃声を聞いたといって警察に通報してます。現場に真っ先に駆けつけた警官は例の恩田です。恩田は現場近くをたまたま通りかかったそうです。高谷の事務所の入ったビルから右翼の若いやつが着るような戦闘服姿の人間が逃げていくのを見たと報告してるんですよ。それなのに、現場検証の結果は車のバックファイアだ。おかしいと思いませんか？」

「それは確かな情報かい、幸ちゃん？」

「それは知りませんよ。ぼくも人から聞いただけなんで」

「はんかくさいことといんでないって。昨日の夜、幸ちゃんおれんとこに電話かけてきたべや。高谷の事務所教えてけれって」

「それとこれとは関係ありませんよ。今日になって、高谷の事務所に行こうとして事件覚醒剤による時間旅行――すっかり忘れてた。

を知ったんですから」

「それをおれに信じろってかい？」

「信じるもなにも、これは真実なんですよ、加藤さん」

一瞬の静寂――すぐに消える。

「まったく、幸ちゃんには困ったもんだ。ま、いいさ。そういうことにしておくべ。で、発砲事件の詳細はだれから聞いたってさ？」

加藤の声は面白がっているように響いた。加藤はこのゲームのルールをよく理解している。

「ある筋です。なんでも、高谷正義の口利きがあって、揉めごとを嫌った警察署長が事件を揉み消すように指示したらしいですね」

「あのキャリアのぼんぼんは事なかれ主義だからね……信憑性あるわ。ただなぁ、警察と高谷正義が手を組んでるとなると、取材は簡単じゃないわなぁ。うちの新聞、憶測記事は書けないからね。幸ちゃんもそのへんのこと、わかるべさ」

「他にも耳に入ってきたことがあるんですよ」

「聞かせてけれや」

「これも証拠はないんですけどね、ある人物が高谷一良の自宅に侵入して、そこで覚醒剤を見つけたらしいんです」

「覚醒剤？」

「本当かどうかは知りませんよ」

「したっけ、幸ちゃん、覚醒剤となるとよっぽど確実な証拠がないとなぁ。下手をすると、こっちが名誉毀損で訴えられるべさ」

「スタノボイ号っていうロシアの船を調べてみるといい。おもしろいことがわかるかもしれませんよ」

「スタノボイ号？　聞いたことない船だな」

「漁船じゃないからでしょう——それと、もうひとつ」おれは畳みかけた。「梅ヶ枝町に〈小夏〉っていう店があるんですが、そこのママは高谷の愛人です」

昨日の加代子の顔が脳裏を掠めた。加代子には医者が必要だった。高谷正義が入院させるのを嫌ったとしても、どこからか医者を呼んだはずだ。

「なんでもよく知ってるね、幸ちゃん」

「彼女は昨日、何者かに拉致監禁されて暴行を受けたらしい。根室中の医者を虱潰《しらみつぶ》しに当たれば、裏づけ取れると思いますよ」

「なるほどね……発砲事件とか覚醒剤とかはやりづらいけど、これならなんとかなるかもしらんわ。裏づけ取れたら、釧路から応援を呼ばなければならんかもね」

「加藤さん、高谷を追いまわすの、できるだけ急いでもらいたいんですよ」

「いわれなくてもすぐに取りかかるべさ。そんなことより幸ちゃん、おれに高谷追いかけさせて、なに狙ってるの？」

「なにをいってるんですか、加藤さん。おれは善意の通報者ですよ。権力を笠に着て好き放題やってる連中が許せないだけなんだ」

乾いた笑い声——加藤が首を振っている姿が脳裏に浮かんだ。

「山口裕司はそばにいるのかい？」

「あんなやつのことは知りませんよ」

おれは電話を切った。

「アカの記者か?」

裕司が口を開いた。

「そうだ。連中はしつこいからな。高谷も親父の家でじっとしてるってわけにはいかないだろう。やつが動きだしたら、とっ捕まえよう」

「なんだよ。結局、ここで待たなきゃならねえのかよ」

ルームミラー——うんざりした顔の裕司。

「焦ったってどうにもならないさ。待ってる間に敬二から連絡が入るかもしれないしな」

「それだよ」裕司は吠えるようにいった。「問題は敬二だ。あいつをとっ捕まえりゃ、ことは簡単なんだ。高谷や恩田を見張るよりよ、敬二を見つける方法を考えろや、幸司」

「無理をいうな。警察みたいな組織が本気で動くならともかく、おれたちふたりじゃ、海の底に落ちた針を探すようなもんじゃないか。おまえだって、それがわかってるから、木村と恩田の力で敬二を見つけさせようと思ったんだろう」

裕司は不満そうに息を吐きだした。おかげで、ろくでもねえことが気に障ってしょうがねえ。

「かったるくてしかたねえぜ。おかげで、ろくでもねえことが気に障ってしょうがねえ。幸司、さっき、電話であんなやつっていってたよな。だれのことだ?」

裕司は変わらない。いつだって変わったためしがない。

「おまえのことに決まってるじゃないか。わかってることをいちいち訊くなよ」

いわずもがなのことを口にしてしまう——おれも変わらない。変われない。

49

二時間待った。高谷正義の家に変化はなかった。裕司が空腹だと喚きはじめ、武になにかを買ってこいと命じた。武は拒否した。当然だった。おれと裕司を見張るように命令されている。おれたちから離れるわけにはいかない。

裕司は目に見えて不機嫌になった。元々、無為の時間に耐えられるようなタイプではなかった。

「やめだ、やめだ。恩田を追いかけようぜ。こんなところでじっとしてたって時間の無駄だ」

「それで、恩田をどうするつもりだ？　加代子の時みたいにするのか？　相手は警官だぞ」

「だったらなんだっていうんだ」

裕司はおれに顔を向けた。歯を剝いていた。

「気持ちはわかるが、駄々を捏ねるのはやめろよ、裕司」

「うるせえんだよ、おまえは。おい、木村に電話をかけろ。恩田がなにをしてるか知りてえ」

裕司の目は据わりかけている。ここで逆らっても無駄だった。おれは携帯で木村の事務所に電話をかけた。

「はい、木村水産です」

電話に出たのは田端だった。

「内林ですけど……」

「あら、幸ちゃん、また珍らしいね」

「社長、いらっしゃいますか？」

「それが聞いてけれ、幸ちゃん。社長ったら、ゆんべ、事務所で酒飲んで、酔っ払いすぎてボヤ起こしてたんだ。朝会社に来たら、煙臭くて、あちこち焦げてて、わやだったんだよ」

「それは大変でしたね……田端さん、社長、お願いします」

「もうちょっとで大火事になるかもしれなかったんだよ、幸ちゃん。そんないい方ないっしょさ」

頭の傷が痛む。田端を怒鳴りつけないようにするには、ありったけの忍耐心を動員する必要があった。

「田端さん、悪いけど急いでるんです。社長と代わってくださいませんか」

田端の気配が遠ざかっていった。それでも、ぶつぶつ文句をいっているのが聞こえた。

「幸ちゃん、田端さんを怒らすの、やめてけれ」

すぐに木村の声が聞こえてきた。

「恩田はどうなってます？」

裕司が顔を近づけてきた。おれと木村のやり取りを聞き逃すまいという表情だった。

煙草臭い息が鼻にまとわりついた。

「駅におるよ。片っ端からコインロッカー、開けさせてるべ」

「金は見つかったんですか？」

「まださ」

「どうやってJRの人間を納得させたんですかね？」

裕司の顔が遠ざかっていく。ルームミラーに映る裕司の横顔——興味を失ったという表情。脳細胞が音をたててざわめきはじめる。妙だ。なにかがおかしい。

「そこまでは知らん。ただ、若い刑事とふたりだけで立ち合ってるっていうから、内密の捜査だとかなんとかいい繕ってるんでないかい」

「あとどれぐらいかかりそうですかね？」

「うちの者から電話があったのが三十分ぐらい前だから、そろそろ終わるんでないかい」

「そうですか……わかりました。また連絡します」

おれは電話を切った。携帯をダウンジャケットのポケットに収めた。代わりに銃のグリップを握った。

「恩田は駅でコインロッカーを開けてるそうだ。木村はとぼけてたが、金が見つかったら手下たちに恩田を襲わせて、金を奪い取る腹づもりかもしれない」

「だったら、取り返せばいいだけの話じゃねえか」

気のない返事――頭の中で疑惑が膨らんでいく。裕司は昔からものに執着するタイプだった。欲しいと思うものがあれば、どんなことをしても手に入れた。裕司は敬二と敬二の持っている金を追ってきた。金を自分のものにしようと根室に舞い戻ってきた。それなのに、裕司は金に執着していない。

おれは静かに銃を抜いた。

「敬二は金なんか持ってないんじゃないか、裕司？」

いいながら、銃身をスライドさせた。冷たい金属質の音が車内に響いた。ルームミラーの中の裕司の目がぎょろりと動いた。

「なんの真似だ、幸司？」

「おれの質問に答えろ、裕司」

鏡を間に挟んでの睨み合い――裕司の険しい視線。怯むことはなかった。銃がおれに力を与えている。

「意味がわかんねえんだよ、幸司。敬二は金を持ってる。決まってんだろう」

「証拠を見せろ」

「そんなもん、あるわけねえだろう。どっかの会社の帳簿に載ってるようなまともな金じゃないんだぞ」

武がおれと裕司に交互に視線を走らせていた。

「妙な真似をするなよ、武。じっとしてればおまえにはなにもしない」

武がおれを見つめた。目は昏い光を宿したままだった。だが、武はそれ以上動かなかった。

「おれにはそいつを使うつもりなのかよ、幸司?」

鏡の中の裕司の目——殺意を孕んでいる。

「おまえの話次第だ」

「だから、なんの話だってんだよ? 敬二は組の金をくすねて逃げた。だから、おれが追いかけてきたんだろうが」

「金があるといってるのはおまえだけだ。実際に金を見たやつはだれもいない」

「もし、金がねえんだったら、なんでおれがここにいるんだ?」

「敬二を殺しに来たんだ。東京で敬二となにかあったんだろう?」

裕司の表情に細心の注意を払いながら喋った。なにも変化はなかった。

「あほか、おまえ。おれは極道で、あいつはただのヒモだぞ。うちの組と繋がりがあったし、昔のよしみで口はきいてやったが、本来なら、近づいてきただけでぶん殴ってやるようなやつだ。滅多に顔を合わせもしなかったぜ」

筋は通っている——それでも納得できない。裕司は金の行方に対して淡泊すぎる。

「なにを疑ってやがるんだ、幸司？」

「おまえが口でいうほどには金のことを気にしていないように見えるからだ」

「馬鹿いってんじゃねえよ。そういうのをくだらねえ邪推ってんだ。おまえは昔から人を信用しない質だったしよ、特におれのことは頭っから疑ってかかる。金はあるんだ、幸司。ただ、おまえがそういう人間だからないんじゃねえかって思っちまうってだけのことだろうが」

ルームミラーの中の裕司を睨んだ。銃を握る掌が汗で濡れていた。おれも裕司も相当に歪んでいる。歪《いびつ》な関係が持続すると、なにが正しく、なにが間違っているのかもわからなくなる。裕司の態度はおれに疑念を抱かせる。だが、裕司のいうとおり、おれがおれであるためにそう感じているだけなのかもしれなかった。裕司を信じることはできない。かといって、自分を信じることもできない。おれたちは初めて出会ったその日から、無間地獄で足掻いているのかもしれなかった。

「金はあるんだよ、幸司。そうじゃなきゃ、おれがこんなしみったれた街に戻ってくるか」

幸司さん、結局、金の話を訊かなかった——敬二の言葉を思いだした。昨日の夜、敬二は確かにそういった。裕司の態度に疑念を抱いたのは、おれの心が歪んでいるからだった。

引き金にかけた指を離そうとした——できなかった。裕司はおれにいい聞かせるように喋っていた。だが、目には殺意が宿っている。自分に銃を向けた人間を裕司が許すはずがない。それがおれなら、なおさらだ。恐怖がおれの神経を縛りつけていた。

「いい加減、そのチャカを降ろせや、幸司」

「だめだ」

意思とは反する言葉が口をついた。裕司の目の光が強くなった。いいかげんにしろ、このままじゃ本当に殺し合うことになるぞ——頭の中で声が響く。だが、指から力が抜ける気配はなかった。

「幸司、てめえ——」

裕司の低い声に無機質な電子音がかぶさった。おれの携帯が鳴っていた。呪縛がとけた。おれは引き金から指を離した。弾倉を抜き、薬室の弾丸を外に出した。携帯を手に取った。表示窓には非通知着信という文字が浮かびあがっていた。

脈が跳ねあがった。不快な塊が喉元を駆けあがろうとした。おれの携帯に番号非通知の電話がかかってくることはほとんどない。あるとすれば間違い電話。あるいは——動揺を裕司に悟られたくはなかった。おれは込みあげてくるものを飲み込んだ。裕司が近くにいるときは電話に出ないとおれはいった。だが、出ずにはいられなかった。さり気なく携帯を持ちあげ、着信ボタンを押した。

「もしもし？」

「幸司さん？」

予想していたとおり、電話の主は敬二だった。

「ああ、加藤さん、どうも。なにか進展はありましたか？」

視界の隅に裕司の顔をとらえた。殺意を孕んだ目がおれを睨んでいた。電話に対する疑問を怒りが塗り潰しているに違いなかった。

「加藤さんってだれ？　近くに裕司さんがいるのかい」

敬二は聞き取りにくいほど小さな声で囁いた。

「それはそうなんですけどね、さっきお話しした以上のことはいえませんよ」

「一度しかいわないからよく聞いてよ。今夜十時、明治公園のサイロのところで待ってる。五分以上は待たないよ」

明治公園——市街の東にある、日本で二番目に古いという牧場跡を利用した公園だ。だだっ広くて待ち合わせには適さない。だが、公園のシンボルにもなっている三つのサイロなら、迷うことはない。

「ええ、高谷一良がそれに関係してるのは間違いないんです。そこから先は自分で調べてくださいよ」

「幸司さんがひとりじゃなかったら、逃げるからね。それじゃ、待ってる」

電話が切れた。

「それじゃ、よろしくお願いします」

おれはゆっくり携帯を耳から離し、着信をオフにした。

「アカの記者がなんだってんだ？」

裕司がいった。

「もっとネタをよこせってうるさいんだよ。あいつらはいつもそうだ」

脈は早いままだった。吐き気も消えたわけではない。それでも、なんとか持ちこたえることができていた。携帯をポケットにしまい、弾丸を弾倉に詰め直した。

「あとで落とし前はつけるからな、幸司」

裕司の脅しをやり過ごしながら、弾倉をグリップに押し込んだ。顔をあげた。

「わかってるよ、裕司」

おれは答えた。いずれにせよ、落とし前をつけることになるのは決まっていた。敬二を見つけ、金を奪い、最後には殺し合う。その点に関して、おれも裕司もなんの疑いも抱いていないはずだった。

「それで、どうすんだよ？　結局、ここにずっとへばりついてるのか？」

裕司はステアリングに拳を叩きつけた。自分の感情をなんとか抑え込もうとしているようだった。

おれは拳銃を携帯をしまったのとは別のポケットに押し込んだ。しばらく、高谷に動きはあるまい。それに、夜までに裕司を欺いてひとりになる必要がある。ここでじっとしているより、動きまわっていた方がチャンスがあるはずだった。干からびた脳味噌を懸命に絞った。脳味噌は悲鳴をあげただけだった。なにも思い浮かばなかった。

「シャブを打つか？　また、いい考えを思いつくかもしれねえぞ」

裕司の揶揄も耳を通りすぎていく。意識はすぐに敬二のもとに跳ぼうとする。敬二が持っているはずの金に跳ぼうとする。

おれは首を振った。裕司は今、癇癪を抑えている。だが、それが収まってしまえば、ちょっとしたことが命取りになる。おれが裕司のことをよく知っているように、裕司もおれを知っている。

「それともよ、あの家にチャカ撃ち込んでやるか？　こんな真っ昼間に銃声がしたら、いくらなんでも揉み消すことは無理なんじゃないか？」

裕司の口調——冗談ではない。裕司は半ば本気だった。

「そう慌てるなよ」

おれは指でこめかみをさすった。ミーシャの赤らんだ顔が脳裏に浮かんで消えた。ミーシャの銃から噴きでた閃光——覚醒剤のせいでほとんどの記憶は霧に覆われたようになっているが、あれだけははっきりと目に焼きついていた。

また、携帯の電子音が鳴った。今度のにはメロディがついていた。武が助手席で身体を傾けた。携帯を取りだし、耳に当てた。

「もしもし？……ノブか？　んだ、おれだ。今、仕事中だからよ、後でかけなおすわ……うん、したっけな」

武は電話を切った。

「おい、武」

おれは声をあげた。

「なんだよ?」

「今のはだれだ?」

「だれって、おめえらには関係ねえべよ」

「ノブっていうのは仲間か?」

武の目が細まっていく。目の奥には猜疑心が宿っている。

「だったら、なんだってんだよ?」

「そいつは極道か?」

武は口を結んだ。

「昔の悪仲間か? そうなんだな?」

「おい、目上の人間がもの訊いてるのにだんまりはねえだろう、小僧」

裕司がステアリングに叩きつけていた拳を武に向けた。武は無言で裕司を睨んだだけだった。なにがなんでも口はきかないと決めたかのような頑なな態度だった。

「こいつを相手にしていても埒があかねえぜ。なにをしようとしてんだ?」

裕司はおれに顔を向けた。鼻の穴は元に戻っていた。

「そいつに高谷の家を見張らせるんだ。おれたちは別の場所に移動する。そいつなら、連中に顔も知られてない」

「なるほどな。おい、小僧。おまえのダチ、呼べよ。どうせこんな時間に電話かけてくるようなやつだ、働いてるわけじゃねえんだろうが」

「ノブは堅気だ」

武がいった。

「関係ねえよ。ちゃんと目の玉があって、なにかあったら気づくだけの脳味噌がありゃいいんだ。あの家をただ見張ってるだけでいいんだからな。ヤバいことだってありゃしねえ」

「電話でノブを呼んでくれ。ノブでなくてもいい。おまえが信頼してる仲間ならだれでもいい。その方が木村さんのためにもなる」

武はおれに視線を向けた。木村の一言が効果的だったらしい。

「小遣い、やってけれや」

「小遣い?」

「ノブの駄賃だ」

おれは裕司を見た。裕司は鼻を鳴らした。

「ガキ相手の小遣いぐらい、出してやれよ、幸司」

「おまえと違って、おれはしがない電気屋の親父だ。自分が食ってくだけの金しか稼いでないんだ」

「わかったよ。小遣い、くれてやるから、早くそいつを呼べ」

武は携帯を手に取った。ボタンを押しはじめた。

50

武の仲間を待っている間に木村にもう一度連絡を入れた。駅のコインロッカーに金はなかった。恩田と太田は駅を離れた。木村組の人間がふたりのあとを追っている。

敬二がそんなところに金を隠すはずがねえんだよ――電話を切ると裕司がいった。

おまえならどこに隠す？――おれは訊いた。

おれなら肌身離さず持ってるぜ――裕司は答えた。

おれは曖昧にうなずいた。昨日の夜、敬二が金を身近に置いている気配はなかった。ナターシャに金を持たせるのは危険すぎる。裕司は間違っている。敬二はどこかに金を隠したに違いない。

ノブは十分でやってきた。車はあちこちを飾りたてたワンボックスカーだった。張り込みには適さない。だが、目立つその車体が、逆にカモフラージュになるかもしれなかった。高谷たちも、まさかこんな派手な車が自分たちを見張っているとは思わないだろう。

ノブは髪の毛を金色に染めた若者だった。目つきは悪いが、シンナーかなにかでラリっている様子はなかった。ガールフレンドを連れていた。この寒さの中、素足にミニスカートを穿いていた。裕司がしわくちゃの一万円札を差しだすと、ノブは素速くそれを受け取った。あの家見張ればいいんすね、きっちりやりますから──ノブはいった。武よりもやくざっぽい口調だった。

「それで、どうするよ?」

ノブたちを残して車を発進させると、待ちかねたというように裕司が口を開いた。

「ロシア人を捜そう」

おれはいった。

「昨日、おまえにチャカをぶっ放したやつか?」

「昔はソ連のスパイだったって木村がいっていただろう。もしかすると、一番ヤバいのはそのロシア人かもしれない。なにをしようとしてるのか知りたいんだ」

「金を横取りしようとしてるに決まってんだろう」

「そのためになにをしようとしてるのか知りたいんだ」

「じゃあ、港に向かえばいいのか?」

雪は降り続いている。花咲港の船は、もう、何日も停泊を余儀なくされている。退屈を持て余したロシア人は朝からウォッカを呷る。今の時間なら、松坂食堂やボルガのような店はロシア人で一杯のはずだ。

「港に行く前に松坂食堂に寄ってくれ」

おれはいった。昨日の今日だ。ミーシャが街に繰りだしているとは考えにくい。だが、港には逃げ場がない。

「松坂食堂？」

「ロシア人が集まる店だ。港に直接行くより、そこの方が情報を集めやすい。それに、おまえ、腹が減ってるんだろう？」

「それもそうだな」裕司はステアリングを切りながらうなずいた。「で、その食堂はどこにあるんだ？」

「武、松坂食堂の場所はわかるか？」

「知らないわけないべや」

武は振り返りもせずに答えた。

「武に訊いてくれ、裕司」

「まったくよ、てめえが怪我人じゃなけりゃ、運転を替わってもらいてえぐらいだ」

「武に替わってもらえよ」

裕司の視線が武の横顔とルームミラーを往復した。

「替われや、武」

裕司は車をとめた。武はなにもいわなかったが、裕司を睨みもしなかった。運転することを嫌がっているわけではないのだろう。

裕司と武が席を入れ代わり、車はまた動きだした。車はスムーズに雪道を走った。スピードをあげても不安定な動きを見せることはなかった。武の運転は裕司の十倍はうまかった。

十分で松坂食堂に着いた。店の前のスペースに車をとめた。

「いい匂いがしてくるじゃねえか」

ドアを開けながら裕司が鼻を動かした。

「なんでもかんでもロシア風にアレンジされているが、味はそんなに悪くない」

おれは裕司に続いて車を降りた。武が車をロックするのを待って、松坂食堂に足を向けた。

店は八割の入りだった。ウォッカの匂いがすぐに鼻をついた。座敷に陣取ったロシア人たちが顔を赤らめ、陽気に歌を歌っていた。歌の輪の中には倉持がいた。

「真っ昼間だってのに、なんだこの酒の匂いは？」

裕司は顔をしかめた。

「雪が降っている間は、連中には飲むことしか楽しみがないんだよ」

おれは空いている席に腰をおろした。厨房から顔を覗かせた女将が手招きした。

「いらっしゃい、内林さん。こんな時間に珍しいんでないかい」

「ちょっと腹が減ってね。すぐできるものはなにがある？」

「あの人たちがほとんど食べちゃったからね」女将は皺だらけの指を座敷に向けた。

「ボルシチと食パンぐらいだったらすぐに出せるけど」

「それでいい。三人前ください」

「悪いね、内林さん……ちょっと、あんた。お客さんだよ！」

女将は声を荒らげた。座敷の倉持が頭を掻きながら立ちあがった。女将が厨房にさがるのと入れ代わるようにおれたちの方にやってきた。

「あれま、立て続けに、珍しいんでないかい、内林さん。それに、今日はお友達連れかい？」

倉持は酔っていた。おれは座敷の方に首をめぐらした。アレクセイ二世号の船員たちの姿はなかった。

「腹っぺらしがいてね……今日は、アレクセイ二世号の連中は来てないのかな？」

「今日は見てないね。内林さん、あの船になんか用かい？」

「こないだ、ちょっとものを頼まれたんだけど、入荷するのがかなり先になりそうなんでね。わざわざそのために港まで行くのもかったるいし……」おれは言葉を濁した。

「ボルガあたりにいるのかな？　あの連中、なにか知らないかな？」

おれはひとりごとのように呟いた。

「どうだべかなぁ。とりあえず、訊いてくるから、待っててや」

倉持はそういって座敷に戻っていった。

「なんだ、あのにやけた爺いは？」

裕司が吐き捨てるようにいった。

「この店の人間だよ。元は自衛官だったんだ。酔っぱらった大男のロシア人を投げ飛ばすのを見たことがあるよ」

「自衛隊がロシア人とつるんでるのか。ろくなもんじゃねえな」

「おれだって元右翼だが、ロシア人相手に商売をしてる。食っていくためにはしょうがないのさ」

「おまえの右翼ってのは、違うだろうが。おまえは右翼でなくってもなんでもよかったんだ。てめえが露助船頭の息子だってことを忘れさせてくれるもんならよ」

反論はしなかった。裕司のいうとおりだったからだ。厨房から女将が出てきた。トレイの上に湯気を立てる皿が三つと、その辺のスーパーで買ってきたままの食パンがあった。

「またうちの人、仕事サボって」

女将は座敷にきつい眼差しを向けた。

「おれがロシア人に訊いて欲しいことがあるからって頼んだんですよ」

「だったらいいけどね」

女将はおれたちの前に皿を置いた。赤いスープは確かに食欲をそそった。

「あと、ステーキ肉が一枚あるけど、焼くかい？」

「頼む。これだけじゃ、腹の足しにもならねえ」

裕司が即座に反応した。

「そっちの若い子は？　足りないようだったらなにか作るよ」

「おれはなんもいらねえ」

武はぶっきらぼうに答えた。

「若いうちはなんでも食べた方がいいんだよ」

女将は首を振りながら厨房に戻っていった。

「これはなんだ？」

裕司がテーブルの上にあった小さなタッパウェアを指差した。

「山葵《わさび》だよ」

「それはわかってる。なんに使うのか訊いてるんだ。刺し身が出てくるわけじゃねえんだろうが」

「パンに塗って食べるんだ」

裕司の目が大きく開いた。

「冗談に付き合ってられる気分じゃねえんだぞ、幸司」

「冗談じゃない。連中は山葵をパンに塗って食うんだ。甘みがあってけっこううまいらしいぞ」

裕司は武に視線を向けた。武はかすかにうなずいた。

「おれも見たことはないけど、聞いたことはある。ロシア人はパンに山葵塗って食うってよ」

裕司は呆れたという目を座敷に向けた。倉持がロシア人たちとの話を終え、腰をあげているところだった。

「むちゃくちゃじゃねえか、あいつらはよ」

「連中にいわせれば、納豆みたいな腐ったものを食う日本人の方がむちゃくちゃらしいぜ」

おれはボルシチをスプーンで掬って口に運んだ。食道から胃にスープが染み渡っていく。自分がどれほど空腹で、どれほどくたびれきっているのかがやっと実感できた。

「アレクセイ二世号の連中、今日は見てないってさ。ボルガにいるかもしんねえし、船の中で酒盛りやってるかもしんねえ。もう、ずっと港に釘づけにされてるもんで、さすがのロシア人の肝臓もくたびれてるんでないかい。天気予報じゃ、しあさってには晴れるっていってっけど、連中、ほとんど一週間仕事なしだもんな」

「それじゃ、あとでボルガに寄ってみますよ」

「したっけ、ボルガまで行くんなら、港もすぐそこだからね。ところで、内林さん、このふたりはだれさ？　この辺じゃ見ない顔だね」

「昔馴染とその甥っ子ですよ」

武が口に含んでいたボルシチを吐きだした。

「なんか文句があるのか、武？」

裕司が武を睨みつけた。やくざの目つきだった。倉持の表情が一瞬にして変わった。

「それじゃ、ゆっくりしてってけれや、内林さん」

倉持は逃げるように座敷に戻っていった。

「冗談に付き合ってられる気分じゃねえといわなかったか？」

裕司が今度はおれを睨んだ。おれはその視線を受け流した。ボルシチにパンを浸して食べた。裕司の皿はいつの間にか空になっていた。武はおれと同じペースでボルシチを啜っていた。

「ソ連のスパイだった男が乗ってる船ってことは、他の船員もスパイみたいなもんなのか？」

裕司は落ち着きがなかった。間を持て余している。じっとしているより暴れまわりたい――全身でそう訴えている。

「おれもよくは知らないが、それはないだろう」

おれは皿に残っていたボルシチをかたづけた。身体が暖まった分、頭部の痛みは増していた。だが、朦朧としているよりは遥かによかった。

倉持が厨房から戻ってきた。焼きあがったばかりのステーキを裕司の前に置いた。

「うまそうじゃねえか」

裕司の目が輝いた。すぐにステーキにかぶりつく。欲求不満を食欲を満たすことで解消しようとしているのかもしれなかった。ステーキは三百グラムはありそうだった。いくら裕司とはいえ、すべてを胃に収めるにはそれなりの時間がかかる。

「ちょっと小便してくる」

おれはさり気なく腰をあげた。裕司は肉に噛りついていた。武はぼんやりとした視線を座敷の方に向けていた。

トイレは厨房の脇の通路を抜けた先にあった。トイレの横には物置に通じるドアがあり、物置には、ここことは別の出入り口がある。ちょうど一年ほど前、この店で取引きのあるロシア人にウォッカをしこたま飲まされ、トイレと間違えて物置に入ってしまったことがある。あの時は理不尽な造りに怒りを覚えたが、今にいたっては感謝するほかなかった。

おれは素速く物置に身体を潜り込ませた。それだけで息があがった。外に通じるドアを確かめた。もし、ドアが凍りついていたら万事休すだ。その時は別の手を考えなくてはならない。

ドアは重かった。だが、開いた。雪かきをしたあとにうっすらと積もった雪。倉持が女将に尻を叩かれて二日酔いの頭をかかえながら雪かきをしている姿が想像できた。

物置を出ると、食堂の裏の民家の生け垣があった。生け垣にそって小さな道が走り、道は松坂食堂の手前の路地に続いている。

雪に足を取られないように気を使いながら走った。真冬のこの時期、車なしで移動することはできない。小径が路地とぶつかる角で足をとめた。左斜め前に食堂の入口があった。食堂の様子をうかがう――変わったところはない。

身を屈めながら大通りに出る。食堂から裕司が飛びだしてくることはなかった。そのまま全速力で走った。雪に足が取られ、滑る。後頭部が痛む。眩暈がする。

それでも、おれは走り続けた。

道の先――丘の上にオーシャンヴュー・ホテルが見える。ホテルの駐車場にはおれの車が置いてある。

51

現場の下見を忘れるな――山間の寮で、佐久間という教官から何度もそういわれた。

明治公園は雪に覆われていた。夏場には家族連れで賑わうアスレティックコースもしんと静まり返っていた。レンガ造りの三本のサイロの周りには足跡ひとつなかった。敬二がこのあたりに金を隠したとは思えなかった。ここは単なる待ち合わせ場所なのだ。

おれは駐車場に車をとめた。痛み止めの薬を缶コーヒーで流し込んだ。ここに辿りつくまで、携帯電話が何度も鳴った。その度にバックミラーに視線を走らせた。携帯の電源を切るのももどかしく、車を走らせ続けた。いるはずのない裕司の幻影に怯えていた。

今ごろ、裕司は目の色を変えておれを探しているだろう。おれが消えたことは、武を通じて木村の耳にも入っているはずだ。根室市街にいれば、木村の目にとまる確率は高い。敬二と約束した時間が来るまで、郊外を車で移動し続けているのが賢い選択だと思えた。だが、それでは身体がもたない。どこか目立たない場所に車をとめ、一時間でも仮眠を取る必要があった。

おれは車を駐車場から出した。道道根室半島線を南下し、太平洋沿いに東へ向かう。途中で北上し、目についた車寄せで車をとめた。左右には原生林が広がっていた。昔、裕司とガス欠になった車の中で一夜を過ごしたのもこんな場所だった。

シートを倒し、仰向けになった。風が防風林をなぶる音が耳にこびりついた。横なぐりに降る雪がなにかの幕のようにフロントウィンドウの先の景色を遮っている。

うとうとしかけたところで携帯電話が鳴った。表示窓を見るまでもなかった。裕司だ。

「てめえ、今どこにいやがる⁉」

着信ボタンを押すなり、裕司の怒声が聞こえてきた。

「部屋に戻って寝てるんだよ」

「こきやがれ！　敬二だな？　敬二と一緒にいやがるんだな？」

裕司の声は苦痛の呻きのようだった。

「おれはひとりだ、裕司。ひとりになってゆっくり眠りたくなっただけだ。だから、邪魔しないでくれ」

「ふざけるな、幸司。あの電話だろう？　アカの記者だとか抜かしやがって、本当は敬二からの電話だったんだな？」

おれはこれ以上はないというぐらいの演技をしたはずだった。それでも、裕司はなにが起こったのかを察知した。おれが裕司のことをわかっているように、裕司もおれのことがわかっている──その証左だった。

「だったらなんだっていうんだ、裕司？」

おれの声は自分の耳にも眠たげに響いた。

「てめえ──」

裕司は絶句した。おれの声の響きに、はらわたが煮えくり返っているに違いなかった。

「おれもおまえもお互いを出し抜こうとしてたのは最初からわかってたことじゃないか。おれにうまくしてやられたからって、そんなに怒るなよ」

「必ず見つけてやるからな、幸司」裕司は唸るようにいった。「おれだけじゃねえ。木村も、高谷のクソ野郎もおまえを血眼《ちまなこ》になって捜しはじめるぞ。こんなちっぽけな街で、おまえがドブネズミみたいに逃げまわったって、必ず見つかる。そんときは、覚悟しておけよ」

「もう少し気のきいたことがいえないのか、裕司。おまえがおれの目の前に現われた時から覚悟はしてたよ。おまえに振りまわされてボロクズのようになるか、うまく金を掴んで根室を出ていくしかなかったんだ」

裕司は今度は本当に唸った。

「電話を切るぞ。おれをぶち殺したいんなら、まず、おれを見つけなきゃな、裕司」

おれは電話を切った。電源も切った。裕司をぐうの音も出ないほどいい負かしてやったというのに気分はそれほどよくなかった。神経が興奮して眠気がどこかに消え去っただけだった。

眠れ——おれは自分にいい聞かせた。眠るんだ。そうじゃなきゃ、身体がもたない。敬二と落ち合ったからといってすべてが終わるわけじゃない。敬二から金の隠し場所を聞きだし、敬二を出し抜き、金をこの手にして根室を出ていかなければならない。寝不足でよく働かない頭じゃ、なにもできやしない。

眠りが訪れる気配はなかった。視界が霞み、頭の芯が痺れたようになるだけだった。覚醒剤が欲しかった。覚醒剤は裕司が持っていた。

半覚醒状態の脳が断片的な記憶と思考を垂れ流す。ガキのころのおれと裕司。裕司が殺した犬の死骸。高校時代の加代子——ふくよかになった加代子。おれを凄まじい形相で睨みつけた半裸の加代子。千夏。千夏は死んだ。おれと裕司で殺した。北方領土の日に納沙布岬に集まる右翼の街宣車。スピーカーからは売国奴という言葉が流れてくる。山間の寮に集められた若い男たち。精液の匂いと豚の飼料の匂い。醒めた顔をした敬二。いきいきとしていた裕司。おれはどうだったのか——思いだせない。叩き込まれた天皇史観。苦しかった訓練。実弾をはじめて撃った時の畏れと興奮。店の倉庫で震えていたロシアの女たち。ひとり毅然としていたナターシャ。不法操業をしている日本漁船に襲いかかるソ連の沿岸警備艇。波が砕け、漁船たちは逃げ惑う。抑留から戻ってきた親父の顔——なにかを投げだした男の顔。おれたちにいやらしくつきまとっていた公安刑事。嫌な口臭がした。裕司とふたりでガス欠の車の中から見あげた空。今でははっきりと思いだしていた。絶え間なく降り続く雪の合間から皓々と輝く満月が顔を覗かせていた。美しく、幻想的な光景。あの瞬間、すべては凍りついた。裕司に対する憎しみすら凍りついた。

いつの間にか眠っていた。強烈な寒気で意識が覚醒した。身体を起こし、ステアリングを握った。エンジンは動いていた。暖かい空気が充満していた。それでも凍えそうな寒気が、うなじから腰にかけてはりついていた。喉がからからに干からびていた。頭が重かった。額に手を当てた。冷たかった。発熱の前兆——舌打ちしてグラブボックスをあけた。奥に転がっていた風邪薬の瓶をこじ開けた。錠剤を噛み砕く。

車のドアを開けた。冷たい風と雪が寒気を助長する。おれは両手で雪を掬い、口の中に押し込んだ。味気ない雪を貪り、飲み込んだ。渇きが癒えるとドアを閉めた。せっかく温まっていた車内の空気は外気と同化していた。ダウンジャケットをかき合わせた。寒気はさらに強烈になっていた。顫えがとまらなかった。

ダッシュボードのデジタル時計は午後六時五分を示していた。敬二との待ち合わせ時間までまだ四時間もある。

おれは自分の運の悪さを呪いながら目を閉じた。なにかを考える間もなく、意識が遠のいていった。

52

次に目を覚ましたのは八時すぎだった。寒気は依然として続いていた。そのくせ、身体は汗塗れだった。口の中が粘ついていた。だるさは指先にまで達していた。額に手を当てると火傷《やけど》しそうに熱かった。

重い身体を引きずって車の外に出た。雪は小降りになっていた。気温はさらにさがっていた。トランクから予備用のガソリン缶を取りだして給油した。それだけで疲労困憊していた。

栄養を取る必要があった。だが、食欲はこれっぽっちもなかった。

車を根室に向けた。ラジオをつけた。ニュース番組――目新しいニュースはなにもない。加藤が高谷のなにかを摑んで、それが記事になるとしても明日以降のことだろう。おれはラジオをつけっ放しにしたまま運転を続けた。

最初に目にとまった薬局で栄養ドリンクと解熱剤、それにヴィタミンの錠剤を買った。おせっかいな店主が熱を計った方がいいといって電子体温計を貸してくれた。三十八度八分――気力を挫《くじ》かれそうだった。病院に行った方がいいという店主に、そうすると答えて車に戻った。解熱剤とヴィタミン剤を栄養ドリンクで流し込んだ。気休めにもならないが、なにもしないよりはましだった。

ただでさえ視界がぼやけているのに、滴り落ちてくる汗が目に入った。時速三十キロ程度のスピードで車をのろのろと走らせた。

やわなもんだな――裕司の嘲り声が聞こえた。幻聴とは思えないほどリアルだった。左手でステアリングを操り、右手で拳銃を握り締めた。

明治公園からは離れた場所にある駐車場に車をとめた。体調を考えると、もっと近くで車を降りたかったが、泣き言をいっていられる立場ではなかった。駐車場はすぐ脇の団地の住人用だった。東京ならいざ知らず、違法駐車を咎めるものはめったにいない。少なくとも根室には土地は腐るほどある。

寒さに震えながら明治公園までの道のりを歩いた。汗で濡れた下着が体温を奪っていく。五分も経たないうちに歯の根が合わなくなってきた。涙がこぼれ、鼻水が垂れてきた。体液はすぐに凍りつく。拭う気力すら湧かなかった。

ありとあらゆることを呪いながら、途中ですれ違う人影すらない道を歩き続けた。ただ、足元だけを睨んで歩き続けた。歩道は歩かず、車道の轍の部分を進んだ。足跡を残したくはなかった。

明治公園に辿りついたのは九時半を少しまわったころだった。風の吹きつける音以外なにも聞こえなかった。おれの視線の先には雪原が広がっているだけだった。雪原には足跡ひとつつない。敬二とナターシャの姿はどこにもなかった。

おれは空を見あげた。車を降りるときには小降りだった雪はまた激しさを増しつつあった。駐車場の右端に公衆トイレがあった。あそこに向かうには駐車場を横切る必要があった。足跡が残る——三十分で雪が足跡をかき消してくれることを願うのは身勝手というものだった。それでも、他に身を隠す場所は見当たらなかった。

駐車場の端を歩いて公衆トイレに向かった。敬二が足跡を見落とすとは思えない。それでも、その足跡の主がおれだと当たりをつけるぐらいのことはできると思った。

おれがひとりじゃなきゃ、逃げる——敬二はそういった。つまり、おれがひとりである分にはなんの問題もないということだった。

公衆トイレの中は外と変わらぬ寒さだった。風を遮ることができる分だけましだというにすぎなかった。それでも、凍てついた空気のせいか、風邪で馬鹿になった鼻のせいか、匂いは気にならなかった。

個室に入ってしゃがんだ。身体中を撫でさすった——無駄だった。寒気は悪寒に変わっていた。手足は鉛でできているかのように重かった。耳を澄ませた。風が唸る音しか聞こえない。それでも、エンジンをかけた車が駐車場に乗り込んでくれば、聞き逃すとは思えない。

早く姿を見せてくれ——おれは祈った。祈ること以外、できることがなかった。これほどの無力感を感じたのは、与党の大物の暗殺に惨めに失敗した時以来だった。

水の流れる音が聞こえた——聞き逃すところだった。それほど注意力が散漫になっていた。音は女用のトイレの方から聞こえてきた。勢いのある水飛沫が固いものに当たって流れ落ちる音――女が小便をしている音に違いなかった。

おれは個室を出た。足音を殺して女用のトイレに向かった。用を足す音が途絶え、やがて、勢いよく水が流れる音が聞こえてきた。

こんな時間にこんな場所で用を足す女――いないとはいい切れない。道を歩いている途中で我慢できなくなり、駆け込んだということもあり得る。だが、駐車場にはまっさらな雪が積もっているだけだった。足跡などどこにもなかった。つまり、最低でも一時間前から女はトイレにいるということになる。

銃を抜いた。呼吸が荒くなっていた。白い息が忙しなく視界を横切っていく。静かに女用のドアを開け、中に身体を滑り込ませた。五つ並んでいる個室の真ん中のドアが閉まっていた。水の流れる音もそこから聞こえた。

ドアの前に立ち、銃を構えた。個室の中から衣類をたくしあげているような音が聞こえてきた。その音が途絶えると、ノブがまわりはじめた。

引き金にかかる指に力が入った。ドアが開くのと同時に叫んだ。

「動くな。こっちは銃を持っている。動くと撃つぞ」

ドアが半分開いたところでとまった。

「そのままゆっくり出てくるんだ。下手に動けば撃つ。脅しじゃないぞ」

動きはなかった。半開きのドアの向こうで、何者かが息をのんでいる気配だけが伝わってきた。

「なにをしてる? 出てこいといってるんだぞ」

もう一度叫んだ——動きはなかった。苛立ちと恐怖が頂点に達しつつあった。おれは銃を握り直した。靴の先をドアの下に引っかけ、跳ねあげた。

ドアが勢いよく開いた。小さな悲鳴があがった。豊かな金髪がおれの目を射貫いた。金髪——白い肌。女はきつく目を閉じていた。女は白人だった。

「ナターシャ……」

言葉が意思に反して唇からこぼれた。女が目を開けた。青い双眸に浮かんだ戸惑いの色が、やがて安堵のそれに取って代わっていくのが手に取るようにわかった。

「コージさん?」

ナターシャは呟くようにいった。驚いてはいる。だが、驚愕しているわけではない。おれが来ることはわかっていたということだ。

おれは銃をさげた。途端に眩暈が襲いかかってきた。銃は鋼鉄の塊のようだった。

「久しぶりです、コージさん」

ナターシャがいった。訛はある。だが、日本語はかなり達者になっているようだった。

「約束の時間、十時です。どうして?」

ナターシャは分厚いコートの袖口をたくしあげた。腕時計をおれに見せた。九時四十分。ナターシャの腕時計はロレックスだった。本物かどうかはわからなかった。

「おれも敬二と同じで用心深いんだよ、ナターシャ」

ナターシャは眉をしかめた。

「どういう意味ですか？」

「いいんだ。気にしないでくれ。それより、敬二はどこだ？」

「わたし、知りません。ここに、十時に、コージさん、迎えに来る。わたし、コージさんと一緒に行く。ケージそういっただけ」

ナターシャは捲したてるようにいった。まるで予《あらかじ》め暗記しておいた台詞を喋っているようだった。

「ナターシャ——」おれは眩暈をこらえながらいった。「おれには本当のことを話してくれ。敬二はどこにいるんだ？」

「わたし、知りません。わたし、コージさんと一緒に行く。ケージ迎えに来る。そういいました」

「嘘をつくな」

おれはロシア語でいった。

「嘘じゃないわ」

ナターシャもロシア語で答えた。

このままでは埒があかなかった。ナターシャは敬二の居所を知っている——確信があった。今夜中に金を手に入れなければ、この体調では明日には倒れてしまう。そうなれば、裕司に先を越されるかもしれない。そんなことは耐えられなかった。

「ナターシャ、聞いてくれ」おれは日本語に戻していった。「根室中の人間が君と敬二を探してるんだ。ぐずぐずしてる暇はない。早く敬二を捕まえないと大変なことになる。あいつがどこにいるのか教えてくれ。おれのいってること、わかるか?」

ナターシャは素直にうなずいた。

「コージさんの日本語、わかります。でも、わたし、ケージ、どこにいるのか知りません。本当です」

頭に血がのぼった。眩暈が酷くなった。歯を食い縛って眩暈をこらえ、ナターシャに向けて足を踏みだした。踵が床に接した途端、腰が砕けた。おれはナターシャをなぎ倒しながら床に倒れた。

「どうしました、コージさん?」

ナターシャが叫ぶようにいった。

「なんでもない」

おれは床に手をついた。拳銃を拾い、立ちあがろうとした。また、眩暈が襲ってきた。床に膝をついたままの姿勢で頭を振った。こめかみの辺りが激しく痛んだ。

「コージさん?」

冷たいものが頬に触れた。ナターシャの手だった。

「熱い」

ナターシャはロシア語でいった。青い瞳がおれを覗き込んでくる。

「風邪ですか？」

ナターシャの言葉におれはうなずいた。

「でも、だいじょうぶだ。たいしたことはない」

「だいじょうぶ、違います。コージさん、とても熱い」

「本当にだいじょうぶなんだ」

おれはナターシャの手を借りて立ちあがった。悪寒は途切れることがない。息を吐くたびに眩暈に襲われる。全然だいじょうぶではなかった。

「車に行きましょう、コージさん。ここ、寒いです」

「その前に、敬二のいるところを教えてくれ」

「ケージ、ここには来ません。だから、車です」

ナターシャの文法の誤りを指摘する余裕はなかった。ナターシャをこれ以上問い詰める気力もなかった。

「わかった。話は車の中で聞こう」

おれは力なくうなだれた。車までの距離を思うと気が遠くなりそうだった。

53

車に辿りついた時には息も絶え絶えだった。運転席に乗り込もうとしたが、ナターシヤにとめられた。後部座席に潜り込むと、ナターシャが一緒に乗ってきた。ナターシャはおれのダウンジャケットを脱がせた。おれは抗いもしなかった。ナターシャはおれのシャツさえはだけさせた。ハンカチでおれの汗を拭った。自分のコートのボタンを外し、おれを抱きかかえた。

「暖かいですか?」

ナターシャはコートの下にセーターを着ていた。下半身はジーンズ。それでも、充分に暖かかった。コートで覆いきれない背中は冷えていた。だが、ナターシャと接している部分はこの上もなく暖かかった。ナターシャはいい匂いがした。まるで母親のようだった。

「敬二はどこだ?」

おれは訊いた。ナターシャは答える代わりにおれを抱き締める腕に力をこめた。セーターに包まれたナターシャの胸の膨らみは豊かで弾力に富んでいた。股間が固くなるのを感じた。泣きたくなった。こんな状況にあるというのに、ナターシャに母親の面影を感じさえしていたのに、おれは欲情していた。裸で絡みあう敬二とナターシャを想像して敬二に嫉妬すら覚えていた。

「敬二の携帯電話の番号を教えてくれ」

あさましい欲望を振り払うようにいった。ナターシャの腕から力が抜けた。

「敬二は携帯を持ってるんだろう?」

おれは追い打ちをかけた。

「知りません」

雪明かりにナターシャの顔が浮かびあがる。その表情は仮面をかぶっているかのようだった。

「おれの話を聞いてくれ、ナターシャ。嘘をついてるわけじゃないんだ。根室のやくざが敬二を探してる。やくざだけじゃない。悪い警官に、悪い政治家も敬二を探してる。早く敬二と一緒にならないと、殺されてしまうかもしれないんだぞ」

必死にいった。喋っている間にも、なけなしの体力が掌から零れ落ちる砂のように失われていくのを感じる。今夜中に金を手にしたい。さもなければ、おれは根室で朽ち果てるだけだ。

「悪い警官？」

「そうだ、悪徳警官だ」おれはロシア語でいい、日本語でつけ加えた。「悪い警官はふたりいる。そいつらは君と敬二が泊まっていた温泉宿を見つけた。そのうち、敬二も見つける」

「本当の話なの？」

ナターシャはロシア語でいった。

「本当だ。だから、敬二の携帯の番号を教えてくれ」

ナターシャはコートのポケットに手袋をはめたままの手を入れた。繰り人形のようにぎごちない動きだった。ポケットから出てきた手には携帯電話が握られていた。

「これ、敬二の電話です。敬二、電話持ってません」

「あいつはどこにいるんだ⁉」

頭の中で火の玉が弾けた。だが、おれの叫びにもナターシャは動じなかった。相変わらずぎごちない仕種で口を開いた。

「ロシア人、会いに行ってます」

「ロシア人？」

「わたしたち、わたしの島に行きます。船に乗ります。船に乗るロシア人です」

火の玉が燃え盛る。ナターシャのまどろっこしい日本語が意味するところ――敬二はロシアの船員に会っている。

「敬二はロシア語が喋れるのか？」

反射的に訊いていた。

「少しだけ。わたし、教えました」

敬二ひとりで密出入国の話ができるわけがないということだった。つまり、敬二の相手のロシア人は日本語が話せる――頭の中の炎はさらに大きく燃えあがった。

「そのロシア人の名前はミーシャか？」

ナターシャの目が丸くなった。

「どうして、知ってますか？」

おれは座席の隙間を乗り越えて運転席に座った。エンジンをかけた。悪寒と頭痛——かまってはいられない。

「コージさん、どうしてミーシャ、知ってますか?」

「ミーシャはさっき話した悪い警官の仲間なんだ。敬二はどこでミーシャと会ってるんだ?」

「主よ」

ナターシャは胸の前で両手を組み合わせた。ロシア語で祈りを唱えはじめた。

「教えるんだ、ナターシャ!」

「敬二、灯台に行きました」

「待ち合わせの時間は?」

「十二時です」

花咲の灯台に真夜中の十二時——後ろ暗い人間同士が密会するのには恰好の場所。寒ささえ除けば。

おれはアクセルを踏んだ。冷えきっていたエンジンが悲鳴をあげた。

幹線道路を避けて車を走らせた。急ぎたかったが、裕司や木村たちの目にとまるリスクはおかせない。おれの車は木村の手下どもに手配されているに違いない。

「コージさん、ケージ、助けて。お願い」

ナターシャは座席の隙間から顔を覗かせて懇願した。

「わかってる」

「コージさん、昔、わたし助けてくれました。ケージも助けてください」

「わかってるといってるだろう。少し黙っててくれないか」

きつい声でいった。ナターシャの顔が歪む。

深呼吸を繰り返した。視線を絶え間なく左右に動かした。デジタル時計は十時四十分を示している。根室の街はもう寝入ったかのように静まり返っている。裕司はいない。やくざたちの姿も見えない。必死でおれを捜しているのか。それとも敬二を捜しているのか。どこからか、敬二とミーシャが密会するという情報を手に入れたのではないか。

疑惑が妄想に変わる。簡単に変わってしまう。

「金は敬二が持ってるのか?」

おれはナターシャに訊いた。ナターシャはうなずいた。

ミーシャは銃を持っている。敬二は? 銃がなければ簡単に金を奪われてしまう。

「敬二は銃を持ってるか?」

ナターシャは首を傾げた。

「拳銃だ」ロシア語の単語が浮かんでこなかった。「ガン、ピストル。持ってるのか」

ナターシャは右の人差し指を曲げて引き金を引く仕種を見せた。

「そうだ、銃だ」

「持ってます。ユージから取ったの、持ってます」

「裕司？」

頭の中で燃えていた炎が消えた。悪寒が強まった。

「裕司を知っているのか？」

ナターシャの顔から表情が消えた。

「ユージ、知ってます」

裕司とナターシャが顔見知りだったとしても不思議はない。だが、ナターシャの能面のような表情が違和感をいだかせる。

「裕司は友達なのか、ナターシャ？」

「友達、違います」

話が嚙み合わない。ロシア語をもっと学んでおくべきだった。いつだってそうだ。おれは物事に間に合ったためしがない。

「裕司が嫌いか、ナターシャ？」

おれはカマをかけた。ナターシャの表情が動いた。

「大っ嫌いよ、あんなやつ」

ナターシャはロシア語でいった。憎しみに満ちた声だった。

混乱が広がっていく。ナターシャは裕司の組が抱える売春婦のひとりにすぎない。それがなぜ、憎しみが介在するほどの関係を持つようになるのか。裕司は粗暴な男だ。女を性欲のはけ口としか考えられない男だ。たいていの女は裕司を嫌う。それでも——

十メートルほど先の交差点の信号が赤に変わった。おれは静かにブレーキペダルを踏んだ。車のスピードが落ちるのと同時に混乱が鎮まっていった。

敬二が組の金をちょろまかしてロシア人の女と逃げた——おれは裕司から聞いた。今回のことにまつわるすべてのことは、裕司の口から説明されたにすぎなかった。

裕司は嘘つきだ。どこかで嘘をついたのだ。

「裕司は君になにをした？」

信号の手前で車をとめ、ナターシャの顔を覗き込んだ。

「ひどいこと、たくさんされました。ケージがわたし、助けてくれた」

敬二とナターシャの逃避行にあらたな側面が加わる——敬二とナターシャは裕司から逃げだした。裕司はそれを追いかけてきた。裕司はナターシャに執着している。だから金に対して無頓着なように見えた。

間違いない。裕司の目的はナターシャだ。細部はわからない。ナターシャのたどたどしい日本語を相手に問い質す気力もない。敬二と合流すればすべてが明らかになるだろう。それに——

信号が青になった。おれはアクセルを踏んだ。

それに——裕司と敬二の間になにがあろうとおれにはどうでもよかった。これから先、裕司に会うことはない。敬二に会うこともないだろう。おれが欲しいのは金だった。金だけだった。金だけが、おれを新天地へ運んでくれる。この悪寒を忘れさせてくれる。

この疲労感を消し去ってくれる。裕司にはうんざりだった。根室にもうんざりだった。おれ自身にもうんざりだった。おれはおれの生まれ落ちた世界にうんざりしていた。

「ユージ、ケージを見つけますか?」

ナターシャがいった。おれは曖昧に首を振った。

「ユージ、ケージを殺します。コージさん、ケージ、助けて。お願い」

ナターシャのたどたどしい日本語――熱に浮かされたおれには、敬二の持っている金をなんとかしてといっているように聞こえた。

54

車を横道に入れた。この先を灯台へ向かうには一本道を進むしか方法がない。この時間に車が通れば馬鹿でも気づくだろう。悪寒は続いている。高熱が思考能力を奪っていく。気は進まなかったが、どこかで車を降りるしかなかった。

「ここからは歩く。寒いから、気をつけて」

おれは銃を握った。視線をあげると、ルームミラーに自分の顔が映っていた。目は黒ずみ、落ちくぼんでいた。肌には艶がなかった。唇は青白かった。死人のようだった。

ナターシャが先に車を降りた。オホーツクから吹きつける風がおれの頬をなぶった。

一瞬、雪の中に倒れ伏す自分の姿が脳裏をよぎった。頭を振って車を降りた。

街灯ひとつない暗い道を、おれとナターシャは灯台に向かった。風は容赦なくおれの体力を削り取っていく。おれは簡単に雪に足を取られ、その度にナターシャの手を借りた。ごうと唸る風の音を、おれの荒い呼吸音がかき消していく。

前方に灯台の明かりが見えた。灯台までの道のりは一キロ強。途中に駐車場がある。おれは腕時計を覗いた。十一時二十分だった。おそらく、敬二もミーシャもすでに灯台に到着しているはずだった。敬二があの寮で経験した訓練を忘れるはずもなく、ミーシャもまたKGBのスパイだった男だ。そのあたりに抜かりのあるはずもない。

それでも、背後への警戒は怠らなかった。ミーシャが高谷に連絡を取っている場合を考えてのことだった。車がやってきたら道路脇の雪の中に倒れ込め——ナターシャにはそういってあった。ナターシャのコートはグレイだった。おれのダウンジャケットはベージュ。この暗さなら、充分雪景色に溶け込むだろう。

「ミーシャ、ひとりですか？　仲間いますか？」

ナターシャが白い息を吐きながらいった。車の中では赤らんでいた頬も蠟のように白くなっていた。

「たぶん、ひとりだ」

おれは答えた。おれに拳銃を売りつけた時のミーシャの視線を思いだす。皮膚の内側を覗き込もうとするような視線だった。腐臭に敏感な禿鷹の視線だ。あんな目つきをする人間が、金を他人と山分けしようと考えるとは思えなかった。

「どうして、悪い警官来ませんか？」

「ミーシャは金を独り占めするつもりなんだ」

「独り占め、わかりません」

ナターシャはおれの前を歩いていた。その肩越しにぼんやりとした明かりが見えた。駐車場の明かりだった。おれは肩に手をかけてナターシャをとめた。

「あそこに敬二かミーシャがいるかもしれない」おれは明かりの方角を指差した。「ここからは口を開かないように。いいね？」

ナターシャがうなずく。

「ここで十分待って、それから駐車場に向かうんだ。おれのいってること、わかるね？」

「コージさん、どうします？」

おれは道路の右脇に広がる雪原を指差した。雪原はなだらかな丘陵になって駐車場の脇にせりだしている。

「おれはこっちからあそこに向かう。駐車場にだれかがいたら声を出すんだ。だれもいなければ、黙っておれが来るのを待っていてくれ」

「わかりました」ナターシャは真剣な眼差しでおれを見返した。「十分、待ちます。歩きます。駐車場に人いる、叫びます」

駐車場にミーシャしかいないのなら、ナターシャがいきなり大声を張りあげれば、撃たれる可能性もあった。だが、ナターシャにはなにも告げなかった。

「じゃあ、あとで」

おれは雪原に分け入った。十歩も歩かないうちに、太股の半ばまでが雪に埋もれた。こんな方法しか考えつかなかった自分を呪った。オホーツクの風は容赦がなく、雪は冷酷なほどに冷たかった。悪寒は激しさを増し、頭痛が絶えることはない。身体はだるく、雪は重い。

苦労して進みながら雪を食べた。雪を呪った。金のことを思った。その金でできることを考え続けた。

南へ行こう。雪の決して降らない場所へ行こう。一年中、真夏の日射しを浴びながら、自堕落な生活を送ろう。海で魚を釣り、山で果物を獲り、それを喰らって生きていこう。それ以外はなにもしない。他人を愛することも、他人を憎むことも、自分を呪うことも、世界のあり方に思いわずらうこともなく、ただ、生きていくのだ。

おれは振り返った。ナターシャが心配そうにおれを見つめていた。五十メートルも進んでいなかった。視線を前方に戻す──駐車場は遥か先だった。

くそ、くそ、くそ──声に出しながら遮二無二歩いた。風邪がなんだ、発熱がなんだ。家で寝転がっていても金は手に入らない。

涙と鼻水がとめどもなく流れていた。強い風のせいだった。寒さのせいだった。おれに執拗に取り憑こうとする無力感のせいだった。

南のどこかに小さな島を買うんだ――おれは自分にいい聞かせた。その島にはだれも立ち入らせない。テレビも置かず、ラジオも置かない。世界からおれを孤立させる。いや、おれが世界を孤立させてやる。ひとりが寂しいというなら、犬を飼おう。白い犬だ。おれが自分のものにしようとし、裕司が殺してしまったシロのような犬だ。そいつにもシロという名前をつけよう。シロと共に失われてしまったおれの時間を取り戻そう。裕司に奪われてしまったおれの時間を。露助船頭の息子に容赦なかった世間に奪われたおれの時間を。おれという人間を。

雪の中に倒れ込んだ。雪の深さはほとんど腰の近くにまで達していた。手足の感覚はとうの昔になくなっていた。雪に顔を埋めながら嗚咽《おえつ》した。今では自分が泣いているのは風のせいではないことがわかっていた。熱に浮かされた脳味噌が自己憐憫を煽っている。

おれがこういう人間なのはだれのせいでもない。おれがおれだから、おれはおれなのだ。

立ちあがり、雪をかいた。ここまで来て金を諦めるには、おれは貪欲にすぎる。強情にすぎる。

すべての思考を頭の中から締めだした。歩け――ただそれだけを自分にいい聞かせた。雪をかき分け、足を進める。悪寒も頭痛も消えはしない。それでも、意思が命じれば身体は動く。機械になれ。思考も感情もこの寒さの中、凍てつかせてしまえ。

どれぐらい歩き続けたのかわからなかった。ナターシャの甲高い声が聞こえて、おれは我に返った。顔をあげると、二、三十メートル先に駐車場の明かりがあった。

腕時計——十一時四十分。

銃声が聞こえた。ナターシャの悲鳴がそれに続いた。

アドレナリンが分泌される。疲労と悪寒が消えた。頭痛は消えなかった。焦りが身体の動きを促進する。だが、進むスピードはそれほどあがらなかった。

ナターシャの悲鳴は途切れることがない。それにかぶさるように、太い声が聞こえてくる。意味は不明瞭だが、ミーシャの声のような気がした。

歯を食い縛って雪の中を進んだ。ナターシャの悲鳴と男の怒声。それが突然意味をなして耳に飛び込んできた。

「黙れ、黙らないと……」

語尾は聞き取れない。だが、明らかなロシア語だった。ミーシャがナターシャに銃を突きつけている。悲鳴をあげるのをやめろと恫喝している。

あの銃声はだれに向けられたものだ？　敬二か？　だとしたら、敬二はどこにいる？

息が切れ、足がもつれた。それでも倒れることはなかった。金への執着がおれを支えていた。

ナターシャの悲鳴がやんだ。ミーシャの声が風に乗って聞こえてくる。

「車の後ろにいるのはわかってますよ、市田さん。銃を捨てて出てきなさい。さもないと、この女性を撃ちますよ」

ミーシャの日本語──おれと話している時よりもさらに流暢だった。

「わたしのいうとおりにしてくれれば、おふたりとも生かして帰してあげます。だから、銃を捨てて出てきてください」

ミーシャの言葉が途切れるのとほとんど同時に、おれは丘陵の先端に達していた。緩やかな丘はそこで途切れ、小さな崖のようになって駐車場に続いている。身体を雪の上に伏せて首を伸ばした。

駐車場の両脇に二台の車がとまっていた。手前が敬二の乗っていたミニヴァン。奥が白いサニー。駐車場のほぼ中央にミーシャとナターシャがいた。ミーシャはナターシャを羽交い締めにして顔に銃を突きつけていた。ミーシャはおれに背中を向けていた──敬二はサニーの背後に隠れている。

「市田さん、いい加減にしなさい。わたしは気の長い方ですが、それでも、この寒さの中に長くいると、そう我慢できるものじゃありませんよ」

敬二からの返事はない。ミーシャは小さく首を振り、ナターシャに耳元でなにかを囁きはじめた。

おれは手袋を外してポケットに突っ込んだ。息を吹きかけて、両手を擦り合わせた。麻痺していた感覚が少しずつ、痛みを伴って戻ってくる。感覚が完全に戻るのを待つのももどかしく、おれは銃を握った。

ミーシャは背後に注意を払っていなかった。おれのような人間でも、不意打ちを食らわせるのは簡単だった。問題は、敬二がおれの意図を察してくれるかどうか――敬二の勘のよさに賭けることにした。

「敬二、おれだ。幸司だ！」

叫びながら崖に身を投げだした。同時に空に向けて銃を撃った。ミーシャがナターシャを突き飛ばし、雪の上に身体を投げだした。

ジェットコースターのように崖を滑り落ちていく。もはや撃つことはかなわなかった。銃を落とさないようにしているだけで精一杯だった。

ミーシャが顔をあげた。状況を察知し、ナターシャに駆け寄ろうとした。サニーの奥から影が飛びだしてきた。ミーシャがその影に銃口を向けた。影とミーシャが同時に発砲した。

「敬二！」

滑り落ちながら叫ぶ。影はふらついていた。ミーシャはその場に崩れ落ちた。おれの身体はなにかに跳ねあげられ、天地が逆さまになった。

「ケージ‼」

ナターシャの叫び――おれは頭から雪の中に突っ込んだ。脳味噌に灼けた火箸を突っ込まれたような痛み。悪寒は吐き気を伴いはじめている。

「ケージ、ケージ‼」

ナターシャの悲鳴が続く。おれはよろめきながら立ちあがった。視界がぼやけている。頭を振ると、呻きが漏れた。頭痛は耐えがたいまでに激しさを増していた。

影——敬二はナターシャに抱きかかえられていた。ふたりの周りの雪に血が飛び散っている。ミーシャ——うつ伏せに倒れたままぴくりとも動かない。手に握ったままの拳銃から薄い硝煙が立ちのぼっているだけだった。

おれはよろめきながらミーシャに近づいた。ミーシャのアノラックは背中の部分が大きく裂けていた。血と肉がこびりついていた。ミーシャの身体を足で転がして仰向けにさせた。ミーシャは死んでいた。吐き気をこらえながら、ミーシャの銃を手から抜き取った。おれが持っているのと同じタイプの銃——トカレフ。弾倉を抜き、薬室の弾丸をエジェクトさせた。雪に埋まった弾丸を拾い、拳銃ごとダウンジャケットのポケットに押し込んだ。重い——全身が鉛の塊になったかのようだった。

「ケージ、だいじょうぶ？　死なないで、お願い」

ナターシャがロシア語で叫び続けている。おれは振り返った。ナターシャは泣きながら敬二の顔を覗き込んでいた。

「だいじょうぶだよ、ナターシャ。弾丸はかすっただけだ」

敬二の声が聞こえた。ナターシャがロシア語でそれに答えた。早口のロシア語はおれには理解できなかった。

「幸司さんはどこだ？」

ナターシャのロシア語を遮って敬二がいった。

「おれならここだ」

おれの声は死人のようだった。

「なにしてるんだよ。早く助けてくれよ」

敬二の声もおれのと変わらなかった。くたばりかけたふたりの男と泣き喚くロシア女の頭の上を冷たい強風が吹きつける——現実離れした光景だった。

「かすり傷なんだろう？」

おれは重い足を前に運びながら訊いた。

「痛くて死にそうだよ。傷口を見てくれ」

ナターシャがおれを見ていた。青い瞳が雪の上に浮かびあがっている。その目はおれに急げと命じていた。

ふらふらになりながらふたりのそばに辿りついた。ナターシャが敬二を雪の上に横たえた。一メートルほど先の雪の中に敬二の拳銃が埋もれていた。かなり大ぶりのオートマティックだった。ミーシャの身体に空いていた穴——おそらく、四五口径。華奢な敬二には似あわないが、扱うことはできる。戦闘訓練で使わされたのは、ほとんどが米軍から流れてきたコルトの四五口径だった。

敬二は重い革のロングコートを着ていた。左の脇腹のあたりに穴が空いていた。穴は腰のあたりにもうひとつあった。

敬二はコートの下に薄いシャツ一枚しか着ていなかった。脇腹に血が滲んでいた。シャツのボタンを引きちぎった。脇腹になにかがめり込んだような痕があった。弾痕の周囲は焼けたように爛《ただ》れていた。腰の方はざくろが弾けたようになっていた。ミーシャの放った弾丸は敬二の脇腹を抉《えぐ》って腰の上から抜けていったのだ。

「寒いよ、幸司さん」

「粋がって薄着なんかしてくるからだ」

「こんなことになるはずじゃなかったんだよ……傷はどうだい？」

「弾丸は身体の外に抜けてる。問題は内臓がどうなってるかだな」

「他人事みたいにいうなよ」

「他人事だろうが」おれはナターシャに視線を向けた。「包帯の代わりになるものがいる。包帯、わかるか？」

ナターシャはうなずいた。敬二のコートのポケットからキーホルダーを抜き取った。一言も発せずにミニヴァンに駆けていった。

「あのロシア人、とんだ食わせ者だったよ」

敬二はいった。顔色は悪いが、言葉は明瞭だった。出血もそれほど酷くはない。予断は許さないが、生死に関わるような傷ではないのかもしれない。

「元はKGBのスパイだったんだ」

「知ってるの、幸司さん？」

「おれは地元の人間だぞ。なんだっておれに任せなかったんだ？」

「わかりきったこと訊くなよ」

「どうやってミーシャと渡りをつけたんだ？」

「ナターシャだよ。択捉の両親に電話をかけて、密入国に手を貸してくれそうな人間を探してくれと頼んだんだ」

「よりによってそれがミーシャだったってわけか」

「ナターシャの親があのロシア人の携帯電話の番号を教えてくれたのが昨日の朝だよ。すぐに連絡をする気はなかったんだけどね」

「だったら、いつコンタクトを取ったんだ？」

「昨日の夜さ。頼ろうと思ってた人間がやくざに拷問を受けてたのを見たんだよ。おれじゃなくてもヤバいと思うだろう？」

木村と恩田に受けた拷問――身震いがした。おぞましい記憶を打ち消して、思考をミーシャに向けた。昨日の深夜――高谷の事務所にいた恩田とミーシャ。ミーシャが敬二から連絡を受けたことで緊急のミーティングを開いていたに違いない。

「どうしてミーシャはひとりなんだ？」

おれは周囲に視線を走らせた。凍てついた風が吹き荒れているだけで、恩田や高谷が現われる気配は微塵もなかった。

「なんの話かわからないよ」

「今日、ここで会うことは、昨日の電話で決めたのか?」

敬二は弱々しく首を振った。

「今日の昼、電話で決めたんだ」

高谷の事務所での銃撃——警察に事情聴取を受けた高谷。ミーシャは高谷を見限ったのかもしれない。ただたんに金を独り占めしようとしただけなのかもしれない。

「寒いよ、幸司さん。凍えそうだ」

敬二は懇願するようにいった。剝きだしの肌が粟立っている。量は少ないが出血がとまったわけでもなかった。

「あとでナターシャに暖めてもらえ」

おれはミニヴァンに首を巡らせた。ナターシャが車の中に上半身を突っ込んでいた。旅行鞄を取りだしていた。ナターシャは鞄を両腕で抱えて走ってきた。敬二のそばに屈み込み、鞄の中からもどかしげに白いブラウスを引き抜いた。歯を使って布地を引き裂いていく。

「傷口をきつく締めつけるように縛るんだ。わかるな?」

ナターシャはうなずくだけだった。血走った目は敬二に向けられたままぴくりとも動かなかった。

おれはさり気なく腰をあげた。

「幸司さん?」

敬二が首を持ちあげた。すぐに表情が苦悶に歪んだ。

「ミーシャの様子を見てくる。死体をあのままにしておくわけにはいかないからな」

敬二は顔をさげた。普段なら、敬二はおれの言動の不自然さに気づいたかもしれない。だが、今の敬二は重傷を負った怪我人にすぎなかった。

おれはゆっくりふたりから遠ざかった——ミニヴァンににじり寄っていった。ナターシャはブラウスを裂くのに夢中だった。ミニヴァンのドアは開いたままだった。

ミニヴァンの中を覗いた。なにもなかった。車の背後にまわった。窓から荷物を積むためのスペースを覗き込んだ。

呻きが漏れた。車の中にはなにもなかった。

金はどこだ——叫びそうになるのをこらえて振り返った。ナターシャが甲斐甲斐しく敬二の身体に間に合わせの包帯を巻いていた。

55

敬二は自力で車に乗り込んだ。拳銃を回収することも忘れなかった。包帯を巻いたせいで、ショック状態からは脱したようだった。

ナターシャに手伝ってもらって、ミーシャの死体を駐車場脇の雪の中に埋めた。おれの体力ではそれが限界だった。雪は降り続いている。死体を引きずった跡は朝になる前にすっかり雪に覆われるだろう。ミーシャの死体が発見されるのは春になって雪が溶けたあとになる。そのころにはおれも敬二も根室にはいない。

ナターシャと共にミニヴァンに戻る。ナターシャは当然のように後部座席のドアを開けた。シートの上で横たわる敬二の頭を優しく抱きかかえ、自分の太股の上に置いた。

「迷惑かけるね、幸司さん」

敬二がいった。

「おまえには一度助けてもらってるからな、これでおあいこさ」

金をどこに隠した？——なによりも口にしたい疑問は飲み込まざるを得なかった。敬二に気づかれないように歯ぎしりしながら、おれは車のエンジンをかけた。金を手に入れ損ねた怒りが、悪寒と発熱を上まわる勢いで体内を駆け巡っていた。

「面倒だったら、ここでおれたちを置いていってもいいんだよ。この傷じゃ病院にも行けないし、こんな街にもぐりの医者がいるわけでもないんだから」

「口を閉じてろ。傷に響くぞ」

敬二の笑う声が響いた。どこか自虐的な笑い声だった。

「そんなに金が欲しいのかい、幸司さん」

「当たり前だ」

おれはいった。今さら取り繕ってみたところで、敬二には通じない。

「さっき、死体の様子を見に行くといって、この車の様子を探っただろう？　もし、金が積んであったら、おれたちを置き去りにして逃げるつもりだった?」

憎悪がいきなり噴きあがる。おれと裕司の仲が羨ましいと敬二がいったときに感じたのとまったく同じ種類の憎悪。冷たい炎を思わせる憎悪。眩暈がした。顫えがぶり返した。風邪のせいなのか、それとも憎しみのせいなのか。わからない。今のおれにはなにもわからない。頭の中を駆け巡っているのは憎悪と欲望だった。

「金はどこだ?」

おれは訊いた。訊かずにはいられなかった。

「おれとナターシャをこの国から脱出させてくれたら教えてあげるよ、幸司さん」

敬二は笑った。今度の笑い声は毒々しかった。

おれはアクセルを踏んだ。とりあえず、敬二の傷の応急手当てをしなければならない。手助けをしてくれそうな人間に心当たりはなかった。ならば、だれかに無理矢理手助けさせるだけだ。

「行くあてはあるのかい、幸司さん?」

敬二がいった。

「金のためならなんだってするさ」おれは答え、後部座席に左手を伸ばした。「携帯電話を貸してくれ、ナターシャ」

「自分の携帯は?」

ナターシャの代わりに敬二が口を開いた。

「電源を入れると、おっかない電話がひっきりなしにかかってくるんだ」

「裕司さんだね……電話を貸しておあげ」

敬二がおれに向ける声とナターシャに向けるそれは百八十度違った。おれに向けられる声は嘲りが混じっている。ナターシャに向ける声は慈しみに満ちている。

嫉妬──呻きが漏れそうになる。視界が歪む。サイドウィンドウにぼんやりと映るおれの横顔──未練がましい死者の横顔。窓の外では、おれのあさましさを嘲笑うかのように雪が降り続いている。寒かった──なのにおれは汗だくだった。寒かった──車のヒーターの設定温度は最高になっていた。それでも、死にそうなぐらいに寒かった。

おれはナターシャから電話を受け取った。加藤の家に電話をかけた。

「もしもし、幸ちゃんかい？」

呼びだし音が鳴るか鳴らないかのうちに忙しない声が聞こえてきた。

「どうしておれだとわかったんですか」

「そろそろ電話があるころだべと思って待ってたのさ」

「ということは、おれの話の裏づけが取れたんですか？」

「発砲事件の方はまださ。いろいろ調べてるんだけど、みんな口が固くてね。警察に通報したっていう時計屋も、あれは自分の聞き間違いで確かに車のバックファイアだってていうしさ」

「高谷本人に取材はしてないんですか？」

「話を聞きたいっていってあるんだけどね、秘書が電話に出るだけでさ、高谷本人は仕事が多忙でどこにも行かれないっていうのさ」

「時間稼ぎですか」

「んだ。腹黒い政治家がよく使う手さ。それで、例のロシアの船の方も、なかなか調べが進まんでね、えらい苦労してるんだわ」

「医者の方はどうなりました？」

「医者？」

「高谷の愛人を診た医者です」

「ああ、そのことも今話そうと思ってたのさ。高谷正義の息がかかってそうな医者を当たってみたら、これがどんぴしゃりだ。本人はとぼけてるけどさ、家のもんが、高谷の家から電話があって、慌てて出かけていったって証言してくれてさ」

医者——敬二の傷を診ることができる。おれの風邪に手を打つこともできる。裕司は容赦なく加代子を殴った。医者でなくても、加代子の傷はだれかに殴られてできたものだということはわかっただろう。それを警察に届けていないということは、まっとうに暮らしている医者にとっては弱みになる。

「どこの医者ですか？」

「北斗町《ほくとちょう》に阿部《あべ》医院って病院があるんだけど、幸ちゃん、知ってるかい？」

「いや、知りません」

「開業医なんだけどさ、親子二代の医者でね。親父の方は長いこと高谷正義の主治医やってるんだわ。病院は個人病院の割に設備が整っててね、高谷が金を融通してやったっていうもっぱらの噂さ」

「女を診たのも高谷の主治医ですか？」

「息子の方だ。親父は半分隠居状態でね。最近じゃ、内地の温泉場に別荘持ってて、リウマチが酷いっていうんで、冬の間はそこに行ってるのさ」

「開業医っていうと、病院のそばに住んでるんでしょう？」

「病院の真裏に豪勢な家建てたばっかりさ」

「そこで見張ってればすぐに捕まえられるんじゃないですか？」

「はんかくさいこといわんでけれや。おれひとりでなんもかんもはできないって。明日、釧路から応援が来るけどね」

「じゃあ、取材を本格的に進めるのは明日以降ですね？」

「そうなるべな」

「わかりました、また、明日連絡します」

「ちょっと待ってけれや、幸ちゃん――」

加藤の呼びとめる声を無視して電話を切った。

「医者を見つけたぞ」

「だれと話してたの？」

ルームミラー――敬二の気持ちを代弁するかのように、ナターシャがおれを睨んでいた。

「アカ新聞の記者だ」おれは答えた。「おまえは知らないかもしれないが、高谷一良という市会議員がおまえの金を狙ってる。そいつに揺さぶりをかけるために、情報を流してるんだ。その議員の親父も根室の有力者でな、高谷親子に逆らおうなんて人間はアカの連中ぐらいしかいないのさ」

ヘッドライトに雪が浮かびあがっている。灯台から市街へ向かう道はこの時季、交通量も極端に減る。轍の底は積もった雪ででこぼこになっていて、車は何度も飛び跳ねた。

「市会議員がどうして？」

敬二は咳込みながらいった。言葉の合間に苦痛の呻きが混じっていた。

「いろいろあるのさ。裕司が街中を引っ掻きまわしたからな。議員さんの他にも、木村っていうやくざが絡んでる。死んだロシア人は木村と高谷に二股をかけてたよ」

「知らない間に凄いことになってるんだね」

「みんな金が欲しいのさ」

敬二の返事はなかった。

「ケージ!?」ナターシャが叫んだ。「ケージ、死んじゃいや」

ナターシャは両手で敬二の顔を挟み込んでいた。

「どうした？」

「ケージ、動きません」

ナターシャが頭をあげる。ルームミラーに映る縋るような双眸。

「脈を調べろ。脈だ。ハートビートだ」

おれは自分の左胸に手を当てた。ナターシャはうなずき、敬二の首筋に指を当てた。

「だいじょうぶ。心臓、動いてます」

「脈は強いか？　弱いか？」

「わからない！」

ナターシャは途方に暮れたような表情で首を左右に振った。

おれは車をとめた。座席越しに身を乗りだした。敬二の顔は蒼《あお》ざめていた。呼吸はしっかりしていた。

「気絶しているだけだ」

おれはいって、車の運転を再開した。おれ自身も気絶してしまいたかった。ナターシャに通じたかどうかはわからなかったが、かまいはしなかった。金の隠し場所をナターシャに教えたかったが、それも叶わぬ望みだった。金を隠したのは敬二だ。敬二が金の隠し場所をナターシャに教えているとは思えない。仮に教えてあったとしても、ナターシャは決して口を割らないだろう。

敬二には生きていてもらわなければならない。おれが眠りの中に逃げ込むことは許されない。

頭痛と悪寒――ステアリングを握る手が覚束ない。なにもかもが覚束ない。雲の上に浮かんでいるような気分――次の瞬間には奈落の底に叩きつけられているような気分。神経に変調をきたしている。思考が途切れがちになっている。金が欲しい――おれを突き動かすのはおれの内側から聞こえてくるその言葉だけだった。

56

阿部医院は北斗町と松本町《まつもとちょう》を分かつ交差点の角に面して建っていた。夜目にも改装したばかりなのがわかる白い壁があたりの景色に溶け込んでいた。病院の出入り口の右側が駐車場になっていて、その奥に病院の裏手に通じる小径があった。救急医療は行なっていないらしく、病院は暗く、静まり返っていた。駐車場には国産車が二台、とまっているだけだった。

駐車場に車を乗り入れ、一番奥のスペースにとめた。ミニヴァンはレンタカーだった。こんな時間のこんな場所に〝わ〟ナンバーの自動車がとまっていれば、多少目端の利く人間なら不審に思うに違いなかった。

「車の運転はできるね？」

サイドブレーキをかけながら後ろに声をかけた。

「だいじょうぶです」

ナターシャの声が聞こえてきた。

「これから医者を呼びに行ってくる。おれがいない間になにかあったら、車を運転して逃げるんだ、いいね？」

敬二の携帯電話の番号は手に入れていた。二手に別れることになったとしても、それで連絡を取ることはできる。

「わかりました」

ナターシャがいった。振り返る――ナターシャは眠ったままの敬二を凝視していた。

おれは車を降りた。すぐに転びそうになった。膝に力が入らない。罵り声をあげながら足先に力をこめた。

病院の裏手に続く小径を歩いていて、気づいた。寒さはますます厳しさを増しているはずだった。それなのに、おれはなにも感じていなかった。熱のせいか、神経が麻痺してしまったのか。いずれにせよ、おれに残されている体力と時間はわずかしかない。

病院の裏手には洋風の家が建っていた。一階はガレージになっていて、二階以上が住居スペースになっている。玄関に辿りつくためには階段を昇らなければならなかった。手すりに身体をもたせかけるようにして、一段一段、ステップに足を乗せた。まるで二日酔いのままフルマラソンを走らされているようだった。

荒い呼吸を繰り返しながらインタフォンを押した。右手に銃――手袋をはめるのを忘れていた。今さらはめる気力はなかった。

三回インタフォンを鳴らしたところで、不機嫌な声がスピーカーから聞こえてきた。

「はい、どちらさんですか？」

「急患なんです、先生。うちの子供が急に熱を出して——」

「うちは夜間診察はしてないんだよ。市立病院に行った方がいい」

傲慢な声がおれを遮った。阿部という医者の性根がこれでわかった。遠慮する必要はない。残酷な喜びに頬の筋肉が緩む。

おれはまるで裕司のようだった。

「三十九度以上の熱があって、嘔吐も酷いんです、先生」

「しかし——」

「顔色も真っ白で……お願いします、先生。迷惑なのはわかってますが、診るだけでも診てやってください。それで市立病院に行った方がいいとおっしゃるならそうしますから。もちろん、お礼の方もそれなりにさせていただきます」

芝居をする必要はなかった。おれ自身が病人なのだ。声は切迫している。

「しかたがないな。ちょっと診るだけだよ」

「ありがとうございます」

おれは銃を握り直した。ドアが開くのを待った。一秒が一時間に感じられた。

スティール製のドアにはめこまれた磨りガラスの向こうに明かりが灯った。人影が近づいてきた。鍵を開ける音がして、ドアが開いた。

「それで、お子さんはどこに——」

おれは阿部の顔に銃口を押しつけた。阿部は小太りの中年だった。すでに薄くなりつつある髪の毛をオールバックにしていた。分厚い眼鏡をかけていた。

「騒ぐな」押し殺した声でいった。「こいつは玩具じゃない。引き金を引けばあんたの頭は吹き飛ぶ」

眼鏡の奥で阿部の目が目まぐるしく動いた。

「強盗なら――」

「黙れ」

銃口を強く押し当てる。阿部は口を閉じた。だが、目の動きはとまらなかった。

「あなた、寒いわ。早く玄関閉めてよ」

家の中から女の声が聞こえてきた。

「奥さんか?」

阿部がうなずいた。

「だったら、奥さんのいうとおりにしよう」

おれは阿部の身体を押して家の中に入った。後ろ手でドアを閉める。

「どうして返事しないのよ、あなた?」

女の声は間延びしていた。玄関の左手が階段。右手に廊下。廊下の左右には寝室やバスルームのドア。声は突き当たりの方から聞こえてくる。おそらく、ダイニングキッチンかなにかがある。

おれは阿部を追い立てて土足のまま家にあがり込んだ。

「奥さんの他に家族は？」

「む、娘が二階に……頼む、命だけは——」

「おれのいうとおりにしていれば、なにもしない」

家の中の暖められた空気がおれの悪寒を増幅させる。おれの声は自分で聞いてもぞっとするような響きを伴っていた。

廊下をつっきり、突き当たりのドアを開けた。ドアの先はリヴィングダイニングだった。羊の皮を敷いたソファの上で、中年女がミカンを食べていた。

「どうしたのよ、急患なんでしょ？」

女が振り向いた。痩せぎすの、カマキリを思わせる女だった。女はおれに気づき、口を開けようとした。

「黙れ。声を出すな」

阿部に突きつけていた銃を女に向けた。女は口を開けたまま凍りついた。舌の上にはミカンが乗ったままだった。

「静かにしてるんだ。悲鳴をあげたりしたら、あんたたちだけじゃなく、娘さんまで殺さなきゃならなくなる」

女は痙攣したようにうなずいた。おそらく、女にとって銃は現実味に乏しいものだろう。女が怯えたのは、死人のようになっているはずのおれの顔色だ。

「病人がいるというのは本当だ。手当てをしてくれれば、黙って立ち去る」

阿部の耳元に囁いた。

「病人というのは君か？」

「おれもそうだ。もうひとりいる。銃で撃たれたんだ」

阿部は息を飲んだ。

「撃たれただって？　そんな傷、手当てできるわけないじゃないか。警察に届けなきゃならんし、第一、わ、わたしは内科の医者だよ」

「かすり傷だ。別に外科のプロじゃなくても手当てはできる。それに、警察に届ける必要はない。あんたが、高谷正義の家で診察した女のことを警察に届けなかったのと一緒だ」

阿部はもう一度息を飲んだ。おそるおそるといった感じで振り返り、おれの顔を見た。

「君は何者だ？」

「知る必要はないだろう――」おれは女に顔を向けた。「奥さん、いいな。おれたちのことを警察に届ければ、旦那さんも困ったことになる。馬鹿なことは考えないことだ」

「た、高谷さんって、どういうことなのよ、あなた？」

「黙れ。口をきくなといっただろう」

おれがいい、女は口を閉じた。

「本当に、手当てをすれば立ち去ってくれるんだな？」

「もちろんだ。さあ、準備をしよう」

「準備？」

「動くなよ。動いたら撃つからな」

阿部の問いは無視した。ソファの横にある棚に向かった。抽斗を片っ端から開ける――黒いビニールテープを見つけた。それを阿部に渡した。

「これで奥さんの手足を縛るんだ」

阿部は躊躇した。わざと音をたてながら銃を向けると、おれの言葉に従った。

「きつく縛るんだ。あとで確かめるからな」

念を押す必要はなかった。阿部は手際よく自分の妻の自由を奪っていった。

「次は娘だ」

おれがいうと、阿部の顔に懇願の色が浮かんだ。

「縛らなきゃ、殺すことになる」

おれは微笑んだ。阿部の目にはおぞましい笑顔に映ったことだろう。阿部は力なくうなだれた。

おれたちは二階にあがった。娘は中学生だった。髪の毛を金色に近い茶髪に染めていた。黒人のように肌を焼いていた。素足にミニスカートを穿いていた。視線が定まらず、口許から涎を垂らしていた。勉強机の上に湿ったビニール袋があった。シンナーの匂いがした。

「立派な娘だな」

おれはいった。ラリった娘を阿部に縛らせた。

階下に降り、家の外に出た。阿部を急き立てながら駐車場に戻った。

「医者だ」

怯えたような視線を向けるナターシャに説明してやった。敬二が持っていた銃をナターシャに持たせた。

「あいつがなにかしたら、躊躇わずに撃つんだ」

わざと阿部に聞こえるようにいった。ナターシャは生真面目にうなずいた。

阿部とふたりで敬二を病院に運んだ。ありったけの気力を振り絞らなければならなかった。

「コージさん、わたし、代わります」

病院の入口に辿りついたとき、ナターシャがたまりかねたようにいった。

「名前を口に出すな！」

叫びそうになるのをこらえた。

病院の中は冷えきっていた。入院施設がないせいで、診療時間が終わると、暖房を切ってしまう――阿部がいいわけがましく説明した。

敬二の身体を診察台の上に横たえる――限界が近づいていた。おれは床の上にへたり込んだ。雲の上にはもう舞いあがれない。奈落の底で、おれはただ金を欲している。

阿部は白衣に着替え、診察室の明かりと暖房のスウィッチを入れた。明かりの下で敬二の傷の具合を見た。眉をしかめた。

「弾丸は貫通しているようだね」

「医者じゃなくても、それぐらいのことはわかる」

おれは喘ぎながらいった。

「まず、君から診察しよう」

阿部は椅子に腰をおろした。聴診器を首にかけた。いつも座っている椅子なのだろう、阿部はいくぶん落ち着いたようだった。

「あっちが先だ」

おれはいった。阿部が悲しげに首を振った。

「寒くて指先がかじかんでいるんだ。もう少し暖かくならなければ診察はできない。外科は本職じゃないからね」

「内科ならだいじょうぶなのか?」

「そっちの方なら自信はある」

阿部はおれの診察を始めた。ペンライトで目と口の中を覗き込む。聴診器を身体に当てる。血圧と体温を計る。おれの体温は三十九度を超えていた。

「扁桃腺が腫れている」阿部はいった。「たぶん、過労から来ているんだと思う。とりあえず、解熱剤を打っておこう。処方箋を書くから、明日、薬局で抗生物質と解熱用の座薬を買うといい」

阿部は注射の用意を始めた。

「それが解熱剤じゃなかったら、あんた、死ぬよ」

静かな声でおれはいった。それぐらいの声しか出せなくなっていた。

「そんな馬鹿なことはしないよ」

阿部は視線を横に走らせた。ナターシャは律義《りちぎ》に銃を阿部に向けていた。

アンプルから液体が吸引された。阿部は注射器の中の空気を押しだしながらおれの腕を取った。

「二、三十分すれば効き目が現われるが、無理は禁物だ」

もったいぶった口調――医者というやつはいつもそうだ。

「早く打て」

おれは吐き捨てるようにいった。阿部は傷ついたとでもいうように表情を歪ませた。

だが、その視線の隅にはナターシャが映っている。阿部はおれの上腕に注射針を突きたてた。痛みは感じなかった。すべての神経が麻痺しているような感覚があっただけだった。注射器の中の液体が押し込まれていく。阿部は針を抜いた。注射の痕にアルコールを含んだ脱脂綿を押しつけた。

「しばらく押さえていなさい」

おれが脱脂綿を指で押さえると、阿部はおれから離れていった。ナターシャを気にしながら診察台の上の敬二を覗き込む——眉をしかめた。

「内臓が傷ついているかもしれない。いずれにせよ、手術が必要だ。わたしの手に余る」

泣き言——耳を貸すつもりはない。おれはナターシャにうなずいた。ナターシャが銃口を軽く振った。銃身がたてる金属音が冷たく鳴り響いた。

「頼むよ。わたしには無理なんだ」

「抗生物質と痛み止めを注射しろ。それから、傷口を縫い合わせるんだ」

おれはにべもなくいった。確かに、敬二には手術が必要なのかもしれない。だが、時間がなかった。敬二が死のうが生きようがどうでもよかった。金の在り処をおれに教えてくれさえすればよかった。

「責任が負えん」

「だれもあんたに責任を取れとはいっていない。抗生物質とモルヒネぐらい、用意してあるんだろう。それを出せよ」

「勝手にモルヒネを使用したことがばれたら——」

「高谷正義になんとかしてもらうんだな」

おれは冷たくいい放った。裕司ならそうするように。

阿部は救いを求めるような視線をナターシャに向けた。無駄だった。ナターシャは今にも引き金を引きそうな雰囲気を漂わせていた。阿部は肩を落とし、薬品が並べられた棚を開けた。丸まった背中は阿部が抵抗の意志を放棄したことを物語っていた。

「まず、点滴を打とうと思うんだが……」

伺いをたてるように阿部が振り返った。

「医者はあんただ。あんたが覚えてなきゃいけないのは、そいつの容体が急変したら、その女が容赦なくあんたを撃つということだけだ」

「最善を尽くす。だから、彼女に銃を降ろすようにいってくれ」

「おれがいっても聞きやしないよ」

阿部は悲しそうに首を振った。それっきり口を開かず、点滴の用意を始めた。金はどこにあるのか？　阿部の作業を見守りながら、おれの思考は別のところに飛んでいた。そのことが苛立ちを増幅させた。敬二は金をどこに隠したのか？　想像もつかなかった。そのことが苛立ちを増幅させた。悠長なことをしてる場合じゃねえだろう、首根っこ押えつけて、口を割らせりゃいいんだよ——裕司の声。同調したい——したくはない。矛盾した思考。苛立ちが頂点に達する。金が欲しい。なんとしてでも手に入れる。だが、裕司と同じやり方はしない。

なんのためにこんな辛い思いをしているんだ？——頭の中でだれかが囁きはじめる。

「おい」おれは阿部の背中に声をかけた。「先にモルヒネを打て」

出来るかぎりの早口——いいながらナターシャの様子を盗み見た。ナターシャはなんの反応も示さなかった。医学用語が混じる日本語はナターシャの手に余るということだった。かつて、おれはナターシャを助け、今夜、敬二を助けた。ナターシャはおれを信用している。

「しかし——」

「いいから打つんだ」

阿部は諦めたというように首を振った。新しい注射器とおれに打ったのとは別のアンプルを用意した。

「どうなっても知らんぞ」

「いいから、早くやれ」

阿部は注射器に溶剤を吸い込ませた。敬二の左腕の袖を捲りあげ、脱脂綿で乱暴に拭いた。注射針を突きたてる——敬二が呻き声をあげた。ナターシャの両肩に力が入るのが見えた。かすかな金属音——耳に確かに届く。阿部が喉を鳴らすような小さな悲鳴をあげた。

「だいじょうぶだ、ナターシャ。落ち着いて」

おれはロシア語でいった。ナターシャは懇願するような視線を向けてきた。

「落ち着くんだ。死にはしないから」

ナターシャの日本語より数段落ちるロシア語——ナターシャがうなずいた。

「注射を続けろ」

ナターシャを見守りながら阿部にいった。

「いい……気持ちだよ。幸司さん」

返ってきたのは敬二の声だった。名前を出されても、もうどうということもなかった。

いずれにせよ、おれたちがここに立ち寄ったことは高谷正義の耳に入る。

ナターシャが銃を降ろして診察台に駆け寄った。

「ケージ、ケージ」

ナターシャは心配げに敬二を見おろした。おれはその後から診察台に近づいていった。

「天国にいるみたいだ、ナターシャ。星が奇麗なんだよ」

モルヒネの効果は劇的だった。敬二はすっかりぶっ飛んでいた。

「ナターシャ」おれはナターシャの耳に囁きかけた。「敬二はもうだいじょうぶだ」

ナターシャが振り返る。ナターシャの目にはかすかに涙が浮かんでいた。

「ありがとう、コージさん」

「敬二には着替えがいる。わかるかい？　新しくて暖かい服」

最初は日本語で、後半はロシア語でいった。

「わかります」

「車に戻って取ってきてくれ。だれかに見られないように、気をつけてね。敬二はおれが見てるから」

「はい」

ナターシャはおれたちに背を向けた。風のように診察室を飛びでていった。おれはダウンジャケットから拳銃を抜いた。それを阿部に突きつけながら、敬二に声をかけた。

「敬二、おれだ。わかるか？」

「幸司さんの声って、こんなによく響いたっけ？」

「金はどこだ？」

「金か……金があると、人生楽だよね」

敬二は喋りながらくすくす笑いはじめた。

「このままじゃ、おまえもナターシャもロシアに行くどころの話じゃなくなるぞ。おれが取ってきてやるから、金をどこに隠したのか教えるんだ」

「ナターシャ？　ナターシャはおれの女だ。それなのに、裕司のやつが横槍を入れやがった。あいつは人のものはなんだって自分のものにしたくなるんだ」

癇癪玉《かんしゃくだま》が破裂しそうになる——押えつける。金を、億を超える金を手に入れるためだったらなんだって我慢できる。

「金はどこだ、敬二？」

「幸司さん、どうしてあんなやつと付き合ってるのさ？　知ってるかい？　裕司のやつ、おれからナターシャを奪うためにはなんだってする気だったんだ。組に話をつけて、身請けまでするつもりだったんだぜ。とんでもねえよな」

おれが東京を離れたあとの裕司と敬二の関係——知ったところでなにがどう変わるわけでもなかった。

「だから、金をかっぱらってやった」

敬二は大声で笑いはじめた。阿部が敬二から遠ざかろうとした。おれは銃口を振って阿部の動きを制止した。

「モルヒネの量を間違えたんじゃないのか？」

「し、知らん。規定の量を注射しただけだ。モルヒネなど、普段は使わんのだよ——」

「あの馬鹿、怒り狂ったよ」敬二の声が阿部のそれに覆いかぶさっていく。「それで、こんな地の果てまでおれを追いかけてきやがった。なんて執念深いんだ」

「金はどこにあるんだ、敬二？」

おれは敬二の肩を揺すった。ナターシャがもうすぐ戻ってくる。それまでに、なんとかして金の在り処を訊きだす必要があった。

「だいたい、ナターシャが自分に惚れるって考えることからおかしいんだ。あいつはいつだっておかしいんだ。おれもおかしいし、幸司さんだっておかしい。みんなおかしい。なにいってるんだ、おれ」

「敬二。金の話をしてるんだ。金はどこにある？」

「金か。世の中金だからね。金が通用しないのは裕司だけだ。あいつは馬鹿だ」

「敬二！」

「どうしてあんなやつが生きてるんだ？　自分の妹とやるようなやつはくたばっちまえばいいんだ」

敬二を揺さぶっていた左手——凍りつく。千夏の思いつめたような横顔が脳裏を駆け抜けていく。

「今、なんていった、敬二？」

「いっただろう、あいつは人のものはなんだって欲しがるんだよ。幸司さんのものならなおさらさ」

眩暈がした。身体中から力が抜けた。膝から崩れ落ちてしまいそうだった。

「聞いたよ。全部、聞いた。裕司と幸司、幸司と裕司の話、全部聞いた。裕司のやつ、楽しそうに話してくれた。納沙布岬から飛び降りた千夏ちゃん。あの世に行ったんじゃ、いくら金を持っていても使えない」

歌っているような敬二の声——耳には届かない。耳の奥で谺するのはたったひとつのフレーズ——自分の妹とやるようなやつはくたばっちまえばいいんだ。

そういうことだったのだ。千夏が死んだのは裕司のせいだったのだ。おれのものを裕司が欲しがると敬二はいった。敬二は正しい。だが、千夏はおれのものではなかった。元々は裕司のものだった。おれ以外に裕司が自由に扱える人間——血を分けた妹。その千夏をおれが奪った。だから、裕司はそれを奪い返そうとした。力尽くで。

幸司と裕司、裕司と幸司。

「金はどこだ、敬二？」

萎えかけた心と足に鞭打っておれは訊いた。

「裕司と幸司の板挟みになって納沙布から飛び降りた千夏ちゃん。可哀想に。だけど、おれも同じなんだぜ。おれも裕司と幸司の板挟みに遭ってるんだ。裕司は幸司がいなくなったもんだから、おれに幸司の代役をやらせたのさ。ナターシャが幸司の女だから欲しがったのさ。なんてやつらだ。裕司も幸司も地獄に堕ちるよ。そんなに金が欲しいんなら、金を持って、千夏ちゃんみたいに飛び降りればいいんだ。そう思わないか?」

「敬二――」

おれは開きかけた口を閉じた。戸口に人の気配――白い息を吐きながらナターシャが姿を現わした。右手に拳銃、左手にボストンバッグ。凍てついたかのような青い瞳――疑うことを知らない瞳。裕司と幸司の薄汚れた物語に巻き込まれたことすら知らない青い瞳。

騙されるな――声が聞こえる。この女も金を狙っている。騙されるな。

薄汚れたおれの人生。おれの物語。あの世で千夏がおれを呪っている。おれがおれでなければ、千夏は救われていたのかもしれない。

「服、持ってきました」

ナターシャが口を開いた。敬二の虚ろな笑い声が響く。

「服? ナターシャ、今度、銀座に行こう。銀座でおまえに似あう服を買ってやるよ。錦糸町じゃろくなものがないからな」

酔っぱらったような敬二の声にナターシャは眉をひそめた。

「ケージ、どうしました?」

「なんでもない」おれは首を振った。「痛み止めの麻薬が効いてるんだ」

「麻薬?」

「そう。麻薬だ」

松坂食堂やボルガでロシア人たちから教わったスラングを口にした。ナターシャは納得したようにうなずいた。

「ケージ、痛くない。そうでしょう?」

「ああ、そうだ。ナターシャ、おれはちょっと出かけてこなければならない」おれはナターシャの目を覗き込みながらいった。「君は、あの医者を見張って、敬二の治療をちゃんとさせるんだ。おれのいってること、わかるかい?」

「わかります」

ナターシャの青い瞳——青光りしてオホーツクに浮かぶ流氷のような瞳。

「すぐに戻ってくる。なにか起きたら、おれの携帯に電話をくれ」

おれは自分の携帯の番号をナターシャに告げた。ナターシャは真剣な表情でおれの言葉に耳を傾けていた。

「じゃあ、行ってくる」

「どこに行きますか、コージさん?」

答える必要はなかった。そんなつもりもなかった。だが、ナターシャの流氷のような目がおれの口を開かせる。

「墓参りだ」

ナターシャには伝わらなかった。ナターシャは怪訝そうに右の眉を持ちあげた。おれは肩をすくめ、ナターシャに背を向けた。

57

裕司は幸司を殴り、幸司は裕司に嘘をつく。裕司は幸司のものを奪い取り、幸司は裕司のものを掠め取る——同じ言葉が頭の中で何度も繰り返し谺する。

熱に浮かされた脳細胞——おれはミニヴァンのステアリングを操りながら昔のことを思いだす。小学生にあがる前後、おれたちはパッチ——めんこに異様な情熱を燃やしていた。アニメのヒーローやプロ野球のスターが描かれた丸く分厚い紙の取りっこ。おれのお気に入りは仮面の忍者赤影のパッチだった。裕司のお気に入りはウルトラマンのそれだった。ひっくり返りづらくするために縁を潰し、裏には蠟を塗った。毎日の手入れは欠かさず、寝る前には必ずあらゆる箇所を点検した。赤影の顔は蠟と手垢で黒ずんでいたが、パッチへの愛着は増すばかりだった。他のガキから奪い取った真新しいパッチも、赤影の前ではすべてが色褪《あ》せて見えたものだった。

おれと裕司は無敵だった。裕司は力任せに、おれは小狡く立ちまわり、連戦連勝を続けた。強いやつがいるという噂を聞きつければ、街外れにも遠征した。やがて、敵がいなくなり、おれにボロ負けを喫したガキが裕司を焚《た》きつけた——裕ちゃんと幸司、どっちが強いんだべ？

おれは嫌だったが、その気になった裕司をとめることはだれにもできなかった。勝負が行なわれたのはおれの実家の裏にあった小さな公園だった。勝負にはおれが勝った。だが、赤影は裕司の手に渡った。おれには鼻から溢れでる血を押さえながら裕司を睨みつけることしかできなかった。

悔しくて眠れない夜——数日後、おれは隙を見て裕司の家に忍び込んだ。裕司が子分たちを連れて遊びに行っているのは確認してあった。裕司の親父が朝から酒を浴びて正体をなくしているのも確認してあった。あのころの根室には、家に鍵をかける習慣などなかった。

裕司の親父の雷のような鼾に怯えながら、裕司の部屋に入り込む。勉強机の足元に戦利品のパッチを溜め込んだ段ボール箱があった。おれの赤影はそこにはなかった。おれは裕司の部屋を漁り、ゴミ箱の中で無惨な姿になった赤影を見つけた。

赤影は鋏で切り刻まれていた。紙吹雪でもここまで細かくは刻むまいというほど、完《かん》膚《ぷ》なきまでに細かく切り刻まれていた。

本当の怒りに襲われると体温がさがる——おれはその時はじめて知った。身体を震わせながら、勉強机の抽斗に大事そうにしまわれていたウルトラマンのパッチを手に取った。それを持ったまま、裕司との勝負に挑んだ公園に行った。パッチに小便をかけた。厚く蠟を塗られたウルトラマンはおれの小便を撥ね返した。裕司に嘲笑われているような気がした——怒りが増幅された。野良犬のクソを見つけ、その上にパッチを置き、踏みにじった。クソまみれになったウルトラマンを、いつも裕司が独り占めしているブランコの上に置いて家に帰った。

あの時、おれは高笑いしていた——記憶に鮮明に焼きついている。

その日の夜、裕司がおれの家に殴り込みをかけてきた。裕司は鉢巻きを巻いていた。木刀を握っていた。まさしくあれは殴り込みだった。血相を変えておれを追いかけまわす裕司を、おれの親父がとめた。親父に抑え込まれながら、裕司は叫び続けていた。

——てめえ、幸司、ぶっ殺してやる。

おれも叫び返していた。

——あんなことしなきゃよかったんだ。おまえがおれのものを欲しがるから、おれもおまえのものを無茶苦茶にしてやりたくなるんだ。

おれと裕司はおれの親父にしこたま殴られた。強烈な拳骨だったが、親父を恨んだりはしなかった。家に親父がいなければ、おれは裕司に叩き殺されていたに違いなかった。

裕司は幸司を殴り、幸司は裕司に嘘をつく。裕司は幸司のものを奪い取り、幸司は裕司のものを掠め取る。

千夏も同じだった。どれだけの言葉を費やそうとも、おれのしてきたことを正当化することはできない。明確に意識してはいなかったにせよ、おれにとって千夏は赤影やウルトラマンのパッチと同じ価値しか持っていなかった。裕司の妹だから、おれは千夏が欲しかったのだ。裕司に対する腹いせのために、千夏の耳に愛の言葉を囁き、千夏を抱いたのだ。裕司にいいようにあしらわれてきたもの同士の傷の舐め合い——でたらめだ。千夏はあのパッチと同じだった。シロと名づけられた犬と同じだった。

ミニヴァンは雪の中を走っている。雪は降り続いている。おれの脳細胞は熱に浮かされ続けている。空には分厚い雲、その切れ目からかすかに覗く月光。雲の切れ目は大きくなりつつある。そのうち、皓々とした月が顔を覗かせるだろう。雪が降りやむこともないだろう。あれはあの夜見た月と同じだ。裕司とおれ、おれと裕司。ガソリンの切れた車の中、ふたりで見あげた月。

こんなに雪が降ってるのに、なんで月が出てるんだよ——裕司はいった。

おれたちだって似たようなもんじゃないか——おれは答えた。こんなに嫌い合ってるのに一緒にいる。おれたちもこの雪や月と同じだ。

おれは車をとめた。ステアリングに突っ伏した。声を殺して泣いた。

千夏のことが憐れだったからではない。裕司に対する憎しみが堪えきれなかったからでもない。記憶の奔流に押し流されながら、それでも金のことを考えている自分に気づいたからだった。

どうしておれはおれなのか。なにもわからない。おれは生まれた時からおれだった。

わかっているのはその一点だけだった。

おれは顔をあげた。泣いていても金は手に入らない。

フロントウィンドウの先——金があるはずの場所。月光が根室の街を浮かびあがらせている。

58

納沙布岬から飛び降りた千夏ちゃん。あの世に行ったんじゃ、いくら金を持っていても使えない——敬二はいった。

そんなに金が欲しいんなら、金を持って、千夏ちゃんみたいに飛び降りればいいんだ——敬二はいった。

いくらモルヒネでぶっ飛んでいたとはいえ、敬二がまるで無関係なことを口走るとは思えない。敬二は裕司からなにもかもを聞いたといった。

結論——金は納沙布岬にある。

道道根室半島線を東へ。高熱に浮かされた脳味噌。憎悪を伴った自己憐憫。なににも増して金への執着。呪わしい——だが、それがなければ身体を動かすこともかなわない。

納沙布に辿りついたのは、病院を出て一時間も経ったころだった。オホーツクから吹きつける風がエンジン音をかき消していく。

おれは車をとめた。耳を澄ましても風以外の音は聞こえない。周囲の土産物屋や民家の明かりもすでに消えている。

シートの背もたれを倒し、目を閉じた。千夏に許しを乞おうと思った。千夏のために祈ろうと思った。脳裏に浮かぶ千夏の顔は輪郭がぼやけていた。どれだけ意識を集中させても、千夏の顔を鮮明に思い浮かべることができなかった。許しを乞うための言葉も見つからなかった。捧げるべき祈りを、おれは持ち合わせてはいなかった。

許しを乞い、祈りを捧げるのをやめ、拳銃を点検した。ミーシャから買った銃と死んだミーシャが持っていた銃。買った銃をダウンジャケットのポケットに入れた。ミーシャの銃はズボンとベルトの間に差し込んだ。

車を降りる——強烈な風がおれの感覚すべてを奪い去ろうと襲いかかってくる。おれはダウンジャケットのボタンをすべて留めた。両手に手袋をはめた。顔の皮膚が凍りつく。だが、風のせいで意識がはっきりしてきた。

右手に灯台の明かり。上空からの月光。北方領土は見えず、青白い流氷が暗闇に無気味に浮かびあがっている。

おれは灯台の手前の突端に向かった。千夏が飛び降りた場所。断崖の一メートルほど手前に柵が設けられ、それを乗り越えて千夏はオホーツクに身を投げた。おれと裕司で線香代わりの煙草を手向けたのはいつのことだっただろう。昨日のことのようでもあり、何十年も昔のことだったようにも思えた。

千夏が飛び降りた場所ははっきりと覚えていた。柵を乗り越え、膝を突いて雪をかいた。指に力が入らない。新雪をかき分けることはできても、凍りついた根雪には歯が立たなかった。歯を食い縛りながら作業を続けた。敬二が金を隠したのはここ一両日だろう。そうであれば、根雪が掘り返され柔らかくなった場所を捜せばいいだけの話だった。強風が吹きつける断崖で這いつくばり、雪をかき分ける——今のおれにはなによりも相応《ふさわ》しい。

時間の感覚はとっくになくなっていた。息があがり、吐き気すら込みあげてくる。それでも気力は萎えなかった。そのうち、指先に当たる凍った雪の感触がない場所に出くわした。おれは猛然と雪を掘り返した。指先がなにかに引っかかった。ありったけの力を振り絞ってそれを引っ張った。

雪がこびりついたルイ・ヴィトンのボストンバッグ。ぱんぱんに膨らんだ横腹を月光が照らしだす。突然、あらゆる感覚が遮断された。顔に叩きつけられる雪を感じなくなった。風がたてる轟音が聞こえなくなった。寒さも怠《だる》さも吐き気も消えた。全身が小刻みに顫えているだけだった。

おれはボストンバッグを雪の上に置いた。顫えの止まらない指先で苦労しながらバッグを開けた。

中には札束が詰まっていた。

ひとつひとつ輪ゴムで括られた一万円札。視線が貼りついて離れない。

ついにやったな――そう呟くおれがいた。

これは妄想だ。現実のおまえは、雪の中に倒れて死にかけているんだ――そう呟くおれがいた。

おれは手袋をはめたままの右手で頬を抓《つね》った。なにも感じなかった。思わず泣きだしそうになった。バッグのジッパーを閉め、両手で抱え込んだ。消え去っていた感覚が雪崩のように押し寄せてきた。荒い呼吸、破裂しそうな心臓、萎えた脚。バランスを崩しながら立ちあがる。柵を乗り越える。強風がおれの背中を押す。ミニヴァンに駆け戻る。爆発する歓喜。

どうだ、裕司。おれはおまえを出し抜いたぞ。どうだ、裕司。おまえは精々敬二とナターシャを追っているがいい。おれはこの金を持って根室を出る、北海道を出る、日本を出る。二度とおまえの面《つら》を見なくてもすむ場所におれは行く。悔しいか、裕司？どうなんだ、裕司？

おれは叫んでいたのかもしれない。風のせいでなにも聞こえなかった。ただ、肺が焼けそうに熱くなっていた。ミニヴァンの屋根の上にバッグを置き、荒い呼吸を何度も繰り返した。少しずつ呼吸が落ち着いていく――突然、とまる。ミニヴァンの運転席にあるはずのない人影があった。

これこそ幻影だ――咄嗟に脳裏を横切った思惟。目を凝らす。幻影ではなかった。運転席に座っているのは加藤だった。加藤はおれが自分に気づいたのを認めると顔を歪めた。ドアを開けて車を降りてきた。

「こったらしばれるのに、ご苦労さんだべ、幸ちゃん」

加藤はフード付きのアノラックを着ていた。右手にはスパナが握られていた。

「加藤さん……」

「さっきの電話でさ、幸ちゃんがやけに病院に固執するから、なんかあるべと思って、このしばれる中出てきたんだけどもさ、いや、よかったべな」

とまっていた呼吸が再開された――やっと状況が飲み込めた。

「高谷にいくらもらったんだ？」

「端た金さ。はじめは親父の方に話持ってったんだけど、にべもなく断られてね。仕方なく息子に話つけたんだ。息子の方は渋ちんなのさ。さっき電話しといたから、おっつけここに来るべ」

「病院から尾けてきたんだな？」

そうに決まっていた。熱に浮かされた脳細胞――おれはバックミラーを覗きもしなかった。

「んだ。この天気だから、他に車も走ってなくて苦労したけども、幸ちゃん、なんも後ろを気にする素振り見せなかったからね。助かったべさ」

「筋金入りの共産主義者がよく高谷になんか手を貸す気になったたな」

挑発の言葉を投げつけた。加藤が眉をしかめた。おれは右手をダウンジャケットのポケットに伸ばそうとした。

「動かんでけれや、幸ちゃん。おれはスパナしか持ってねえけど、この距離じゃ、逃げる前に殴れるべさ。そったらことになったら、わやだからね」

加藤が不意に動いた。おれの反応は遅れた。スパナでしたたかに右腕を殴られた。堪えきれぬ痛みに呻き、膝を突いた。

「高谷にはさ、ここに来る前に幸ちゃんを捕まえておくようにも頼まれてるのさ……幸ちゃん、おれもさ、もういい年だべ。いろんなことがこわくなってきてね」

こわいというのは北海道弁で疲れたという意味だった。

「おれは今でもコミュニストさ。十八の時からそればっか信じてきたんだ。今さら、あれは嘘でしたってわけにいかんっしょ。ソ連は崩壊したけど、あれは共産党を牛耳ってたやつらが悪いんで、共産主義が悪いわけじゃないのさ。だけども、この日本で共産主義が勝利する日なんか、まず来ないべさ。おれは死ぬまで帝国主義者が作りあげた社会で生きていくしかないんだ。したっけ、党がくれる給料は雀の涙みたいなもんだし、おれも年食うしさ……やっぱ、理想だけじゃ飯は食えんってことかね」

加藤はいいわけがましい言葉を並べ立てた。すべてはおれの耳を素通りした。元々が空虚な言葉なのだ。そんなものに耳を傾けるぐらいなら、この状況をなんとかするための突破口を探した方がよっぽどましだ。

阿部医院を出たのがほぼ一時間前。高谷一良が父親の家にいたとして、そこから納沙布までは、この天候を考えると一時間半はかかるだろう。おれに残された時間は三十分――いや、高谷は恩田にも連絡を入れるに違いない。恩田がもっと近場にいれば、おれに残された時間は限りなくゼロに近づいていく。

「だから、高谷からはいくらもらったんだ？」おれは訊いた。「おれに関する情報を売っただけじゃなくて、おれが教えてやった高谷の悪さにも目をつぶるって脅したんだろう？」

「たいした額じゃないっていってるべ。おれを笑いたければ笑うといいさ。たった百万ぽっちの金で魂売り渡したんだからさ」

加藤は自嘲するように笑った。

「たったの百万か。安く叩かれたもんだな、加藤さん」

「おれが党からもらってる給料の額聞いたら、幸ちゃんたまげるべ」

加藤は強がりをいった。おれはとどめを刺してやることにした。

「そのバッグの中には二億の金が入ってるんだぜ。高谷はそれを手に入れようとしてるんだ。百万は安すぎると思わないかい、加藤さん？」

加藤の視線がボンネットのバッグの上でとまった。

「二億？」

「なにも聞かされちゃいないんだろう？」おれはわざと意地の悪い声を出した。「山口裕司が根室に来た理由がその金さ。今、阿部医院にいる男が、裕司の組からその金を盗んで逃げたんだ。裕司はそれを追ってきた。高谷は全部知ってるはずだ。だが、あんたにはなにも教えなかった。違うかい？　聞いてたら、百万ぽっちの金で納得するはずがないもんな」

「うるさい」

加藤の口調が変わった。穏やかさが影を潜め、剥きだしの怒りが声を嗄れさせていた。

「こんなところで党員なんかやってるから、いつだってショボい――」

「うるさいっていってるべや！」

加藤はスパナを振りあげた。おれは反射的に雪の上を転がった。

「はんかくさいことばっかりいってると、おれもやりたくないことやらなければならなくなるべ」

加藤は振りあげていたスパナをゆっくり降ろした。数瞬の間に加藤の顔つきまで変わっていた。顔の表面には深い皺が刻まれ、目は血走っている。加藤は左手をバッグに伸ばした。苦労しながらジッパーを開けた。

おれがダウンジャケットのポケットに手を突っ込むのと加藤がバッグを開けたのはほとんど同時だった。おれは銃を抜いた。加藤はバッグの中を覗き込み、息を飲んだ。

「金だ……」

わかりきったことを呟いて、加藤は札束を摑みだした。

「幸ちゃん、なんでこんな金が――」

わななくように加藤がおれに身体を向けた。おれは立ちあがりながら銃口を加藤に向けた。加藤は訝しげに目を細めた。

「その金を鞄の中に戻すんだ」

おれはいった。

「こ、幸ちゃん……そったらもん持って、はんかくさい」

「殺しはしないよ、加藤さん。とにかく、金を元に戻すんだ」

「したっけ――」

だけど、それじゃ、さよなら――さまざまな意味をあらわす北海道独特の言葉。なにかをいっているようでもあり、なにひとつ意味していない言葉。ガキのころから聞き慣れてきた言葉が、なぜかこの時だけ神経を逆撫でした。

「黙れ！　いわれたとおりにするんだ」

おれは怒鳴った。加藤はおれの握った銃と自分が握った金に素速く視線を走らせた。

「わかったよ。わかったから、そったらもんをおれに向けないでけれや」

おもねるような言葉が耳に届いた瞬間、おぼろな光が加藤の身体を照らしだした。ミニヴァンの背後――道道から岬に続く道に車が進入してくるところだった。

視線が車に流れた瞬間、加藤が動いた。姿勢を低くして身体ごとぶつかってくる。拳銃のこわさを知らない人間の無謀な賭け――おれと加藤は重なり合って雪の上に倒れた。頭の中で車のヘッドライトがどんどん大きくなっていく。あの車には間違いなく恩田とその相棒の刑事が乗っている。逃げなければならない。今すぐ逃げださなければならない。

おれは加藤の身体を抱えた。銃口を加藤の身体に押しつけた。撃った。くぐもった音がして、加藤の身体が跳ねあがった。銃声はすぐに風にかき消された。

「こ、幸ちゃん……」

加藤の信じられないという声――おれは加藤を押しのけた。加藤の泣き言に耳を貸している時間はなかった。人を撃ったという実感を味わっている時間もなかった。素速く立ちあがり、加藤の手から札束を奪い取った。金をバッグに押し込んだ。ジッパーを閉め、バッグを抱えた。

車のヘッドライト――数メートル先から発せられているように感じた。実際には、車は数十メートル先にいた。

ミニヴァンに飛び乗る。エンジンをかけようとして、キィがないことに気づいた。キィ――抜き取った覚えはない。だれが抜いた――加藤しかありえない。

車を飛び降り、血だらけの加藤の身体を探った。

ヘッドライトがどんどん近づいてくる。熱に浮かされた脳細胞――悲鳴をあげる。キィは見つからない。

「くそったれ！」

おれは叫んだ。バッグを抱えた。パニックに襲われながら、走りだした。車が進入してきた道は、おれがミニヴァンをとめた空き地をぐるりとまわって再び道道に合流する。道道はほぼ一本道。あのままミニヴァンで逃走をはかっていたとしても恩田たちを振りきるのは難しい。道から遠ざかりたかった。車からできるだけ離れたかった。どこにこれだけの体力が残っていたのか。金への執着と死への恐怖がおれを追いたてる。足にまとわりつく雪への呪いがおれを急きたてる。

走りながら叫んでいた。

「おれが見つけた金だ、おれの金だ、だれにも渡してたまるか」

59

まばらに建つ民家を陰にしながら走り続けた。何度も後ろを振り返った。追ってくる影はなかった。

あの車に乗っていたのは恩田と相棒だ——自分にいい聞かせた。連中は刑事だ。加藤が生きているのか死んだのかは知らないが、いくらあくどくても刑事が加藤を放っておくわけはない。あるいは連中は金を探しているのかもしれない。おれが持っているとは知らずに血眼になっているのかもしれない。いずれにせよ、まだ時間はある。逃げきるだけの余裕が残されている。

それだけが唯一の希望の光だった。

しばらく走り続けると、民家が途切れはじめた。おれは足をとめた。ふいごのような呼吸――息を整えるのももどかしい。左右を見渡した。月光が荒涼とした雪原を照らしだしていた。おれの前方にはかすかな光があった。琸瑤瑁《ごようまい》の集落にある街灯が光っている。おれの右手、二十メートルほど先には道道が見えた。道道の向こうは針葉樹林が広がっているだけだ。恩田たちのことを考えると、道道には近づきたくなかった。だが、琸瑤瑁の中心までは一キロ近い距離があった。おれの今の体力では絶望的な遠さだった。

車があれば――おれは頭を振った。車があれば体力的には楽になる。だが、北海道のど田舎で追跡者を振りきるのは至難の業だ。この状況で頼れるものは己の肉体しかなかった。ぼろくずのように擦りきれたこの身体を使って連中を出し抜くしか方法はなかった。

おれは意を決して道道に足を向けた。身体を低くし、左右に視線を配る。針葉樹林の中に逃げ込めばなんとかなりそうだった。雪原とは違い、雪の上に残される足跡が目立つこともない。

相変わらず、恩田と太田が追ってくる気配はなかった。加藤の処置に苦慮しているのか、あるいは、高谷と連絡を取り合っているのかもしれない。

道道根室半島線は、根室半島を海岸線に沿って周回するように伸びている。おれは北側をまわってきたが、場所によっては南から走ってくる方が納沙布には近い。だが、北側にも南側にも車の姿はなかった。

思いきって道道を渡った。林の中に駆け込み、幹の太い樹木の陰に身を隠した。おそるおそる振り返る。雪の上にくっきりと足跡がついていた。舌打ちしながらその場を離れた。林に積もった雪はそれほど深くはなかった。せいぜい膝が埋もれるぐらい――足跡を消すことはかなわない。

雪よもっと降れ、風よもっと強く吹け――おれは真剣に祈った。林を反対側まで突っきれば、温根元《おんねもと》の集落がある。温根元には顔見知りがいる。その男から車を借りることができる。最悪でも、漁業組合の倉庫の中に身を隠すことができる。

道道から二十メートルほど離れた時、車のエンジン音が耳に届いた。とっさに樹木の幹に身体を隠し、道道の様子をうかがった。岬の方から車が近づいてくる。目を凝らし、それが恩田たちの車であることを確認した。

おれは息を殺して車の動きを見守った。車は極度に遅いスピードで道道の南側――おれが林に飛び込んだ側を走っていた。おれを捜しているのは間違いなかった。足跡に気づかれる。そう思うといてもたってもいられなかった。肺と筋肉が悲鳴をあげるのにもかまわず、おれはまた走りだした。

雪が足にまとわりつく。足が雪に取られる。何度も転び、その度に起きあがり、走り続ける。雪が呪わしい。冬が呪わしい。こんな場所に生まれ落ちた自分が呪わしい。風に煽られた木々が、おれを嘲笑うような音をたてていた。海から吹きつけてくる風に運ばれて、車のドアが開く音が聞こえてきた。間髪容れずにドアが閉まる音。

走りながら振り返った。車が停止していた。車から降りた人影が道路脇に屈み込むようにしていた。

「こっちだ」

声ははっきりと聞こえた。恩田の声だった。

木にぶつかって尻餅をついた。大量の雪が降り落ちてきた。それでも、背後から視線を背けることができなかった。車からもうひとつの人影が降りてくる。恩田と太田——悪徳警官コンビがガードレールを跨ぎ、林の中に入ってきた。

おれは立ちあがった。喘ぎながら走った。恐怖が喉を締めつける。

連中は銃を持っていない——声に出さずに自分にいい聞かせた。私服刑事は銃を持たない。だが、おれは二丁も持っている。使い方も知っている。惨めな失敗を繰り返すこともない。おれは加藤を撃った。躊躇せずに撃つことができた。

背後で枯れ木が折れるような音が響いた。恩田と太田が樹木をかき分けるようにして走ってくる。おれと連中の距離は二十五メートルというところだった。それも目に見えてはっきりと縮まっている。ボロ雑巾のようにくたびれきったおれと、暖房が効いた車の中にいた現役の刑事がふたり——勝負は目に見えていた。

おれは銃を握った。立ちどまり、振り返り、撃つ——そうしたいのを必死でこらえた。これだけ呼吸が乱れ、足が震えている状態ではたとえ撃ったところで当たるはずがない。わずかな間は連中の足をとめることはできるだろうが、金を諦めさせるまでにはいかないだろう。

銃はおれの切り札だった。ぎりぎりまで隠しておいた方がいい。おれは走り続けた。足がもつれ、転んだ。銃は離さなかった。金の詰まったバッグも離さなかった。腰を浮かし、振り返る。

太田が十メートルほど後ろに迫っていた。恩田は後方に遅れている。

「内林‼」

太田が叫んだ。おれは左右を見渡した。このまま走り続けてもすぐに追いつかれるだけだった。なけなしの体力が底をついてしまうだけだった。

左前方に一際幹の太い木があった。おれはその陰に飛び込んだ。幹に身体をもたせかけ、恩田たちの様子をうかがった。太田が枯れ枝を踏み潰し、雪をかき分けながら迫ってくる音が間近で聞こえた。

「とまれや、太田。あいつ、チャカ持ってるべ」

荒い呼吸音に混じって恩田の声が響いた。おれは凍りついた。おれが銃を持っていることを恩田は知らないはずだった。なぜ──自分を呪いたくなった。熱に浮かされた脳細胞──まともにものを考えられなくなっている。おれは加藤を撃った。恩田と太田が気づかないはずがない。

「おい、内林。もう、いい加減に諦めたらどうさ？」恩田の呼吸もおれと同じように荒かった。

「もう逃げられないべ」

おれは答えなかった。神経を背後に集中させていた。人の動く気配を探った。なにも感じなかった。恩田と太田は足をとめておれの動きを見守っている。

「おれたちも加藤みたいに撃ち殺すかい？　はんかくさい。そんなことしてもどうにもならないべ？　警官殺したら、どうなるか、おまえにもわかるべや？」

加藤みたいに撃ち殺す——加藤は死んだ。おれが殺した。なんの感慨も湧かなかった。この窮地をどう脱するか。頭はそのことで占められていた。

警官を殺せばどんなことになるのか、想像はつく。日本中の警察組織から追われることになるだろう。日本を脱出することもかなわなくなるだろう。それでも——金を諦めるぐらいなら、破れかぶれになった方がましだ。

「なんかいってみれや、内林。しばれるべ？　こったらとこでじっとしてても凍え死ぬだけだぞ」

「加藤は死んだんだろう？　警官が死体をそのままにしておいていいのか？」

「はんかくさいこというんでないって、内林よ。あんまりいうこと聞かねえと、こっちも拳銃出して、おまえを撃つことになるぞ」

おれは笑った。わざと声に出して笑った。

「凶悪事件が発生したわけでもないのに、私服刑事が拳銃を持ち歩くなんて聞いたこともないよ、恩田さん」

太田の声は聞こえない。呼吸音すら、おれと恩田のそれにかき消されている。恩田よりも太田が恐かった。

「調子こくんじゃねえぞ、内林」

恩田の声に怒気がこもった。おれは歯を食い縛った。身体が激しく顫えている。

「調子に乗ってるのはあんたたちの方だろう」顫えをこらえて叫んだ。「悪徳警官の末路を知ってるか？　道端でだれかに刺されるか、刑務所にぶち込まれて、おカマのやくざに尻を掘られるんだ」

「そんなことなんもないって。おれたちが悪さしてるってこと、だれも知らんべや。加藤を殺したのはおまえだしよ、おれたちは凶悪な殺人犯を追いかけてるだけだからな」

「おれを捕まえたら、全部ばらすぞ」

「だれが捕まえるっていった？　今までのこと、みんな許してやるからこっちに来いっていってるだけだべや」

顫えはとまらなかった。恐怖のせいか寒さのせいなのかもわからなくなっていた。いずれにせよ、このままいたずらに時間を浪費していれば、体力がもたなくなる。おれは音をたてないようにバッグを足元に置いた。

「そんなこと、信用できるはずがないだろう」声を大きくして喋りながらジッパーを開いた。「わざわざ殺されるような真似をするほど、おれは馬鹿じゃない」

札束をふたつ摑み、輪ゴムを外した。

「だからよ、内林、おれたちもおまえを殺すわけにいかねえんだって。よくよく考えてみろ。おれたちと一緒に金、山分けにした方がよっぽどましだべや。高谷にも木村にもくれてやることねえんだからよ」

恩田と太田は高谷を裏切るつもりらしかった。

「そんなに金が欲しいのか、恩田さん?」

「当たり前だべや」

「だったら、この金、拝んでみろよ」

おれは身体を反転させた。左手に握った札束を放り投げた。風に煽られて札が宙に舞った。恩田の視線が泳いだ。おれは銃口を恩田に向けた。違和感が全身に襲いかかってくる。太田がいない。

おれの右側で鋭い音がした。身体をそちらに向けた。いつの間にそこまで移動したのか——太田が体勢を低くして飛びかかってくるところだった。引き金を引いた。銃声と同時に腰に衝撃があった。おれは真後ろにひっくり返った。雪がクッション代わりになってはいたが、太田の体重をもろに浴びて脇腹に激痛が走った。息が詰まった。咳込んだ拍子に銃が手から離れた。慌てて手を伸ばした。おれの指先が届く前に、恩田が銃を拾いあげていた。

「肝が冷えたべや、内林。こんなもん、撃ちくさりやがってよ」

恩田は唇を歪めた。銃をおれに向けた。銃口からは硝煙が立ちのぼっていた。

「したっけ、助かったな、太田。よくやってくれた。さ、とっとと起きれ。金いただいてずらかるべ」

おれの身体の上で太田は呻いていた。

「どうした、太田？」

恩田は銃口をおれに向けたまま身体を屈めた。太田の背中に手をかけ、引き起こそうとした。太田の呻きが大きくなった。太田はおれの身体からずり落ちるように横に倒れた。はだけたベージュのコートが血に染まっていた。その上に、雪と札びらが舞い落ちる。

「太田？」

「い、痛えよ、恩田さん」

「撃たれたんか？　はんかくさい」

恩田は吐き捨てるようにいった。

「助けてくださいよ、恩田さん。きゅ、救急車を……」

太田は腹部を押さえて胎児のように身体を丸めた。白い息が忙しなく吐きだされる。

「はんかくさいっことというなって。撃たれたこと、どうやって医者に説明するってよ？」

「ふざけないでくださいよ……は、早く救急車を……」

「だれもふざけてなんかいねえって。子供でもわかるべよ。救急車なんか呼べるわけねえ。それに、この傷だったら、救急車来たって助かるかどうかもわからんって。運が悪かったと思って、諦めれ、太田。金はよ、おまえの分までおれが使ってやるからよ」

恩田は小さく首を振った。

「恩田さん……」

太田が恩田に血塗れの手を伸ばした。凄まじい形相だった。

「悪く思うなよ、太田。運のねえおまえが悪いんだからよ」

恩田は太田に銃口を向けた。銃を握る手──細かく顫えている。

「恩田ぁ‼」

太田が吠えた。恩田は目を閉じながら引き金を引いた。銃声が二発。太田は痙攣しながら雪の上に突っ伏した。

腰に差した銃を抜きたかった。腕がいうことを聞かなかった。太田の体重を一気に浴びたせいで痺れていた。

「死んだか、おい？」

恩田がおれに訊いてきた。声が上ずっていた。目が血走っていた。おれは小さくうなずいた。今、刺激すれば恩田は確実におれを撃つ。

「久しぶりに撃ったけどよ、えらいこわいもんだな、チャカはよ」

恩田は他人事のような口調でいった。おそるおそる太田に近づき、爪先で太田を蹴った。太田はぴくりとも動かなかった。

「どこで手に入れた、このチャカ？」

「そんなこと、どうだっていいだろう」

「おれの訊いたことに答えろや、この小便垂れが‼」

恩田は急に表情を変えた。昂ぶった神経を剝きだしにした醜い表情だった。

「ミーシャの銃だよ」

「ミーシャ？　ミーシャはどうした？　あの野郎、急に連絡取れなくなりやがって」

「死んだよ」

おれはいった。恩田はおれを殺す気でいる。注意を他に向けてやりたかった。

「死んだ？」

「あいつもあんたと同じで、みんなを出し抜こうとしたんだよ。今夜、だれにもなにも話さずに市田敬二と会って、撃ち殺された」

「見てきたような口ぶりだな、内林」

「見てたんだよ。市田敬二もミーシャに撃たれた。それで、おれが病院に担《かつ》ぎ込んだ。そこから先は、あんたも加藤か高谷から聞いてるだろう」

「あのくそロシア人め。舐めやがって」

恩田は唾を吐いた。唾は雪の上の札を直撃した。恩田ははじめて金に気づいたというように表情を緩めた。

「おい、風に飛ばされないうちに、金を拾い集めれや」

無造作に振り向けられた銃口——逆らうことはできない。おれは苦労して身体を起こした。顫えはおさまる気配すらなかった。四つんばいのまま雪の上を這いまわった。

「早くしろや」

「あんたの相棒のせいで腰を打った。痛くてたまらないんだ」

恩田は鼻を鳴らした。だが、それ以上は口を開かなかった。険しい表情を太田の死体に向けた。おれはできるだけ時間をかけて金を拾った。すべてが終わればば恩田はおれを殺す。腰に差した銃。すぐそばにあるのに、おれの手は永遠に届かない。

「そいで、金はいくらあるんだ?」

恩田がいった。おれは首を振った。

「数えたわけじゃない。そんな時間はなかったから……少なくとも一億以上はあると思う」

「一億? 山口は三億っていってたべ?」

「でたらめさ。あいつは昔から嘘つきだった」

「おまえもそうだべや。なにしろ、ソ連に国を売った露助船頭の息子だからな」

恩田は間違っていた。おれは性悪の嘘つきだが、それはおれが露助船頭の息子だったからではない。昔はそう思っていた。そう信じ込んでいた。今ではよくわかる。親父が高潔な人間だったとしても、おれはおれとして成長しただろう。

恩田はおれに銃を向けたまま、おれが隠れていた木の幹の方に身体を動かした。バッグを手に取り、中を覗き込んだ。口笛を吹いた。

「一億ってことはないべ、これ……二億はあるぞ、内林」

惚《ほう》けたような声だったが、銃を握った手つきはしっかりしていた。

「早くしろ。そろそろ足先の感覚がなくなってきたべ。急がないと、本当に凍え死ぬ」

恩田はバッグに視線を向けたままだった。札はまだ二十枚近く散らばっていた。焦燥と疲労。手足の先端の感覚がなくなっている。倦怠感が全身を貫き、思考は凍りついている。なんとかしなければ殺される——それがわかっていながら、なにも考えることができない。

また、車のエンジン音が聞こえてきた。恩田が肩を震わせて振り返った。おれも道道の方に首を捻った。木々の合間を縫ってヘッドライトの光芒が確認できた。

恩田が舌打ちした。おそらく、車に乗っているのは高谷一良だ。

「なにぼけっとしてる？　早く金を拾え」

恩田の顔には焦りの色が濃く浮かんでいた。ヘッドライトの光源は確実にこちらに迫ってきていた。路肩にとめた恩田の車に気づけば、そこで停止するに決まっている。

「もう、間に合わないよ、恩田さん」

おれはいった。

「うるさい」

恩田は怒鳴った。恩田の手の中の拳銃が鈍い音をたてた。それが合図だったかのように、恩田のコートの中で携帯電話の呼びだし音が鳴りはじめた。

恩田は間延びした仕種で携帯電話を取りだした。携帯電話の表示窓を覗き込んだ。恩田の唇が歪んだ。

「もしもし？　恩田です。今、どちらですか？」

恩田は携帯電話を耳に当てて話しはじめた。視線は道道の方に向いている。今では近づいてくる車の輪郭がはっきりとわかるようになっていた。

「……もうそんなところまで？　かなり飛ばしたんじゃないですか？　……ええ、ええ、加藤が殺されましたわ。それに、太田も」

恩田はおれに視線を走らせた。無念さに表情が歪んでいた。

「内林は目の前におります……はい、太田が撃たれながら頑張ってくれましてね、なんとか捕まえることができた次第で……もちろん、金も一緒です」

小心者の悪党――金を独り占めにするチャンスを自ら投げ捨てた。

「ああ、そうです。それがわたしらの車です。そこから林の中に入ってきてください。足跡がついてますから、すぐわかりますよ」

恩田は電話を切った。悔しそうに首を振った。道道を走る車は、恩田の車のすぐ近くに達しようとしていた。スピードが落ち、やがて停止する。人影が車から降りてくる。

「もったいないことしたな、内林よ。おれのこと、はんかくさいと思ってるべ？」

恩田の自嘲――虚ろに響く。

恩田はおれに近づいてきた。おれが握り締めていた札を奪い取った。その札をコートのポケットに押し込んだ。雪の上に残っていた札も拾いあげ、同じようにポケットに押し込んだ。

おれは黙って恩田の姑息《こそく》な行動を見守っていた。怒りと絶望が交錯した。気が遠くなりそうだった。

60

車から降りたった人影は五つだった。五つの影は林を縫って近づいてきていた。木々に遮られて、林の中に落ちてくる雪の量は少なかった。月光がスポットライトのように五つの影を照らし出した。

先頭に立っているのは瘦せた男。その傍らに女。男女の後ろには敬二を背負ったナターシャ。そのまた後ろにいる男がナターシャを急きたてている。

「金はどこだ?」

男——高谷一良が叫んだ。甲高い声だった。

「ここにありますよ」

恩田がバッグを掲げた。無念さが滲んだ表情は消え、媚を売るような顔つきになっている。電話の時もそうだったが、高谷を前にすると北海道弁が奇麗に消えていた。

高谷一良が走りだした。他の四人は高谷を追わずに自分たちのペースで歩いていた。女とナターシャの口からは頻繁に白い息が吐きだされていた。

おれは木の幹にもたれかかりながら、高谷が駆けてくるのを見ていた。疲労は限界近くにまで達していた。なにかに縋って立っているのがやっとだった。

高谷一良は眼鏡をかけていた。眼鏡のレンズはすっかり凍りついていた。眼鏡を外しながら、恩田が持っているバッグの中を覗き込んだ。高谷一良は父親——高谷正義の資質をなにひとつ受け継いでいないように見えた。威厳も貫禄もなく、神経質そうな横顔は下卑たハイエナのようだった。

「いくらあるんだ？」

「数えてないもんで……でも、ざっと見ても二億近くはありそうです」

恩田の返事を聞いて、高谷一良は唇をすぼめた。

「聞いていた額より少ないな」

「こういう話には尾鰭《おひれ》がつくもんですよ」

恩田はいった。バッグを高谷に渡した。

おれの視線はふたりの背後に向かっていた。加代子——無惨に腫れあがった顔。憎悪に燃える目がぎらぎらと輝いている。その目がおれの恐怖を呼び戻した。

なんとかしろ。でなければ殺される。

おれは木の幹に背中を押しつけた。少しずつ腰を落としていく。ダウンジャケットが木の表皮に引っかかり、ずりあがっていく。ミーシャから奪った銃はしっかりと腰に差さっている。

加代子の後ろにはナターシャが続いていた。背負っている敬二の背中がかすかな隆起を繰り返している。ナターシャを急きたてている男は拳銃を握っていた。おそらく高谷の秘書だろう。体格はよかったが顔が蒼ざめていた。

ナターシャがおれに気づき、懇願するような視線を向けてきた。敬二を助けて——ナターシャはそう訴えていた。おれは首を振った。

おれにはなにもできない。なにかをしてやる気もない——ナターシャにはなにも伝わらなかった。ナターシャは背中の敬二に気づかわしげな視線を向けた。さらに首を捻り、後ろにいる男に懇願した。

「病院、帰ります。このままじゃ、ケージ、死にます」

「うるさい、黙れ」

男はヒステリックに応じた。ちょっとした刺激で銃を撃ってしまうように思えた。

「今にも死にそうな顔つきね」

加代子の声におれは視線を移動させた。加代子は高谷と金には見向きもしなかった。きつい目をおれに向けて歩いてくる。加代子とおれの間には太田の死体が転がっていた。

加代子は死体に気づき、小さな悲鳴をあげた。その声に恩田と高谷が振り向いた。高谷もようやく死体に気づき、眉をひそめた。

全員の視線がおれから逸れる——おれは右手を背中にまわした。拳銃のグリップをしっかり握った。

「太田君か……どうするんだ?」

高谷の声は顫えていた。

「名誉の殉職ですよ。内林幸司という殺人犯を追って、撃ち殺されたんですからな」

「殺人犯?」

死体を見つめたまま加代子が鸚鵡《おうむ》返しに訊いた。絆創膏のせいで加代子の表情は読めなかった。

「アカの記者が納沙布岬で死んでるんですわ。もちろん、殺したのはこいつでね」

三人の視線が一斉におれに向けられる。

「本当に殺したの、幸ちゃん?」

加代子が真っ先に口を開いた。

「ああ。金を持ち逃げしようとしたんでね」

おれは答えた。

「人を殺したくせに、平然としてられるのね」加代子は首を振った。「ずっと騙されてたわ。だから、わたしにこんなことができたのよね」

加代子は顔を突きだしてきた。なんの意味もない行為だった。おれと加代子の間には三メートル以上の距離があった。

「おれもおまえがこんなにこすっからい女だとは知らなかったよ」

おれはいった。加代子を怒らせろ、加代子が突破口だ——頭の中でだれかが叫んでいる。

「いってなさいよ」

加代子は興奮したようにいった。恩田に顔を向けて、今度は叫んだ。

「恩田さん、その拳銃貸して」

「はんかくさいこというんでないって」

恩田が首を振った。

「いいから貸して。どうせこいつを殺すんでしょう？　わたしがやってあげるから」

加代子はなおもいい募る。加代子の耳たぶが赤くなっているのは寒さのせいではなかった。

恩田が救いを求めるような目を高谷に向けた。

「馬鹿なことをいうんじゃない、加代子」

高谷一良がいった。暖かみのかけらもない声だった。

「なにが馬鹿なことなのよ!?　わたしの顔をこんなふうにしたのはこいつなのよ。あなた、腹が立たないの？」

「やったのは裕司だ。おれじゃない」

おれは加代子と高谷の間に割って入った。

「黙りなさい！」

加代子がおれを睨んだ。

「事実だろうが」

「あんたも同罪よ。早く銃を貸して。こいつをわたしに殺させて」

加代子は恩田に手を差しだした。

「落ち着けって、加代ちゃん」

「わたしは落ち着いてるわ」

「いい加減にしないか、加代子」

高谷が加代子を怒鳴りつけた。加代子は高谷を睨んだ。すぐに身体を反転させ、ナターシャたちの後ろにいる男に叫んだ。

「今村《いまむら》さん、その拳銃貸して」

「勘弁してください」

男——高谷の秘書が後ずさる。

「だれにも相手にされないじゃないか、加代子。その顔じゃしょうがないかもしれないがな」

おれは加代子に声をかけた。加代子が振り向いた。目が吊りあがっていた。

「だれがこんな顔にしたのよ！」

加代子は太田の死体を跨いで近づいてきた。右手を振りあげ、おれの頰を張った。

「加代子！」

高谷が叫んだ。加代子が振り返った。

「わたしのことは放っておいて。あなたはお金のことだけ考えてればいいんでしょう」

加代子の身体がおれと恩田の間に入った。高谷の秘書とおれの間にはナターシャと敬二がいた。

おれは銃を抜いた。加代子の首に左腕をまわした。加代子のこめかみに銃口を押しつけた。

「動くな」

叫んだ。おれと加代子以外の全員が凍りついた。もがく加代子を銃口で殴りつけた。

加代子が抵抗をやめた。

「動くな」

もう一度叫んだ。銃身をスライドさせなければ弾丸を撃つことはできない。気づかれてはいけない——特に、恩田には。

「銃を捨てろ、恩田さん。それに、あんたもだ」

恩田と高谷の秘書にいった。恩田は銃を捨てなかった。秘書は高谷の顔色をうかがった。

「今村さん、あいつのいうことなんか、聞く必要はないよ」銃をナターシャに向けた。

「どうする、内林。おまえが銃を捨てるかい？　そうでないと、このロシア女とおまえの友達がくたばることになるべ」

「撃てよ」おれは答えた。「そいつらはおれとはなんの関係もない」

「コージさん！」

叫んだのはナターシャだった。だが、おれはナターシャには見向きもしなかった。視線が向けられているのは恩田の手に握られた銃——そして、高谷が抱えているバッグ。

「はったりじゃねえんだぞ、内林」

恩田が怒鳴った。

「だから撃てよ」

恩田はおれを睨みつけた。おれの気持ちが揺れることはない。死ぬ思いをして金を見つけた。それを奪われるのは我慢できない。

「人でなしか、おまえは⁉」

恩田の声には動揺が混じっていた。

「相棒を撃ち殺した男にいわれたくはないね」

「相棒を殺した？　君が太田君を殺したのか？」

高谷一良が驚きの声をあげた。

「しかたなかったんですよ、高谷さん。太田はね、あいつに撃たれて死にかけてたんです。おれはただ苦しまないようにしてやっただけで——」

「でたらめだよ」おれは恩田を遮った。「恩田は金を独り占めしようとしたのさ。それで邪魔な相棒を撃ち殺したんだ」

「おまえこそでたらめ抜かしてるんでないって」

おれは口を開きかけ、閉じた。おれが背にしている木の幹のはるか後ろで、枯れ枝が折れるような音がしたせいだった。幻聴ではなかった。加代子も同じ音を耳にしたらしく、身体を強ばらせていた。

この場に現われそうな人間の心当たり——裕司しかなかった。おれが逃げだしたあとの裕司の行動——簡単に推測できる。武に八つ当たりし、木村のところに怒鳴り込む。闇雲におれを探しまわる。やがて、その無益さに気づき、考え、高谷一良に行き着く。高谷は恩田を動かしている。恩田は敬二を追っている。高谷の動きに目を光らせていれば、いずれおれと敬二に辿りつく。裕司は高谷の家に戻った。家を見張り続けた。高谷が家を出れば、当然尾行する。

恐怖が急速に膨れあがった。加代子のこめかみに押しつけていた銃口を恩田に向けた。

「早く銃を捨てるんだ、恩田」

恩田は唇を嚙んだ。しかし、銃を捨てようとはしなかった。

「恩田！」

「わかったよ。そう、怒鳴るなって」

恩田が銃を捨てた。

「おまえもだ」

秘書に怒鳴った。秘書は弾かれたように後ずさり、銃を足元に捨てた。

「拳銃を拾うんだ、ナターシャ」

叫びながら背後に耳を澄ませた。風に木々の枝が揺れる音しか聞こえない。あれは幻聴だったのか？——疑念がよぎる。違う、あれは裕司だ——疑念を振り払う。

ナターシャが気づかいながら敬二を雪の上に横たえた。最初に秘書の銃を拾い、次に恩田の銃を拾った。

「女にバッグを渡せ」

高谷にいった。

「渡しちゃだめ。近くにだれかいるわ‼」

いきなり加代子が叫んだ。恩田がナターシャに躍りかかった。

「くそっ」

毒づきながら加代子を突き飛ばした。銃身をスライドさせ、銃口を恩田に向けた。恩田はナターシャの抵抗に遭っていた。

「恩田、やめろ。撃つぞ！」

恩田は動きをとめた。ゆっくりナターシャから遠ざかり、両手を頭上にあげた。おれは銃口をわずかに下にさげた。山間の寮で、何度も怒鳴られた言葉がよみがえる——落ち着いて狙って、落ち着いて撃て。

引き金を引いた。拳銃が手の中で跳ねた。恩田の右膝から血飛沫があがった。恩田は呻きながら雪の上に転がった。

銃声は風に流され、木々の間に吸い込まれていく。裕司の耳には確実に届いたはずだった。裕司の動きを牽制できるはずだった。

加代子が悲鳴をあげた。高谷と秘書が頭を抱えてしゃがみこんだ。高谷はバッグを放り投げていた。そのバッグをナターシャが拾いあげた。

「そのバッグをこっちに持ってくるんだ、ナターシャ」

ナターシャがおれを見た。静かに首を振った。加代子の悲鳴と恩田の苦痛に呻く声が聞こえた。

「ナターシャ……」

「このお金、わたしとケージの。コージさんのじゃない」

怒りに目が眩みそうだった。おれはナターシャに銃を向けた。ナターシャは右手に二丁の銃を握っていた。すぐに握り直すことはできない。

銃──頭の中で記憶がフラッシュバックする。ナターシャの持っていた銃。ナターシャが阿部に突きつけていた銃。敬二の四五口径。あの銃はどこにある?

「そう。その金はおれたちのものなんだよ、幸司さん」

敬二の声が響き渡った。視線を向ける。雪の上に突っ伏していたはずの敬二が身体を起こしていた。敬二は両手で銃を構えていた。

「敬二……」

「銃の腕前、よくなったんじゃないの、幸司さん？」敬二は微笑んだ。「まださ、モルヒネが効いてるんだよ。気絶するふりしながら、笑うのこらえるのって大変だよ。幸司さん、知ってた？」

「医者はどうした？」

「モルヒネ打たれてわけわかんない状態がけっこう続いたんだけどさ、幸司さんに金の隠し場所話しちゃったの急に思いだしたんだよ。いてもたってもいられなくて、薬とモルヒネもらうことを条件に逃がしてやったよ。それで、おれたちも幸司さんのあとを追いかけようとしたら、連中が来たんだ。拳銃と薬隠して、気絶したふりして……ナターシャに説明するのが大変だったよ」

敬二は饒舌だった。目つきがおかしかった。モルヒネがまだ効いているのは本当なのだろう。

「裕司が近くにいるんだ、敬二」

「その手には乗らないよ。幸司さんはいつもそうなんだ。人に優しいふりして、本当は自分のことしか考えてない。……あんた、ちょっと静かにしてくれないかな？」呻き声をあげ続ける恩田に敬二はいった。恩田の呻き声はとまらなかった。敬二は無造作に銃を撃った。おれの拳銃が発する銃声など足元にも及ばないような轟音が鳴り響いた。恩田の身体が雪の上を滑るように吹き飛んでいき、木の幹にぶつかった。

高谷と秘書と加代子——三人が同時に悲鳴をあげた。

聴覚がかき乱される。裕司の足音──裕司の移動する音──なにも聞こえない。

「静かにしてないと、あんたたちも撃つよ」

敬二は静かにいった。悲鳴がぴたりとやんだ。

「そう。静かにしてればいいんだ」敬二はおれに顔を向けた。「やっぱり、おれの方がうまいでしょう、拳銃」

「敬二、嘘じゃないんだ。裕司がすぐそばまで来てる」

「だから、その手には乗らないって」

「本当よ」

しゃがみ込んで頭を抱えていた加代子が甲高い声を発した。敬二が銃を加代子に向けた。加代子は怯まなかった。恐怖にかすれる声でさらに追い打ちをかけた。

「わたしも聞いたもの。後ろの方で、音が聞こえたもの‼」

敬二の目つきが変わった。

「ナターシャ、こっちに──」

敬二が叫び、おれの背後で銃声があがった。敬二の身体が一瞬痙攣し、そのまま雪の上にくずおれていった。

「ケージ!」

ナターシャが叫んだ。後ろから駆けてくる足音が聞こえた。ナターシャはバッグを足元に放り投げた。二丁の銃の内、一丁を捨てた。もう一丁を握り直した。

立て続けに起こる銃火と銃声——高谷と加代子が雪の上に身体を投げだした。おれはナターシャに向かって突っ込んでいった。恐怖は麻痺していた。おれの目に映っているのはナターシャの足元のバッグだけだった。

なにかが空気を切り裂くような音がした。顔のすぐそばを熱いものが飛び去っていった。ダイヴィングしながらバッグに飛びついた。バッグを抱えながら、雪の上を転がった。立ちあがり、走る。

銃声から遠ざかれ——白濁した意識をかき分けてだれかが叫ぶ。

ナターシャが応戦している間に、できるだけ遠くに逃げろ——視界が赤く染まっている。

無理だ、無理だ、無理だ‼——身体が悲鳴をあげる。銃を握る右手とバッグを摑んだ左手——まるで自分のものではないようだった。足がもつれ、また雪の上に転がった。

銃声がやんでいた。

「くたばったか、敬二?」

裕司の嬉しそうな声が林の中に響き渡った。

雪の上に転がったまま、おれは息をとめた。雪の冷たさは感じなかった。ただ、裕司の声が耳の奥で何度も谺するだけだった。

「くたばったかって訊いてるんだよ、敬二」

敬二の返事はない。だれも裕司には答えない。雪を踏みしだく裕司の足音が聞こえてくるだけだった。

「返事がねえってことはくたばったってことか？」

裕司の声――興奮に顫えていた。裕司の心理が手に取るようにわかった。裕司にとって敬二はおれの身代わりだった。敬二が裕司を虚仮《こけ》にした――おれに虚仮にされたに等しい。裕司は敬二を殺さずにいられない。敬二の死を確認せずにはいられない。裕司の神経は敬二に集中しているはずだった。

おれは慎重に身体を動かした。腰をあげずに身体をずらす。おれの左手に樹木がひしめき合うように密生している一画があった。うまくまわり込めば身体を隠すことはできる。

「こっちに来る、だめ、ユージ」

ナターシャの苦しげな声。

「おまえはすっこんでろ、ナターシャ」

裕司の嬉しげな声。

おれはミミズのように移動を続ける。荒い息と硬直した筋肉がおれの行動を妨げる。急げ――口に出さずに叫ぶ。敬二の死を確認したあと、裕司の神経はナターシャに向かう。その次は加代子。次いで高谷。すべてが終われば、裕司はおれのことを思いだす。

いや、それは違う。裕司がおれのことを忘れるはずがない。

「てめえらも動くんじゃねえぞ。てめえのイロによくいっとけ、加代子」

「殺さないで。お願い」

「殺しゃしねえよ。おれのいうとおりにしてりゃあな」

裕司の声のあとに足音が続いた。おれは動きをとめた。足音は荒い息づかいを伴っていた。裕司の声が聞こえてくる方角とは微妙なずれがあった。裕司ではない別のだれか――武、もしくは木村。荒い息づかいから考えれば、木村以外に考えられなかった。

雪の上で呼吸をとめた。

「えらいわやだなや、おい」声が聞こえた。木村の声だった。「何人死んでるんだべ？」

「てめえで数えろよ」裕司がわずらわしそうに答える。「おい、敬二。おれの声が聞こえるか？」

「き……聞こえるよ」

「まだ生きてやがったか」

敬二の声は死人のそれのようだった。裕司の声は嬉しそうだった。裕司は敬二との再会を心の底から喜んでいた。敬二が死にかけているとなればなおさらだろう。

「散々引きまわしてくれたよな、おい。その揚げ句が、こんなところでくたばるんだ。おもしれえ話じゃないか」

「陳腐な話だよ……そんなものを面白がるのはあんたしかいない。だから、あんたはだれからも嫌われる――」

鈍い音――ナターシャの悲鳴が続く。裕司が敬二を殴ったのだろう。

「ぎゃあぎゃあうるせえぞ、ナターシャ。口を閉じてなきゃ、今すぐ敬二を殺すぞ」

「やめて、お願い。ユージ、お願い」

「おめえは殺さねえよ、ナターシャ。怪我もどうせかすり傷だ。連れて帰ってよ、穴という穴におれのもの突っ込んでやるからよ」

「わたし、どうなってもいいです。だから、ケージ、助けて。お願い、ユージ。お願いです」

ナターシャは裕司のことがなにもわかってはいなかった。自分の言葉が裕司の神経を逆撫でするだけだということに気づいてもいなかった。

「そうかい。そんなに敬二が大事なのか?」

裕司の声——凍えた風に乗っておれの耳に飛び込んでくる。

銃声がした。いくつもの悲鳴がそれに続いた。裕司が敬二のどこかを撃った。敬二とナターシャと加代子が同時に悲鳴をあげた——考える前に身体が動いていた。身体を起こし、密生した樹木の陰に飛び込んだ。一か八かの賭けだった。全員の視線が裕司と敬二に向けられていることを祈っていた。

おれの動きを咎《とが》める声はあがらなかった。銃声とナターシャの甲高い悲鳴が、おれのたてた音をかき消していた。

「いい悲鳴をあげるじゃねえか、ナターシャ。こいつの呻く声もなかなかだがな」

こいつ——敬二の呻き声。

「ケージ、ケージ！」

ナターシャの叫び。

おれはバッグを持ち直した。拳銃を握り直した。修羅場に背を向け、少しずつ歩きはじめた。

「こっちに近づくんじゃねえ、ナターシャ。敬二はまだ死んじゃいねえからよ」

「おい、裕司。いつまでも遊んでる場合でねえべ。こんだけ派手にチャカぶっ放してるんだ。早いとこ、カタをつけねえと、ヤバいことになるぞ」

木村の声――おれは足をとめた。今この瞬間、おれがなによりも気をつけなければならないのは木村だった。

「おれのやり方に口だすのはやめてくれねえか」

「そったらこといってる場合でねえべや。おい、高谷。金はどこだ？　見つけたんだべ？」

「こ、こんなことをして、許されると思っているのか？　おれの親父が知ったら――」

高谷一良のか細い声が悲鳴に変わった。

「アホたれが。こったら辺鄙《へんぴ》なところのどこにおまえの親父がいるってよ。はんかくさいことばっかいってると、殺して埋めるぞ。金はどこだって訊いてるんだよ」

「あいつが持っていったわ」

加代子が叫ぶようにいった。加代子を絞め殺してやりたかった。

「あいつ？　あいつってだれよ？」

「内林幸司よ。決まってるじゃない」

「幸司？　どこに行った？」

「落ち着けよ、おやじさん。幸司なら、ほら。雪をかき分けた跡が残ってるだろう。あの木の陰辺りで、こっちの様子をうかがってるのよ。ドブネズミみたいにな」

裕司のおれを嘲笑うような声が響いた。おれが裕司を知っているように、裕司もおれを知っている。

絶望感が広がっていく。裕司から逃げる──そんなことは無理なのだ。いつだって裕司はおれの傍らにいた。裕司と関わりを持ちたくないのなら、裕司を殺すしかない。あるいは、おれが死ぬしかない。

「そこにいんのか、幸ちゃん？」

木村の声が裕司の声に続いた。動かず──動けず。おれの神経はすっかり麻痺していた。眩暈にも似た感覚がおれを支配していた。

「自分の目で確かめてこいよ、親父さん。これだけ雪が深けりゃ、遠くに行けるはずがねえんだからな」

裕司が木村を唆《そそのか》す。敬二の呻く声が裕司の声に絡んでいく。疑問が脳裏をよぎる。裕司は自分の手でおれを殺したいはずだ。それなのに、なぜ木村を唆すのか。

「幸ちゃんよ、おれを騙そうとしたことは許してやっから、こっちに出てこいって。分け前もくれてやっからよ」

木村の猫なで声――騙されはしない。木村の声と同時に、雪を踏みしだく音がおれの耳に届いていた。

唐突に、疑問の答えが見つかった。裕司はおれが銃を持っていることを知っている。知っていながら、木村を唆した――裕司はおれに木村を殺させるつもりなのだ。死にかけている敬二、荒事には不慣れな高谷と秘書、あとは女がふたり。厄介なのは木村だけだ。木村さえいなくなってしまえば、他の連中はどうとでもあしらえる。

裕司の考えていることは手に取るようにわかる。おれに木村を始末させる。自分は敬二を嬲り殺し、ナターシャ以外の全員を始末する。そのあとで、おれを仕留めにかかる。裕司がおれを赦すはずがなかった。赦せるはずがなかった。しかし、自分が手にした大量の獲物を手放す気もない。

木村を唆しながら、裕司はおれを唆してもいる。ふたりきりになろうぜ、幸司、ふたりだけになって、おれたちにだけわかる話をしよう。

いいだろう、裕司――声には出さずに呟いた。もうくたくただ。一歩も動けない。おまえから逃げだすには、それこそマラソンランナー並の体力がいるのに、おれはなにもかもを吐きだしてしまった。三十年もの間、おれはおまえから逃げようと走り続けてきたんだ。いいだろう、裕司。三十年の続いた腐れ縁を今日、叩き切ろう。だが、おまえが考えているほど事はうまく運ばない。おれたちはシャム双生児のようなものだからだ。

おれとおまえはべったりとくっついている。おまえにはそのことがわかっていない。なぜなら、おまえはいつも追いまわす方だったからだ。おれがいつも逃げまわる方だったからだ。今ならおれにもよくわかる。おれは愚かだった。おまえから逃げきれるはずがないのだ。手術も受けずに、どうやってシャム双生児を切り離す？

「おい、幸ちゃんよ。聞こえてんだべ？　そこにいるのはわかってるんだからよ」

木村は少しずつおれの方に近づいている。おれはバッグを足元に置いた。

「わかったよ、木村さん。降参だ。今から出ていくから撃たないでくれ」

おれはわざと憐れな声を出した。その必要はなかった。おれの声はかすれ、顫えていた。病人のような声だった。事実、おれは病人だった。死にかけているといってもよかった。

「いい子だ、幸ちゃん。おまえは裕司と違ってものわかりがいいからな」

おれは足を踏みだした。木村は七メートルほど先にいた。銃をかまえていた。かまえ方が雑だった。根室の街で、暴力団の抗争があったのは遠い昔の話だった。その時も、拳銃ではなく、ドスや日本刀で切り合っていた。木村が銃を撃ったことはない――そう確信した。おれはあの山間の寮で嫌というほど撃たされた。昔は人を殺すことができなかった。今ではできる。加藤を殺したように、なにも感じずに人を殺すことができる。

「顔色がわやだぞ、幸ちゃん」

木村がいった。おれにはなにもできないと高を括っている顔だった。

「色々ありましてね」

おれはいった。銃を木村に向けて振りあげた。撃った。ほとんど同時に木村の銃口が火を噴いた。なにかが空気を切り裂くような音が聞こえた。次の瞬間、左のこめかみの辺りに衝撃を覚えた。丸太ん棒で殴られたような一撃——意識が根こそぎ持っていかれる。視界がブラックアウトする。闇に覆われた視界の中をおぞましい光景がよぎっていく。おれの親父がいた。おふくろがいた。裕司の親父がいた。千夏がいた。ミーシャがいた。加藤がいた。おれが嘘をついた連中がいた。おれに嘘をついた連中がいた。おれが裏切った連中がいた。おれを裏切った連中がいた。だれもかれもが血に塗れ、口から呪詛を吐きだしていた。

雪の上に倒れ込んだようだった。そのショックで意識を取り戻した。おぞましい光景がかき消えた。呼吸が苦しかった。口と鼻の穴に雪が詰まっていた。雪を吐きだし、よろめきながら立ちあがった。顔の左半分がなにかで濡れていた。血だった。

木村の放った銃弾——おれの頭を掠め、背後に飛び去った。

眩暈がした。吐き気を覚えた。だが、痛みは感じなかった。神経の回路が切り替わったかのようだった。視界は赤くぼやけている。耳に入ってくる音は何重ものフィルターを通しているかのようだった。銃を握った右手は他人のもののようだった。五感を刺激するなにもかもが、曖昧だった。

死を間近に見た——反射的にそう思った。

おれが目にしたのは地獄の光景だったのだ――そうも思った。

生きていようが死んでいようがなにも変わらない――天啓が降りる。

死ねば地獄、生きていても地獄。おれたちはそもそものはじめから救いを奪われている。

おれたち？――だれのことだ？

頭を振った。疑問に対する答えは見つからなかった。痛みを覚えることもなかった。

「どうした、幸司？　ふたり揃ってくたばったか？」

裕司の声が聞こえてきた。

「生きてる」

おれは答えた。視線を木村に向けた。木村は仰向けに倒れていた。両手で腹の真ん中を押さえていた。コートに覆われた胸が不規則に隆起していた。もう一度木村に銃口を向け、引き金を引いた。木村の身体が揺れた。木村はそれっきり動かなくなった。

「木村が死んだ」

おれはいった。空虚な声だった。

「だったら早くこっちに来いや。腹は決まってんだろう、幸司？」

「すぐに行くさ」

おれはバッグを手に取った。木村に近づいた。腰をかがめ、木村のコートのポケットを探った。探し物はすぐに見つかった。携帯電話――おれが使っているのと同じような機種だった。メモリされている電話番号を調べた。武の番号を見つけた。武は車に乗っているはずだった。度重なる銃声に、神経が敏感になっているはずだった。

おれは武に電話をかけた。

「だいじょうぶですか、組長?」

「組長は殺されたぞ」

そういって電話を切った。電源を切った。携帯電話を放り投げた。

自分がなにをしようとしているのか――よく理解できなかった。

「なにしてんだ、幸司? 早く来ねえと、楽しい見世物が終わっちまうぞ」

「今行く」

おれは答えた。木村の銃を拾いあげた。トカレフ――おれが持っているのと同じ銃。ロシア人から仕入れたものに違いなかった。おれは拳銃を腰に差した。一度は逃げだそうとしていた場所に向けて足を踏みだした。

61

途切れることのない頭痛――ささくれ立った神経を苛む。赤くぼやけた視界――高谷一良と加代子、それに秘書は一塊になって顫えていた。敬二は雪の上に横たわり、裕司はその上に屈み込むようにしていた。ナターシャは涙に濡れた顔をふたりに向けていた。

ナターシャの右肩はコートの布地が破れ、血が滲んでいた。

「見ろよ、このざまをよ」

おれが近づくと、裕司が振り返った。喜悦の表情が裕司の興奮の度合を表わしていた。

裕司がなにをいいたいのかはよくわかった。裕司の足元で、敬二が死にかけていた。ミーシャに撃たれ、ろくな手当ても受けないうちに裕司に撃たれた。寒さは容赦なく体力を奪っていく。敬二に残された時間はわずかしかない。おれに残された時間よりも短い。

裕司の姿を目にした瞬間、眩暈にも似た感覚が強まった。おれの身体の中でなにかが変化している。熱に浮かされた脳細胞がおれの思考に膜をかけようとしている。

「おまえも人のことがいえたざまじゃねえな。撃たれたのか?」

裕司がいった。

「かすっただけだ」

おれは答えた。

「コージ、お願い。ケージ、助けて」

ナターシャが懇願した。おれは首を振った。助けてやりたくても、もう手遅れだった。

「コージ!」

ナターシャの表情が崩れた。ナターシャはおれや裕司よりよほど過酷な環境の中で生きていたに違いない。汚泥に浸かっているような人生。それなのに、ナターシャはおれとは遠い存在だった。裕司や敬二からもかけ離れた存在だった。ナターシャが無垢だとはいわない。だが、おれたちとは違う。

飢えの心配をすることもなく育ったおれたち。家族のために身体を売りに日本にやってきたナターシャ。なにが違い、なにが違わないのか。

ナターシャが羨ましかった。ナターシャが憎かった。

「そんなに敬二を助けたいか、ナターシャ？」

裕司がいった。ユージ。大きすぎる興奮に呼吸が荒れていた。

「お願い、ユージ。わたし、なんでもします。だから、ケージ、助けて。病院、連れていってください」

「泣かせるじゃねえか、おい」

裕司は敬二の頬を叩いた。敬二がうっすらと目を開けた。覇気の消え失せた瞳。それでも、敬二は生きていた。

「ケージ！」

ナターシャが駆け寄ろうとした。裕司が拳銃を向けた。ナターシャの動きがとまった。

「そこまで頼まれたんじゃ、おれもすげない返事をするわけにはいかねえな、ナターシャ」

裕司は薄笑いを浮かべながら腰をあげた。ナターシャに銃を向けたまま、コートをはだけた。ズボンの上からでも、裕司のペニスが痛いほど勃起しているのが見て取れた。

おれは裕司から他の連中に視線を移した。高谷たちは虚ろな表情で裕司の行為を見つめていた。裕司がなにをしようとしているのか、わかっているのはおれだけだった。加代子ですら、これからなにが起こるのかわかってはいなかった。おれと裕司の絆はだれよりも強い。

「なんでもするといったな、ナターシャ。だったら、これをしゃぶってもらおうか。こいつの目の前でよ」

裕司はペニスを引っ張りだした。月光が裕司のペニスに降り注ぐ。

「ユージ、あなた……」

「やれよ、ナターシャ。敬二を死なせたくねえんだろう？」

ナターシャの視線が泳いだ。敬二に、おれに、高谷たちに、裕司に。ナターシャに救いの手を差し延べる者はいなかった。

「さっさとやれよ」

裕司が嗤った。

「クソ野郎」

敬二がつぶやくようにいった。裕司は無造作に拳銃を敬二に向けた。引き金を引いた。敬二の頭のすぐそばで雪片が跳ね散った。ナターシャが裕司の腰にしがみついた。

「やめて、ユージ。お願い。わたし、なんでもします」

「だったら早くやれ」

ナターシャは裕司のペニスを口に含んだ。ぎごちなく唇と舌を動かした。裕司が満足そうに微笑んだ。

「幸ちゃん……」

小さな声――加代子の声。おれはゆっくり視線を移動させた。

「お願い。助けて」

加代子の顔は涙で凍りついていた。顔全体から血の気が失せていた。凍傷にかかりつつあるのは間違いなかった。高谷一良と秘書も似たようなものだった。

「お願いだから。もう、二度と馬鹿なことはしないから」

おれは答えなかった。裕司とナターシャに視線を戻した。裕司は左手でナターシャの髪の毛を鷲摑みにしていた。ナターシャの顔を前後に動かしていた。右手――拳銃を握った右手はだらりとぶらさがっていた。

騙されはしなかった。おれは裕司を知っている。ナターシャを陵辱する喜びに耽っているふりをして、裕司はおれの様子をうかがっている。加代子たちの様子をうかがっている。なにか動きがあれば、すぐに銃を撃つ用意はできている。

「自分でなんとかしろよ」

苦痛と屈辱に歪むナターシャの横顔を見つめながら、おれは加代子にいった。

「幸ちゃん」

「そこに銃が落ちてるだろう」

おれは加代子の前方に顎をしゃくった。銃が二丁、雪に埋もれるようにして転がっている。おそらく、ナターシャが持っていた銃だった。

「それを使って裕司を殺せよ」

「そんな……」

加代子の目が目まぐるしく動いた。銃と裕司とおれ。加代子の目は時に打算に輝き、時に恐怖に曇った。

「あんたらも考えた方がいいぜ」おれは高谷と秘書に声をかけた。「このままじっとしてても、結局はあいつに殺されるだけだ」

「こ、殺される?」

高谷が甲高い声をあげた。加代子が慌てたように裕司に視線を向けた。裕司はナターシャを嬲り続けていた。

「どうだ、敬二。悔しいか? こいつの口ん中はあったけえぜ。顔の肌は氷みてえに冷てえってのに、口ん中だけ火傷しそうだ。たぶん、おまんこの方はもっとあったけえんだろうな」

「クソ野郎……クソ野郎」

「わ、わたしは市会議員だぞ。高谷正義の息子だぞ」

敬二の呟きは高谷の叫びにかき消されそうだった。だが、おれの耳には確かに届いた。敬二の呟きは呪詛だった。おれの身体の中には呪詛が溢れていた。呪詛と呪詛はすぐに結びつく。眩暈にも似た感覚がますますおれを強く締めつける。

「あんたがだれだろうと、あいつには関係ないよ。おれにもな。パパに電話をかけて助けに来てもらうか？　どっちにしろ間に合わないだろう」

おれの言葉が終わるのと同時に高谷の秘書が動いた。短い悲鳴のような音を発しながら、拳銃に向かって走りだした。

おれは耳を塞いだ。すぐに銃声がした。高谷の秘書は雪の上に仰向けに倒れた。加代子と高谷が悲鳴をあげた。ふたりの悲鳴はすっかりかすれていた。

「歯を立てるんじゃねえ、馬鹿野郎」

裕司が怒鳴った。裕司は拳銃を高谷の秘書に向けていた。その足元でナターシャが咳込んでいた。拳銃の銃口からは硝煙が立ちのぼっていた。剝きだしになった裕司のペニスからは湯気が立っていた。

「このままじゃ凍っちまうだろう。早く続きをするんだよ。あともうちょっとでいけそうなんだ。おまえの口ん中にたっぷり注ぎ込んでやるからよ。一滴も残さず飲み干すんだぞ。いいな？」

裕司は髪の毛を摑んでナターシャを上向かせた。唾液で濡れた唇に湯気を立てるペニスを押し込んだ。

「ク……ソ野郎」

敬二の呪詛が続いていた。おれの耳にこびりついてしまっただけのことかもしれなかった。

「い、今村？　死んだのか、今村？　返事をしろ、今村！」

高谷が喚いていた。加代子は頭を抱えて顫えていた。

おれの目の前で繰り広げられているのは確かに地獄の光景だった。だが、それがなんだというのか。親父はよくいっていた。板子一枚下は地獄。おそらく、親父は漁師稼業の厳しさを指してその言葉を使っていたのだろう。だが、おれは違った意味に受け取っていた。この世は——おれの目に映る世界は薄皮のような膜で覆われていて、その薄皮を一枚めくれば、その下には地獄のような世界が蠢《うごめ》いているのだと。そうでなければ納得がいかなかった。そうでなければ赦せなかった。おれと裕司を結びつけたもの。裕司とおれを結びつけたもの。地獄に満ち溢れている呪詛だ。それ以外になにがあるというのか。十人近い若い連中が暮らしていたあの寮で、敬二だけがおれや裕司に近づいてきたのは、敬二の身体の中の呪詛がおれたちの呪詛に共鳴したからに他ならない。敬二の憎しみがおれたちの憎しみに共鳴したからに他ならない。

板子一枚下は地獄——おれは気づいていた。裕司も気づいていた。だから、おれたちはお互いを憎み合いながら離れることができなかった。

加代子を見るがいい。高谷を見るがいい。その下に隠されているものがなにかを知ることもなく、薄皮に覆われた偽りの世界で偽りの快楽を享受しようと必死に足掻いた揚げ句に迎えたのがこの修羅場だ。そんなものは端からありはしなかった。すべては偽りだ。おれや裕司にとってなによりもリアルだったのは憎しみだった。それ以外の感情は

——感情を含めたなにもかもが、手応えの薄い蜃気楼のようなものでしかなかった。憎しみ以外のありとあらゆるものが偽りの薄皮で覆われていた。おれはだれかを憎まずにいられなかった。裕司もだれかを憎まずにいられなかった。おれと裕司は地獄に生み落とされた醜い双子のようなものだった。

裕司は幸司を殴る。幸司は裕司を騙す。裕司は幸司のものを奪い取る。幸司は裕司のものを騙し取る。

やり場のない憎しみ。訴えようのない憎しみ。やがて近親憎悪へと転化し、お互いを貪《むさぼ》り食いはじめる。

なんのことはない。裕司はおれなのだ。おれは裕司なのだ。おれと裕司だけがこの世界の真相を知っていたのだ。

たぶん、おれたちが根室に生まれ落ちたせいだろう。国境の街。捩れた世界情勢が圧縮されて現出する街。一年の半分を雪で覆われた街。雪はすべてを覆い隠す。この世界を覆っている薄皮のように。だから、おれたちは気づいたのだ。他のだれもが気づかない憎しみに、この世界に充満している憎しみに気づいてしまったのだ。

おれは千夏が赦せなかった。裕司の妹のくせに——おれの妹のくせに、呪詛に耳を傾けることができない千夏が赦せなかった。裕司も千夏が赦せなかった。自分ではなく、自分の分身を選んだ妹が赦せなかった。東京で裕司と敬二になにがあったのか、詳しいことはわからない。だが、裕司が敬二を——敬二とナターシャを必死で追いまわす理由はわかる。裕司にとって、敬二はおれの身代わりだった。敬二は裕司自身でもあった。裕司には自分の目の前から消えた自分の分身が赦せない。自分より自分の分身を選ぶものが赦せない。

敬二は間違えている――おれも間違えていた。裕司がおれのものを欲しがるのは、それがおれのものだからではなかった。おれのものは裕司のものなのだ。裕司のものはおれのものなのだ。

笑いたくなった――笑った。声に出して笑った。寒さと高熱のせいで気がふれてしまったのかもしれない。それでもかまわなかった。なにがどうであろうとかまわなかった。

「ど、どうしたの、幸ちゃん？」

加代子の声が聞こえてきた。

「わかったのさ」

おれは答えた。視界には裕司とナターシャの姿が映っていた。裕司がナターシャの顔を前後に揺する――その間隔が速まっていた。裕司はもうすぐ射精する。おれにはよくわかった。裕司はおれなのだ。その証拠に、おれのペニスも固く勃起していた。

「わかったって、なにがよ？」

おれは身体を反転させた。泣き喚く加代子は醜かった。その横にいる高谷も醜かった。

「おれが望んでいたことだ」

静かにいう――銃を握る手に力をこめる。

「気でも狂ったんじゃないの、幸ちゃん⁉」

「おまえら、みんな呪われろ」また笑いが込みあげてきた。「なにもかも呪われてしまえ」

「幸ちゃん！」

加代子の目が大きく開く。化け物を見るような目つき——膨らんでいく恐怖。笑いが弾ける。おれは加代子の目に向けて銃を撃った。電流に似た快感が背筋を駆けのぼった。

加代子が仰向けに倒れた。後ろにいた高谷の顔に加代子の脳漿と血が飛び散った。

高谷が口をあけた。甲高い悲鳴をあげはじめた。その口の中に銃弾をぶち込んだ。

「馬鹿野郎！」裕司の怒鳴り声が銃声を切り裂いた。「いきなりぶっ放すから、驚いて漏らしちまったじゃねえか」

裕司はペニスを剝きだしにしながら怒鳴っていた。表情は怒ってはいなかった。裕司の足元で、ナターシャが激しく咳込んでいた。裕司はナターシャの肩を蹴った。ナターシャが雪をはねとばしながら倒れた。

「全部飲み干せといっただろうが」

「そのへんで勘弁してやれよ」おれはいった。「とっととしまわないと、凍傷にかかって腐れ落ちることになるぞ」

「昔、そんな馬鹿がいたな。覚えてるか？　西高《にしこう》の鍋谷《なべや》よ。雪に突っ込んでマスかいて、凍傷になった」

裕司は口を動かしながら、ペニスをズボンの中にしまい込んだ。

「ああ、覚えてる」

「クソ馬鹿が多かった。連中全員に小便をぶっかけてやりたかったぜ」

みんな呪われてしまえ——裕司がいいたいのはそういうことだった。

「ユージ、早く。ケージ、助けて。救急車、呼んで」

ナターシャが身体を起こした。目が血走っていた。唇の端に裕司の精液がこびりついていた。精液はすぐに凍りつき、ナターシャの肌をいためつける。だが、ナターシャはそんなことにはおかまいなしだった。当然だ。敬二の呪詛——もう、なにも聞こえない。敬二は死にかけている。

「おまえは約束を破ったんだ。わかるか、ナターシャ？」

裕司は冷たい声でいい放った。おれは耳を澄ませた。敬二に死なれては困る。どこかに武がいるはずだった。武が近づいてきているはずだった。

「おれは一滴残らず飲み干せといったよな。ところが、てめえはほとんど吐きだしやがった。約束はチャラだ、ナターシャ。敬二も可哀想にな。てめえのせいで、こんなところでくたばらなきゃならねえんだからよ」

「人でなし！」

ナターシャはロシア語で叫んだ。裕司にむしゃぶりついていった。おれが知っているロシア語の中でももっとも痛烈な言葉だった。だが、裕司には通じなかった。裕司は口シア語がわからない。ナターシャの髪の毛を摑み、引きまわし、投げ飛ばした。

「ふざけんなよ、ナターシャ。てめえが約束を守らねえからこういうことになるんだ」

裕司は銃をナターシャに向けた。撃つ気配はなかった。たった一度の射精で裕司が満足するはずもない。ナターシャをどこかに連れていって、満足するまで陵辱する腹づもりなのだろう。

「ケージ！　ケージ‼」

ナターシャはめげなかった。敬二の身体に覆いかぶさり、抱き締めた。感動的な光景――ナターシャはなにもわかってはいない。その無知ぶりは憐れさを通りこして犯罪的ですらあった。

敬二はナターシャを愛しているわけではない。敬二はおれであり、裕司でもあった。おれと裕司の心の中にあるのは愛ではなく憎しみだ。この場をうまく逃れることができたとしても、敬二はいつかナターシャを捨てる。おれならそうする。つまり、敬二は必ずナターシャを捨てる。ゴミくずのように。敬二がナターシャを連れ逃げたのは、裕司がナターシャに執着したからだ。ただ、それだけのことにすぎない。

「くそっ」

吐き捨てるようにいって、裕司はナターシャと敬二から顔を背けた。おれに向けられる視線――血走り、潤み、熱に浮かされたようにぎらついている。裕司も熱に浮かされている。おれと同じように。おれは裕司で、裕司はおれなのだ。

「よく逃げなかったな、幸司」

「逃げたくても身体がもたない。おまえを置いてきぼりにしたあと、高熱が出たんだ。身体はもうぼろぼろさ」

「ばちが当たったんだよ」

裕司は嗤った。

「かもな」

おれは苦笑いを浮かべた。

「敬二はもうすぐくたばる。残ったのはおれとおまえだけだ」

「どうしたいんだ？」

「どうするかな」裕司は足元の雪を蹴飛ばした。「おまえはおれを虚仮にしやがった。赦すわけにはいかねえ。かといって、ここですぐおまえをぶち殺しても面白くねえ」

裕司はおれが手にしている拳銃を毛ほども気にしてはいなかった。自信があるのだった。おれより先に撃ち、確実におれを殺す自信が。裕司は正しかった。身体能力において、おれは裕司にはるかに劣っていた。

おれは裕司に悟られぬよう、ゆっくり視線を動かした。武の姿を探した。どこにいる、武？　木村が殺されたんだぞ。まさか尻尾を巻いて逃げだしたわけではあるまい。おまえはそんな人間じゃないはずだ。

死んでも地獄。生き残っても地獄。ならば生き残る方を選ぼう。生きて、この世界に呪いを振り撒こう。

武の姿は見つからなかった。時間を稼がなければならなかった。

「どこで車を降りたんだ？」

「あっちの方だ」

裕司は自分の後ろの方を指差した。

「高谷を尾けてきたんだな？」

「そうよ。てめえが逃《ふ》けたあともな、ずっとあの家を張ってたんだ。他に手がなかったからな。途中から木村の爺いも加わってよ。尾行するのも大変だったぜ」

「そうだろうな」

おれはいった。加藤の横顔が脳裏をよぎった。

「だけどよ、こいつら、なんだっておまえらがこんなところにいるってわかったんだ？」

「アカの記者だよ」

「なんだそら？」

「おれが電話で話してたやつがいただろう。そいつがおれたちを高谷に売ったんだ」

「アカなんてそんなもんよ」

裕司は嘲笑するようにいった。おれは武を探し続けた。武がたてるはずの音に耳を澄ませた。なにも見えず、なにも聞こえず。焦燥感だけが募っていく。

「この中にはいくら入ってるんだ?」

おれはバッグを持ちあげた。

「一億五千ってとこじゃねえか。あとは、こいつらがどんだけ使ったかだな」

裕司はナターシャと敬二に視線を落とした。ナターシャは敬二の名を呼ぶのをやめていた。ただひたすらに嗚咽していた。時間がない。だが、おれにはまだ時間が必要だった。

「おまえは二億といった」

「二億って聞けば、おまえがさかりのついた犬みてえになるだろうと思ってよ。実際、そのとおりだったろうが」

一億五千万——それでもおれには大金だった。南へ行くための金。寒さに身を震わせることのない場所へ行くための金。おれのことをだれも知らない土地へ行くための金。おれがだれかを憎まなくてもすむ場所。

おまえらみんな呪われてしまえ——自分の声が脳裏で谺した。その声はおれ自身を嘲笑っていた。そんな場所はどこにもない。おまえはだれかを憎まずにはいられない。どこへ行こうと、なにをしようと、おまえはおまえ以外の人間ではあり得ない。

「本当に組の金なのか?」

おれは頭を振りながらいった。頭蓋骨の中で谺する声はどんどん大きくなっていく。気が狂いそうだった。すでに狂っているのかもしれなかった。

「当たり前だ。そんだけの金、それ以外にあるかよ」

「おれを殺したら、これを持って東京に戻るのか？」

「いいや」裕司は首を振った。「東京はつまらねえ」

「マズいことになるな」

「ああ、マズいことになる」

「だが、おまえは気にしちゃいないんだろう」

「おれのことはなんだってお見通しってわけだ、幸司。だったら、おれがなんで東京をつまらねえと思うかもわかるか？」

おれは首を振った。

「おまえがいねえからだよ」

裕司がいった。おれと裕司は見つめ合った。

「胸くそ悪いが、結局はそういうことなんだな」

裕司が言葉を続けた。おれは小さく首を振った。裕司がそんなことを口にするとは驚きだった。だが、驚きを顔に出したりはしなかった。

「胸くそが悪いにもほどがあるぞ、裕司」

「こいつじゃな、物足りねえんだ」

裕司はもう一度敬二に視線を落とした。おれの声が聞こえていないかのような口ぶりだった。ナターシャの嗚咽も裕司の耳には届いていないのかもしれなかった。

「こいつもかなり胸くその悪い口だがよ、おまえにはかなわねえ。どんだけ憎もうとしてもよ、おまえほどには憎めねえのよ。おれのいってること、わかんだろう？」

裕司は視線をおれに向けた。裕司は照れていた。裕司がここまで素直に自分の気持ちを吐露したのははじめてだった。

「わかるさ。だけどな、裕司、おれの身にもなってみろよ」

「おまえはそんなふうに思ったことねえのか？　ひとりでこんな吹き溜りの街に戻ってきてよ、ロシア人相手のしょうもねえ店やって、死んだようになって生きてて、なにか楽しかったか？」

おれは確かに退屈で平凡な生活を送っていた。だが、人生というのはそういうものだった。退屈か、さもなければ残酷だ。裕司のことを思いだしたこともない。それどころか思いだしたくもなかった。裕司とおれの立場の違いがそこに表われている。おれは裕司で裕司はおれだ。だが、おれはおれであり、裕司は裕司でもあるのだった。

「楽しくなるために生きてるわけじゃない。おれもおまえもだ」

「ちげえねえ」裕司は苦笑した。「おれたちふたり、この世の中が楽しいなんて思ったことはねえもんな。あるのはいつだって憎しみだけだ。だれかを憎んでなきゃ、生きてこられなかった。だから訊いてんだよ、幸司。おめえ、こっちに戻ってきて、だれを憎んで生きてたんだ？」

「みんなだよ」

おれはいった。おまえら、みんな呪われてしまえ——頭蓋骨の中で響く声は消えることがない。もう、わかっていた。おれは南には行かないだろう。島を買うこともないだろう。犬を飼うこともないだろう。裕司がいったとおり、おれの心の中にあるのはいつだって憎しみだけだ。おれの口から溢れでるのはいつだって呪詛でしかなかった。

「みんな？」

「そう。みんなだ。おれはな、裕司。この世に生きてるありとあらゆる連中を呪って生きてるんだ」

「とんでもねえ野郎だな、幸司」

裕司は苦笑した。

「おまえにいわれたくはない」

「おまえにゃ負ける。だからおれにはよ、おまえが一番憎たらしいんだ」

裕司の銃がゆっくりおれに向けられた。恐怖は感じなかった。裕司の背後——雪で埋め尽くされた林の中を黒い点が移動していた。月光が点を浮かびあがらせる。黒のジャージの上下。武に間違いなかった。

「銃を捨てろや、幸司」

裕司が口を開いた。おれはバッグを足元に落とした。

「バッグじゃねえ。銃を捨てろといったんだ」

「わかってるよ」

銃を裕司の足元に放り投げた。おれの腰には木村の銃が差さっている。裕司は知らない。ミーシャから買った銃、死んだミーシャから奪った銃、死んだ木村から奪った銃。今日だけで三丁の銃を手にしていた。

「おれを殺してどうする？」

おれはいった。視線は裕司に向けた。視界の隅で武を捉えることは充分に可能だった。

「敬二も死ぬ。おれも死ぬ。次はだれを憎む？」

「おまえみてえに、世の中の人間をあらいざらい憎んでやるのもいいかもしれねえな」

「おまえには無理だ」

武は少しずつ近づいていた。今では武の表情をうかがうこともできた。おそるおそるのへっぴり腰でおれたちの様子をうかがいながら、雪をかき分けて歩いている。

武は銃を持っているだろうか——疑問が浮かぶ。持っている可能性は低かった。

「無理だと？　おまえにできて、おれにできねえわけがねえだろう」

「無理だよ。おまえはなんでも面倒くさがる。だれかを憎むのだって重労働だ。世の中の人間すべてなんて、おまえにできるはずがない」

「できる。おれとおまえは似た者同士なんだ。おまえにできるんなら、おれにもできる」

裕司が銃を握り直した。急げ——武に念を送る。おれたちと武の距離は三十メートルというところだった。武が向かってくる音はナターシャの嗚咽に紛れて聞き取ることはできなかった。

「長い付き合いだったよな、幸司。三十年だ。親兄弟よりてめえといる時間の方が長かった」

「そうだな」

「おれはおまえを殴り続けた。おまえはおれを虚仮にし続けた」

「なにがいいたいんだ、裕司？」

「寂しいってことよ。こんな気分になるとは思わなかったぜ」

「らしくないぜ、裕司」

「おまえだってらしくねえ。いつものおまえだったら、おれがナターシャをいたぶってる間に逃げだしたはずだ」

武は少しずつ、だが確実に近づいてきていた。武の吐く白い息を視認することができた。おれは空を見あげた。舞い落ちる雪。降り注ぐ月光。おれの目に雪は血に染まっているように見え、月光は凶々しかった。

「あの夜と同じだ、裕司」

空を見あげたまいった。裕司が空を仰ぐのがわかった。おれは銃を握る手に力をこめた。

「本当だな。気づかなかったぜ。こんなに雪が降ってるってのに、お月様が顔を出してやがる」

裕司はひとつのことに集中すると周りが見えなくなる。それが裕司の長所でもあり、短所でもあった。

「高谷を尾行するのは大変だったといったな？　だれがおまえたちの車を運転してたんだ？」

おれは視線を裕司に戻した。裕司の背後――武の強ばった顔。裕司と武の距離はまだ二十メートルはあった。だが、おれにはもう待てなかった。

「あのガキだ。クソみてえなガキだが、運転の腕はたいしたもんだ」

裕司の視線が降りてくる。おれの視線とぶつかる。おれは口を開いた。

「ガキって、おまえの後ろにいる武のことか？」

裕司が後ろを振り向いた。おれが銃を持っているとは露《つゆ》とも疑っていないことを示す素速さだった。

「武！」

裕司が叫んだ。武が動きをとめた。おれはダウンジャケットの裾を捲りあげた。

「なにしに来やがった？　車の中でおとなしく待ってろっていわれただろうが！」

裕司がもう一度叫ぶ。

「うるせえ！　てめえ、組長を殺したべ。赦さねっからな‼」

武が叫び返す。おれは銃を抜いた。両手でグリップを握り、銃口を裕司の背中に慎重に据えた。

「どう赦さねえってんだ。なにひとつまともにできねえガキが——」

「裕司」

裕司の背中に、おれは静かに声をかけた。裕司が顔をおれの方に向けた。驚愕の表情が広がる。おれは引き金を引いた。手の中で銃が弾けた。裕司は後ろによろめいた。裕司の背後の雪の上に血が飛び散った。もう一度撃った。裕司が倒れた。

おれは銃を降ろそうとした。できなかった。腕と肩の筋肉が凍ったように強ばっていた。銃をかまえた姿勢のまま裕司に近よった。

「こ……幸司、てめえ……」

裕司は目を見開いていた。今にも眼球が飛び出そうな形相だった。

「心配するなよ、裕司。おまえの分までおれが生きてやる。生きて、おまえの分まで呪いを撒き散らしてやる」

「わ、わけのわからねえこと、いってるんじゃねえ」

「わかってるさ。おまえはわかってる」

おれは裕司の顔を見おろした。裕司の顔はおれの顔だった。敬二の顔でもあった。露助船頭の息子とおれを罵った連中の顔でもあった。千夏の顔でもあった。加代子の顔でもあった。ナターシャの顔ですらあった。

三十年間の記憶の奔流。おれはいつでも裕司とともにあった。根室に戻り、裕司との繋がりを断ったつもりでいた間も、おれは裕司とともにあった。いたのではない。あったのだ。なぜなら、裕司はおれだからだった。おれは裕司だからだった。おれたちは呪われた地に生まれ落ちた呪われた双子だ。

強ばったままの両腕を下に向けた。銃口を裕司の顔に向けた。

「幸司……ふ、ふざけるんじゃねえぞ……こ、この落とし前は、か、必ずつけてやる」

裕司は死に瀕してなお呪詛を撒き散らそうとしていた。

おれは裕司の顔を凝視した。おれの分身。おれの双子の片割れ。

「あばよ、裕司」

おれは裕司の顔を撃った。弾丸がなくなるまで撃ち続けた。

62

立て続けに鼓膜を震わせた銃声のせいで耳がさらにおかしくなっていた。気にはかけなかった。おかしくなっているのは耳だけではない。視界は赤くぼやけたままだ。四肢も他人のもののようなままだった。

おれは薬室が開いたままの銃を捨てた。裕司の銃を拾った。裕司の死体――顔が消失していた。血と脳味噌と頭蓋骨が辺りに飛び散っていた。いつの間にか風がやんでいた。

雪が静かに裕司の上に舞い降りていた。

胸に痛みを覚えた。喪失感に襲われた。

おかしくなっているのは耳だけではない。

「もうだいじょうぶだ。こっちに来い、武」

武に声をかけた。武が動きだす前にナターシャと敬二のもとに歩み寄った。ナターシャは泣き続けている。敬二は動かない。敬二の首に指先を当てた。弱々しい脈を感じた。敬二はまだ生きている。

歓喜の渦が身体中を駆け巡った。敬二に死なれるわけにはいかなかった。おれには裕司が必要だった。だが、おれは裕司を殺してしまった。身代わりが必要だった。それには敬二がぴったりだった。

おかしくなっているのは耳だけではない。

「ナターシャ、モルヒネはどこだ？」

ナターシャが顔をあげた。凍った涙がこびりついた顔は凄惨だった。

「モルヒネ？」

ナターシャの声はおれの耳に虚ろに響いた。

「病院で医者にもらっただろう？　敬二がそういっていた」

「薬？」

「そうだ。薬だ。どこにある？」

「こ、ここです」

ナターシャはコートのポケットに手を入れた。いくつかのアンプルと注射器を取りだした。

「それを敬二に打つんだ」

ナターシャがうなずき、慌ただしく注射の準備を始めた。

「どれぐらい、打つ、いいですか？」

ナターシャの声——相変わらず虚ろに響く。ナターシャの声だけではない。おれ自身の声も、おれの耳には虚ろに響いた。

おれは首を振った。モルヒネの適正な量などわかるはずもない。

「半分だ」

いって身体を反転させた。視線を左右に振った。すべてを覆い尽くす雪。その上に転がるいくつもの死体。この世に満ち溢れている呪詛に気づくこともなく、ただ己の欲望を満たすためだけに生きてきた連中の屍。すべてはぼやけ、歪んでいる。

歪んだ視界の隅に武が映った。武は雪の中を走っていた。つんのめるように、泳ぐように。防寒具をまとっていない身体は頼りなく、マイナス二十度近い冷気に晒された顔の皮膚は血の気を失っていた。武の顔は歪んでいた。苦しさに細められた目の奥に憎しみの光があった。

敬二がだめなら、武でもいい——脈絡のない思考が脳細胞を沸騰させる。

おかしくなっているのは耳だけではない。なにもかもが変調をきたしている。おかしくなっている。

「く、組長は⁉」

武が叫んだ。おれの耳には虚ろに響く。必死になって駆けてくる武の姿はぼやけて見えた。まるで裕司に覚醒剤を打たれた時のようだった。

おれは狂ってしまったのか？——おれは自分に問うた。

世界が狂ってるんだよ——だれかが答えた。世界はとち狂っている。だからおまえもとち狂っている。

「あっちだ」

おれは木村の死体のある方角を指差した。武はいつの間にかおれの目の前に来ていた。おれには目もくれず、おれの脇を通りすぎていった。

「どこ、打ちますか？」

ナターシャの虚ろな声。

「腕だ」

おれの虚ろな声。

ナターシャが敬二のコートを脱がし、服をはだける。確認を取るようにおれを見あげる。おれはうなずいた。ナターシャが注射針を敬二の腕に刺した。

「組長‼」

タイミングをはかったように、林の奥から武の絶叫が聞こえてきた。

「ケージ、ケージ？」

ナターシャがモルヒネを打ち終えた注射器を雪の上に捨てた。敬二に抱きついた。敬二の目がうっすらと開いた。血走り、濁った目──敬二は死んだも同然だった。敬二を運んで根室まで戻らなければならない。口の固い医者を捜さなければならない。敬二に残された時間は圧倒的に足りない。

眩暈を覚えた。忘れていた寒気がぶり返した。

「ナ、ナターシャ……」

「ケージ、死なない。オーケイ？　だいじょうぶ？」

「だ……だい、じょうぶ」

そう呟き、敬二はまた目を閉じた。

「ケージ！　死なないで、お願い」

ナターシャがロシア語で叫んだ。敬二の口が動いた。なにかの呟き──おれの耳には届かない。ナターシャは敬二の口に耳を寄せ、真剣な表情で敬二の最後の言葉を聞き取ろうとしていた。

おれはその場を離れた。死んでしまうのなら敬二に用はなかった。虚ろな聴覚、虚ろな視覚。五感に触れるものはすべてあやふやで、確かなものなどなにひとつなかった。

林の奥──武がいた。武は呆然と木村の死体を見おろしていた。

「武」

武の背中に声をかけた。武がゆっくり振り返った。

「だれが……だれがやった？」

「おれだ」おれは答えた。「おれがやった」

「てめえ」

武がおれを睨んだ。武の双眸が憎悪で塗り潰されていく。おれの身体から寒気が消えていった。憎悪に濁った武の瞳は裕司の瞳と同じだった。おれの目と同じだった。

「おれと一緒に行こう、武」

おれは武に向けて足を踏みだした。

「なにいってんだ、てめえ」

「おれが憎いだろう、武。当たり前だよな。おれが木村を殺したんだ。憎いに決まってる。だったら、おれと一緒に行かなきゃな、武」

「なにわけのわかんねえこといってんだよ？　頭がおかしくなったんでねえのか？」

武が後ずさった。憎悪に塗り潰されていたはずの両目――理解できないものを見る目に変わっていく。

「おれがおかしいんじゃないだ、武。この世界がおかしいのさ。だから、気にする必要はない」

おれは首を振った。いいたかったのはそんなことではなかった。

おれを憎め、武、おれにおまえを憎ませろ。裕司がそうだったように、憎み合いながら生きていくんだ。おまえならできる。なぜなら、おまえもおれたちの同類だからだ。

狂おしい想い——言葉にはならない。

「来るんじゃねえ、馬鹿野郎！」

武は後ずさりし続けた。武の両目を塗り潰していた憎悪は、恐怖にすり変わっていた。失望が広がった。寒気が舞い戻ってきた。

「武……」

「来るんじゃねえっていってるべや！」

おれは武に銃を向けた。武は反転した。走りだそうとして雪に足を取られた。武は無様に転がった。

「助けてくれや、頼むっしょ‼」

武の懇願——おれの耳を素通りする。おかしいのは耳だけではない。なにも見えず、なにも感じず、ただ、月光に照らされながら舞い落ちる雪だけが視界を覆っている。泣きだしたいほどの喪失感がおれの心臓を鷲摑みにしている。

裕司じゃなきゃだめだというのか。この世の呪詛に耳を傾け、それ以上の呪詛をこの世に撒き散らすことができるのはおれと裕司だけだというのか。

武が泣いて命乞いをしている。おれはそれを見、それを見ない。

おれは狂っているのか——もう一度自分に問うた。高熱に浮かされ、それでも大金を手にすることをあきらめきれずに動きまわり、揚げ句、銃弾に頭を掠められ脳神経が異常をきたしているのではないのか。

違う――だれかが答える。おれの耳には、それが裕司の声のように聞こえる。狂っているのはこの世界だ、幸司。だからおまえもとち狂ってるってわけだ。

おれは引き金を引いた。武の身体が激しく揺れた。武は雪の中に突っ伏したまま動かなくなった。

おれは途方に暮れた。雪の中で立ち尽くした。どうすればいいのか、なにをしたらいいのか――おれはなにをしたのか、なにをしなかったのか。金が欲しかったのだ。金を手に入れればなにかが変わると思っていたのだ。金を追いかけて動きまわっているうちに、自分が何者なのかに気づいた。おれと裕司を結ぶものがなんだったのかに気づいた。ただそれだけのことだ。

「ケージ！　ケージ‼」

ナターシャの絶叫が響き渡った。敬二が死んだことをおれは悟った。だれもかれもが死んだ。だが、まだナターシャが生きている。ナターシャでは役不足だったが、だれもいないよりはましだった。ひとりで生きていくには、おれの目の前に広がる世界はあまりにも荒涼としていた。

おれは木村と武の死体に背を向けた。足を引きずりながら、ナターシャの声がする方に向かって歩いた。

ナターシャは敬二に覆いかぶさっていた。

ナターシャ、おれと一緒に行こう――あやふやな五感が現出させるあやふやな世界の中で、思考が雲のようにあちこちを漂っていた。おれに敬二の話を聞かせてくれ。おまえと敬二の話を聞かせてくれ。敬二と裕司の話を聞かせてくれ。おれが失っていた年月を取り戻させてくれ。おれに新たな憎しみを植えつけてくれ。おれとおまえの新しい憎悪の物語を紡《つむ》がせてくれ。

「ナターシャ……」おれはナターシャの肩に手をかけた。「おれと一緒に行こう」

ナターシャが身体ごとおれに振り向いた。ナターシャの手には銃が握られていた。

「ケージがあなたを殺せといったわ。呪われて地獄に堕ちなさい、人でなし」

ナターシャのロシア語ははっきりと理解することができた。奇蹟に触れたような気がした。呪われて地獄に堕ちろ——ロシア語のフレーズが耳の奥で何度も谺した。

ナターシャの銃が火を噴くのが見えた。右の脇腹を激痛が走った。視界が揺れ、暗転し、夜空が視界を覆った。月光がおれに降り注ぐ。雲ひとつないというのに、無数の雪が舞い落ちてくる。

寒さは感じなかった。死に対する恐怖も感じなかった。おれは生き延びなければならない。生きて、この世に満ち溢れている呪詛に耳を傾けねばならない。だから、おれが死ぬはずはない。

呪われて地獄に堕ちろ——ナターシャの声のリフレイン。

おまえら、みんな呪われてしまえ——おれの声のリフレイン。

おれは空に向かって手を伸ばした。おれは生き延びねばならなかった。呪われねばならなかった。呪わねばならなかった。呪われて地獄に堕ちるのだ。目に見えるものすべてを呪うのだ。

手袋をはめたおれの手が空を摑む。月は凍てついた光を放っている。

ナターシャが動いている。金を持っていこうとしている。敬二の死体を担ごうとしている。気配が伝わってくる。

銃を気配のする方に向けた。でたらめに撃った。悲鳴があがった。悲鳴が消えた。気配が消えた。

生きてやる——空に向かっておれは呟いた。

63

「どうなっておるんだ⁉」

永劫にも似た時間が過ぎ、しわがれた怒鳴り声がおれを現実に引き戻した。脇腹に痛み——呻きが漏れる。

「だれだ⁉」

怒鳴り声が続く。苦痛に顔をしかめながら、おれは目を開いた。高谷正義がいた。見たこともない男たちがいた。

「おまえか？」高谷正義が近づいてきた。「おまえがこれをやったのか？　おまえが一良を殺したのか？」

おれは首を振ろうとした──できなかった。指先ひとつ動かすことができなかった。

おれは死にかけていた。瞬く間に恐怖が身体を包み込んだ。死ぬわけにはいかない。死ねば憎めなくなる。死ねば呪えなくなる。

「高谷会長、どうしますか？ これだけ死体が転がっていたんじゃ、警察の目を眩《くら》ますってわけにもいきませんよ」

だれかがいった。

「黙ってれって‼」高谷正義が叫び、おれの顔を覗き込んだ。「おまえがやったんだな？」

高谷正義の双眸は憎悪で塗り潰されていた。それこそおれが望んでいたものだった。

おれはうなずいた。高谷正義が視界から消えた。

「藤巻《ふじまき》、銃を貸せ」

「しかし、会長……」

「いいから貸すんだ。おれがこの手で一良の仇を取ってやる」

憎悪に顫える声──おれに力を与える。おれは憎悪とともに生きてきた。呪詛とともに生きてきた。

金属音が聞こえた。もう、おれの耳には馴染みの音だった。銃身をスライドさせて弾丸を薬室に送り込む時の音だった。

おれはありったけの憎悪を身体の中に溜め込んだ。おれには未来が見えた。高速で回転しながら飛来する弾丸を見ることができた。その弾丸がおれの脳細胞を破壊するさまを見ることができた。

「たかが一億ちょっとの金でおれの息子を殺しおって」

また、高谷正義がおれの顔を覗き込んだ。憎悪に塗り潰された瞳がおれを睨んだ。

「なにかいい残すことがあるか?」

高谷正義がいった。

「おまえら、みんな呪われてしまえ」

おれはいった。呪詛が大地の隅々にまで行き渡った。

おれは笑った。高谷正義が銃を撃つ瞬間まで笑い続けた。

付記

本書は基本稿（小説推理一九九九年六月号から二〇〇〇年八月号に連載）に若干の加筆修正を加えて上梓したものである。

本書はフィクションであり、実在の人物、団体とは一切関係がない。

九八年の冬、わたしはテレビの取材で根室を訪れた。それ以前も以後も根室を訪れたことはない。本書は、わたしのとち狂った脳が紡ぎだした物語にすぎない。

はた迷惑な話だとは思うが、本書をオホーツク周辺で暮らすすべての人々に捧げる。

馳　星周

解説

内田　剛（ブックジャーナリスト）

　なんと鮮やかにして濃密な暗黒世界なのだろう。ただ視覚的に暗いだけではない。現代社会のグレーゾーンを転々とする登場人物たちの生きざま自体も漆黒の闇に覆われている。この世は右も左も理不尽だらけ。とにかく何もかもが真っ当ではない。あらゆる関係性も嘘と虚構に満ちている。この物語にも目を背けたくなるような残忍な行為、暴力の連続、裏切りの連鎖、血を血で洗うような狂気が充満している。そんな人間不信を絵に描いたようなストーリー展開であるにもかかわらず、なぜこれほど魅力的なのか。凶悪な悪魔に支配されたかのようなこの小説は、抗えない運命や理不尽な社会に対する怒りが拳のごとく強く握りしめられている。そして研ぎ澄まされた刃のような鋭さで情け容赦なく振り下ろされる。圧倒的に雄弁なメッセージが読む者を虜にして決して離さない。まさに問答無用。理屈では語ることのできない不思議な磁力があるのだ。

　デビュー作『不夜城』の衝撃はいまだに脳裏に焼きついている。あの時に抉られた心はいまなお身体のなかに大きな洞《ほら》となって残っている。時代の象徴でもあり、停滞した世の中の空気をすべてなぎ倒してしまうパワーに満ちた物語の登場に度肝を抜かれた。

個人的な話で大変恐縮であるが、この解説稿を書いている僕は一九九一年から約三〇年間、書店員として主に文芸書を担当していた。『不夜城』が刊行された九六年は西新宿の東京都庁内にあった書店に勤務しており、物語の主戦場である歌舞伎町とは駅の反対側ではあるものの、新宿という街が舞台となったこの強烈な一冊を他のどんな作品よりも高く積み上げて展開したことが懐かしい。そしてまさに飛ぶように売れたのだ。まだ真新しかった象牙の塔のような庁舎。そこから新宿駅へと向かう地下道には段ボールハウスが隙間なく埋めつくされ、間近にある新宿中央公園はホームレスたちの住処となっていた。光と影、色と欲、愛と憎しみが激しく渦巻く場所。この国の繁栄と衰亡の象徴ともいえる新宿。気鋭の書き手がこの捻じれた土地をターゲットにしたことには大きな意味があると強く思った。こうした骨太の物語を売りたかった、読者に届けなければならないのだ、という職業人としての使命も感じた。

『不夜城』が日本のど真ん中に狙いを定めたのに対して、本書『雪月夜』の舞台は日本列島の北の果てである根室だ。北海道生まれの著者の特別な想いも込められているのであろう。

まずはこの街の地霊の叫びに耳を傾けてもらいたい。対岸には豊かな漁場である北方領土がある。近くて遠い楽園だ。地元の人間は政治的な分断で貧しい生活を余儀なくされ続けている。この場所では戦争の傷跡はまったく癒えていないのだ。そんな骨まで凍てつく国境の町でまったく容赦のない修羅場が繰り広げられる。雑誌「小説推理」に連載されたこの物語は九九年から二〇〇〇年という世紀をまたぐタイミングに執筆されている。土地という水平軸だけでなく時間という垂直軸をも意識させる点もまた興味深い。『雪月夜』の単行本は〇〇年、文庫化は〇三年の刊行でロングセラーとなっていたが、この度、新装版となって二〇年の時を経て再び世に出されることは幸いであり、大きな必然性がある。人々が憎しみあう戦争の惨禍、人智の及ばない病原菌の蔓延、地球温暖化にともなう自然災害の増加。貧困化による格差はますます広がり、世界中の闇が深くなっている現在《いま》こそ、馳星周文学がたくさんの読者に読まれるべきなのだ。

物語の語り手は内林幸司。細々と漁師として暮らしていた父の背中を見つめながら、寒々しい故郷に束縛されて生きており、金を稼いで街から抜け出すことを夢見る日々を過ごしている。そんな幸司の前に現れたのが幼馴染の山口裕司である。それぞれの幼き境遇にトラウマとも呼ぶべき共通点があり、合わせ鏡のような存在の二人。とある団体に属するために上京する機会もほぼ同じくするなど、切っても切れない腐れ縁を保ちながら、生まれてから二〇年を一緒に過ごす。反目し合いつつも寄り添っている。この際どい依存関係が切実に身に迫るのだ。互いが嫌悪する場所での再会とはなんとも皮肉な運命でもある。

作品の中で「裕司は幸司を殴る。幸司は裕司に嘘をつく」というフレーズがまるで呪文のように繰り返される。理性を失った暴力と偽りを重ねた日々が、醜い自分をカモフラージュする。生身の自分ではない。仮面を被った姿でしか生きられない哀しき人生。

それはこの二人だけの特殊事情ではなく、根室という街が背負った十字架でもあり、隣人の顔も見えなくなった現代社会を映す鏡でもあり、権力の下に生きるすべての弱き者たちに共通することなのだ。

常に精神的にも肉体的にも極限状態であった二人の綱引きに、幸司の弟分・敬二も加わり、さらに危ういトライアングルが形成される。売国奴と罵られながらロシア漁船の乗組員に電気製品を売って生計を立てている幸司。凶悪な反社会組織に身を置く裕司。その裕司の所属するヤクザから二億円という大金を奪って女とともに逃げる敬二。呼び戻されるのは消されていた過去の記憶だ。金はいったい何処に隠されているのか。荒んだ関係の三人の男による血なまぐさくてスリリングな道行きは、ページをめくる度に疾走感が増し、全身がまるごと引きこまれる。

金、女、クスリ、暴力、銃。人間が堕ちていく材料は完璧に揃っている。脇目も振らずに破滅に雪崩れこむ群像劇から暴かれるのは、鬱屈した空気に覆われたこの国の病理。生きるか死ぬかという選択よりも、むしろいかに死に場所を見つけるかという境地の方が相応しいかもしれない。こうした終盤からラストに至る血も涙もないシーンの連続から決して目を背けてはならない。正視した者にだけ欲に塗れた人間の偽らざる本性が見えるのだ。「人は死ぬために生きている」のか、それとも「人はただ生きるために生きている」のか。作中にある問いかけを嚙みしめつつ、読後の余韻を嚙みしめてもらいたい。

これから馳星周作品を読み始めることのできる読者は幸せだ。血沸き肉躍る物語たちと親しみながらこれからの人生を謳歌できるであろう。作品群を眺めればその質量の豊富さを再確認できる。『不夜城』がデビュー作にして直木賞候補となった金字塔であるが、この直木賞候補作品だけを追いかけても凄みを実感できるはずだ。九九年『夜光虫』、〇〇年『M』、〇四年『生誕祭』、〇七年『約束の地』、一五年『アンタッチャブル』。そして二〇年『少年と犬』でついに直木賞受賞となった。その他、文学賞の受賞作品は九七年『不夜城』で吉川英治文学新人賞と日本冒険小説協会大賞（国内部門）、九八年『鎮魂歌　不夜城Ⅱ』で日本推理作家協会賞（長編部門）、九九年『漂流街』で大藪春彦賞と文字通りの破竹の勢い。日本の文壇を人気、実力ともに牽引していることは誰もが周知の事実である。

数多の名作群のなかで個人的に思い入れが深いのは『不夜城』とそのダークサイドの系譜を継ぐ本作『雪月夜』はもちろんであるが、一三年『ソウルメイト』も忘れがたい。人間と犬にまつわる感涙の家族小説であるが、その後の『少年と犬』にも連なる特別な存在感を放っている。生死病死をそのままに受け入れる犬が、物は言わずともなんとも雄弁。心で通い合う本能的な信頼関係からかけがえのない命の尊さがピュアに伝わる。一六年の『比ぶ者なき』もまた良かった。これは藤原不比等を中心に古代日本の闇を描いた物語。隠されていた禁断の歴史の扉が開いた快感は衝撃的であった。このタイトルこそ馳星周のことであると唸らされた。一八年『蒼き山嶺』はスリルに満ちた山岳冒険小説の傑作だ。壮絶な極限状態でのサスペンス、よもやのスケール感に命を結びつける友情に震えが止まらない。まさに見たこともない絶景を体感させる一冊である。こうして数冊を思い返しただけでも、この著者の手持ちのカードと引き出しの多さと奥深さに驚きを禁じ得ない。

馳星周の描き出す豊饒な物語は、ひとりの作家が紡ぎだす独立した世界というより、人類の営みから湧きだす壮大な宇宙を感じさせる。ダークにしてネガティブな色合いからは怒りや呪いが擦りこまれ、明るくポジティブな要素からは清涼な祈りの境地が見えるのだ。それは一面の銀世界に滴る血痕のようであり、分厚い雲の切れ間から眩く差しこむ天使の梯子のようでもある。白黒の二面があるからこそ、それぞれの印象が際立つのである。

人の世を凍らせる氷結は冷たいほど空気は清涼に澄みわたり、地獄の闇が深いほど天空に輝く月明かりは美しい。壮絶な運命によってつながった本書の二人の男。その素顔をじっくりと眺めれば、唯一無二のカタルシスが浮かび上がってくる。最近、甘口の小説が世に蔓延《はびこ》っていると嘆く前に、馳星周文学を全身に浴びるべきだ。汚れた皮膚をすべて剝ぎとったむき出しのリアルと、本物のノアール世界がそこにある。

本書は二〇〇三年五月、小社より刊行された同名文庫の新装版です。

双葉文庫

は-13-06

雪月夜《ゆきづきよ》〈新装版〉

2023年2月18日　第1刷発行

【著者】

馳星周《はせせいしゅう》

【発行者】

箕浦克史

【発行所】

株式会社双葉社

〒162-8540 東京都新宿区東五軒町3番28号

［電話］03-5261-4818(営業部)　03-5261-4831(編集部)

www.futabasha.co.jp（双葉社の書籍・コミックが買えます）

【印刷所】

大日本印刷株式会社

【製本所】

大日本印刷株式会社

【カバー印刷】

株式会社久栄社

【DTP】

株式会社ビーワークス

【フォーマット・デザイン】

日下潤一

ISBN978-4-575-52642-4 C0193

Printed in Japan